CHERCHE TOM DANS

LES COULOIRS DU TEMPS

GRÈCE ANTIQUE

La Grèce antique

La Grèce antique, fondée il y a plus de 4000 ans, est l'une des civilisations les plus avancées au monde. Les Grecs de l'Antiquité sont à l'origine de nombreuses disciplines : théâtre, politique, philosophie, sciences, athlétisme et histoire. Ils ont aussi construit des bâtiments incroyables et inventé leur propre alphabet. Certains des endroits que Tom visite dans ce livre n'ont peut-être pas existé au même moment, mais ils font tous partie de l'histoire et de la culture grecque.

Découvre vite…

et amuse-toi à chercher le hibou caché dans chaque scène !

72, rue Marguerite de Rochechouart – 75009 Paris

Première publication en 2021 par Nosy Crow Ltd
The Crow's Nest, 14 Baden Place,
Crosby Row, Londres SE1 1YW
Titre original : *Find Tom in Time, Ancient Greece*

Édition originale publiée en collaboration avec le British Museum.

Cette adaptation de *Find Tom in Time, Ancient Greece*
a été publiée avec l'accord de Nosy Crow Limited.

Adaptation : InTexte

ISBN : 978-2-36808-951-4
Dépôt légal : 1er semestre 2022
Imprimé en Chine

*Conforme à la Loi n° 49-956 du 16 juillet 1949 sur les publications
destinées à la jeunesse, modifiée par la Loi n° 2011-525 du 17 mai 2011.*

Sommaire

INTRODUCTION

Tom est un garçon comme les autres, la plupart du temps.
Il est intelligent et courageux, mais surtout il adore l'aventure.

La grand-mère de Tom, Béa, est une grand-mère comme les autres, la plupart du temps. Elle est intelligente, courageuse et un peu espiègle. Heureusement, elle aime autant l'aventure que Tom car elle est **ARCHÉOLOGUE**. Son métier consiste à faire des fouilles. Les objets qu'elle découvre révèlent la manière dont vivaient les gens autrefois.

Le chat de Mamie Béa s'appelle Sésame. Il n'aime pas du tout marcher dans la terre et la poussière. Il n'aime pas se mouiller non plus, ni sauter un repas. En fait, Sésame déteste l'aventure. Surtout après ce qui s'est passé la dernière fois que Tom est venu... mais c'est une autre histoire.

Tom passe la journée chez Mamie Béa et il la rejoint dans son bureau.

Elle est en train d'examiner un vase décoré de scènes de batailles. « Qu'est-ce que c'est ? » demande Tom.

Le regard de Mamie s'illumine.
« C'est une **AMPHORE** de l'Antiquité grecque. On y conservait l'huile il y a... 2 500 ans ! »
« Waouh ! s'exclame Tom. Je peux la toucher ? »
« Bien sûr ! répond Mamie Béa avec un clin d'œil. Mais prends ça, d'abord ! » Et elle lui tend un sac.

Tom tend la main pour toucher le vase et... **BANG!**

L'ACROPOLE

Comme par magie, Tom se retrouve dans la Grèce antique. Incroyable ! Il est sur une colline et, sous ses yeux, se déroule un spectacle fascinant.

Tom cherche Mamie Béa des yeux, mais il ne voit que des gens vêtus de toges en train de danser, de jouer de la musique et de porter des objets. Soudain, il aperçoit Sésame filer au loin.

L'Acropole était une colline sacrée à Athènes. Son nom signifie « ville haute ». Le sanctuaire qui s'y trouve comprend des temples bâtis en l'honneur des dieux. Dans l'Antiquité grecque, de nombreux dieux et déesses étaient vénérés. Ils ressemblaient beaucoup aux humains, qu'ils surveillaient depuis le **MONT OLYMPE**. De là, ils s'immisçaient dans leurs vies et se disputaient avec eux.

Le **PARTHÉNON** était le plus grand temple de l'Acropole. Fait de bois et de marbre, il était dédié à **ATHÉNA**, déesse de la sagesse et de la stratégie militaire. Dans le temple se trouvait une immense statue d'Athéna vêtue d'une armure en or. En cas de guerre, les citoyens d'Athènes pouvaient se réfugier dans l'enceinte de l'Acropole. L'or de la ville était aussi précieusement gardé dans le Parthénon.

À TOI DE TROUVER...

- Un taureau sacrificiel
- Deux enfants jouant à la balle
- Le chat Sésame
- Une personne qui se lave les mains
- Tom
- Un homme qui casse une amphore
- Une chèvre mâchonnant un vêtement

Durant les fêtes religieuses appelées « Panathénées », les Grecs se rendaient à l'Acropole pour prier et faire des offrandes. Les plus riches offraient des moutons ou du bétail, tandis que les autres se contentaient d'offrir du blé et du vin. Chacun se purifiait les mains avant de prier.

L'AGORA

Tom s'élance à la poursuite de Sésame jusqu'en bas de la colline. Là, il se retrouve au cœur d'un marché foisonnant. Une fillette le pointe du doigt. Oups ! Il est temps de se déguiser. Tom ouvre le sac que Mamie lui a donné et en sort une toge.

« Étrange ! se dit-il en l'enfilant. C'est comme si Mamie avait prévu que j'en aurais besoin… »

À TOI DE TROUVER…

- Un philosophe faisant un discours
- Tom (avec une toge)
- Un échange de monnaie
- Un âne qui a faim
- Trois enfants jouant à un jeu
- Le chat Sésame
- Un garçon pourchassant un poulet

L'agora était un grand marché. Les Grecs s'y rendaient pour faire leurs courses, mais aussi pour se tenir au courant des dernières nouvelles ou encore écouter parler un **PHILOSOPHE**. Fermiers, tailleurs de pierres, bijoutiers et ferronniers venaient y vendre leur marchandise, qu'ils transportaient à dos d'âne. Viandes et poissons étaient entreposés sur des plaques de marbre pour rester au frais.

Autour de l'agora se trouvaient des bâtiments couverts appelés « stoas ». On y trouvait les biens les plus précieux, comme des bijoux, des étoffes exotiques et des épices venues de loin.

Les achats étaient généralement réglés avec des pièces. Chaque **CITÉ-ÉTAT** avait sa propre monnaie, marquée de son symbole. Les banquiers, ou **TRAPÉZITES**, tenaient des stands où ils proposaient le change des diverses monnaies.

LA THOLOS

Soudain, Tom aperçoit un éclat roux au loin. Sésame !

Tom se fraie un chemin à travers la foule et emboîte le pas de Sésame dans un grand bâtiment circulaire. Mais les hommes qui s'y trouvent ne se montrent pas très accueillants...

La tholos était un bâtiment circulaire doté d'un toit conique, situé tout près de l'agora. C'est là que se réunissait le **CONSEIL** pour **DÉBATTRE** des questions politiques et proposer de nouvelles **LOIS**. Seuls les hommes étaient autorisés à y rentrer.

À TOI DE TROUVER…

- Le chat Sésame
- Deux personnes se disputant
- Un vieux monsieur faisant la sieste
- Une souris se faufilant dans la tholos
- Tom
- Un chien dans les jambes de son maître
- Un homme pourchassé par une oie

La tholos abritait un grand espace pour se réunir, une cuisine, une salle à manger, un **AUTEL** dédié à la déesse Hestia, qui veillait sur un feu sacré, et même un endroit pour dormir.

Lorsque le conseil avait choisi les lois qu'il voulait adopter, il en débattait lors d'une grande réunion appelée « assemblée ». Là, tous les hommes de la ville venaient s'exprimer, débattre et voter. Cette réunion durait très longtemps car elle réunissait chaque fois plus de 6 000 personnes.

L'ATELIER DE POTERIE

Sésame sort en trombe du bâtiment et Tom lui court après, jusqu'à un atelier rempli d'amphores, de jarres et de plats.

Tom entend miauler et aperçoit Sésame s'enfuir à nouveau.

Les plus belles poteries de la Grèce antique étaient fabriquées à Athènes, car l'argile y était d'une jolie couleur rouge-brun. Elles étaient façonnées sur un **TOUR** avant d'être cuites dans plusieurs fours. La plupart des potiers installaient leur atelier près de l'agora.

Les potiers réalisaient des **VASES** et des pots destinés à stocker le vin, l'eau, l'huile et le parfum. Ils fabriquaient aussi des coupes en forme de têtes d'animaux – parfois même en or et en argent – que les plus riches achetaient en prévision de leurs banquets.

À TOI DE TROUVER...

- Un chien qui fait la sieste
- Le chat Sésame
- Un pot décoré d'un cheval
- Un potier couvert d'argile
- Une jarre cassée
- Tom
- Quelqu'un tombé dans une jarre

Les décorations représentaient des scènes du quotidien, comme les événements sportifs, mais aussi des batailles et des mythes. Pour cela, les potiers utilisaient de l'argile qui noircissait à la cuisson. Les premières poteries présentaient des dessins noirs sur un fond rouge, puis cela s'inversa au fil du temps.

L'ÉCOLE

Tom se retrouve dans une rue bondée, et aperçoit des enfants entrer dans un bâtiment avec un chat roux dans les bras. Sésame !

Il les suit alors dans une école animée. Le professeur crie après le chat qui s'enfuit, et les garçons sont hilares.

Les enfants les plus riches allaient à l'école à partir de l'âge de 7 ans. Seuls les garçons y étaient admis et ils s'y rendaient avec un esclave appelé « pédagogue », qui assistait aux cours et les aidait avec leurs devoirs. Les filles devaient rester chez elles pour s'occuper du foyer avec leur mère. Elles apprenaient l'art de la **TAPISSERIE**, mais aussi la musique et la danse au temple.

Les écoliers écrivaient sur des tablettes en bois recouvertes de cire, qu'ils gravaient avec un bâtonnet de bois appelé « stylet ». Pour compter, ils utilisaient un **ABAQUE**, un cadre en bois doté de boules. Le professeur, ou « grammatiste », enseignait la lecture, l'écriture et le calcul.

À TOI DE TROUVER...

- Le chat Sésame
- Un enfant tenant du raisin
- Un enfant avec une grenouille
- Tom
- Un chien qui a volé une canne
- Un enfant ayant dessiné un visage
- Un professeur très fâché

À la fin de leur scolarité, les garçons les plus riches devenaient soldats, professeurs ou **POLITICIENS**. Les plus pauvres reprenaient le métier de leur père, comme fermier ou potier.

LE MÉDECIN

Tom poursuit Sésame, mais ce coquin de chat est trop rapide. Alors qu'il est sur le point d'abandonner, Tom aperçoit une boule de fourrure rousse se faufiler dans un bâtiment.

À l'intérieur, Tom découvre une salle remplie de monde et d'objets étranges. Soudain, il repère Sésame qui se sauve par une porte.

Les Grecs de l'Antiquité croyaient que les maladies étaient des punitions des dieux. Les malades cherchaient souvent de l'aide auprès des prêtres, dans le sanctuaire d'Asclépios, le dieu de la médecine. On faisait des prières et des incantations, et on leur administrait des plantes médicinales. Lorsqu'il guérissait, le malade laissait une sculpture de la partie soignée de son corps pour remercier Asclépios.

Mais la médecine changea lorsqu'un homme du nom d'**HIPPOCRATE** se mit à soigner des malades. Il ouvrit une école de médecine où il enseignait aux élèves comment observer les symptômes et déterminer leur cause, comme le font les médecins modernes.

À TOI DE TROUVER...

- Des fesses sculptées
- Tom
- Un garçon courant avec un pot
- Un homme avec des sangsues
- Une femme qui a mal au dos
- Le chat Sésame
- Une femme portant un bébé

Certains médecins grecs de l'Antiquité pensaient que l'on pouvait soigner en pratiquant des « saignées » : un médecin incisait une veine du malade et laissait le sang couler dans un bol. Parfois, on posait des **SANGSUES** sur la peau afin qu'elles sucent le sang du patient.

LA MAISON

Tom sort en vitesse de chez le médecin et poursuit Sésame dans une rue animée. Un enfant le salue depuis une fenêtre.

Du coin de l'œil, Tom aperçoit la queue de Sésame disparaître.

Les maisons ordinaires étaient en briques de terre crue, avec de petites fenêtres sans vitre et des toits en tuiles d'argile. De nombreuses familles avaient des chiens qui gardaient la maison.

À l'intérieur, les familles possédaient quelques meubles en bois. Les affaires étaient rangées dans des coffres qui faisaient office d'armoires et de penderies. Il n'y avait pas de lit – les gens dormaient sur de simples banquettes ou même par terre. De petites lampes à huile fournissaient de la lumière.

À TOI DE TROUVER...

- Une femme qui étend son linge
- Un chat poursuivant des pigeons
- Le chat Sésame
- Tom
- Une fillette qui nourrit un chien
- Un homme utilisant un strigile
- Quelqu'un qui frappe à une porte

Les maisons de la Grèce antique ne possédaient ni toilettes, ni douches. Les gens utilisaient des pots et se lavaient dans des bassines. Les plus riches avaient toutefois des baignoires en argile. On s'enduisait parfois d'huile d'olive, que l'on retirait en même temps que la saleté, en se raclant la peau avec un ustensile appelé « strigile ».

LES RICHES DEMEURES

Tom court après Sésame et emprunte une autre rue, où il croise un homme qui porte une jarre de vin sur la tête. Il se retrouve dans une voie sans issue, face à une immense maison.

Tom se glisse dans le jardin et retrouve Sésame ! Le voilà qui lui court après...

La plupart des riches maisons étaient organisées autour d'un jardin ou d'une cour centrale qui abritaient un autel dédié aux dieux **ZEUS** et **APOLLON**. Les murs étaient peints à la **CHAUX** blanche pour réfléchir le soleil et conserver la fraîcheur.

À l'intérieur de ces maisons, on trouvait des tapisseries colorées, des meubles incrustés d'ivoire, d'or et d'argent, ainsi que des poteries richement décorées, utilisées pour conserver l'eau, l'huile, le vin et le parfum. Le **GYNÉCÉE** était le lieu réservé aux femmes. Elles s'y reposaient, tissaient et s'occupaient des enfants.

À TOI DE TROUVER...

- Quelqu'un dans son bain
- Tom
- Un singe malicieux
- Une fillette et sa poupée
- Un cuisinier avec un plat de poisson
- Le chat Sésame
- Un cheval qui mange

Les **SYMPOSIONS**, des banquets, étaient donnés dans l'**ANDRÔN**, une jolie pièce au sol en **MOSAÏQUE**. Seuls les hommes y étaient invités. Ils mangeaient allongés sur des divans. Pain, légumes, poisson, fromage, gâteaux au miel, figues et viande étaient au menu. Après le repas, les convives débattaient ou se racontaient des histoires.

LE GYMNASE

« Ce chat ne s'arrêtera donc jamais ! » soupire Tom en poursuivant Sésame dans une ruelle. Soudain, il se retrouve au centre d'une arène remplie d'hommes en train de faire du sport… tout nus !

Un lanceur de disque donne l'alerte alors que Sésame traverse l'arène. Tom lui court après, esquivant un javelot.

Le gymnase était un terrain de sport en plein air, parfois utilisé comme lieu de réunion pour les philosophes et les professeurs. Seuls les hommes pouvaient devenir athlètes, et la plupart étaient issus des familles les plus riches. Ils s'affrontaient sans vêtements et enduits d'huile d'olive pour éviter d'être couverts de poussière.

Les athlètes s'entraînaient pour de grandes compétitions comme les Jeux olympiques, qui avaient lieu à Olympie lors d'une fête religieuse en l'honneur du dieu Zeus. Les principaux sports étaient la course à pied, la lutte, la course de **CHARS**, la boxe et le lancer de **DISQUE** et de **JAVELOT**. Les vainqueurs recevaient un **RAMEAU D'OLIVIER** et beaucoup d'argent lorsqu'ils regagnaient leur cité-État.

À TOI DE TROUVER…

- Tom
- Un athlète qui a chuté
- Un enfant dans les bras de son père
- Un athlète s'enduisant d'huile
- Un athlète qui perd son javelot
- Le chat Sésame
- Un oiseau posé sur un char

Les courses de chars étaient le temps fort des rencontres sportives. Les chars, tirés par quatre chevaux et dirigés par des « auriges », s'affrontaient sur une piste. Certaines courses comptaient plus de 40 chars, et il y avait beaucoup d'accidents !

LE THÉÂTRE

Tom se précipite à la poursuite de Sésame dans une rue pavée. Dans sa course, il entend des rires qui se rapprochent, puis arrive dans un **THÉÂTRE** à ciel ouvert.

« Oups ! » murmure Tom en apercevant le chat roux sur la scène. Un comédien essaye de l'attraper, sans succès.

Les Grecs de l'Antiquité adoraient aller au théâtre, surtout durant les fêtes religieuses. Les représentations se tenaient dans de grands hémicycles avec des rangées de sièges creusées au pied d'une colline. Le premier rang était réservé aux prêtres, et le second aux hommes politiques. Les personnalités importantes se voyaient réserver des fauteuils en pierre.

Les comédiens jouaient sur la scène principale, tandis qu'au même moment, un autre groupe d'artistes, le **CHŒUR**, chantait et dansait dans un espace appelé « orchestra », par terre devant la scène. Les comédiens qui jouaient le rôle de dieux pouvaient aussi se poster sur le « théologeion », une plateforme située en hauteur à l'arrière de la scène.

À TOI DE TROUVER...

- Le chat Sésame
- Un autre chat caché dans le public
- Un comédien qui a perdu son masque
- Un comédien jouant un dieu
- Un spectateur qui s'est endormi
- Tom
- Quelqu'un qui surveille depuis les coulisses

TRAGÉDIES et **COMÉDIES** étaient particulièrement appréciées. Les comédiens jouaient chacun plusieurs rôles. Ils avaient recours à des masques pour que le public reconnaisse les personnages et leurs émotions. En chantant, le chœur résumait l'histoire à l'audience et aidait les spectateurs à faire le lien entre les scènes.

LES CHAMPS

Tom se remet à courir après Sésame, mais le chat finit par sortir de la ville, jusque dans les champs. Fripon de chat !

Ils rejoignent un groupe de fermiers qui viennent de terminer leur journée de travail. Sésame se faufile entre les pattes d'un bœuf et s'enfuit à nouveau.

Les Grecs élevaient notamment des chèvres pour leur viande et leur lait, dont ils faisaient du fromage. Tous les travaux se faisaient à la main, mais les plus riches avaient des **BŒUFS** pour **LABOURER** les champs.

Beaucoup de Grecs de l'Antiquité travaillaient la terre dans les champs. Ils cultivaient des oliviers pour les olives et l'huile, de l'orge et du blé pour les céréales et le pain, et du raisin pour le vin, une boisson très appréciée. Ils faisaient aussi pousser des fruits et légumes – figues, pommes, grenades, choux, oignons, ail et concombre.

À TOI DE TROUVER...

- Deux porcelets dans la boue
- Quelqu'un sur une échelle
- Un fermier qui déjeune
- Le chat Sésame
- Un enfant qui ramasse du blé
- Tom
- Un homme avec un petit agneau

Les fermiers de l'Antiquité menaient une vie difficile car il faisait très chaud et la pluie était rare. Le blé et l'orge poussaient souvent mal. Alors les fermiers priaient **ZEUS**, dieu du ciel, et **DÉMÉTER**, déesse du grain, pour obtenir de bonnes récoltes.

LE PORT

À TOI DE TROUVER…

- Tom
- Quelqu'un qui dort sur un sac de grains
- Un enfant avec une pomme
- Une femme et son canard sur les genoux
- Le chat Sésame
- Un marin qui porte deux sacs de blé
- Quelqu'un qui fait tomber une jarre

Tom continue sa course jusqu'au port. Sésame déteste l'eau, il ne restera pas longtemps dans les parages.

À cet instant, Tom entend un pêcheur crier et aperçoit Sésame s'enfuir avec un poisson entre les crocs !

Les pêcheurs sortaient tous les jours en mer pour attraper du thon, du bar ou des anchois, qu'ils vendaient ensuite au marché. L'anguille et le poisson salé étaient très appréciés, mais la plupart des gens ne pouvaient se permettre d'acheter que de petits poissons.

Les soldats se déplaçaient dans de puissants navires de guerre appelés **TRIRÈMES**. Une trirème pouvait transporter environ 200 soldats, et il fallait quelque 170 marins pour ramer. Durant les batailles, les soldats tiraient des flèches enflammées sur les navires ennemis et les attaquaient à l'aide du bélier recouvert de bronze situé à la proue du navire.

La Grèce antique se composait de nombreuses cités-États et les Grecs se déplaçaient entre elles en bateau, notamment pour vendre vin, olives, figues, anguilles, fromage, miel, outils, poteries et viande. Ils commerçaient aussi avec d'autres pays méditerranéens. Ils échangeaient poterie, vin, huile et ferronneries contre céréales, épices, verre, métaux et un type de papier appelé **PAPYRUS**.

L'ENTRAÎNEMENT MILITAIRE

Tom est sur le point d'attraper Sésame, quand il se retrouve soudain cerné de soldats à l'air féroce, vêtus d'armures et de casques en bronze.

Un soldat pointe sa lance vers Tom ! Gloups !

Mais tout à coup, Tom entend un ronronnement familier. En se retournant, il découvre… Mamie Béa tenant Sésame dans ses bras.

Les hommes recevaient leur formation de soldat à 18 ans. À **SPARTE**, les garçons étaient entraînés dès l'âge de 7 ans, et rejoignaient l'armée à 20 ans s'ils avaient fait leurs preuves. Les cités-États grecques se faisaient souvent la guerre, mais pouvaient s'allier pour repousser des envahisseurs.

Les **HOPLITES** étaient des soldats d'élite. Leur nom provenait de leur bouclier. Ils portaient un casque en métal, une cuirasse en cuir ou en bronze et des **JAMBIÈRES** en bronze. Ils avaient également une lance, une épée et un grand bouclier décoré. Leur armure, très lourde, faisait le poids d'un enfant de huit ans !

Les hoplites combattaient en grandes formations appelées **PHALANGES**. Ils se serraient les uns contre les autres pour former un mur de boucliers, puis avançaient à travers les rangs ennemis, les soldats en première ligne pointant lances et épées.

À TOI DE TROUVER...

- Tom
- Un soldat qui marche dans le mauvais sens
- Un chien se faisant câliner
- Un canard caché dans une caisse
- Le chat Sésame
- Un soldat qui tient sa lance à l'envers
- Un enfant portant un casque de soldat

BON RETOUR !

Le soldat pose sa lance, et Tom se précipite dans les bras de Mamie Béa pour lui faire un gros câlin.

Et soudain… **BANG !** Tom se retrouve…

… dans le bureau de Mamie Béa !

« Tu t'es bien amusé, Tom ? » demande Mamie Béa, tandis que Sésame se pelotonne sur son tapis favori.

« C'était incroyable ! Mais tu es arrivée pile au bon moment ! »

« Je n'étais jamais bien loin… » répond Mamie Béa avec un petit clin d'œil… et Sésame se met à ronronner.

Feuillette de nouveau ton livre pour chercher Mamie Béa dans chacune des scènes !

SOLUTIONS

L'ACROPOLE
Pages 6–7

- Un taureau sacrificiel
- Deux enfants jouant à la balle
- Le chat Sésame
- Une personne se lavant les mains
- Tom
- Un homme qui casse une amphore
- Une chèvre mâchonnant un vêtement

L'AGORA
Pages 8–9

- Un philosophe faisant un discours
- Tom (avec une toge)
- Un échange de monnaie
- Un âne qui a faim
- Trois enfants jouant à un jeu
- Le chat Sésame
- Un garçon pourchassant un poulet

LA THOLOS
Pages 10–11

- Le chat Sésame
- Deux personnes se disputant
- Un vieux monsieur faisant la sieste
- Une souris se faufilant dans la tholos
- Tom
- Un chien dans les jambes de son maître
- Un homme pourchassé par une oie

L'ATELIER DE POTERIE

Pages 12–13

- Un chien qui fait la sieste
- Le chat Sésame
- Un pot décoré d'un cheval
- Un potier couvert d'argile
- Une jarre cassée
- Tom
- Quelqu'un tombé dans une jarre

L'ÉCOLE

Pages 14–15

- Le chat Sésame
- Un enfant tenant du raisin
- Un enfant avec une grenouille
- Tom
- Un chien qui a volé une canne
- Un enfant ayant dessiné un visage
- Un professeur très fâché

LE MÉDECIN

Pages 16–17

- Des fesses sculptées
- Tom
- Un garçon courant avec un pot
- Un homme avec des sangsues
- Une femme qui a mal au dos
- Le chat Sésame
- Une femme portant un bébé

SOLUTIONS (suite)

LA MAISON

Pages 18–19

- Une femme qui étend son linge
- Un chat poursuivant des pigeons
- Le chat Sésame
- Tom
- Une fillette qui nourrit un chien
- Un homme utilisant un strigile
- Quelqu'un qui frappe à une porte

LES RICHES DEMEURES

Pages 20–21

- Quelqu'un dans son bain
- Tom
- Un singe malicieux
- Une fillette et sa poupée
- Un cuisinier avec un plat de poisson
- Le chat Sésame
- Un cheval qui mange

LE GYMNASE

Pages 22–23

- Tom
- Un athlète qui a chuté
- Un enfant dans les bras de son père
- Un athlète s'enduisant d'huile
- Un athlète qui perd son javelot
- Le chat Sésame
- Un oiseau posé sur un char

LE THÉÂTRE

Pages 24–25

- Le chat Sésame
- Un autre chat caché dans le public
- Un comédien qui a perdu son masque
- Un comédien jouant un dieu
- Un spectateur qui s'est endormi
- Tom
- Quelqu'un qui surveille depuis les coulisses

LES CHAMPS

Pages 26–27

- Deux porcelets dans la boue
- Quelqu'un sur une échelle
- Un fermier qui déjeune
- Le chat Sésame
- Un enfant qui ramasse du blé
- Tom
- Un homme avec un petit agneau

LE PORT

Pages 28–29

- Tom
- Quelqu'un qui dort sur un sac de grains
- Un enfant avec une pomme
- Une femme et son canard sur les genoux
- Le chat Sésame
- Un marin qui porte deux sacs de blé
- Quelqu'un qui fait tomber une jarre

SOLUTIONS (suite)

L'ENTRAÎNEMENT MILITAIRE

Pages 30–31

- Tom
- Un soldat qui marche dans le mauvais sens
- Un chien se faisant câliner
- Un canard caché dans une caisse
- Le chat Sésame
- Un soldat qui tient sa lance à l'envers
- Un enfant portant un casque de soldat

Glossaire

ABAQUE Sorte de calculatrice primitive composée de boules et de rails en bois.

AMPHORE Grande jarre utilisée pour conserver le vin et l'huile.

ANDRÔN Pièce de la maison où les hommes se rassemblaient et organisaient des **SYMPOSIONS**.

APOLLON Dieu de la guérison, de la musique et du soleil.

ARCHÉOLOGUE Personne qui étudie l'histoire en examinant des éléments mis au jour lors de fouilles.

ATHÉNA Déesse de la sagesse et de la stratégie militaire.

AUTEL Lieu de culte.

BŒUF Mâle de la vache, employé pour tracter de lourdes charges dans les travaux des champs.

CHAR Engin tiré par des chevaux, utilisé lors de courses ou de batailles.

CHAUX Minerai mélangé à du sable et de l'eau dont on recouvrait les murs pour les rendre lisses.

CHŒUR Groupe d'artistes expliquant et commentant en temps réel une pièce de théâtre.

CITÉ-ÉTAT Ville fonctionnant comme un pays, avec ses propres lois.

COMÉDIE Pièce de théâtre comique.

CONSEIL Groupe d'hommes choisis pour décider du fonctionnement d'un lieu donné.

DÉBAT Discussion entre deux personnes ou deux groupes qui sont en désaccord.

DÉMÉTER Déesse du grain.

DISQUE Équipement d'une discipline sportive pratiquée lors des jeux grecs.

GYNÉCÉE Partie de la maison réservée aux femmes.

HIPPOCRATE Premier médecin à avoir écrit que l'on tombe malade pour des raisons scientifiques.

HOPLITES Soldats d'élite.

JAMBIÈRE Élément d'une armure destiné à protéger les tibias.

JAVELOT Sorte de lance projetée à la main qui servait lors des batailles, mais aussi des jeux grecs.

LABOURER Ameublir ou retourner le sol avant d'y semer des graines ou de planter.

LOIS Règles de vie en société que les gens doivent suivre.

MONT OLYMPE Plus haute montagne de Grèce et demeure des dieux.

MOSAÏQUE Décoration faite de petits morceaux de céramique, de pierre ou de verre colorés.

PAPYRUS Sorte de papier, fabriqué à partir de tiges de roseaux.

PARTHÉNON Temple situé sur l'Acropole d'Athènes et dédié à la déesse Athéna.

PHALANGE Groupe de soldats adoptant une formation rectangulaire en tenant boucliers et armes.

PHILOSOPHE Personne qui étudie le sens de la vie.

POLITICIEN Personne travaillant pour l'État et dont le rôle est de **DÉBATTRE** et de voter des **LOIS**.

RAMEAU D'OLIVIER Symbole de victoire et d'honneur, porté sur la tête.

SANGSUE Sorte de ver qui se nourrit de sang.

SPARTE Dans la Grèce antique, **CITÉ-ÉTAT** dans laquelle la guerre et les batailles étaient primordiales.

SYMPOSIONS Banquets réservés aux hommes.

TAPISSERIE Étoffe épaisse sur laquelle sont brodés ou tissés des motifs colorés.

THÉÂTRE Un grand édifice où les gens se rassemblent pour assister à des spectacles.

TOUR En poterie, plaque tournante sur laquelle on dépose l'argile pour la façonner en rond.

TRAGÉDIE Pièce de théâtre dont la fin est triste et dont le héros souffre.

TRAPÉZITE Personne qui s'occupait du change des monnaies dans la Grèce antique.

TRIRÈME Long navire de guerre fuselé propulsé par 170 rameurs.

VASE Contenant servant à conserver un liquide.

ZEUS Roi des dieux et dieu du ciel.

Index

Richard Mühe Horand M. Vogel

Alte Uhren

Ein Handbuch
europäischer Tischuhren, Wanduhren und Bodenstanduhren

Verlag Georg D.W. Callwey München

Redaktion
von Bildteil und Anhang:
Christian Pfeiffer-Belli

ISBN 3 7667 0351 X

Schutzumschlagentwurf Baur + Belli Design, München, unter Verwendung eines Photos der Leopold Hoys-Uhr (Abb. 61) des Bayerischen Nationalmuseums, München (Umschlagvorderseite), und einer österreichischen Rokoko-Standuhr sig. Zimmerle, Linz, um 1760, Kunsthandlung Konrad Rajcsanyi, Wien (Umschlagrückseite)
Satz Fertigsatz GmbH, München
Druck Kastner & Callwey, München
Lithos Brend'amour, Simhart & Co., München
Bindung Grimm + Bleicher, München
Printed in Germany

Inhalt

Tisch – Stand – Stutzuhren

Wanduhren

Bodenstanduhren

Anhang

Vorwort

Als der Verlag an die Autoren herantrat mit der Aufforderung, ein Handbuch europäischer Tischuhren, Wanduhren und Bodenstanduhren zu schreiben, das Sammlern, Händlern und interessierten Liebhabern als Bestimmungsbuch, als Bildsammlung und als kultur-, stil- und technikgeschichtlicher Führer dienen sollte, erhob sich sofort die Frage: Wo beginnen, wie verfahren, wo enden? Riesig ist die Fülle der in Sammlungen, in Museen, in Privatbesitz und auf dem Markt befindlichen Uhren, schier unübersehbar das vorhandene Einzelschrifttum. Was jedoch bislang fehlte, das war eine gedrängte, zwar weit ausholende, aber in sich gestraffte Übersicht vor allem der heute noch Sammlern und Liebhabern zugänglichen, auf Auktionen erscheinenden und von Privat gelegentlich angebotenen Uhren.
Es war somit klar, daß aus den vorgenannten Gründen eine Auswahl getroffen werden mußte, und daß als Folge davon der eine oder andere Interessent, Sammler oder Antiquitätenhändler diese oder jene ihm besonders wertvoll, erstrebenswert oder einmalig erscheinende Uhr im vorliegenden Buch nicht finden wird. So wurden bewußt bereits häufig abgebildete, sehr bekannte Stücke aus fürstlichem Besitz sowie Unikate weitgehend ausgeklammert und das Schwergewicht auf bürgerliche, schlichtere Uhren gelegt. Natürlich kann man über die hierbei getroffene Einteilung anderer Meinung sein. Doch glauben Autoren und Verlag in der gewählten Anordnung und Selektion dem Uhrenfreund – sei es im häuslichen Bereich, beim An- oder Verkauf, bei der Registrierung und Klassifizierung – alle notwendigen Angaben, Daten und Konstruktionsmerkmale anhand der wesentlichsten Uhrentypen vor Augen führen zu können. Vor allem wurde größter Wert darauf gelegt, technische und künstlerische Entwicklungen, regionale Besonderheiten, Unterschiede und Gemeinsamkeiten sichtbar werden zu lassen.

Dank

Bei den Vorbereitungen zu diesem Buch haben viele Uhrenfreunde mitgewirkt, ihnen allen hier zu danken ist leider nicht möglich.
Besonderer Dank sei jedoch für die bei der Bildbeschaffung erwiesene Mühe und Hilfsbereitschaft den Auktionshäusern Sotheby und Christie's in London, Weinmüller und Ruef in München, der Galerie Koller und Herrn Peter Ineichen, Zürich, gesagt.
Eine große Hilfe waren auch Unterlagen und Bildmaterial, zur Verfügung gestellt von Merick & Neilson of Tetbury, Asprey in London, Galerie Carroll, Galerie Almas, Fischer – Böhler, K.H. Kästner, alle in München, sowie von Herrn J. Abeler, Wuppertal, und Herrn Ernst Szegedy, Zürich.
Außerdem seien noch genannt Herr E. F. J. Stender in St. Michielgestel, der bei der Abhandlung über die holländischen Uhren mit Rat und Tat zur Seite stand, und Herr Dr. J. L. Sellink, auf dessen Photodokumentation wir zurückgreifen durften.
Bei den frühen Uhren war Herr R. Wehrli (Sammlung Kellenberger) aus Winterthur eine große Stütze.
Für den häufigen Rat aus den Reihen der Museen, die uns ebenfalls großzügig ihre Bestände zugänglich machten, seien vor allem bedankt Herr Dr. Klaus Maurice vom Bayer. Nationalmuseum, München, und Herr Dr. V. Himmelein vom Württembergischen Landesmuseum, Stuttgart.

Autoren und Verlag

Übersichtskarte

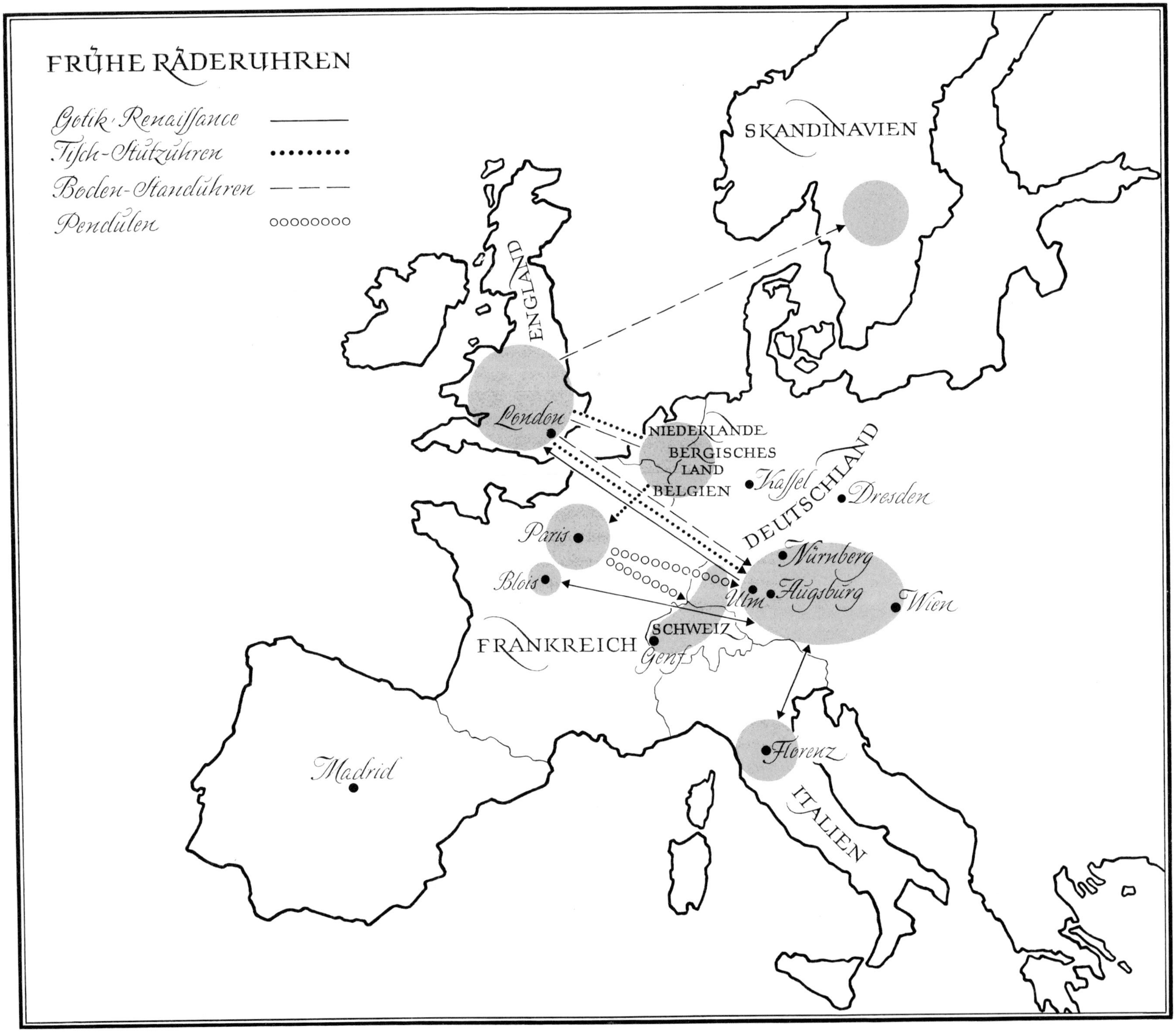

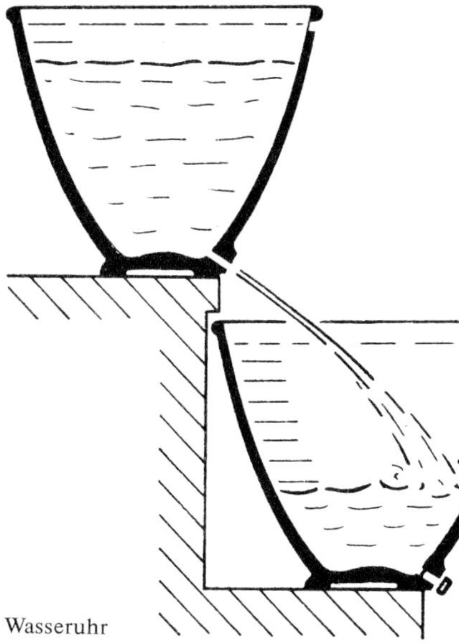

Wasseruhr

Sonnenring

Sanduhr

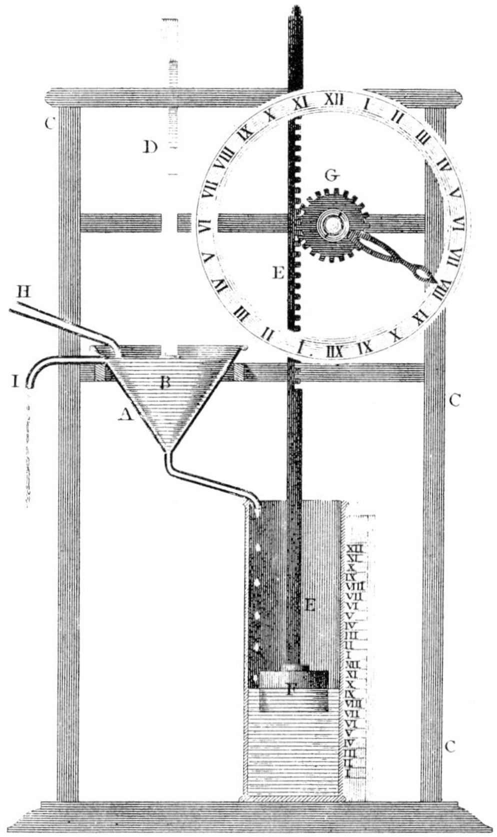

Antike Wasseruhr mit Zeigerwerk

Entwicklung des Uhrwerks

Auf Vermutungen sind wir angewiesen, weshalb die ersten Räderuhren nach einer längeren Entstehungszeit gerade um die Wende zum 14. Jahrhundert im Abendland nachzuweisen sind. Verschiedene Elemente waren schon Jahrtausende vorher bekannt, was die Herstellung solcher Uhren theoretisch früher ermöglicht hätte. Gewichte waren beispielsweise zum Antrieb mechanischer Bewegungen lange vorher in Gebrauch und Zahnräder werden von Aristoteles schon um 350 v. Chr. erwähnt. Hebelübersetzungen und Anzeigevorrichtungen finden wir bei den antiken Wasseruhren ebenso wie es mechanische Hemmvorrichtungen mit Windflügeln bei damals gebräuchlichen Geräten gab. Fest steht, daß von der ersten Räderwerksuhr an bis zur modernsten elektronischen Uhr mit Atomfrequenznormal allen technischen Zeitmessern ein gemeinsames Prinzip zugrunde liegt. Die Schwingungen eines Zeitnormals werden über einen Energiespeicher in Gang gesetzt, gezählt und angezeigt. Bei der Räderuhr sind dies die sichtbaren und mit dem Ticken hörbaren mechanischen Schwingungen, die von einem Gewicht über Räderwerk und Hemmung angetrieben werden.

Eine neue Idee war notwendig, um die Verbindung des gleichmäßigen Ablaufs eines Räderwerks mit einem periodisch sich wiederholenden Vorgang herzustellen. Die Wiederholung von Tagen, Jahreszeiten oder Gestirneständen und der danach ausgerichteten Lebensabschnitte wie der Gebetsstunden waren selbstverständlich, nicht dagegen das messende Aneinanderreihen solch kleiner Abschnitte wie der Stunden oder der Augenblicke (beim Ticken der Uhr).

Die Waag

Die bei den ältesten Uhren verwendete sog. Waaghemmung erfüllte durch ihre problemlose handwerkliche Herstellung ideal die damaligen Ansprüche.

Ihre Funktion besteht in dem wechselseitigen Eingriff der Spindellappen in das Spindelrad, welches durch das Antriebsgewicht gedreht wird. Beim Eingriff eines Lappens hemmt die Spindel infolge der Trägheit des festverbundenen Waagbalkens oder Foliots den Ablauf von Räderwerk und Gewicht. Die Schwingung des Waagbalkens wird gebremst und vom Umkehrpunkt der Bewegung an durch das Steigrad in der anderen Schwingungsrichtung beschleunigt. So kommt beim wechselseitigen Brems- und Beschleunigungsvorgang von Spindelrad, Spindel und Waag die Hemmungsfunktion in Gang.

Die Dauer der Waagschwingung wird durch das Antriebsgewicht, das Trägheitsmoment des Waagbalkens und die Tiefe des Eingriffs zwischen Spindel und Spindelrad bestimmt. Das Trägheitsmoment kann durch weiter außen oder innen angehängte Zusatzgewichte am Waagbalken reguliert werden. Das Ticken beim Eingriff der Spindel in das Steigrad – die Zähne steigen beim Spindelrad in den Eingriff hoch – ist das Charakteristikum aller mechanischen Hemmungen.

Das Walzenrad, auf dessen Trommel die Schnur des Antriebsgewichts aufgewunden ist, wird durch das Gewicht konstant angetrieben. Ein Gegengewicht an der Schnur oder ein Aufzugsgesperr sorgt für den gewünschten einseitigen Antrieb. Allerdings muß auch die Verzahnung, die zur Übersetzung vom langsam ablaufenden Walzenrad auf das schnell drehende Spindelrad nötig ist, Gleichmäßigkeit gewährleisten. An dieser Stelle treten bei allen Uhren, insbesondere aber bei den frühen von Hand gefertigten Exemplaren, Fehler und Schwierigkeiten auf.

Ein Stundenzeiger kann bei passender Umdrehungsgeschwindigkeit mit einem der Räder verbunden sein. Für spätere Minuten- und Sekundenanzeige dienen Zeigerwerke mit passender Zahnradübersetzung, und für die komplizierten astronomischen wie Kalenderindikationen sind Planetengetriebe auch für größte Übersetzungen herstellbar. Nach diesem Prinzip konnten Uhren in praktisch jeder gewünschten Größe gebaut und den gegebenen Bedingungen angepaßt werden.

Mit der Entwicklung der Räderuhr wurden auch die bis dahin üblichen Temporalstunden, die sich jahreszeitlich ändern, durch die gleichmäßig langen Äquinoktialstunden ersetzt, und nach der anfänglich benutzten Teilung des Tages in 24 Stunden bürgerte sich die »halbe Uhr« mit zweimal 12 Stunden ein.

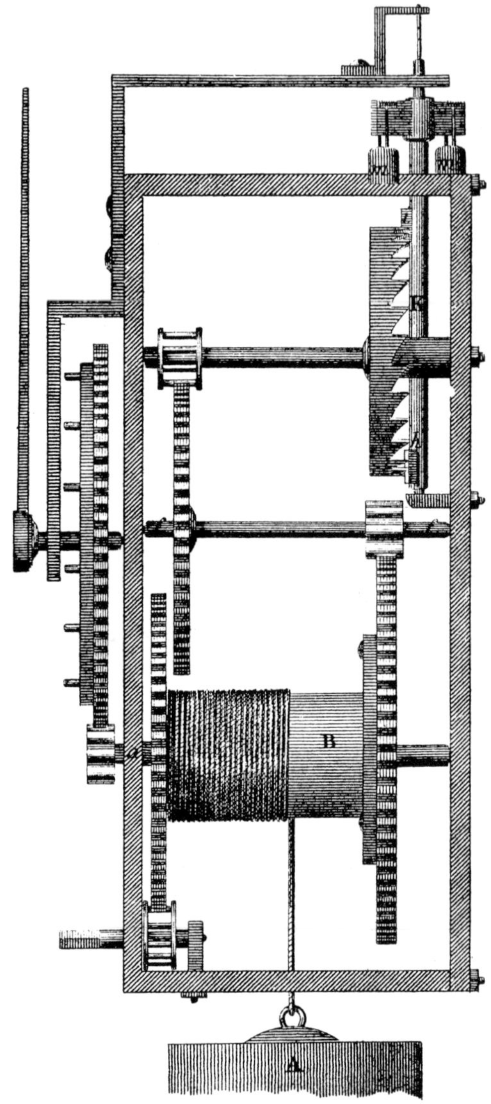

Eiserne Waaguhr

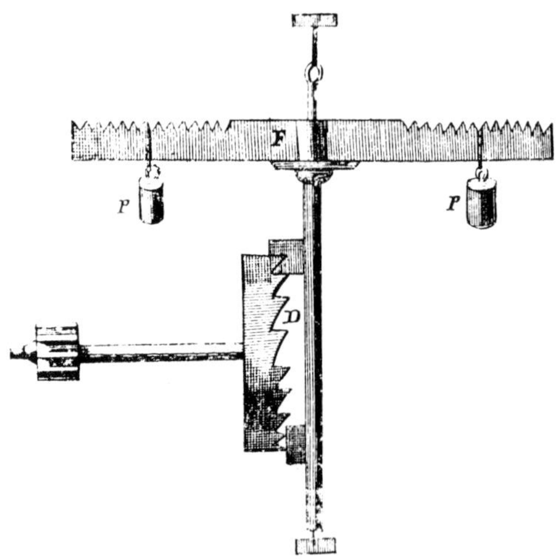

Waaghemmung mit Spindelrad, Spindel und Foliot

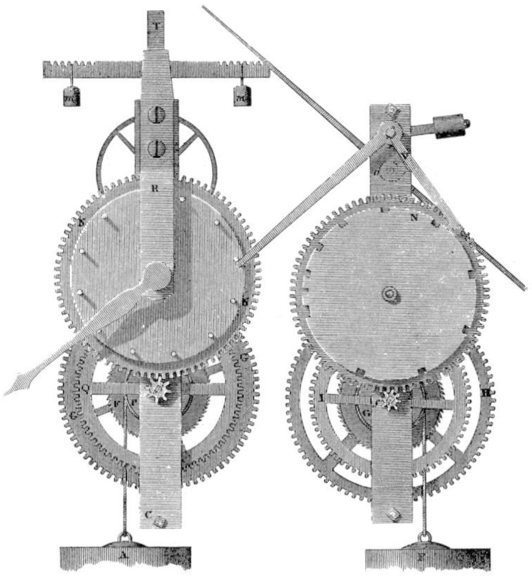

Gehwerk mit Waaghemmung und daneben liegendes Schlagwerk mit Schloßscheibe

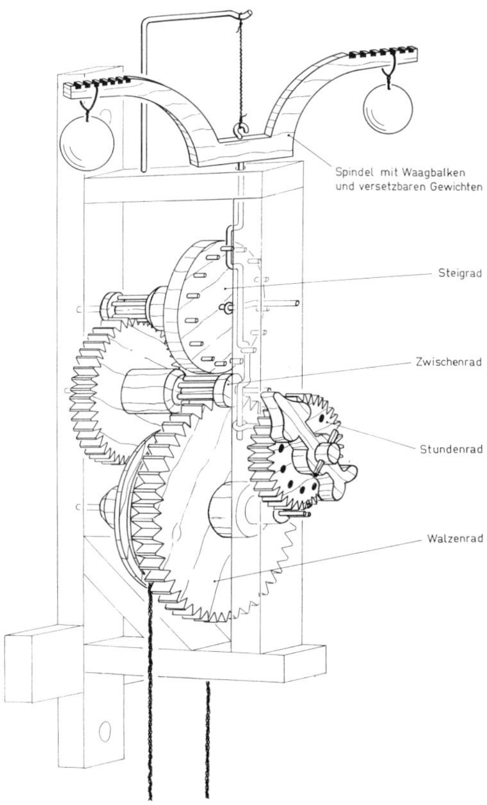

Hölzernes Waaguhr-Gehwerk

Die Feder

Bis es jedoch möglich war, die Uhrzeit in der Wohnung abzulesen, war die Abwandlung der Kirchenuhr zur Zimmeruhr nötig. Als verkleinerte Kirchenuhr, auf einem Gestell stehend, kam die gotische Stuhluhr im 15. Jahrhundert in die Wohnräume.

Entfaltung einer Wohnkultur sowie die naheliegende Verwendung der neuen Zeitmesser auch für astronomische Indikationen und Kalenderdaten bestimmten die Weiterentwicklung der Uhren.

Zusätzlich treten in weiterer Verkleinerung der Stuhluhren auch tragbare Uhren auf. Zu ihrer Verwirklichung bedurfte es zweier wesentlicher Erweiterungen des ursprünglichen Prinzips der Räderuhr. Im Unterschied zum Gewichtsantrieb benötigte man einen transportablen und handlichen Energiespeicher. Er wurde mit der Schneckenfeder gefunden, die in einem Gehäuse spiralförmig aufgewunden wird. Diese noch heute mit Uhrfeder oder Triebfeder benutzte Energiespeicherung konnte im Prinzip von den Konstruktionselementen des Türschlosses übernommen werden. Doch dienen hier die gespannten Blattfedern passiven Halte- oder Schließfunktionen und nicht dem Antrieb selbständiger Funktionen wie bei der Uhr.

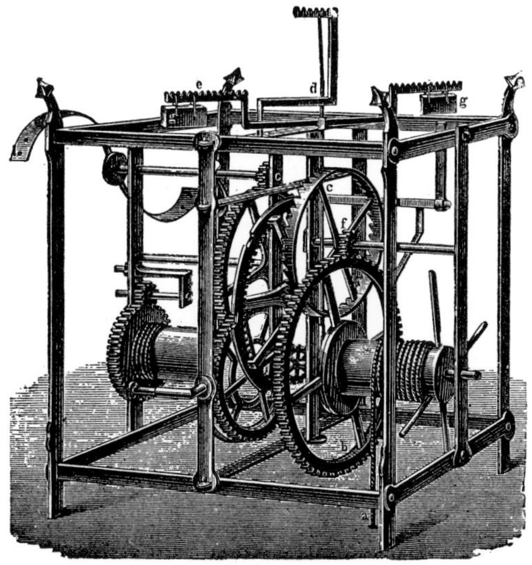

Kirchenuhr mit Waaghemmung und Schlagwerk

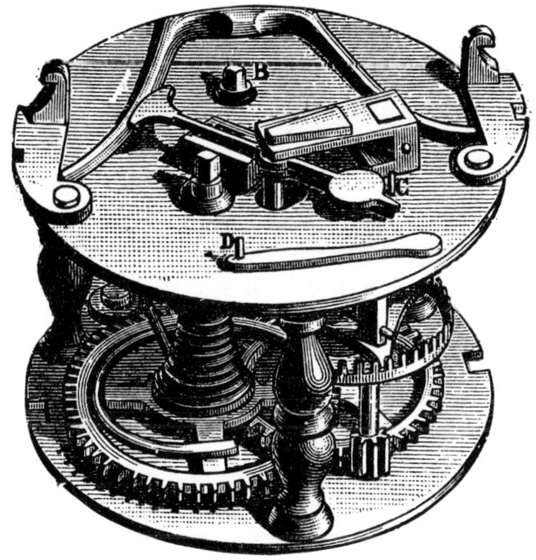

Werk einer Nürnberger Dosenuhr mit Löffelunruh

Antriebsfeder, spiralförmig aufgewundenes Metallband

Die Unrast oder Unruh

Zum ungestörten Betrieb tragbarer Uhren war zusätzlich die lagenunabhängige Funktion der Waag genau so wichtig wie der Federantrieb. Dazu wurde ab etwa 1500 die Unrast oder Löffelunruh eingeführt, bei der eine Bewegungsbremsung an den Umkehrpunkten der Schwingung durch Schweinsborsten vorgenommen wird. Doch ist ihre Entwicklung aus der stationären Waaghemmung nicht vergleichbar mit der epochemachenden Erfindung der Antriebsfeder, die bereits 1430 benutzt wurde. Schließlich stellt sie nur eine ohnehin wünschenswerte und naheliegende Modifizierung der vorhandenen Waaghemmung dar, ohne deren Funktion an sich zu ändern. Die heute noch benutzte Unruh mit Spiralfeder, eine Spezialausführung der Antriebsfeder, wurde erst von Huygens im Jahre 1674 eingeführt.

Im Laufe des 16. Jahrhunderts wurden viele Änderungen und Verbesserungen des nun schon altehrwürdigen Prinzips der Waaguhr gefunden. Der Gebrauchswert der häufiger werdenden Uhren konnte erheblich gesteigert werden. Bessere Verzahnung der Räderwerke, Verschraubungen, erweiterte Automatenfunktionen und als wesentliche Vorbedingung neue Werkzeuge und Bearbeitungsverfahren wurden eingeführt. Doch müssen wir die wichtigsten Voraussetzungen und Ergebnisse der mechanischen Uhrmacherei in der Ablaufhemmung des mechanischen Uhrwerks mittels eines Schwingnormals sowie beim Einsatz des bewegungsunempfindlichen Energiespeichers in Gestalt der aufgewundenen Blattfeder sehen.

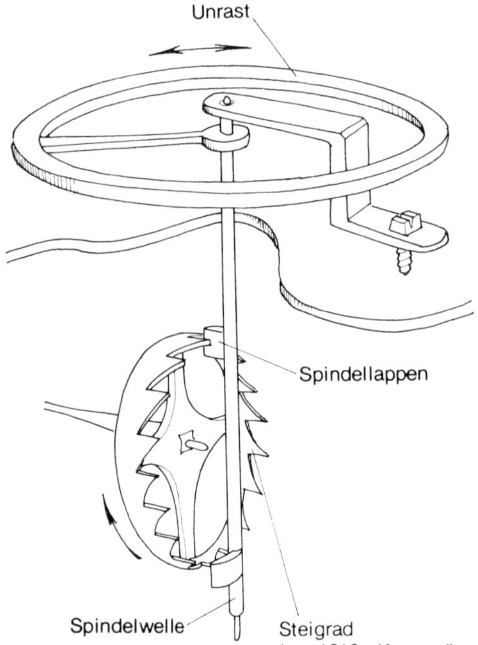

Unrast mit Spindelhemmung

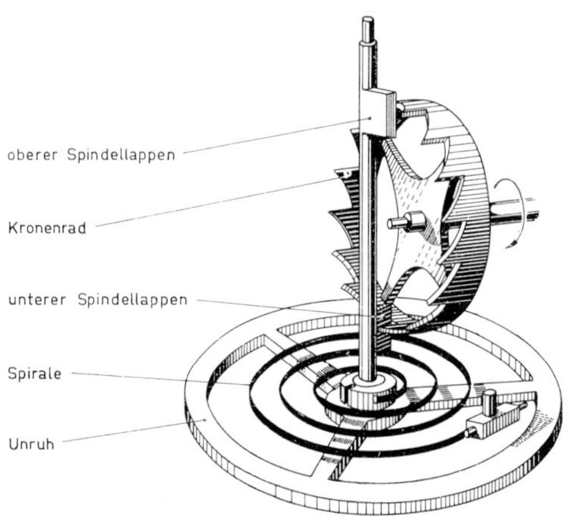

Unruhe mit Spiralfeder

Schnecke und Kette (Feder)

In über 100 Jahren mit annähernd gleichbleibenden Grundformen der eisernen Wand- und Stuhluhren und der Tischuhren unterscheiden sich die Uhren durch bemerkenswerte Weiterentwicklung der Technik, Erweiterung der Funktionen und Indikationen sowie Verbesserungen der Ganggenauigkeit. Die gewichtsgetriebenen Waaguhren zeigen je nach Qualität und Pflegezustand bei konstanten äußeren Einflüssen eine Ganggenauigkeit bis zu zehn Minuten am Tag. Das entspricht einer Meßgenauigkeit von einem Prozent und war bis ins 17. Jahrhundert völlig ausreichend. Als besonders zuverlässig galten die mechanischen Uhren nicht. Spürbar wurden Ungenauigkeiten jedoch erst bei astronomischen Vergleichsmessungen und bei längerer Laufdauer von Uhren bis zu Monaten und Jahren.

Die Federzuguhren zeigten noch weit geringere Ganggenauigkeit. Ihre Verbesserung bot ein weites Feld uhrmacherischen Bemühens über mehr als ein Jahrhundert. Sie gelang entscheidend mit Einführung der schon seit 1475 bekannten Schnecke mit Darmsaite zum Ausgleich der Federkraft, zuerst bei größeren Uhren, bald darauf auch bei kleineren Uhren. 1664 wurde dann die Darmsaite von Gruet in Genf durch eine winzige Kette ersetzt. Dadurch erreichte die empfindliche, aber wirksame Anordnung bedeutend höhere Zuverlässigkeit.

Die Federkraft sinkt von ihrem höchsten Wert im voll aufgezogenen Zustand während der Entspannung ab. Zum Ausgleich der abnehmenden Kraft erfolgt die Übertragung auf das Uhrwerk nicht direkt vom Federrad, sondern über das Schneckenrad, das zwischen Federhaus und Räderwerk angeordnet ist. Auf die Schnecke, die fest mit dem Schneckenrad verbunden ist, wird beim Aufzug die Kette in die Gänge unterschiedlichen Durchmessers gewunden. Das Schneckenrad wird durch die Kette über den zunehmenden Hebelarm des Schneckenradius von der Feder angetrieben. Während sich die

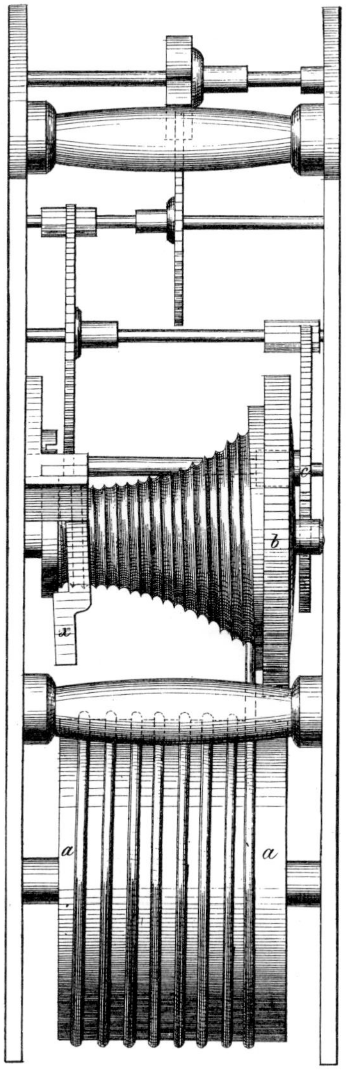

Räderwerksanordnung mit Federhaus, Schnecke und Darmsaite

Feder im Federhaus mit Schnecke und Kette

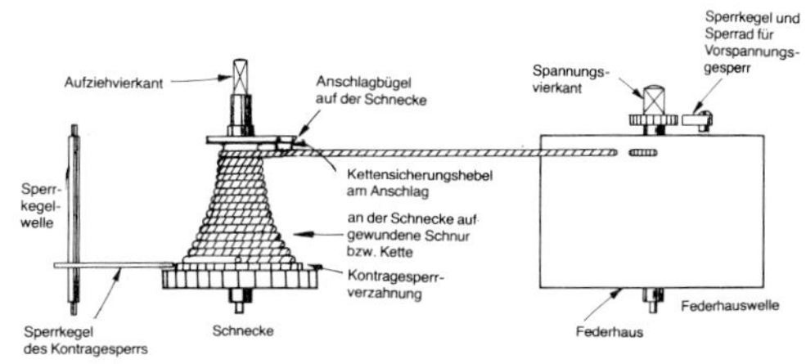

Funktion des Federausgleichs mit Schnecke und Kette

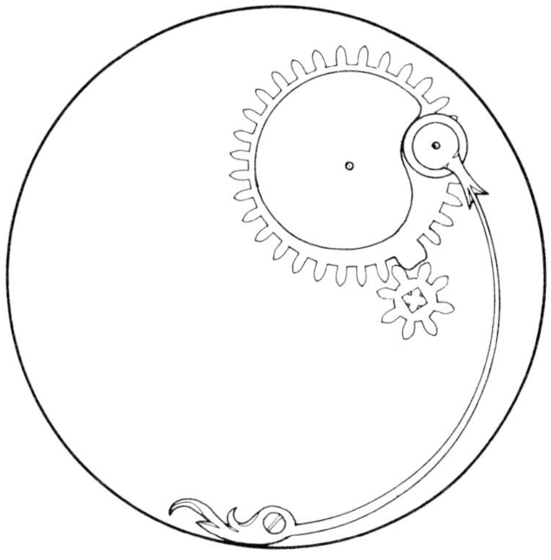

Stackfreed zum Ausgleich der Federspannung

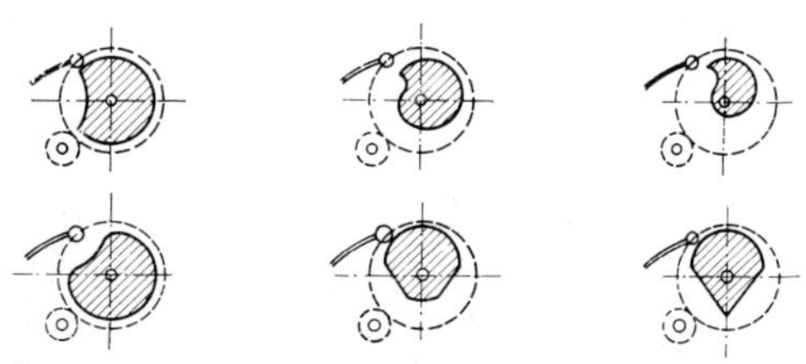

Herzkurven

Kette außen auf die Federhaustrommel aufwikkelt, bewirkt bei abnehmender Federkraft der größer werdende Schneckenradius einen konstanten Antrieb. Erst diese Zusatzeinrichtung gewährleistete auch bei federgetriebenen Uhren einen annähernd konstanten Antrieb der Hemmung.

Die Federbremse (oder »Stackfreed«) zum ähnlich wirkenden Ausgleich der Antriebskraft eignete sich bei größerer Einfachheit und Robustheit für kleinere Uhrwerke. Die Antriebskraft der Feder wird durch einen federnden Heber, der von außen auf eine umlaufende Scheibe von abnehmendem Radius drückt, vermindert. Diese Scheibe steht durch eine Zahnraduntersetzung mit dem Federhaus in Verbindung, und dadurch wird zu Beginn der Federentspannung ein Teil der Federantriebskraft vernichtet. Mit fortschreitender Entspannung der Feder läßt der Druck auf die kleiner werdende Kurvenscheibe nach. Die Wirkung läßt sich durch besonders gestaltete Kurvenformen beeinflussen. Ihre Ausführungen erlauben eine Bestimmung von Zeit und Ort der Entstehung. Wegen der noch unzureichenden Wirkung war diese Anordnung jedoch nicht lange im Gebrauch.

Das Pendel

Ein großer Nachteil der Waag als dem bis spät ins 17. Jahrhundert absolut vorherrschenden Zeitnormal war ihre geringe Genauigkeit, denn die Waag führt ja lediglich eine durch den Uhrwerksantrieb erzwungene Schwingung aus. Infolgedessen kann sie keine gleichmäßige Schwingungsdauer gewährleisten, zumindest solange der Antrieb nicht absolut gleichmäßig ist. Nachdem Galilei den Isochronismus – die fast gleiche Dauer auch unterschiedlich weiter Schwingungen – erkannt hatte, war mit zunehmender Bedeutung naturwissenschaftlicher Erkenntnisse und Arbeitsmethoden die Benutzung des Pendels zur Zeitmessung fast zwangsläufig.

Die zuerst um 1640 von Galilei beschriebene Pendelhemmung erlangte noch keine Bekanntheit und Bedeutung. Ihre Funktion ist jedoch schon durch die wesentlichen Merkmale der späteren etwa 500 verschiedenen Hemmungen gekennzeichnet: Ein weitgehend freischwingendes Pendel, das vom Uhrwerk in Schwingung gehalten wird, dieses aber gleichzeitig hemmt. Huygens führte 1656 die Pendelschwingung durch Verbindung eines kurzen Pendels mit einer modifizierten Spindelhemmung ein. Er baute Spindelrad und Spindel der Waaguhren waagerecht in das Uhrwerk und koppelte die Bewegung der Spindelwelle mit der Pendelschwingung. Zusätzlich ließ er das Pendel in zykloidisch geformten Führungen schwingen, um so die restliche Abhängigkeit der Schwingungsdauer von der Schwingungsweite zu kompensieren. Bei größerer Schwingungsweite legt sich die elastische Pendelaufhängung an die zykloidischen Führungsbacken. Dadurch wird die wirksame Pendellänge verkürzt, das Pendel schwingt schneller und die Schwingungsdauer wird auf dem gewünschten Wert gehalten.

Modell einer Pendelhemmung von Galilei

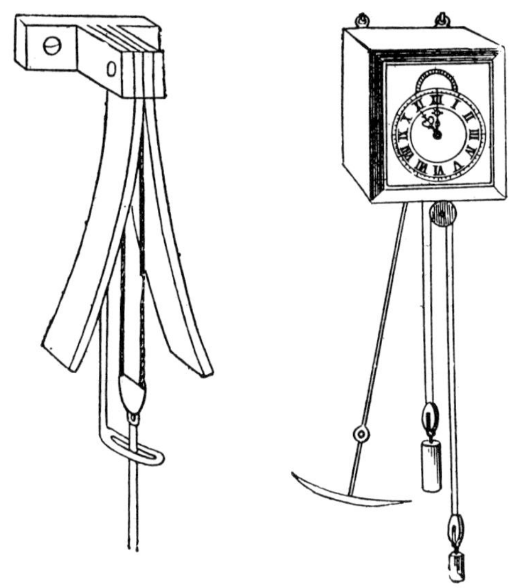

Huygens'sche Pendelführung mit zykloidischen Backen

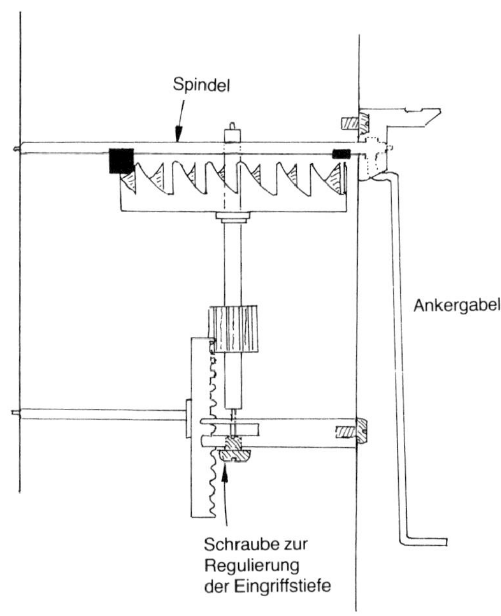

Pendelhemmung mit Spindelrad und Spindel

Hemmungen

Das kurze Pendel mit Spindelhemmung finden wir bei vielen Großuhren des ausgehenden 17., des 18. und auch noch des 19. Jahrhunderts. Alte Waaguhren wurden nach Erfindung des Pendels häufig auf Kurzpendelhemmung umgebaut. Denn dafür waren nur verhältnismäßig geringe Veränderungen an den Uhren nötig. Überhaupt vollzog sich die Einführung der Pendelhemmung wohl deshalb so zwanglos, weil wesentliche Konstruktionselemente der Waaghemmung verwendet werden konnten. Spindelrad und Spindel blieben in veränderter Lagerung erhalten und als Schwingelement trat das Pendel an die Stelle der Waag. Oft wurde das Pendel, gegenüber der Huygens'schen Lösung mit Fadenaufhängung vereinfacht, starr mit der Spindelwelle verbunden. Schon damit waren wesentlich bessere Gangresultate als mit der Waaghemmung zu erzielen, besonders mit Gewichtsantrieb.

Doch 1680 brachte Clement mit dem Ankergang eine weitere Verbesserung der Pendelhemmung. In ein horizontal gelagertes Ankerrad – das Gangrad – mit typischer Zahnform greift abwechselnd eine von zwei Ankerklauen ein, läßt das Rad um einen halben Zahn weiterrükken und bewirkt beim Zurückschwingen des mit dem Anker über eine Gabel verbundenen Pendels den Pendelantrieb. Nachteilig ist dabei die Rückführung des Ankerrades bei der Ankerbzw. Pendelbewegung. Die mit dem Uhrwerk weiterrückenden Zeiger werden nämlich bei jeder Pendelhalbschwingung erst vorwärts und dann ein Stück rückwärts bewegt. Dabei geht Energie verloren und der Hemmungsvorgang bleibt im gewissen Umfang reibungsabhängig. Jedoch läß sich mit derartigen Pendelhemmungen die Ganggenauigkeit der Uhren mindestens um den Faktor zehn (»zehnfach«) steigern. Eine fertigungstechnische Vereinfachung der Ankerhemmung bringt die Schwarzwälder Blechan-

Ankerhemmung (Clement)

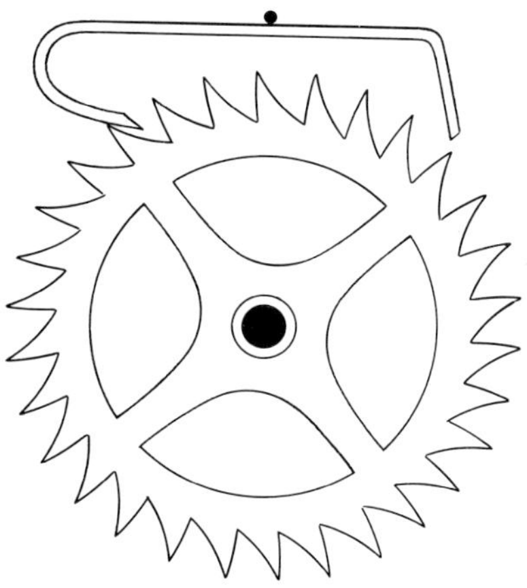

Schwarzwälder Blechanker

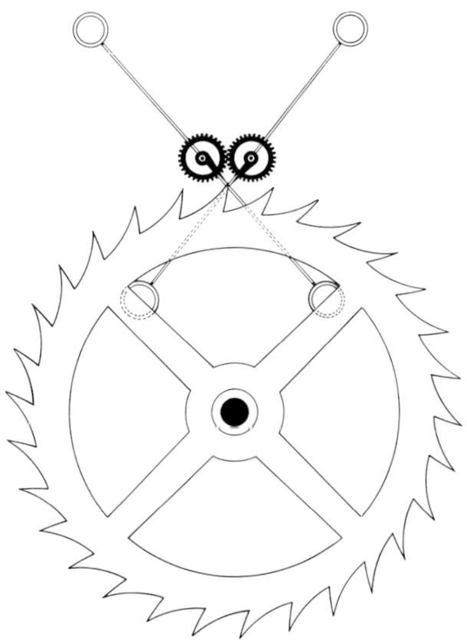

Eingriff der Kreuzschlaghemmung (auf den beiden Hebeln sind die Kreuzschlagpendel befestigt)

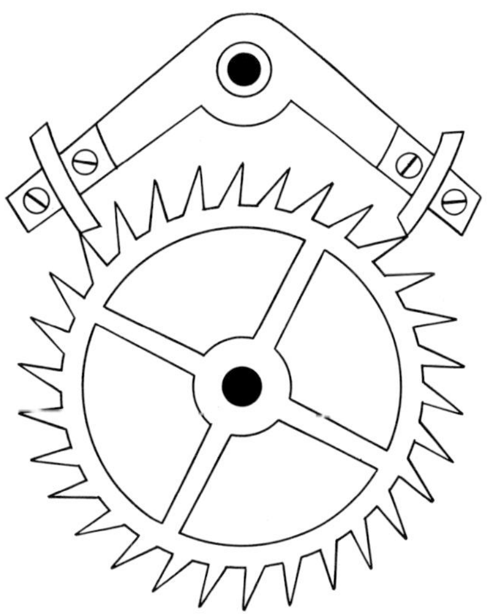

Grahamhemmung

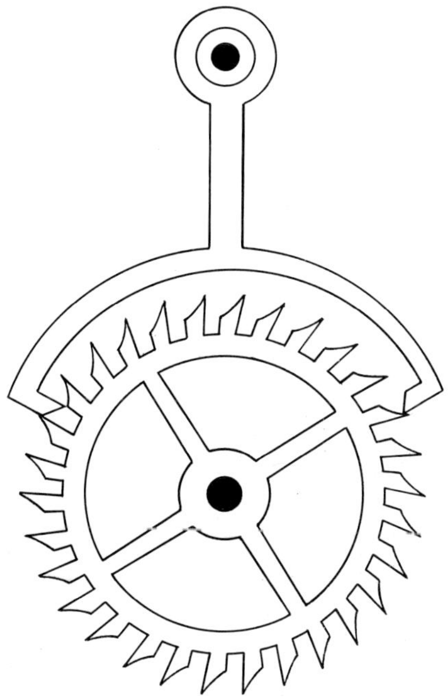

Graham-Gang mit langem Anker

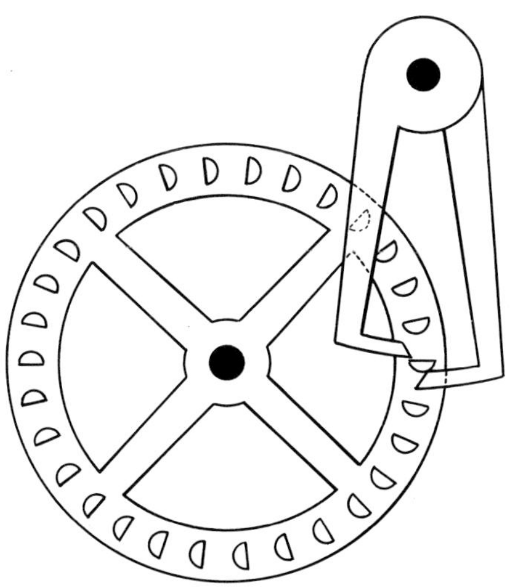

Scherenhemmung (Amant)

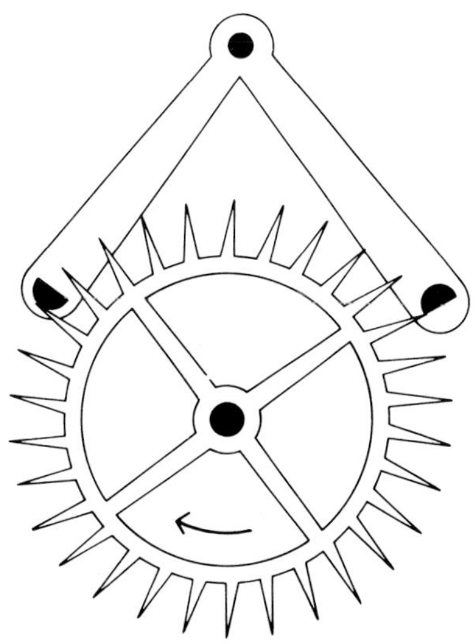

Brocot-Hemmung

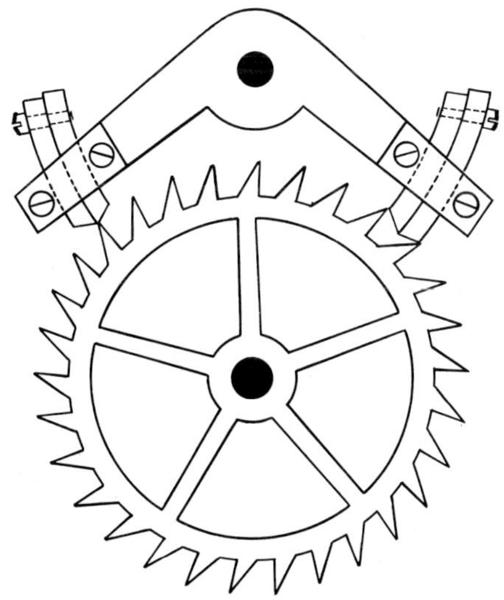

Strasser-Hemmung

kerhemmung, bei der ein Blechstreifen in die Form des Ankers gebogen ist.

Von hier war es nur noch ein kleiner Schritt zur ersten ruhenden Ankerhemmung, die 1715 von Graham erfunden wurde. Die Form der Radzähne wurde hierbei so auf die Ankerbewegung abgestimmt, daß keine Rückführung des Ankerrades durch die Pendelschwingung stattfindet.

Als Nachteil bleibt eine gleichmäßige Reibung zwischen Ankerradzähnen und Ankerpaletten während der Pendelschwingung. Doch können Eingriffskräfte und damit die Reibung selbst gering gehalten werden.

Diese beinahe vollkommene Hemmung erlaubte den Bau stationärer Uhren mit bis dahin ungeahnter Präzision. Bei relativ einfachem Aufbau ermöglichte sie bei Langpendeluhren Zeitmessungen mit täglicher Sekundengenauigkeit, sofern die Umgebungsbedingungen konstant blieben. Das bedeutete eine etwa tausendfach verbesserte Meßgenauigkeit gegenüber den Waaguhren. Eine solche Präzision war bis dahin unerreichbar gewesen und wurde auch für andere Meßanordnungen vorbildlich. Damit begann die große Zeit der englischen Bodenstanduhren und Regulatoren.

In ähnlicher Konstruktion wurde 1741 von Louis Amant die Scherenhemmung erfunden. Sie ist wie die Graham-Hemmung eine ruhende Hemmung und wurde vorwiegend in französischen Uhren eingebaut. Außer in Skelettuhren wurde sie häufig für Präzisionsregulatoren und Pendulen benutzt. Als weitere Großuhrhemmung mit stärkerer Verbreitung ist die 1825 von Achille Brocot erfundene und nach ihm benannte Brocot-Hemmung zu nennen. Ihre halbrunden Ankerpaletten sind oft in Rubin ausgeführt und weisen daher günstige Reibungs- und Verschleißeigenschaften auf. Durch ihre Formgebung erzeugt die Brocot-Hemmung eine besonders geringe Rückführung des Ankerrades. Wir finden sie gelegentlich in französischen Pendulen des 19. Jahrhunderts sichtbar vor dem Zifferblatt angeordnet.

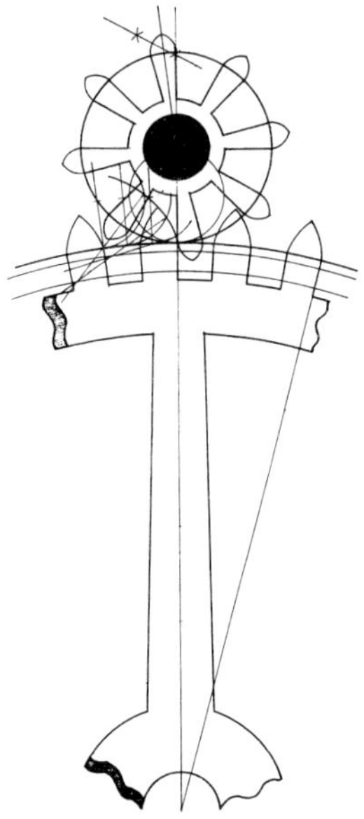

Verzahnungen:
Epizykloiden-Verzahnung

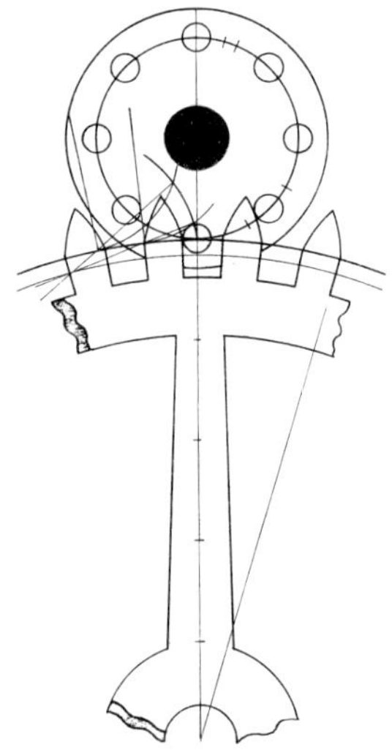

Hohltrieb-Verzahnung

a Gegengesperrfeder
b Federhausrad
c Sperrad
d Sperrad
e Klinke
f Sperrklinke
g Sperrscheibe

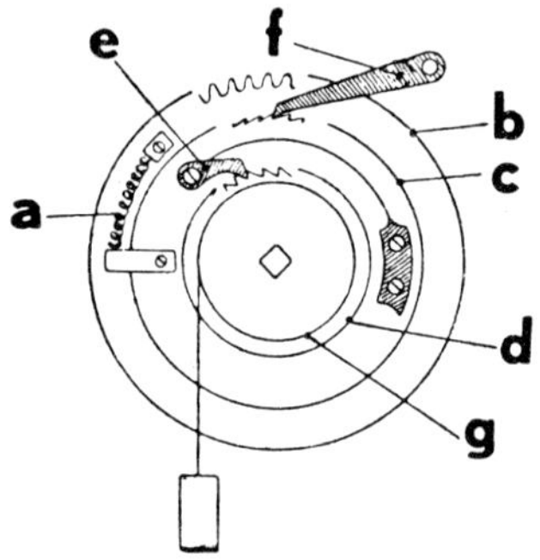

Kontergesperr (zur Erhaltung der Antriebskraft während des Aufzugs)

Endlose Aufzugskette nach Huygens

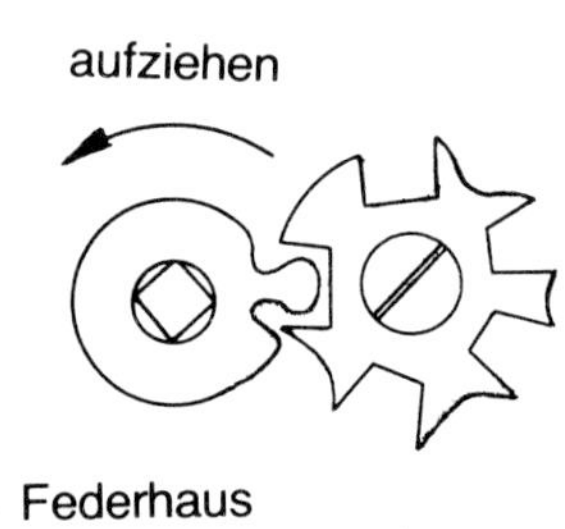

Malteserkreuz-Federhausstellung

Kontergesperr, Malteserkreuz, Kompensationspendel, Chronometerhemmung

Bei Gewichtsuhren ist die Konstanz des Antriebs durch ein gutes Räderwerk weitgehend gewährleistet. Hier wurden mit Einführung der Zykloidenverzahnung Verbesserungen erzielt. Für die Erhaltung des gleichmäßigen Antriebs auch während des Aufzugsvorgangs sorgt das Kontergesperr, das wir bei guten Uhren seit der ersten Hälfte des 18. Jahrhunderts finden. Durch Zusatzfedern in Verbindung mit einem Gegengesperr auf dem Aufzugsrad sorgt es während des Aufziehens für ein Fortwirken der Antriebskraft. Dem gleichen Zweck dient die endlose Aufzugskette von Huygens. Ihre Anwendung ist jedoch auf Gewichtsuhren beschränkt. Dagegen finden wir bei guten Federzuguhren insbesondere des 19. Jahrhunderts die Federhausstellung mit Malteserkreuz. Sie verhindert zu starkes Anspannen und vollständiges Entspannen der Zugfeder, von der damit allein der Bereich ungefähr gleichmäßiger Energieabgabe genutzt wird. Naturgemäß steht dadurch nur ein Teil der gesamten Federenergie zur Verfügung.

Uhren, die gute Gangergebnisse zeigen sollen, müssen außer sorgfältiger Verarbeitung je nach Anforderung Vorrichtungen zur Konstanthaltung des Antriebs und der durch Umweltbedingungen beeinflußten Pendellänge aufweisen.

Am bekanntesten zur Konstanthaltung der Pendellänge ist auch bei moderneren Uhren das Rostpendel. Seine erste Benutzung geht auf John Harrison (1693–1776) zurück. Dieses Kompensationspendel ist ein gitterrostähnliches System von Metallstäben. Die Stäbe aus Materialien mit unterschiedlichem Ausdehnungskoeffizienten verlängern sich bei Temperaturerhöhung. Sie sind jedoch so aufeinander abgestimmt und miteinander verbunden, daß die Verlängerung eines Pendelstabes durch Ausdehnung eines parallel liegenden Stabes gerade aufgehoben wird. Die Vorrichtung funktioniert bei guter Ausführung ideal. Wegen schlechter Konstruktion und funktioneller Schwierigkeiten sind die Rostpendel einfacher Uhren oft jedoch eher Dekorations- als Präzisionseinrichtungen.

Rostpendel

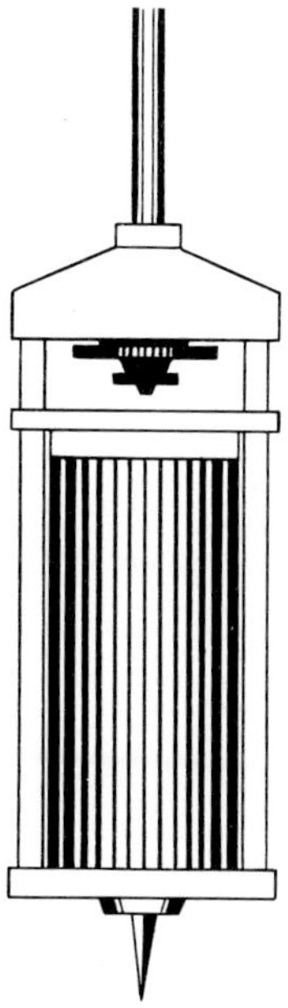

Quecksilber-Kompensationspendel

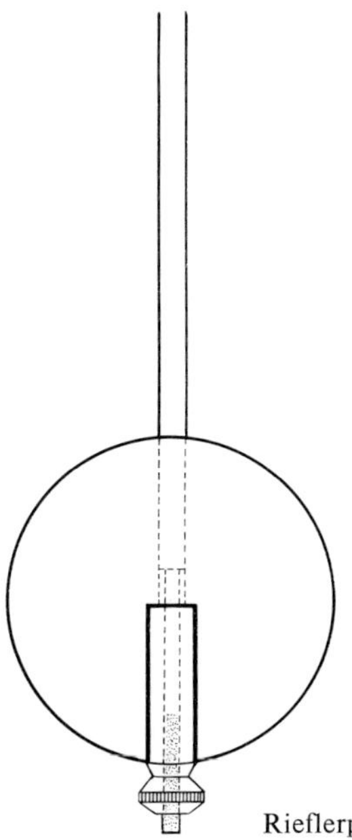

Rieflerpendel

Verschiedene historische Anordnungen zur Kompensation der Pendellängenänderung

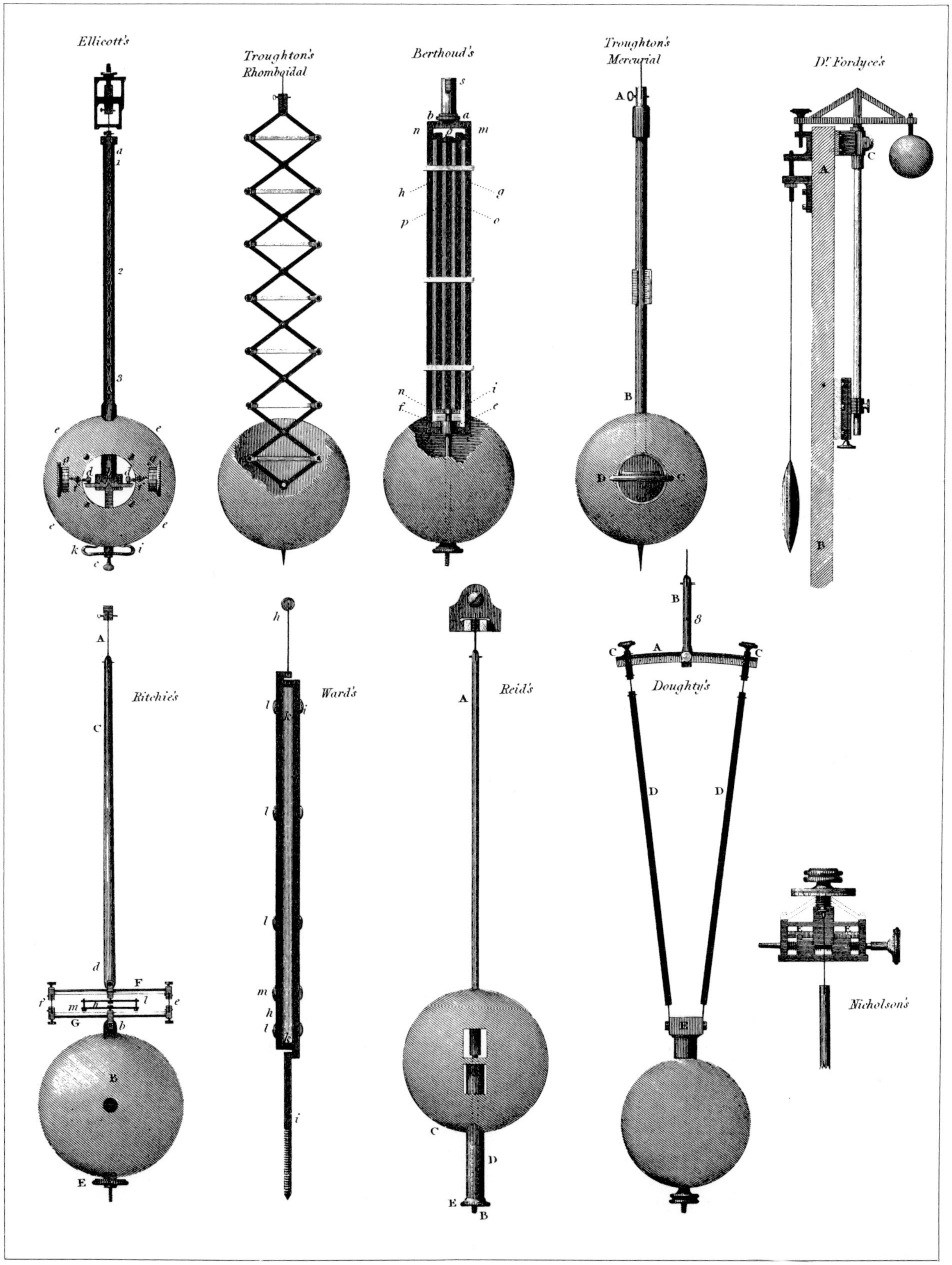

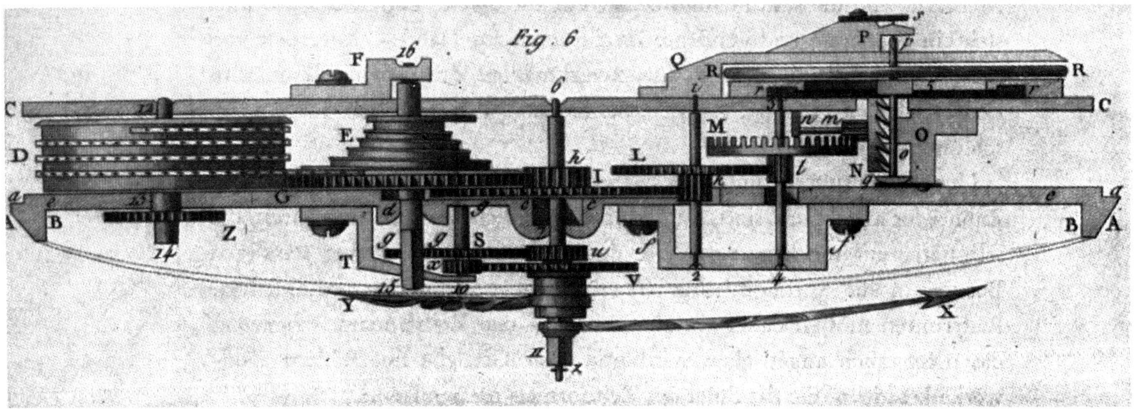

Querschnitt durch ein Taschenuhr-Spindelwerk

Beim Quecksilberpendel wird das Gleichbleiben der wirksamen Pendellänge ähnlich erreicht. Da sich das Quecksilber im Pendelgefäß bei erhöhter Temperatur nach oben ausdehnt, wird die Verlängerung der Pendelstange bei richtiger Abstimmung durch Anhebung des Quecksilberspiegels gerade kompensiert. Erstaunlich gut bewähren sich auch einfache Pendelstangen aus Edelholz, da Holz nur geringer Temperaturausdehnung unterliegt. Die Holzstangen reagieren zwar stärker auf Änderungen der Luftfeuchtigkeit, doch läßt sich dieser Einfluß durch Versiegeln der Oberfläche mit Firnis oder Lack weitgehend ausschalten.

Beim Riefler-Pendel, einer genial einfachen Präzisionsanordnung, wird die Temperaturkompensation wie beim Rostpendel durch die unterschiedliche Ausdehnung mehrerer Metallteile erreicht. Eine Hülse zwischen Pendelstange und Pendellinse bewirkt die Anhebung des Pendelschwerpunkts um genau den Betrag, um den sich die Pendelstange bei Temperaturerhöhung verlängert. Das für die Pendel verwendete Invar, ein Material mit geringem Ausdehnungskoeffizienten, führt zu der inzwischen schon historisch gewordenen Entwicklung moderner Präzisionsuhren, die für wissenschaftliche Zwecke gebaut wurden, doch als Sammlerobjekte nur untergeordnete Bedeutung haben.

Eine Präzisionsuhr kann nur mit einer freien Hemmung gebaut werden, bei der die Schwingung ohne äußere Beeinflussung gleichmäßig aufrechterhalten bleibt. Das ist aber bei mechanischen Hemmungen vom Prinzip her nur unvollkommen möglich. Bei der Chronometerhemmung und anderen Präzisionsausführungen wird eine freie gleichmäßige Schwingung weitgehend erreicht, doch auch bei bester Ausführung bleiben Unvollkommenheiten bestehen. Deshalb versuchten Wissenschaftler und Uhrmacher im 18. und 19. Jahrhundert die verbleibenden negativen Einflüsse zu erfassen und zu beseitigen. Genannt seien stellvertretend für viele andere Berthoud, Breguet, Riefler, Großmann. Es zeigte sich, daß Genauigkeitssteigerungen auch schon mit der Konstanthaltung störender Einflüsse, die sich nie ganz beseitigen lassen, zu erzielen sind.

Auch nach Ausschluß von Temperatureinflüssen, Ungleichmäßigkeit des Antriebs und der Hemmungsfunktion bleiben noch immer Genauigkeitsstörungen durch Reibungsverluste, Erschütterungen und Luftdruckschwankungen. Am schwerwiegendsten ist dabei die Gangbeeinflussung infolge Alterung des Uhrenöls, das zur Schmierung verwendet werden muß.

Am Körper getragene Uhren – Kleinuhren – wurden zuerst um 1500 hergestellt. Die weitere Verkleinerung der Werke führte im späten 17. Jahrhundert zu den Taschenuhren. Deren Konstruktion unterschied sich zuerst kaum merklich, doch allmählich immer stärker von den Großuhren. Die wohl wichtigste Voraussetzung für die Konstruktion tragbarer Uhren ist die mit der Unruh verbundene elastische Spiralfeder, die erst eine einigermaßen freie Schwingung der Unruh erlaubt. Hemmungen auf der Grundlage möglichst freier Schwingungen des Unruhdrehpendels ergaben sich durch sinnvolle Ableitung aus den Großuhrhemmungen. Dann wurde die lagen- und bewegungsunabhängige Funktion dieser Hemmungen gefordert. Dazu bedurfte es neuer Erfindungen in Ergänzung zu den teils sehr weit entwickelten Anordnungen zur Kompensation des Temperatureinflusses. Wichtigste Ausführungen dieser Hemmungen sind die ruhende Zylinderhemmung, die freie Ankerhemmung, die Duplex-Hemmung und die Chronometerhemmung. Sie dienen in Echappements kleiner Ausführung sogar zur Regulierung von Großuhrwerken. Spezifisch für die Kleinuhren sind verschiedene Einrichtungen, die für Großuhren weniger Bedeutung haben, nämlich Aufzug- und Zeigerstellvorrichtungen, automatischer Aufzug, Lagersteine aus natürlichem und synthetischem Rubinmaterial sowie Stoßsicherungen.

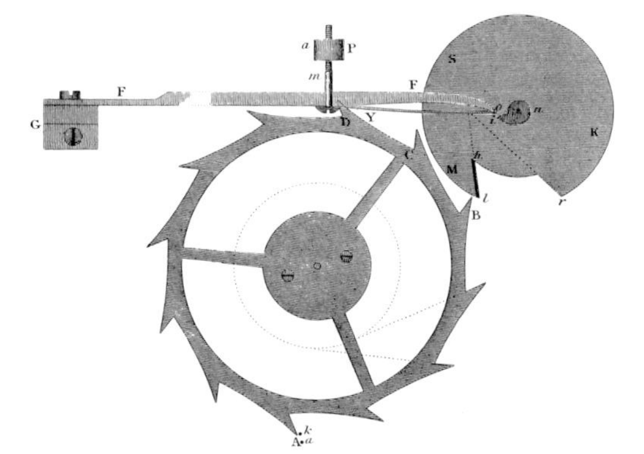

Chronometerhemmung

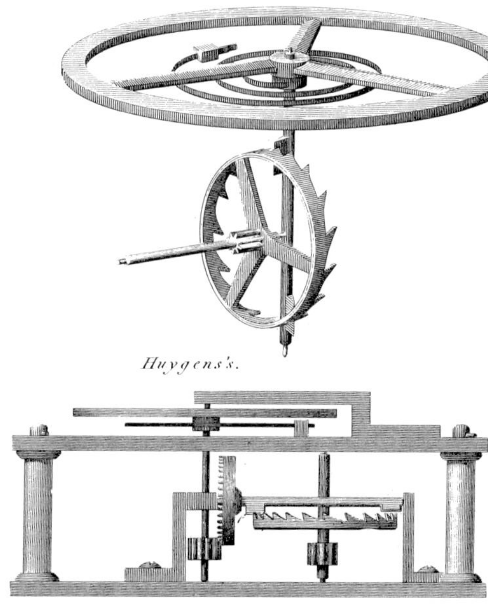

Kleinuhrhemmung mit Unruhe und Spirale

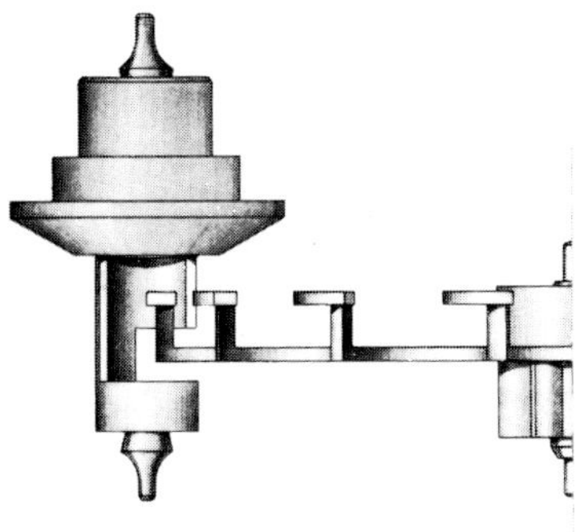

Zylinderhemmung

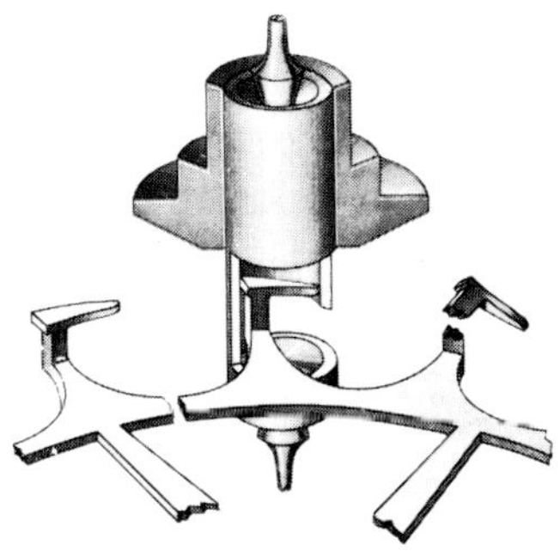

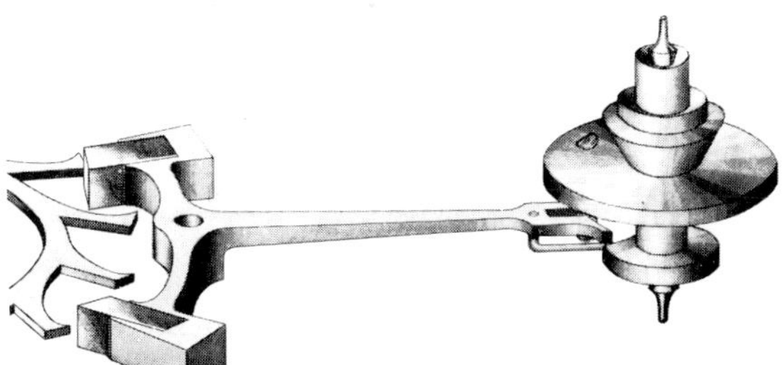

Schweizer Ankerhemmung

Duplex Hemmung

Wecker und Schlagwerke

Die Grundfunktion des Gehwerks wird bei vielen Uhren durch Zusatzeinrichtungen und -aggregate wie Wecker oder Schlagwerke ergänzt.

Offenbar stellt die Weckereinrichtung die älteste Signaleinrichtung der mechanischen Uhren dar. Sie fand schon bei den Türmeruhren Verwendung. Möglicherweise ist die Spindelhemmung mit Waagbalken aus noch älteren Signaleinrichtungen abgeleitet, die dem Weckmechanismus der späteren Uhren ähnelten.

Der Wecker ist bei älteren Uhren fast immer nach der Grundfunktion des Spindelwerks angelegt. Durch einen gesonderten Gewichts- oder Federantrieb wird über ein Spindelrad der Weckerhammer in hin- und herschwingende Bewegung versetzt und schlägt gegen eine Glocke. Das Auslösen dieser Hammerbewegung besorgt ein Einsteckstift auf der Weckerstellscheibe, die mit dem Stundenzeiger in der Mitte des Stundenzifferblattes umläuft. Der Einsteckstift kann bei frühen Uhren nur in 12 Löcher mit stündlichem Abstand gesteckt werden. Kontinuierlich auf jede Weckzeit einstellbare Einrichtungen wurden erst im 18. bis 19. Jahrhundert üblich. Sie verlangen diffizile mechanische Fertigung, die zuvor nicht möglich erschien.

Schlagwerke mit Schloßscheibensteuerung zählen ebenfalls zu den ältesten Uhrwerksmechanismen. Sie ermöglichen den Stundenschlag von 1 bis 12, also 78 Schläge während einer Schlagperiode, und sie können recht einfach auch zusätzlichen Halbstundenschlag bewirken. Die Ausstattung der Schlagwerke mit einer oder mehreren Glocken und entsprechenden Schlaghämmern ist nur eine Frage der Detailausführung, der Energie und der Größe des Uhrwerks. Zwischen Groß- und Kleinuhren besteht, was Schlagwerke wie auch Weckerwerke betrifft, kein grundsätzlicher Unterschied.

Der Viertelschlag erfordert neben Geh- und Stundenschlagwerk ein drittes Uhrwerk. Bei älteren Uhren ist es meist hinter dem Gehwerk und vor dem Stundenschlagwerk angeordnet. In neuerer Zeit, spätestens seit dem 18. Jahr-

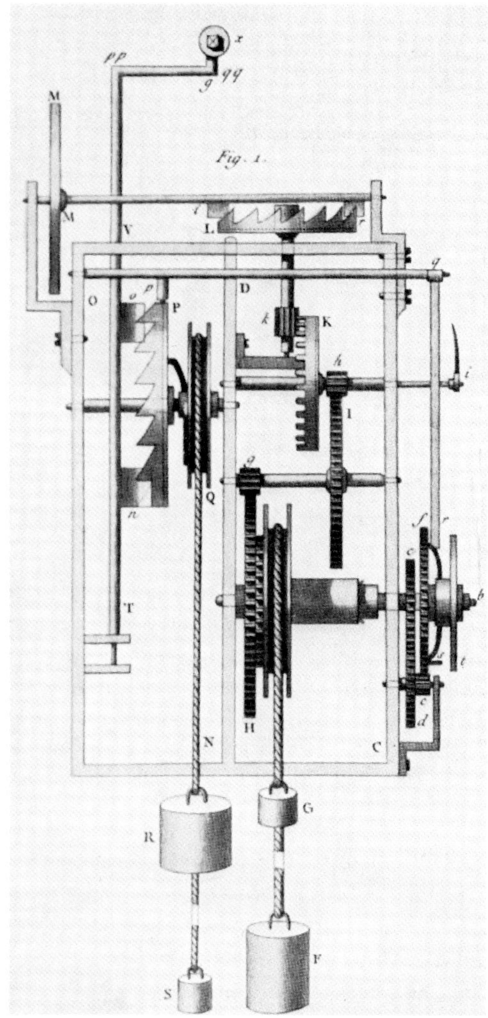

Uhrwerk mit Wecker – das Weckerwerk liegt links neben dem Spindelgehwerk

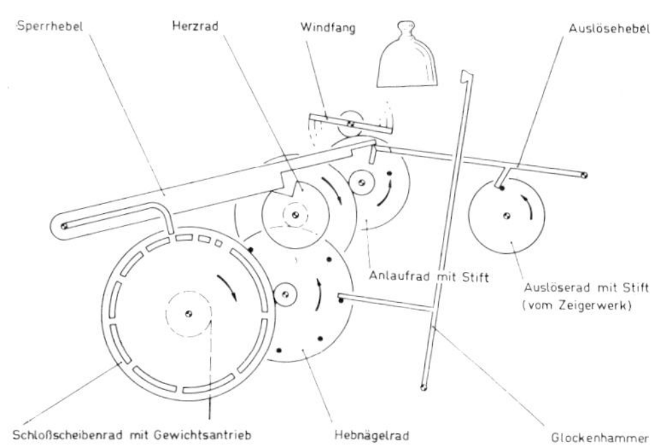

Prinzip des Schloßscheiben-Schlagwerks

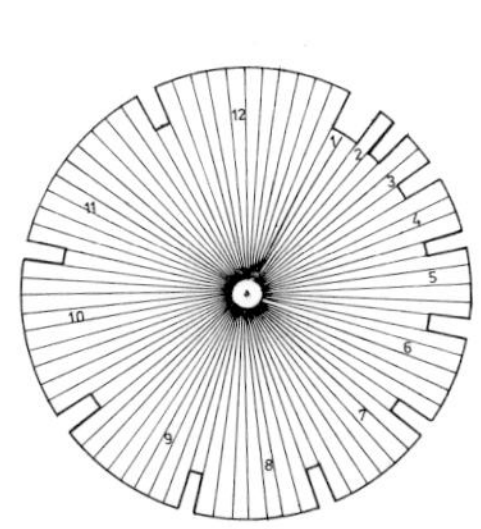

Englische Schloßscheibe, 78 Unterteilungen (ausschließlich Stunden)

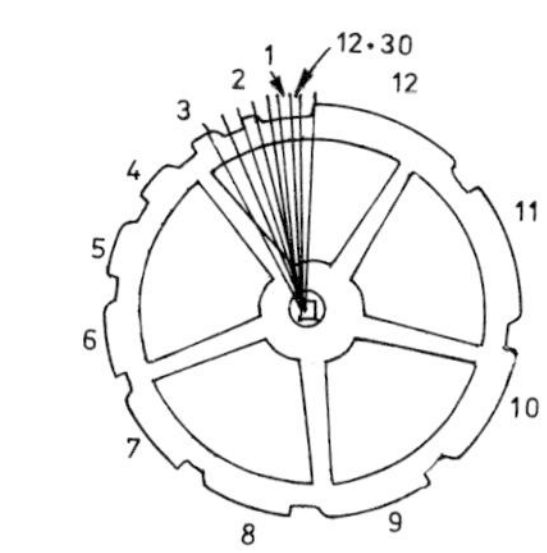

Französische Schloßscheibe, 90 Unterteilungen (Stunden und halbe Stunden)

hundert, baut man die verschiedenen Werke bevorzugt nebeneinander.

Ein Schlagwerk mit Stunden- und Viertelstundenschlag wird auch als Petite Sonnerie bezeichnet. Bei der Grande Sonnerie wird die Stunde kurze Zeit nach ihrem Ablauf ein zweites Mal nachgeschlagen. Das Räderwerk für den Uhrschlag entspricht weitgehend dem Gehwerk. Auch hier muß vom Antrieb durch Gewicht oder Feder statt der Zeigerwerksbetätigung eine Hammerbetätigung für den Schlag bewirkt werden, und der Ablauf des Werkes soll möglichst gleichmäßig erfolgen. Dafür ist ein Hemmregler nötig, an den jedoch geringere Forderungen in bezug auf Gleichmäßigkeit als an eine Gehwerkshemmung zu stellen sind. In den meisten Fällen wird ein Windflügel als Luftbremse benutzt. Aber auch mechanische Hemmungen mit Spindelrad entsprechend den Weckereinrichtungen kommen im 16./17. Jahrhundert gelegentlich zur Regulierung der Schlagwerksgeschwindigkeit vor.

Vornehmlich bei Schwarzwälder-Uhren finden wir als Besonderheit das Surrerwerk. Hier erreicht man Viertelstunden- und Stundenschlag mit einem einzigen Uhrwerk, allerdings bei verkürzter Laufdauer dieses Werkes mit einem Aufzug. Erkennbar sind die Surrer an dem Hebnägelrad zur Betätigung der Schlagwerkshämmer, das auf beiden Seiten Stifte – auf der einen Seite vier für die Viertelstunden, auf der anderen zwölf für den Stundenschlag – trägt. Beim Schlagen dreht sich das Hebnägelrad jeweils über alle Stifte. Doch sorgt der Steuermechanismus des Schlagwerks für den Anschlag nur der fälligen Stundenzahl. In der übrigen Zeit hört man das Surren des ablaufenden Werkes: daher der Name Surrer.

Im Jahre 1676 erscheint mit dem Rechenschlagwerk, erfunden von Edward Barlow, eine neue Schlagwerkskonstruktion. Dies Rechenschlagwerk verlangt gegenüber dem Schloßscheibenschlagwerk höhere Fertigungsgenauigkeit, ist aber wesentlich unproblematischer im Gebrauch. Da die Steuerscheibe, die für die richtige Schlagfolge verantwortlich ist, direkt mit dem Zeigerwerk der Uhr verbunden ist, hängt die Schlagzahl nur von dem Zeigerstand der Uhr ab. Man kann die Zeiger eines Rechenschlagwerkes getrost verstellen, ohne das richtige Schlagen der Uhr zu beeinträchtigen. Lediglich das Rückwärtsstellen des Zeigerwerks ist bei älteren Ausführungen nicht angezeigt, da es zu Zerstörungen führen kann. Bei neueren Rechenschlagwerken ist infolge eines federnd ausgeführten Eingriffshebels auch das Rückwärtsstellen möglich.

Hintereinanderliegende Werke

Nebeneinanderliegende Werke

Schwarzwälder „Surrer“

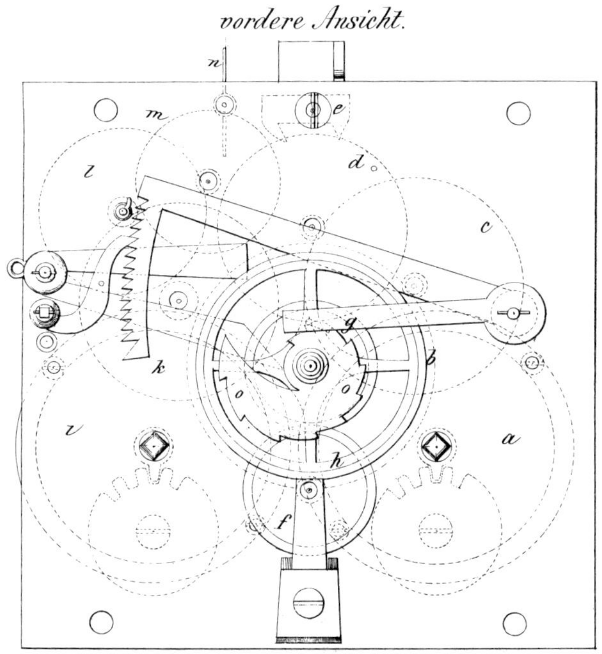

Uhr mit Rechenschlagwerk

Repetition, Musikwerke, Automaten

Das vorher nur mit komplizierten Kunstgriffen erreichbare Abfragen eines Schlagwerks zu beliebigen Zeiten ist bei Rechenschlagwerken ebenfalls möglich, da die richtige Schlagzahl ja durch die Zeigerwerksstellung festgelegt ist. Sowohl ein Nachschlagen der Stunde als auch ein Abruf der Uhrzeit zu beliebigen Zeitpunkten kann seit Einführung des Rechenschlagwerks ohne Schwierigkeiten erfolgen. Die dafür eingerichteten Ruf- oder Abfrageschlagwerke werden oft auch als Repetitionsschlagwerke bezeichnet. Doch schlägt ein eigentliches Repetitionsschlagwerk die Zeit nach einer Pause wie bei der Grande Sonnerie ein zweites Mal nach.

Nach dem Rechenschlagwerksprinzip lassen sich auch Viertelstunden- und Minutenschlagwerke verwirklichen. Umfangreichere Werke zum Abspielen von Tonfolgen oder kurzen Melodien statt einzelner Glockenschläge erfordern Zusatzmechanismen. Die Betätigung der Glokkenhämmer erfolgt durch eine Steuerwalze mit eingeschlagenen Stiften. Bei mehrfacher Bestiftung lassen sich solche Walzen durch Verschiebung auch zum Abspielen verschiedener Melodien benutzen. Bekannteste Beispiele sind der Westminster- und der Wittington-Schlag. Kuckucksruf und andere Vogelstimmen zum Stundenschlag sind aus uhrmacherischer Sicht ebenso unproblematisch wie die schon erwähnten Melodienschlagwerke. Anstelle der Glockenhämmer muß man nur Anordnungen zur mechanischen Betätigung kleiner Orgelpfeifen oder anderer Tonerzeuger einbauen. Als bekanntestes Beispiel hat die Kuckucksuhr die Schwarzwälder-Uhr in der ganzen Welt populär gemacht. Dies ist sicher auf den volkstümlichen Kuckucksruf ebenso zurückzuführen wie auf die einfache Herstellungsmöglichkeit der zu seiner Reproduzierung nötigen Anordnung.

Der Uhrschlag auf Metallglocken, im Schwarzwald häufig auch auf Glasglocken, blieb bis fast zum Ende des 18. Jahrhunderts vorherrschend. Später lösten Tonfedern und Gongstäbe die Glocken fast vollständig ab.

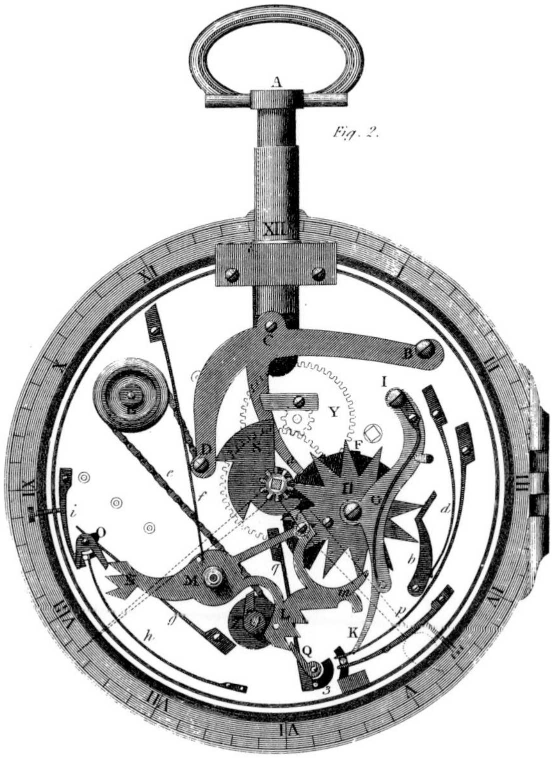

Repetitions-Abfrage-Werk

Musikspielwerk

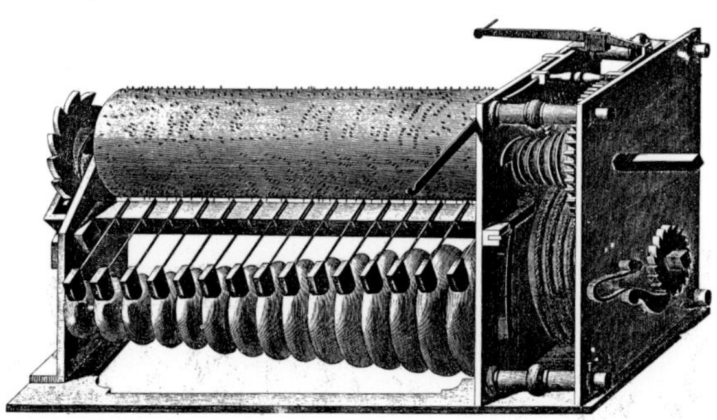

Besondere Behandlung verlangen Musikspielwerke von Uhren und Musikuhren. Ihr Entwicklung wurde einmal durch die Schlagwerke geprägt, zum anderen durch die Musikinstrumente und Musikautomaten, die Paten bei ihrer Einführung waren. Da Großuhren oft sogar mit mehreren zusätzlichen Musikwerken ausgestattet sind, sei hier wenigstens ein kurzer Überblick angefügt.

Gewöhnlich wird mit dem Stundenschlag oder auf Wunsch ein Musikwerk ausgelöst, das als getrenntes Spielwerk mit eigenem Antrieb ausgestattet ist. Dies Spielwerk ist im Prinzip wie das Uhrwerk aufgebaut. Nur muß eine umlaufende Steuerwalze anstelle des Hebnägelrades beim Schlagwerk die Tonauslöser betätigen. Diese sind in einer Folge von Betätigungsgliedern mit zugeordneten mechanischen Tonerzeugern angeordnet. Verwendet werden hauptsächlich Glocken, Tonfedern, Stimmzungen und Lippenpfeifen.

Entwicklung der Gehäuseform

Erst der Zusammenhang der technischen mit der geschichtlichen und wirtschaftlichen Entwicklung, einschließlich örtlicher Besonderheiten, mit den großen Stilperioden und deren Abwandlungen erklärt die Vielfalt der Formen, die das Gesamtbild der Uhr so bunt und vielgestaltig machen.

Süddeutsche eiserne Waaguhr

Die gotische Wohnraumuhr

Tisch- und Wanduhren

Die an der Wand aufgehängten eisernen Türmeruhren des 14. Jahrhunderts in Flachrahmenbauweise (Bild 254) dürften die unmittelbaren Vorgänger der Zimmeruhren gewesen sein, sofern die Türmeruhren nicht schon selbst gelegentlich als Zimmeruhren dienten. Sie waren rein zweckbestimmte Geräte mit dem Zifferblatt als einzigem Schmuck vor dem offenen Räderwerk.

Aus diesen Türmeruhren wurden die eisernen Stuhluhren spätgotischen Stils, die wir als älteste Uhrengattung häufiger antreffen (Bild 258 bis 263). Der Name Stuhluhr kommt von »Stühlchen« oder »Konsolen«, auf denen sie offen im Raum standen oder an der Wand befestigt wurden. Da von der Fallhöhe der Gewichte auch die Laufdauer der Uhr abhängt, war ein hoher Stellplatz nötig. Die frühesten und einfachen Ausführungen haben neben dem Gehwerk nur eine Weckvorrichtung. Bereits Ende des 15. Jahrhunderts ist das Stundenschlagwerk mit Schloßscheibe hinter dem Gehwerk angeordnet. Als Stundenzifferblatt dient in der Regel ein einfaches bemaltes Blechschild. Anzeige von Viertelstunden oder Minuten ist bei den eisernen Uhren des 16. Jahrhunderts nur ausnahmsweise anzutreffen. Erst im 17. Jahrhundert, mit der Umrüstung auf Pendelhemmung, tritt sie stärker in Erscheinung.

Die Einordnung der eisernen Stuhluhren und ihrer Varianten als Wand- oder Tischuhren wird durch Abwandlungen erschwert, nämlich durch eindeutige Wanduhren ohne den typischen Pfeilerwerkbau (Bild 256, 257). Wir können sie als gotische Wanduhren ansehen, die allerdings weniger spezielle Stilmerkmale als eine gotische Stuhluhr mit Pfeilerwerk aufweisen. Dementsprechend ist auch eine Parallelentwicklung der gotischen Eisenuhren denkbar, nämlich von der Türmeruhr zu der gerade diskutierten Wanduhr und von der ebenfalls älteren Kirchenuhr – bekannt ist eine Kirchenuhr in Exeter von 1314 – zur gotischen Stuhluhr, die der Kirchenuhr in der Werkform am nächsten kommt und gleich dieser auf einem Gestell oder Stuhl steht.

Diese Eisenuhren wurden seit ihrer Entstehung, die spätestens in der Mitte des 15. Jahrhunderts liegt, bis nach 1600 vorwiegend in der typischen Prismenbauweise (Bild 262, 263) hergestellt. Die Eckpfeiler der Uhrwerke sind bei den späteren Exemplaren meist als gotische Strebepfeiler mit Fialen ausgeführt, die bis hinauf zur Glockenstuhlbekrönung mit Kreuzblumen charakteristische Details der Gotik aufweisen. Merkmal aller alten gotischen Uhren ist das Zusammenfügen der Werke mit Keilen und Stiften ohne Verschraubungen.

Diese Bauweise wurde verschiedentlich bis 1640 beibehalten. Das ist besonders für Winterthur belegt, wo die Uhrmacherdynastie der Liechti über mehrere Jahrhunderte wirkte. Ähnlich wie hier wurde auch in anderen Fällen der Uhrenentwicklung ein längst totgeglaubter Stil noch jahrzehntelang beibehalten und geradezu perfektioniert. Was in diesem Fall durch Erforschung von Datierungen und Vergleichen deutlich ist, kann in ähnlichen Fällen erhebliche Zuordnungsschwierigkeiten bringen.

Mit einem kompletten Gehäuse um die gewichtsbetriebene Eisenuhr (Bild 261) wird die Verwandschaft der spätgotischen Eisenuhren mit den Renaissance-Tischuhren mit Federaufzug deutlich. Doch aus dem 16. Jahrhundert finden wir außer wenigen Museumsobjekten kaum solche Uhren, die für den Sammler noch erreichbar wären.

Nach Material- und Größenanforderungen zuerst von Schmieden gefertigt, übernahm die Herstellung der kleineren Tischuhren der Schlosser. Sein Handwerk war längst etwa wie beim Büchsenmacher auf diffizilere Materialbearbeitung ausgerichtet. Für die aus vergoldeter Bronze, Silber, manchmal auch Gold gefertigten Uhrengehäuse waren verschiedene Kunsthandwerker (einschließlich Goldschmieden) nötig. Der Uhrmacherberuf wurde neben den Schlossern ein eigenständiger Handwerkszweig mit Zunftordnung.

Gotische Stuhluhr

Renaissanceuhren

Die kleineren Tisch- und Dosenuhren um 1500 waren mit verhältnismäßig groben Eisenwerken ausgestattet. Sie wurden jedoch im Unterschied zu den gotischen Stuhluhren von einer Feder angetrieben und durch die Löffelunruh reguliert. Das Räderwerk wie das Zifferblatt ist im Gegensatz zu den Pfeilerwerken horizontal angeordnet (Abb. 2, 5, 7, 13, 85) Die Schlagwerke und Wecker, die bald hinzukamen, waren in den Platinenwerken übereinander angeordnet. Dadurch entstand die auf den ersten Blick erstaunliche Form des Etagenwerks (Bild 87–90), die besonders bei den frühen französischen Uhren zu finden ist.

Von der Mitte des 16. Jahrhunderts an wurden dann die Werke mehr und mehr aus Messing gefertigt. Ebenfalls zu dieser Zeit begann man, Werkteile mit Gravuren, Durchbrucharbeit und Vergoldung zu verzieren.

Als hervorragendste Form unter den Renaissanceuhren finden wir seit 1550 die Türmchenuhr (Bild 1, 12, 16, 18, 20, 22, 89, 97, 105). In den Zentren der Uhrmacherei, insbesondere Nürnberg, das in seiner führenden Rolle von Augsburg abgelöst wurde, aber ebenso in anderen Städten, etwa Straßburg oder Ulm, gab es bereits Anfänge von Serienfertigungen auch prunkvoller Stücke. Wichtigster Lieferant für ganz Europa in der Spätrenaissance war Augsburg.

Die Augsburger Türmchenuhren unterscheiden sich deutlich von den recht frühen französischen, die zierlicher sind und meist ein Etagenwerk (Bild 87–89) besitzen. Die Werke der auch etwas größeren Uhren aus Augsburg sind wie bei den Eisenuhren vertikal angeordnet, ursprünglich als Pfeilerwerke. Später treten besonders mit den komplizierteren Automatenuhren auch Platinenwerke auf. Die verschiedenen Geh-, Schlag-, Wecker- und Automatenwerke sind dann nicht mehr hintereinander gebaut, sondern zwischen den Platinen neben- und hintereinander, auch rechtwinkelig gegeneinander versetzt.

Im Gesamtaufbau wie in den Details erscheint mit der Türmchenuhr ein neuer Uhrentyp, hervorgegangen aus der Synthese von spätgotischer Eisenuhr und italienisch-französischer Renaissanceuhr. Neben Dosen- und Türmchenuhren werden Schmuck- und Prunkuhren in allen denkbaren Fantasieformen gefertigt als Monstranzuhren, Kruzifixuhren, astronomische Uhren oder Automatenuhren. Die Gestaltung von Gehäusen und Werkverzierung zeigt sich besonders reich bei Prunkuhren von Jeremias Metzker oder Goldschmiedearbeiten von Wenzel Jamnitzer und findet ihren Höhepunkt etwa in der Gestaltung der Tischuhr von Simon Graf aus Leipzig, 1663 (Bild 34/37).

Nürnberger Dosenuhr

Türmchenuhr

Umbruch zur modernen Uhrmacherei im 17. Jahrhundert

Im Werk und Gehäuse weisen die Messinguhren der Renaissance technisch kaum mehr prinzipielle Änderungen auf. Sie werden besonders in den Verzierungen immer kapriziöser, es sind bestechend schöne Schmuckstücke.

Stagnation der Entwicklung zeigt sich im Fehlen eines einheitlichen neuen Uhrentyps nach der Renaissanceuhr. Der Dreißigjährige Krieg brachte den blühenden Export der deutschen Uhrmacherstädte in alle Welt zum Erliegen.

Erst in der zweiten Hälfte des 17. Jahrhunderts erhielt die Entwicklung der Uhr durch die Einführung des Schwerkraftpendels neue Impulse. Eine Folge war der Bau von Uhren mit abgewandelter Spindelhemmung und Kurzpendel sowie der Umbau vieler Waaguhren auf diese bessere Hemmung. Damit entstanden auch neue Formen und Arten von Uhren, die sich deutlich von den bisherigen unterschieden.

Spätestens seit Anfang des 17. Jahrhunderts hatte es in England eiserne Stuhluhren in der typischen Form der englischen Laternenuhr oder »lantern clock« (Bild 400–403) gegeben; im Verlauf des Jahrhunderts wurden diese dann zunehmend aus Messing gefertigt. Eine bemerkenswerte Ausstrahlung von hier auf andere Gebiete fehlte. Eher dürfte ihre Entwicklung bei gewisser Eigenständigkeit von den mitteleuropäischen Zentren initiiert gewesen sein. Die Herstellungstechnik dieser Uhren aber deutet schon auf Vorläufe industrieller Fertigung hin, die neben der Einführung des Pendels eine Voraussetzung für den nun beginnenden Abschnitt der Uhrmacherei war.

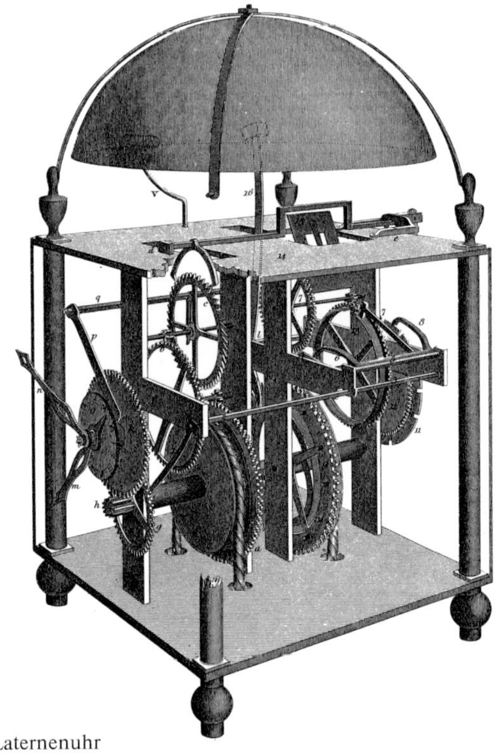

Laternenuhr

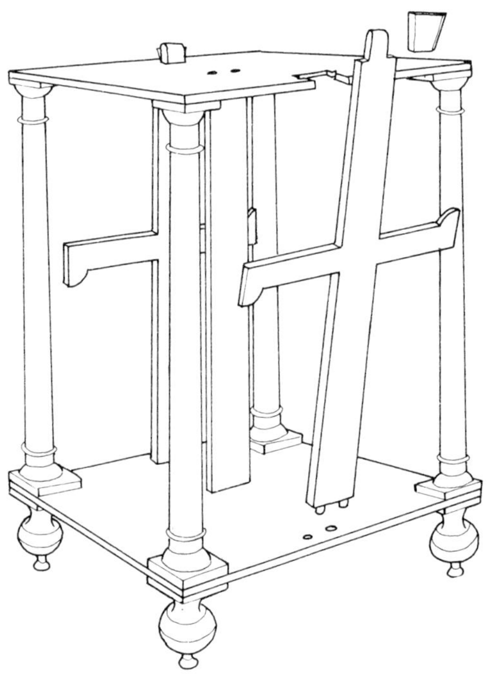

Pfeilerwerksanordnung

Pendeluhren im Wohnraum

Stutzuhren

Mit dem Pendel treten in England nach der Mitte des 17. Jahrhunderts zwei neue Uhrentypen in Erscheinung: die Stutzuhr oder »bracket clock« und die Bodenstanduhr oder »long case clock«. Bracket clock ist eher mit »Konsoluhr«, denn mit »Stutzuhr« zu übersetzen. Nach der Bezeichnung »Stutzuhr« sieht man sie oft als gestutzte Bodenstanduhr an, was weder nach dem englischen Namen noch nach ihrer wahrscheinlichen Entstehung aus der vorhergehenden Laternenuhr mit zugefügtem Gehäuse richtig sein wird. Vielmehr dürfte die Bodenstanduhr später als die Stutzuhr entstanden sein, denn der Kopf der Bodenstanduhr kann sehr wohl als eine Stutzuhr betrachtet werden, die auf den langen Gehäusekasten aufgesetzt ist.

Englische Stutzuhren und Bodenstanduhren haben im übrigen deutliche Gemeinsamkeiten in Gestaltung wie im Werkaufbau. In ihrer Art wurden sie erst möglich durch die Pendelhemmung, die vorangegangene Entwicklung des Uhrwerks zum Platinenwerk, die Vervollkommnung der Verzahnung sowie der gesamten Herstellungstechnik.

An die Stelle der quadratischen Grundform der Waaguhr mit Pfeilerwerk, wo diese Form wegen der über dem Werk geschützt schwingenden Radwaag und der bekrönenden Glocke beinahe zwangsläufig ist, tritt jetzt das flache rechteckige Pendeluhrwerk. Diese Form ergibt sich aus der Platinenanordnung mit Pendel, das parallel zur Platinenebene schwingt. Das ebene Pendel setzte sich schnell gegen andere mögliche Arten, etwa gegen das von Huygens auch untersuchte Rotationspendel durch, welches sicher andere Entwicklungen und Uhrwerkformen gebracht hätte. Werke mit dem parallel zur Platinenebene schwingenden Pendel fordern geringsten Platz und bieten weitgehend Schutz gegen äußere Störungen der Pendelbewegung. Dieser wird durch den angepaßten rechteckigen Gehäusekasten noch verbessert, so daß der gesamte Aufbau der Stutzuhr als organische Lösung anzusehen ist.

Die Stutzuhr wird zuerst mit kurzem Pendel und Spindelhemmung gebaut. Ihre endgültige klassische Ausführung findet sie durch Verwendung der Ankerhemmung mit längerem Hinterpendel.

Die nüchterne Gestalt der schwarzen Holzgehäuse entspricht dem englischen Geschmack. Die Form wird andernorts kopiert und in verschiedensten regional gebundenen Variationen bis hin zur französischen Prunkpendule abgewandelt. Als Zifferblätter dienen zuerst rechteckige Metallschilder, die ab 1720 oben halbkreisförmig erweitert werden. Verzierung und Ziffern ändern sich nur langsam wie die vorherrschend konservative Mode in England.

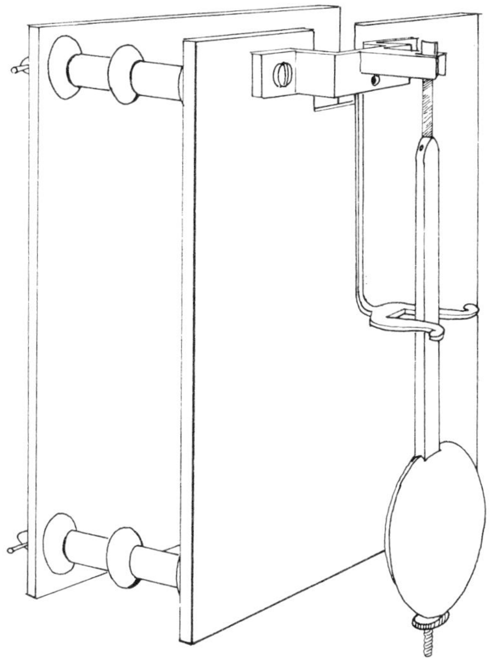

Platinenwerksanordnung

Ausstrahlung und einheitliche Entwicklung, die Kennzeichen der vorhergehenden Periode in Mitteleuropa, insbesondere Nürnberg und Augsburg, finden wir jetzt mit der Stutzuhr in England, in erster Linie in London. Die Parallelentwicklungen in verschiedenen europäischen Ländern haben durchweg geringere Bedeutung bis auf die französische Pendule, die ebenfalls eine der großen Epochen der Uhrmacherei markiert.

Platinenwerk mit Rechenschlag

Platinenwerk mit Spindelhemmung und Pendel

Die übrigen europäischen Stutzuhren des 18. Jahrhunderts, insbesondere in Süddeutschland, Wien und Italien, weisen untereinander weniger gemeinsame Besonderheiten auf, sofern man ihren oft geringeren Entwicklungsstand nicht als solche ansehen will. Das gilt natürlich nur für den Durchschnitt (dieser vielfach mit rustikalem Einschlag), keineswegs jedoch für Spitzenstücke. Diese genügen mit Automaten, Musikwerken und intarsierter Gehäuseverarbeitung oft auch höchsten Ansprüchen.

Die Werke der englischen Stutzuhren sind größtenteils einfach, gut und relativ einheitlich gefertigt, wobei die rückwärtige Platinenverzierung oft bewundernswert schön gearbeitet ist. Natürlich weisen sie unterschiedliche Vervollkommnung auf. Meisternamen wie Tompion Knibb, East u. a. verdienen besondere Beachtung.

Hinzuweisen ist auf die italienische Stutzuhr des 17./18. Jahrhunderts, die sogenannte Nachtlichtuhr. In sie wird zur Anzeige der Uhrzeit und zur schwachen Raumbeleuchtung eine Öllampe gestellt. Anstelle der Zeiger dienen eigentümliche Kombinationen von Scheiben mit ausgesägten Ziffern oder auch Projektionssysteme. Die ziemlich einfachen und oft unorganisch in das Gehäuse eingebauten Werke haben gelegentlich auch Stundenschlag. Es besteht eine gewisse Verbindung dieser speziellen Stutzuhrform zur englischen und süddeutschen Stutzuhr. (Bild 169 bis 180).

Frühe niederländische Stutzuhren haben oft mit Samt hinterlegte Zifferblätter und daraufgelegte Messingziffern. Die Werke sind gegenüber den englischen komplizierter und reicher verziert, Mondphase wie Zusatzindikationen sind häufiger anzutreffen (Bild 239–253).

Bodenstanduhren

In England gewinnt nach 1680 als zweite Neuerung die Bodenstanduhr an Bedeutung. Wenige frühe Exemplare gibt es offenbar bereits um 1600. Bodenstanduhren hatten sich frühzeitig aus den Säulenuhren entwickelt, den Gestellen mit aufgesetzten Stuhluhren, die in der Literatur schon im 15. Jahrhundert auftauchen. Werden diese Säulenstanduhren statt in die Raummitte vor eine Wand gestellt und mit Gehäusekästen ergänzt, so kann man sie bereits als Bodenstanduhren ansehen.

Erst das lange Pendel, das im Gehäuse gegen Störungen zu schützen ist, machte diesen Kasten notwendig. Die Ganggenauigkeit der Langpendeluhren wurde jetzt gegenüber früheren Zeiten mehr durch äußere Einflüsse als durch unzulängliche Konstruktionsmerkmale beeinflußt. Der Ganggenauigkeit, die durch Verbindung von langem Pendel, Anker- bzw. Grahamhemmung und Gewichtsantrieb erreicht wurde, verdankt die Bodenstanduhr ihre Beliebtheit. Das Werk unterscheidet sich durch den Gewichtsantrieb wesentlich von der Stutzuhr, deren Feder auch bei guten Ausführungen keinen gleichmäßigen Antrieb garantiert. Bei aufwendiger Ausführung mit Schnecke und Kette lassen sich zwar auch mit Federantrieb bessere Ganggenauigkeiten erzielen, doch sind dann die Vorteile des einfachen und robusten Aufbaus der Bodenstanduhr verloren.

Die englische Uhrmacherei behält die führende Rolle in der Produktion von Standuhren über ein Jahrhundert. Ihr typischer Grundcharakter beeinflußt die Herstellung solcher Uhren in ganz Europa. Die Meister dieser Epoche wie George Graham und John Arnold sind bestimmend für die uhrmacherische Entwicklung.

In den Niederlanden treten ähnliche Uhren mit charakteristischer Dekoration und Figurenbekrönung in einer Parallelentwicklung auf. Im Aachen-Lütticher Raum, also vorzugsweise im heutigen Belgien, ferner im Bergischen Land, vollziehen sich unter nachbarlichen Einflüssen etwa zwischen 1750 und 1850 teilweise eigenständige regionale Entwicklungen mit typischen Stilmerkmalen dieser Gebiete. Sonderentwicklungen im skandinavischen Gebiet weisen weniger Einheitlichkeit auf und sind vielfach rustikal geprägt.

Am vielfältigsten treten Bodenstanduhren in fast allen deutschsprachigen Gebieten in Erscheinung. Dies um so mehr, als sie nicht mehr vorzugsweise an Schwerpunkten hergestellt werden. Die Gehäuse stammen jetzt meist von ortsansässigen Tischlern und Kunstschreinern. Dadurch erklärt sich, von Sonderfällen abgesehen, das geringere Hervortreten einheitlicher äußerer Merkmale. Die Uhrwerke sind in der frühen Periode, etwa bis zum Ende des 18. Jahrhunderts, verglichen mit den englischen Vorbildern weniger fortschrittlich. Erst dann beginnen modernere Werke und Präzisionsausführungen häufiger zu werden. Diese nehmen in den Regulatoren, speziell den Bodenstandregulatoren bekannter Provenienzen, eine bemerkenswerte Sonderstellung ein. Hier verdienen die Wiener und später die Glashütter und Münchener Uhren der Fabrikationen Strasser & Rohde sowie Riefler besondere Beachtung.

Aus Frankreich bezeugen einige frühe Objekte den Übergang von der Säulenstanduhr zur Bodenstanduhr. Dort vermitteln reich verzierte Stutzuhren oder Pendulen auf passenden Holzsockeln großer Abmessung die Erscheinung von Bodenstanduhren. Ohne Gewichtsantrieb oder langes Pendel, ohne feste Verbindung von Uhr und Sockel sind diese Uhren jedoch noch nicht als echte Bodenstand- oder Dielenuhren anzusehen. Zwar gibt es aus dieser Zeit auch einige echte Bodenstanduhren, doch wurde im Frankreich des späten 17., 18. und 19. Jahrhunderts für den Wohnraum, besonders in Paris, die Pendule so intensiv kultiviert, daß die von England kommende altehrwürdige, behäbige »grandfather clock« nur geringe Bedeutung erlangte.

Die rustikale französische Provinzuhr, speziell die Burgunder- oder Comtoiser Uhr, tritt im 18. Jahrhundert zuerst als Wanduhr auf und wird später fast unverändert auch in Bodenstanduhrgehäuse eingebaut. Mit der Pariser Präzisionsuhrmacherei, die besonders an eine Reihe berühmter Uhrmachernamen wie Janvier, Berthoud, Breguet gebunden ist, spielt seit 1780 für mehrere Jahrzehnte der Präzisionsregulator sowohl als Bodenstand- wie als Wanduhr eine Rolle. Französischer Einfluß macht sich sowohl auf die oben erwähnte Wiener wie die süddeutsche Uhrmacherei in Stil und Werkausführung bemerkbar. Viele Uhrwerke weisen individuelle Konstruktionen auf, die als uhrmacherische Kostbarkeiten gelten.

Frühe englische Bodenstanduhr

Englisches Uhrwerk mit Rechenschlag, Repetition und Carillonspielwerk

Werk einer niederländischen Stuhluhr

Wanduhren

Neben den frühen mitteleuropäischen Tischuhren der Spätgotik und Renaissance sowie den von England geprägten Stutz- und Bodenstanduhren der frühen Industrialisierung spielen Wanduhren in ihren verschiedenen Ausführungen die wichtigste Rolle. Zum Teil nehmen sie eine Stellung zwischen den vorhergenannten Uhren ein, zumal einige Zuordnungsfragen offen sind.

Wenn wir Stuhluhren als Wanduhren einreihen, so fallen hier zuerst messingne Laternenuhren aus dem italienischen Raum auf, die den entsprechenden englischen Uhren des 17. Jahrhunderts ähneln. Sie dokumentieren den Übergang von der gewichtsgetriebenen eisernen, später messingnen Waaguhr zur Kurzpendeluhr, wobei der Umbau auf die modernere Hemmung oft klar zu erkennen ist. In England wurden diese Messinguhren offenbar schon in größerer Stückzahl gebaut. Deshalb sind solche Objekte für den Sammler interessant. Da aus Messing, lassen sich diese Laternenuhren aber verhältnismäßig leicht nachbauen; beim Erwerb solcher Objekte ist daher Vorsicht geboten. Die deutschen Uhren dieser Zeit sind, da noch vorzugsweise aus Eisen gefertigt, seltener und schwerer erreichbar.

Die niederländische Stuhluhr wurde trotz unterschiedlichen Aussehens von der englischen Laternenuhr beeinflußt. Durch die typischen Zinn- oder Bleigußornamente mit Bemalung ist ihre äußere Form verschieden, doch die Messingwerke des 17. Jahrhunderts weisen auf englisches Vorbild hin, wenngleich sie oft stärker verziert sind (Bild 423–440). Die meist spätere »Staartklok« (Bild 441–447) zeigt auf dem Zifferblatt ähnliche Motive in der Bemalung, ist aber eigentlich als eine Variante des Regulators anzusehen.

Pendulen

Die wohl bedeutendste Ergänzung zur technisch betonten englischen Stutz- und Bodenstanduhr, bringt die französische Pendule. Ihre Bedeutung liegt mehr im äußeren Erscheinungsbild als im uhrentechnischen Detail. Am interessantesten sind die zur Aufstellung auf einer passenden Wandkonsole geschaffenen Pendulenvarianten. Entsprechend ihrem federgetriebenen Kurzpendelwerk und der Gestalt könnten sie den Stutz- oder Stockuhren zugerechnet werden, die gleich den Pendulen von der Konstruktion her Tischstanduhren sind. Meist finden die oft prunkvollen Pendulen ihren Platz auf ebenso prächtigen Konsolen, mit denen sie gelegentlich sogar zu einer Einheit verschmolzen sind (Bild 345).

Die Geschichte der Pariser Pendule wie auch der von ihr beeinflußten süddeutschen und Schweizer Pendule oder Stutzuhr beginnt im 17. Jahrhundert, etwa zur Zeit Ludwigs XIV., und reicht bis in das 18. Jahrhundert. Auch später bis auf den heutigen Tag werden solche Uhren in alten und in nachempfundenen Stilarten gebaut.

Eine Entsprechung finden diese französischen Pendulen in den Schweizer Pendulen, speziell des Berner, Neuenburger und Sumiswälder Gebiets. Deren Formen sind erst rustikaler, später vorzugsweise schlicht und strenger als die der französischen Vorbilder. Im 19. Jahrhundert treten neben die Pendulen die Kaminuhren. Ihr Name bezeichnet den Standplatz in der Wohnung, deren Einrichtung die Kaminuhr weitgehend angepaßt wurde.

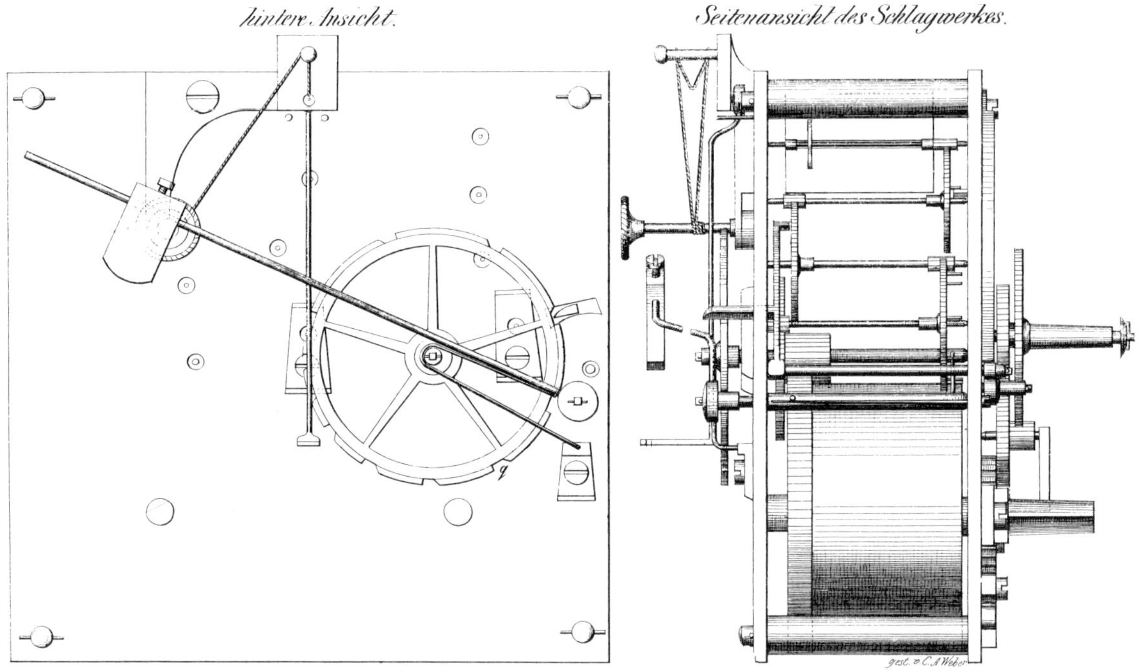

Großes Pendulenwerk mit Schloßscheibenschlagwerk

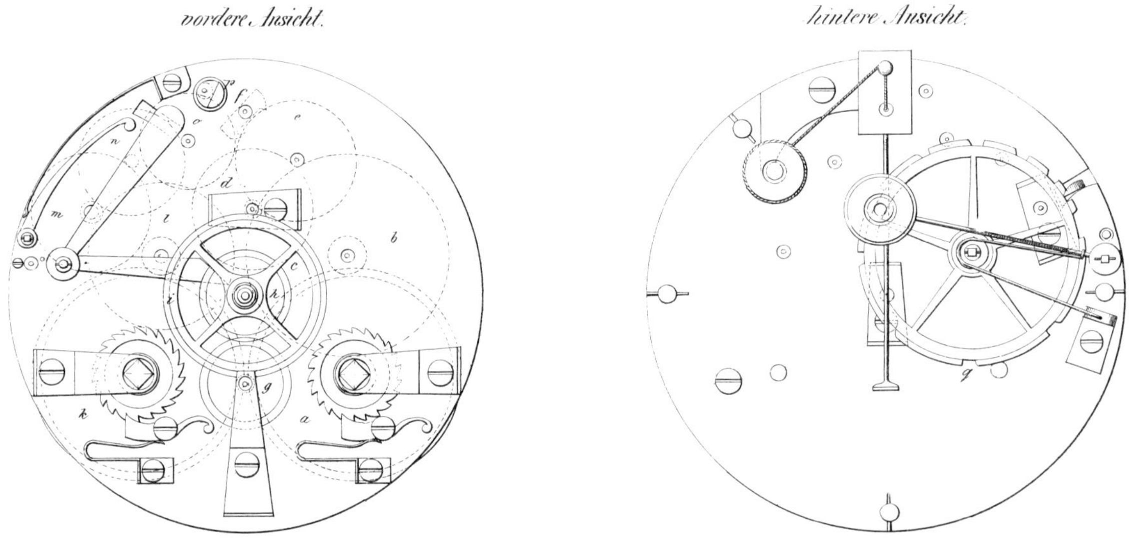

Kleines Pendulenwerk mit Schloßscheibenschlagwerk

Teller- und Rahmenuhren

Als echte Wanduhren bringen in Süddeutschland die Telleruhren etwa gleichzeitig mit den Pendulen eine gewisse Kontinuität in die Uhrmacherei. Sie besitzen zuerst ein kurzes Vorderpendel, später auch ein langes Hinterpendel und sowohl Gewichts- wie auch Federantrieb. Ein Unterschied zur Renaissanceuhr ist in der weniger feinen und individuellen Arbeit zu sehen, die auf größere Produktion hinzielt. Die Uhrenschilder sind aus Kupfer, manchmal aus Silberblech getrieben, aber auch einfachere bemalte Metallschilder sind anzutreffen. Daneben gibt es Rahmenuhren, das sind Wanduhren mit Holzgehäusen. Man kann sie als abgewandelte Stutzuhren betrachten, die sowohl auf englische wie französische Einflüsse zurückzuführen sind. Spätere Ausführungen tauchen im 19. Jahrhundert als Tafel- und Bilderuhren auf. Tafeluhren wurden in besonders schöner Ausführung in Wien gefertigt, während Bilderuhren mit Ölgemälden und eingebauten Spielwerken verschiedenenorts zusammengebaut wurden (Bild 319–322).

In Frankreich ist eine ähnliche Entwicklung zu verzeichnen, die durch die besonderen Formen der »Carteluhr« oder Rahmenuhr (Bild 346 bis 353) und des seltener anzutreffenden »Oeil-de-Boeuf« (Bild 354, 355) oder Ochsenauges gekennzeichnet ist. Die Carteluhr tritt wie die französische Pendule in den Stilperioden des 18. und 19. Jahrhunderts auf. Man könnte sie als eine Schwester der Pendule betrachten.

Eine auffallende Besonderheit ist die englische Wanduhr, die vor 1800 aufkam und als »Act of Parliament Clock« bekannt ist (Bild 415–418). Ihre anspruchslosere Form gegenüber den damals üblichen Standuhren erklärt sich durch ein Steuergesetz von 1797, die Act of Parliament, wonach unter anderem alle üblichen Standuhren mit einer Steuer belegt wurden. Speziell in Wirtshäusern hängte man dann diese runden Uhren mit verlängertem Holzkasten auf. Andere englische Wanduhren vorzugsweise einfacher runder Form sind aus der Folgezeit ebenfalls anzutreffen.

Telleruhr

Typische Schwarzwälder Kuckucksuhr

Schwarzwälder Holzuhren, Wandregulatoren

Bei unserer Einteilung steht die Schwarzwälder Uhr fast am Ende, obwohl gerade sie für den allgemeinen Gebrauch der Uhr schrittmachende Bedeutung in aller Welt hatte. Mit ersten Anfängen im 17. Jahrhundert, intensiv seit dem frühen 18. Jahrhundert, begann im südlichen Schwarzwald die Holzuhrmacherei. Die frühen Wanduhren hatten einfache Holzräderwerke, Waaghemmung, Stundenzifferblatt und Wecker, zusätzlich auch Stundenschlag auf Glasglocken. Wahrscheinlich fertigten Schwarzwälder Bauern die Uhren anfänglich für sich. Diese Uhren wurden bald in großer Stückzahl auf allen Märkten abgesetzt, da sie preiswerter als Metalluhren waren. Die produzierten Stückzahlen sind wahrscheinlich größer als bei allen anderen alten Uhren. Eine ähnliche Holzuhrmacherei tritt auch im Schweizer Mittelland auf, findet hier aber keine industrielle Fortsetzung.

Fast gleichlaufend mit der Schwarzwälder Uhrenproduktion wird bei der nicht ganz einheitlichen Entwicklung des späten 18. und 19. Jahrhunderts in Frankreich, Süddeutschland und Wien der Wandregulator gebaut. Er ist besonders in der klassisch schlichten Form der Wiener Laternenuhr als Präzisionsregulator beliebt geworden. Den Namen hat man wegen des laternenförmigen Werkaufsatzes auf den schlanken Uhrkasten gewählt. Weniger schlichte und elegante Regulatoren blieben, wie auch Nachfolgemodelle der alten Schwarzwälder Holzuhren, bis zur jüngsten Zeit in Produktion.

Schwerpunkte der Uhrmacherei

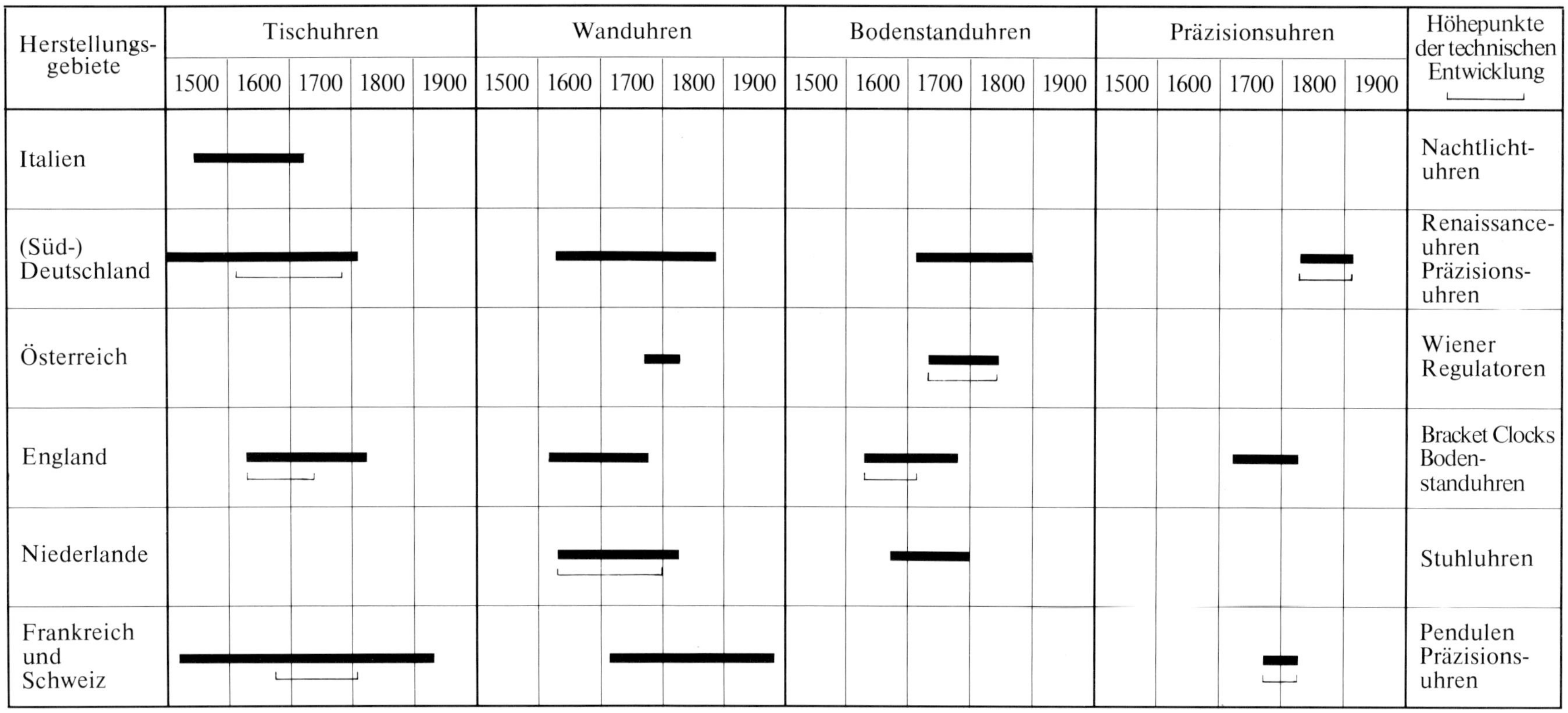

Tischuhren – Standuhren – Stutzuhren

Deutscher Sprachraum

Aus der interessantesten Periode der süddeutschen Uhrmacherei finden wir neben eisernen Stuhluhren im spätgotischen Stil zierliche Tischuhren in Form runder oder eckiger Dosen aus feuervergoldeter Bronze oder Messing. Sie entstanden nach 1500 etwa gleichzeitig mit den frühesten tragbaren Uhren in Nürnberg, Augsburg und allen wichtigeren süddeutschen Städten (Bild 3, 5, 7, 13). Typisch für die horizontalen eisernen Werke sind Federantrieb mit Schnecke und Darmsaite, Waaghemmung mit Löffelunruh, oft Stundenschlagwerk, selten ein Wecker. Die waagerecht liegenden zweimal 12 oder 24-Stunden-Zifferblätter mit Tastknöpfen haben nur einen Zeiger. Man kann diese Uhren als beschränkt transportable erste Reiseuhren ansehen. Gestaltung und Formen werden nach der Jahrhundertmitte noch reicher, neben teils durchbrochenen treten fünf-, sechs- und auch achteckige Uhren auf. Die verzierten umlaufenden Friese weisen gelegentlich in Bronzeguß (Bild 17) künstlerische Gestaltung mit mythologischen Szenen auf, wie bei den besonders erforschten Orpheusuhren der Sammlung Fremersdorf im Württembergischen Landesmuseum Stuttgart. Bei diesen sind auch komplizierte Uhrwerke mit mehreren Zeigern anzutreffen. Ornamentierungen aus Wissenschaft und Astrologie sind daneben auffallend häufig. Die Gestaltung der allmählich in Messing gefertigten Werkteile wird zunehmend durch Gravierung, Ziselierung, Punzierung und Ätzung verschönt. Die rein zweckbestimmte Form wird immer vielgestaltiger, verspielter und leitet damit um 1650 in nachfolgende Stilepochen über.

Nur wenig später als 1500 finden wir von den gleichen Uhrmachern auch größere Tischuhren in architektonischem Aufbau und ähnlicher Verzierung. Sie bauen wahrscheinlich mehr auf der Tradition der eisernen Stuhluhren auf. Da sie in der Renaissance von südlicheren Gebieten ihren Ausgang nahmen, könnten sie als Türmchenuhren auch an die freistehenden italienischen Glockentürme erinnern (Bild 1, 12, 16, 18, 20, 22, 25, 28, 29). Der ursprünglich quadratische Körper weist seitlich vier Karyatiden-Säulen auf, trägt über dem eisernen Flachrahmenwerk bei senkrechter Werkanordnunf als Abschluß die Radwaag und als Bekrönung Glocken, später auch Glockenstühle. Das vordere Hauptzifferblatt ist einzeigerig und hat oft Tastknöpfe. Auf der Rückseite befindet sich das »Nachtzifferblatt« zur Kontrolle der geschlagenen Stunden. Im 17. Jahrhundert findet man auch getrennte Minutenzifferblätter unter dem Hauptzifferblatt mit den Zahlen I bis IV sowie Viertelstundenschlagwerke. An den Seiten tragen sie dann oft astronomische und astrologische Indikationen, bei hervorragenden Objekten ganze Astrolabien (Bild 20, 22), Zeiger für Schlagwerkskontrolle, Wecker und Kalenderdaten. Die Werke haben im späteren 17. Jahrhundert vorwiegend Platinen mit immer reicherer Verzierung. Bei den Platinenwerken lassen sich auch problemloser die verschiedenen neuen Uhrwerksfunktionen und -indikationen anordnen. Schautürchen und verglaste Schaufenster beweisen die Freude, die man am Betrachten der laufenden Wunderwerke hatte.

Viele dieser frühen Uhren wurdem im 17. und 18. Jahrhundert auf das fortschrittlichere Vorderpendel umgebaut (Bild 12, 18). Der originale Zustand ist dann zumindest nach der Grundform, meist aber auch nach Änderungsspuren im Werk festzustellen. Besonders aus Augsburg und Nürnberg stammen Formenuhren und Uhrenautomaten, die deutliche Anlehnung in Technik und Gestaltung an die vorhergenannten Renaissanceuhren zeigen (Bild 14, 19, 21). Am bekanntesten, vielleicht noch mit viel Glück und Opfern zu finden, sind Kruzifixuhren und Löwenautomaten, seltener Monstranzuhren (Bild 14, 15). Einmaligkeiten sind Figurenautomaten, etwa sich bewegende Vögel, gehende Puppen oder vom Automatenwerk vielfältig betätigte Schiffsmodelle, die wir beispielsweise in den Museen Wiens, Le Locles oder Stuttgarts bestaunen können.

Neben diesen Formenuhren brillieren Fantasie- und Türmchenuhren sehr reicher Gestaltung (Bild 20, 22, 25, 29–32), die neben den dekorativen Reiseuhren (Bild 24, 27, 34, 38) mehrfach neue Stilmerkmale andeuten oder zeigen. Die Materialverarbeitung wird immer aufwendiger, Messing fast allgemein verwendet; Gußornamente, transluzides Email, Silber mit Vergoldung, in besonderen Fällen Gold, sind zu finden. Viele Uhren werden offenbar von Hofuhrmachern für die Liebhaberei des Fürsten oder für fürstliche Kunstkammern und als wertvolle Geschenke geschaffen. Es gibt keine so einheitliche Gestaltung mehr wie zuvor, selbst an einer Uhr sind gelegentlich unterschiedliche Stilelemente anzutreffen. Das kann auch an verschiedenen Herstellern der Teile liegen, die ja immer mehr einander zuarbeiten, wobei signierte Uhren fast immer als Stücke von Meistern anzusehen sind.

Eine Sonderstellung nehmen in dieser Periode die Uhren auf Bild 8–11 und 35 ein. Sie zeigen speziell bei den sehr frühen Formen der Uhren mit Kreuzschlagpendel von Jost Bürgi eine neue technische Epoche an. Eigentlich passen sie kaum in ihre Umgebung. Man kann sie bereits als Vorläufer der mit den Stutzuhren aufkommenden neuen Formen ansehen.

Von diesen zeigt die typisch süddeutsche Stutzuhr von Bild 40 (in anderer Art auch 41, 44 und 45) einen neuen Typ, der offenbar von England, ein wenig auch von Frankreich, beeinflußt ist. Den Verlust der führenden Stellung der süddeutschen Uhrmacherei kann man an den meist einfacheren Pendelwerken, teils noch eisern, ohne Astrolabien, Kalender oder sonstige Zusätze, verfolgen. Die Holzgehäuse sind verglast und stehen gelegentlich auf passenden Konsolen (Bild 46). Das viereckige Metallzifferblatt dominiert auch hier, und zwar bis etwa zum ersten Drittel des 18. Jahrhunderts. Die Pendeluhren sind jetzt zweizeigerig, wie in dieser Zeit auch viele Uhren des 17. Jahrhunderts auf Vorderpendel und 2 Zeiger umgerüstet wurden. Häufiges Merkmal der frühen Stutzuhren ist das Scheinpendel, das in einem Kreisausschnitt der oberen Zifferblatthälfte mit dem Uhrpendel bewegt wird. Damit ist eine bequeme Kontrolle der Funktion möglich. Im Gegensatz zu den westlichen Nachbarländern dominiert in Deutschland bis gegen 1850 die handwerkliche Herstellung solcher Uhren.

In der Regel fertigen diese Uhrmacher Stutzuhren mit Federantrieb, Eintagewerk und Viertelschlagwerk, seltener mit Repetition an. Mitte des 18. Jahrhunderts wird das Zifferblatt wie bei den englischen Vorbildern oben halbkreisförmig ergänzt. Indikationszeiger für gelegentlich eingebaute Spielwerke, Schlagwerksabstellung, auch einzelne Kalender (Bild 46–54) finden in den reicher gearbeiteten Uhren ihren Platz im oberen Zifferblattbogen und in den Zifferblattecken. Die Gehäuse sind dem Zeitstil angepaßt. Gefällige Kunstschreinerarbeiten (Bild 51, 55, 60), oft mit Beschlägen (Bild 61, 62), werden, häufig angelehnt an ausländische Muster, gefertigt. Darunter sind verschiedene Uhren prominenter Meister ihrer Zeit anzutreffen.

Wohl von den Telleruhren beeinflußt, entstanden Tischuhren wie auf den Bildern 56–58, 63. Die Uhrschilder sind aus Metall getrieben wie manchmal auch bei den Stutzuhren, aber frei aufgestellt mit einem schmucklosen kleinen Metallkasten für das rückwärtige Werk. Wie an sonstigen Formelementen, wenn auch am wenigsten an den nicht besonders fortentwickelten Werken aus Eisen und Messing, zeigt sich der französische Einfluß etwa an den Emailzifferblättern (Bild 55, 60, 65). Wir finden sie sowohl mit einelnen Stundenzahlen aus Email wie auch mit ganzen Scheiben. Im übrigen wurden zu diesen Zeiten viele Uhren aus England, später auch aus Frankreich, importiert und nachgebaut. Ein erwähnenswerter Uhrmachername ist Leopold Hoys (Bild 61, 62), Bamberg (1713 bis 1792). Im übrigen sei für prominente Uhrmachernamen sowohl auf die Einführung wie auf die Bildunterschriften verwiesen.

Eine auffallende Sonderentwicklung erfährt im süddeutschen Sprachraum die Wiener Uhrmacherei vom zweiten Drittel des 18. Jahrhunderts bis fast zur Mitte des 19. Jahrhunderts. Auch dort ist der französische Einfluß wie anderswo unverkennbar, aber offenbar sind durch die Verbindungen der Kaiserhäuser in Paris und Wien im Guten wie im Schlechten großzügigere und mehr wegweisende Entwicklungen möglich.

Der Hof in Wien kann hierin kurzzeitig sogar als Nachfolger des französischen Kaiserhauses angesehen werden. So kommen in Wien, besonders dem des Empire und des Biedermeier, auch in den nicht ganz klar abzugrenzenden Stilperioden, werkmäßig bessere und teils schönere Uhren zum Vorschein (Bild 69, 70, 71–76 77–84). Auch die Kaiserstadt Prag ist mit ihrer Uhrenproduktion nicht zu unterschätzen. Unter diesen Uhren sind technisch raffinierte Objekte, wie die Kalenderuhr mit großer Sekunde in Bild 81, die Sägeuhr in Bild 83 und die Skelettuhr in Bild 84. Die letzteren beiden haben Gemeinsamkeiten mit französischen Kaminuhren. Die Skelettuhren weisen meist unter Glassturz offen sichtbare Werke auf, deren Räderwerk unter entsprechender Umkonstruktion so skelettiert ist, daß man die Funktion vollständig verfolgen kann. Sie besitzen häufig besondere Hemmungen und manchmal Sonderantriebe für lange Gangdauer.

Frankreich

Die Entwicklung der Renaissanceuhren verlief in Frankreich ähnlich wie in Deutschland. Durch Besonderheiten ist sie äußerst interessant, leider weniger reichhaltig durch erhaltene Uhren belegt. Aufgrund abweichender Zunftordnungen gab es mehr Gehäuse aus Silber und Gold, die leider nur selten erhalten geblieben sind, weil sie oft eingeschmolzen wurden. Runde und hexagonale (Bild 85–90), sowie etwa ab 1600 quadratische Grundformen (Bild 91–96) sind wie in Deutschland als flache Dosenuhren mit horizontalem Gehäuse und als schlanke Türmchenuhren anzutreffen. Als noch nicht erwähntes Merkmal finden wir, wie ebenso in Deutschland, Uhrfüße in Tiergestalt, auch als Tierkrallen (Bild 97). Der die Glocke umschließende Zierkorb zur Bekrönung der Uhr ist als typisch unterschiedliches Merkmal anzusehen. Das schon erwähnte Etagenwerk ist auf Bild 87, 88 gut zu betrachten. Charakteristisch erscheint in Bild 88 ferner die schlanke Form der Schnecke zum Aufwinden der Darmsaite, die neben der sauberen Ausarbeitung der frühen Uhrwerke Kennzeichen solcher Uhren ist (auch Bild 94).

Solche Werke müssen entsprechend ihrer Bauform von unten her aufgezogen werden. Man sieht hier vorweggenommen bereits einen stärkeren Zusammenhang zwischen Gehäuse und Werk. Als Verzierungen der Gehäuse überwiegen Blumen und Rankengravierungen. Insgesamt erscheint jedoch die Vielfalt geringer als bei der deutschen Entwicklung. Als Zentren der Uhrmacherei mit eigenen Uhrmachergilden und überlieferten Meisternamen wurden insbesondere Blois, Paris, Lyon, Marseille, Abbeville und Autun bekannt.

Mit den vielfältigen Pendulenausführungen verlagert sich der Schwerpunkt der französischen Uhrmacherei in der Barockzeit eindeutig nach Paris. Als fast zwangsläufige Form der Pendeluhr mit Holzgehäuse, die dem Möbelstil angepaßt werden kann, durchläuft die Pendule alle Stilperioden vom 17. bis zum 19. Jahrhundert. Durch ihre Ausstrahlung auf dem ganzen Kontinent spielt sie gestaltungstechnisch mindestens eine so wichtige Rolle wie die mehr technisch geprägte englische »Bracket Clock«. Ihre uhrmacherische Entwicklung erscheint weniger tonangebend, weist aber durchgehend typische Merkmale auf.

Die französischen Pendulen sind meist federgetriebene Stutzuhren ohne Schnecke und Kette mit messingnen Achttage-Platinenwerken, anfangs Spindel-, später Ankerhemmung mit kurzem Hinterpendel. Des öfteren haben sie auch spezielle Hemmungen und Kompensationspendel. In den Uhren mit kleineren Gehäusen werden runde, in den größeren Gehäusen rechteckige Werke verwendet. Die Werke sind selten verziert, doch recht sauber gearbeitet. Der Viertel- und Stundenschlag erfolgt mit Schloßscheibenschlagwerken auf Glocken; bei Rufschlagwerken (Repetition) und besonders bei Schweizer Pendulen mit »Grande Sonnerie« finden Rechenschlagwerke Verwendung. Schon im frühen 18. Jahrhundert werden in Manufakturen größere Serien dieser Uhren hergestellt.

Anfängliche Formen, nach Ludwig XIII. (1610–1643) benannt, haben Ähnlichkeit mit den holländischen Stutzuhren. Sie sind wenig dekorativ. Gleich den typischen Barockpendulen im Stil Ludwigs XIV. werden sie als »Pendules Religieuses« bezeichnet. Mit ihren schwarzen, kirchenportalähnlichen Gehäusen – daher der Namen »Religieuses« – sind sie nicht besonders zahlreich hergestellt worden.

Kräftigen Aufschwung nahm die Großuhrmacherei in Paris mit der Pendulenfertigung unter Ludwig XIV. (1643–1715). Zwischenzeitlich hatte sie nach der glänzenden Periode der Renaissanceuhren, vielleicht infolge eines kurzen Dominierens der neu aufgekommenen tragbaren Kleinuhren, fast gänzlich brachgelegen. Jahrzehntelang waren nur wenige, dann aber außergewöhnliche Großuhren hergestellt worden.

Von der Zusammenarbeit der Schreiner, Bronzegießer, Graveure und Vergolder, später auch der Emaillierer, mit den Uhrmachern gingen nun Impulse auf das gestalterische Schaffen aus. Erfahrungen aus anderen Gebieten flossen ein, und mit der französischen Prunkpendule der Barockzeit (Bild 98–104) entstand ein neuer Uhrenstil, der mehr als je zuvor an Mobiliar und Wohnstil angepaßt ist.

Die schwarzen »Pendules Religieuses« tragen in ihren leicht variierten Grundformen vergoldete Bronzeornamentierungen, Furnier mit Schildpatteinlage, Zinnbesatz und Rankenwerk, immer zum Mobiliar passend. Die Boulle-Arbeit, d. h. das Einlegen von Schildpatt oder Bronze in Holz, und Contre-Boulle, wird mit immer feineren und eleganteren Formen üblich. Die metallenen Ziffernringe sind anfangs mit dunklem Samt hinterlegt. Typisch ist das unter dem Zifferblatt einzusehende Gehäuse mit gegossenen Figurenornamenten in einem Teil der freien Glasfläche (Bild 101–102). Oft krönen plastische Figuren, etwa Chronos mit Sense oder säulenartige Aufsätze die Uhrengehäuse. Schon um 1700 treten Emailziffern in unterbrochenen Ringen auf (Bild 104), die Herstellung größerer Emailflächen gelingt jedoch erst später.

Als auffallende Form mit den erwähnten Dekorationselementen finden wir die Tête-de-Poupée – oder Puppenkopf-Pendule (Bild 106 bis 108). Die Uhren sind gewöhnlich vom Meister des Uhrwerks signiert. In den Bildunterschriften finden wir eine Reihe berühmter Namen von Uhrmachern. Ihre Träger leben fast alle in Paris. Als Zifferblätter werden Bronzescheiben mit Emailziffernkartuschen üblich (Bild 106, 107, 109–111). Die besonders im 18. Jahrhundert gefertigten Wandkonsolen sind nicht immer erhalten. Allerdings eignen sich viele Pendulen mit Konsolen als Wanduhren wie ohne Konsolen als Tischuhren, wenngleich von den durch Konsolen vergrößerten Uhren eine besondere Wirkung ausgeht. Natürlich wird auch der Wert durch die zugehörige Konsole erhöht.

Die prächtige Pendule (Bild 111) von Gaudron, Paris, zeigt typische Merkmale der Régencezeit, des frühen 18. Jahrhunderts. Ihre Form leitet auf die noch eleganteren, eigentlich schönsten französischen Pendulen im Louis XV-Stil (Bild 113–116) über. Bei der Uhr in Bild 113 vom Lomet, etwa aus dem Jahre 1750, tritt das Rokoko besonders rein zu Tage. Aus der gekünstelten Gehäuseeinschnürung der Tête-de-Poupée-Uhren ist jetzt eine harmonische Gehäuseform geworden. Diese wunderbaren Uhren werden in größeren Manufakturen, selten als Einzelstücke, gefertigt. Zumindest die Verzierungen sind Serienprodukte, die eine hohe Stückzahl vermuten lassen. Solche Uhren (Bild 113, 115) besitzen auch das um 1750 aufgekommene »Treize-Pièces«-Emailzifferblatt, das aus dreizehn Emailplatten zusammengesetzt ist. Die Herstellung ganzer Emailblätter gelingt wenig später (Bild 116ff). Alle Details bis zu den fein gegliederten Messingzeigern bilden eine harmonische Einheit. Weniger kostbare Pendulen haben oft nur eine schön ausgearbeitete Vorderfront als Schauseite, die Seitenteile dagegen wurden vernachlässigt.

Holzgehäuse werden im Vernis-Martin-Verfahren mit Blumen, Jagd- und Schäferszenen golden oder polychrom bemalt (Bild 116). Die Malerei wird mit einem Lack überzogen. Da Holz und Lack aber nicht immer gleichmäßig arbeiten, ist die Oberfläche häufig von einer Rißstruktur durchzogen. Sie ist ein Zeichen von Alter und Echtheit und beinahe unvermeidbar, sofern die Uhr keine idealen Standbedingungen hatte.

Seit der Mitte des 18. Jahrhunderts machen sich auch ostasiatische Einflüsse (sog. Chinoiserien) bemerkbar (Bild 123, 124). Ebenfalls um diese Zeit kommen kostbare Porzellangehäuse (Bild 122, 125, 126), Fayence- und Majolikaarbeiten sowie gegossene feuervergoldete Bronzegehäuse (Bild 128) in Mode. Kombinationen von Bronze mit Porzellan und weiteren Materialien wie Alabaster, Marmor, Halbedelsteinen und weniger wertvollem Zinnguß werden beliebt. Hier sind allerdings seltener die klaren und gediegenen Formen der Rokokopendulen des Louis XV-Stils zu finden, die wir heute besonders schätzen (Bilder 124). Die Bronzeappliken sind in der Qualität unterschiedlich, besonders geschätzt werden die mit C (Couronne) gekennzeichneten zwischen 1745 und 1755. Wegen eines Verbots in diesem Jahrzehnt sind sie nicht vergoldet, zeigen dafür aber einen um so höheren Qualitätsstandard.

Neben der Konsolpendule tritt die Kaminuhr in den anschließenden Stilperioden: Transition, Übergang von Louis XV auf Louis XVI, Louis XVI, Revolution (1792–1795), Directoire (1795–1799) und Empire (1800–1830) immer mehr in den Vordergrund. Ihr bevorzugter Standplatz auf dem französischen Kamin fördert Gehäuse in den schon genannten Materialien, wobei Holz in den Hintergrund rückt.

Mit den neuen Materialien und den dadurch erweiterten Gestaltungsmöglichkeiten werden auch die Formen vielfältiger. Wir finden jetzt Verzierung mit Rocaillen, Girlanden, Putten, Allegorien; menschliche Gestalten treten auf, insbesondere Chinesen und Neger, Figuren von Tieren, wie Pferd, Huhn, Elefant, Nashorn, Stier, Bär, später auch Ziege, Löwe oder Kamel (Bild 132, 133). Das Uhrwerk mit Zifferblatt ist als eine Art runder Dose in die Uhr hineinkomponiert. Fantasieformen, auch mit sich drehenden Zifferblättern, sog. Cercles Tournants, oder Vasen sind des öfteren anzutreffen. Der genaue Zeitstil geht vielfach mehr aus typischen Ornamentdetails als aus der Gesamtgestalt der Uhr hervor.

Portaluhren (Bild 148) und Lyra-Uhren, bei denen das Uhrwerk durch eine sinnvolle Übertragung der Hemmungsbewegung als Pendel schwingt (Bild 142), führen zur Skelettuhr (Bild 149). Diese Uhren unter Glassturz mit möglichst frei sichtbarem Uhrwerk in oft besonderer technischer Gestaltung sind in Frankreich von 1700 bis 1820, vornehmlich aber in den letzten Jahrzehnten dieser Zeit zu finden.

Von 1793 bis 1806 wurde mit der Französischen Revolution die dezimale Zeitteilung auch in Uhren verwendet. Davon zeugende Objekte sind rar und werden daher geschätzt. Unter den auffallenden Uhren dieser Zeit sind klassizistische Modelle der Jahre um 1800 mit astronomischen Präzisionswerken und technischen Sonderheiten, besonders von Antide Janvier, Ferdinand Berthoud und Abraham Louis Breguet (Bild 151–154) zu erwähnen. Diese Uhren weisen bei strenger äußerer Gestaltung technische Raffinessen auf, die ihrer Zeit vorauseilen, und sind gesuchte Wertobjekte.

Mit dem Empire zeigt sich im 19. Jahrhundert ein deutlicher Gestaltungswandel, die Formen werden in gewissem Maße wieder einheitlicher. Die Linien sind strenger, der Einfluß der klassischen griechischen und altägyptischen Kunst, durch Napoleons Feldzüge nach Frankreich gebracht, wird sichtbar. Typische Merkmale der Uhren sind breite Sockel und Friese, sowie runde Gehäuse, symmetrisch zwischen Säulen oder Figuren mit reicher Ornamentik eingebaut.

Allerdings werden in den nachfolgenden Perioden unter Louis XVIII, Charles X, Louis-Philippe, Napoleon II. bis 1870 (Bild 155 bis 168) erneut die vielfältigsten Stilmerkmale sichtbar. Es werden häufig verhältnismäßig primitiv frühere Stilepochen nachgeahmt, der Eklektizismus blüht. Nachfolgefirmen einiger alter Manufakturen existieren bis auf den heutigen Tag und fertigen Gehäuse nach originalen Mustern an. Erwähnenswert sind gewichtsbetriebene Kaminuhren mit oft längerer Laufdauer, die neben dem dekorativen Effekt des sichtbaren Messinggewichts einen gleichmäßigen Gang haben, sodann Uhren mit konischem Pendel und die »Pendules Mysterieuses«. Dabei handelt es sich um Fantasieuhren, bei denen der Zeigerwerksantrieb oder die Pendelbewegung quasi geheimnisvoll in verdeckter Weise erfolgt.

Italienische Stutzuhren

Italienische Stutzuhren sind vor allem deshalb erwähnenswert, weil mit ihnen die Nachtlampenuhren in Gebrauch kamen. Diese waren für die damaligen Verhältnisse beinahe revolutionär moderne Objekte. Im Jahre 1656, also vor dem wirklichen Gebrauch des Pendels, wurden Nachtlichtuhren nachweislich von den Brüdern Campani eingeführt. Sie hatten meist die Form von Altaruhren und Werke mit Spindel und Radunruh aus Messing. Diese Uhren wurden im späten 17. Jahrhundert wesentlich in Italien gebaut, doch gelegentlich sind auch in Süddeutschland, Frankreich und England solche Uhren gefertigt worden. Zur Gangregulierung wurden bald Pendel verwendet, anfangs mit Spindelrad. Mit besonderen Hemmungskonstruktionen sollte ein geräuscharmer Gang erzielt werden.

Die angezeigte Zeit wird mit einer Lampe, die hinter dem Zifferblatt, eventuell im Uhrkasten, steht, auf verschiedene Art sichtbar gemacht. Bei der Projektionsuhr in Bild 169 ist auch ein Stundenzeiger angebracht. Nach Art der Diaprojektion wird dazu die Stunde mittels einer durchscheinenden Scheibe auf einer Wand angezeigt. Diese mit dem Zeigerwerk verbundene Scheibe trägt Stundenmarken. Die anderen Systeme sind im Prinzip als Digitaluhren anzusprechen (Bild 170–175). Meist bewegt das Uhrwerk eine Scheibe mit ausgesägten Stundenziffern. In dem oft künstlerisch gestalteten Zifferblatt befindet sich eine bogenförmige Aussparung, die häufig zur Viertelstundenmarkierung unterteilt ist. (Bild 170, 173, 174). Eine große Scheibe für 12 Stunden wie in Bild 172 läuft einmal in 12 Stunden um. In den anderen Fällen sind mehrere kleine Scheiben mit Stundenmarken hinter dem Sichtzifferblatt nötig, die von der Uhr weitergeschaltet und vor der Viertelstundenanzeige vorbeibewegt werden.

Die Gehäuse mögen anfangs, in den einfachen Ausführungen mit bunt bemalten Zifferblättern vorzugsweise religiöser Prägung, mitbestimmend für die Stutzuhrform gewesen sein. Die sicher mit ihnen in Beziehung stehenden Stockuhrformen der selteneren italienischen Uhren des frühen 18. Jahrhunderts weisen dagegen eher schon englischen und französischen Einfluß auf (Bild 176–180). Jedenfalls finden wir wenige Merkmale, die besonders kennzeichnend für die Ursprungsorte sind, vielleicht am ehesten bei der Uhr in Bild 177. Größere Eigenständigkeit hat eine spätere Uhrenfertigung in diesem Raum nicht erlangt.

Englische Stutzuhren – Bracket Clocks

Die englischen Bracket Clocks dominieren unter den Stutzuhren etwa ein Jahrhundert lang, seit der Einführung des Pendels bis über die Mitte des 18. Jahrhunderts hinaus. Sie zeichnen sich durch solide Messingwerke mit Federantrieb, häufig mit Ketten und Schnecken, teils durch Achttagewerke, Schlagwerke auch mit Grande Sonnerie, vielfach Rufschlagwerke, Kalender, seltener Weckerwerke, aus. Die Platinen sind stabile Messingplatten aus ursprünglich gegossenem, später gezogenem Material. Sie tragen oft auf der Rückseite herrliche Gravuren (Bild 187, 189) sowie den Meisternamen. Im Anfang finden wir noch Spindelhemmungen, doch schon im 17. Jahrhundert spielen Ankerhemmung, und ab 1715 die Grahamhemmung neben speziellen Konstruktionen die wesentliche Rolle. Das Schloßscheibenschlagwerk wird zuerst in England durch das Rechenschlagwerk ersetzt.

Die Gehäuseform scheint anfangs von der ziemlich schlichten niederländischen Stutzuhr entlehnt. Als neuer Typ mag die Stutzuhr auf Jost Bürgi zurückgehen, von dem wir diese Form in Bild 8–11 bereits aus dem frühen 17. Jahrhundert kennenlernten. Die Bracket Clocks haben vorzugsweise dunkle Gehäuse aus Ebenholz oder ebonisierten Hölzern mit verglaster Türfront, Giebelaufsätze in verschiedener Gestaltung, unter denen Platz für die Schlagglocken ist, Bronzeappliken, manchmal Säulenverzierung, später auch auffallend schöne Intarsien.

Der versilberte Ziffernring liegt auf einer Messingplatte, die graviert ist (Bild 184), oder als Eckverzierung sogenannte Spandrels trägt (Bild 181, 185, 186). Diese Spandrels sind bis etwa 1700 geflügelte Engelsköpfe, später Masken, Köpfe und abstrakte Ornamente. Ein Zifferblattausschnitt mit Scheinpendel ist des öfteren anzutreffen (Bild 191, 192, 194). Gegen 1720 wird das rechteckige Zifferblatt oben durch einen Halbkreis ergänzt (Bild 201 ff). Darin finden Zeiger für Schlagabstellung oder Zusatzindikationen, auch Mondscheiben (Bild 202) und ab 1750 Automatenfiguren ihren Platz.

Den oberen Abschluß der Uhr bildet nach dem Giebel der »Basket top«, als messinggetriebener durchbrochener Aufsatz (Bild 191), gelegentlich auch in Form des »Double basket top«, der besonders reich verziert ist (Bild 192). Bei wenigen Uhren sind die Gehäuseornamente aus Silber gefertigt.

Die klassische Form der Bracket Clock wird mit der Zeit, vornehmlich seit der Jahrhundertmitte, mehr und mehr der Moderichtung angepaßt. Verschiedene Holzarten und Verzierungen bestimmen ihre Erscheinung (Bild 202, 210, 211, 218, 220, 229). In den beiden letzten Bildern tritt die Ballonuhr auf, deren Form sich von den sonstigen englischen Uhren abhebt. Sie erinnert an die französische Louis XV-Pendule. Auch der in der Jahrhundertmitte von Chippendale und Sheraton kreierte Möbelstil hat in verschiedenen Bracket Clocks seinen Niederschlag gefunden (Bild 219). Weniger signifikante Formen weisen die Uhren der Jahrzehnte vor und nach 1800 auf (Bild 223–232). Zwischen 1830 und 1860 kommen in England Skelettuhren in Mode (Bild 233–238). Sie unterscheiden sich von den kontinentalen Gegenstücken, wenngleich typische Merkmale schwer zu benennen sind.

Insgesamt zeigt die Entwicklung seit 1750 wenig Einheitlichkeit und Niveau. Der Niedergang der englischen Uhrmacherei wird dadurch eigentlich klar dokumentiert. Den führenden Platz in der Stutzuhren- oder Pendulenfertigung hat jetzt Paris eingenommen.

Besondere Beachtung verdienen die Londoner Uhrmacher, die, in der Clockmakers' Company (der Londoner Uhrmachergilde) seit 1631 zusammengeschlossen, Bedeutendes im Bau von Bracket Clocks, Bodenstanduhren, Taschenuhren und Chronometern geleistet haben. Durch sie war die englische Uhrmacherei über ein Jahrhundert weltführend. Sie arbeiteten mit Astronomen, Wissenschaftlern und Ingenieuren Hand in Hand. Außerdem hat die englische Marine im 18. Jahrhundert beim Bau von Seechronometern wichtige fordernde und fördernde Einflüsse ausgeübt. Als Meister in der Fertigung von Bracket Clocks sind an prominenter Stelle zuerst Johannes und Ahasuerus Fromanteel sowie Thomas Tompion (1639–1713) zu nennen, der auch als Vater der englischen Uhrmacherei bezeichnet wird. Von seinen zahlreichen, sämtlich signierten Uhren geben die Bilder 186, 188 mit den Werkansichten einen guten Eindruck. In London waren unter den bekannten Meisternamen ähnlich wie in Paris größere Werkstätten in Betrieb.

Aufmerksamkeit verdienen mit ihren abgebildeten Uhren wie durch ihr gesamtes Schaffen u. a. Claudius du Chesne (Bild 191, 192, 201), Joseph Knibb (Bild 190), William Holloway (Bild 194, 195), George Graham (Bild 198). Uhren mit Spielwerk von Eardly Norton (Bild 209), John Meredith (Bild 210), stehen neben einem im Gehäuse mit Japanlackmalerei auffallend schönen Automaten von John Berry (Bild 211). Ohne die Schöpfungen von Tompion, Graham und Quare, um nur einige Namen zu nennen, und die von ihnen ausgegangenen Impulse, wäre Entwicklung und Erscheinungsbild der neuen Uhrmacherei gar nicht vorzustellen.

Niederländische Stutzuhren

Zuerst in der zeitlichen Entwicklung, nämlich um die Mitte des 17. Jahrhunderts, tritt die Stutzuhr in den Niederlanden als einfache kastenförmige Uhr in schwarzem Holzgehäuse auf. Mit Giebelaufsatz, Glastür und schlichtem metallenem Ziffernring, meist mit Stoff hinterlegt, besitzt sie ein einfaches Pendelwerk mit Spindelhemmung (Bild 239–243). Dieses war ja in den Niederlanden 1656 von Huygens erfunden und von Salomon Coster in Den Haag als Patent übernommen worden, der einige Jahre das Herstellungsprivileg besaß. Nach ihrem Ursprungsort werden sie als Haagse Klokken bezeichnet.

Verschiedene Gehäuse, häufig mit Holzfüßen versehen und auch mit Metallornamenten verziert, können aufgestellt oder an die Wand gehängt werden. Der Uhrmachername ist fast immer auf Zifferblatt oder Werk zu finden.

Die Entwicklung der äußeren Form erfolgt eigenständig nur bis etwa zum Ende des 17. Jahrhunderts, dann werden durch wechselseitige Beziehungen sowohl französische, englische (Bild 245, 247, 248) wie rustikale (Bild 250) Merkmale deutlich sichtbar. Die Qualität der Werke ist besonders in den 60er Jahren sehr gut. Typisches Kennzeichen ist der gemeinsame Antrieb von Geh- und Schlagwerk durch eine Feder, der 1675 durch den Zweifederantrieb ersetzt wird. Die oft verwendeten zykloidischen Backen zur Regulierung der Pendelbewegung sind in Bild 244 gut zu sehen.

Die vorherrschend eigenständige Entwicklung verschwindet im 18. Jahrhundert zu Gunsten der in voller Blüte stehenden englischen Bracket Clock. Englische Uhrwerke, aber auch ganze Uhren mit dem Namensschild eines holländischen Uhrmachers, kommen um 1750 auf den Markt. Beispiele für solche Einflüsse und Impulse bieten die prunkvollen Uhren in Bild 252 und 253 mit Musikwerken und Zusatzindikationen. Aus der Reihe der prominenten Meister seien mit Uhren von etwa 1660 Claude Pascal (Bild 239), von 1680 Pieter Visbach (Bild 240, 241) und von 1685 Johannes von Ceulen (Bild 243, 244) genannt.

Stutzuhrwerk mit Ankerhemmung, Feder, Schnecke und Darmsaite, Rechenschlagwerk

Wanduhren

Deutscher Sprachraum

Wenige Türmeruhren (Bild 254, 255) sind die ältesten erhaltenen Eisenuhren aus dem 14./15. Jahrhundert. Ihre einfachen und übersichtlichen Werke mit Walzen- und Steigrad sowie Balkenwaag in Flachrahmenbauweise weisen sie als rein zweckbestimmte Zeitmesser, keinesfalls als Schmuckstücke aus. Sie besitzen Geh- und Weckerwerk. Daß sie später ersetzte Zifferblätter und andere Einzelteile enthalten, ist zu erwarten. Die Laufdauer ist kürzer als 24 Stunden. Schlagwerke waren im 15. Jahrhundert schon bekannt, wenn auch seltener in Gebrauch.

Von hier war es nur ein kleiner Schritt zu den eisernen Zimmeruhren mit sparsam verziertem Zifferblatt (Bild 256, 257), die im 16. Jahrhundert offenbar schon häufiger anzutreffen waren. Schloßscheibenschlagwerk, Wecker, Radunruhe statt Foliot, drei Zahnräder für 24-Stundenbetrieb und selbstverständlich nur ein Stundenzeiger sind wesentliche Merkmale. Häufiger noch sind die Pfeilerwerke (Bild 258–260) und die besonders schönen Uhren in Prismenbauweise (Bild 262, 263). Diese Stuhluhren hatten ihren bevorzugten Platz auf – heute meist fehlenden – Wandkonsolen. Besonders in den späteren Ausführungen mit Glockenstuhlbekrönung und gotischen Stilelementen zeigen sie bemerkenswert dekorative Wirkung. Viele ihrer Meister sind unbekannt, doch finden sich gerade aus der Winterthurer Uhrmacherfamilie Liechti eine Reihe von signierten Uhren, wie etwa auf den horizontalen Werkstreben rechts im Bild angedeutet zu sehen ist.

Eine astronomische Uhr mit Automatenfigur sowie Viertelstundenblatt vom Ende des 16. Jahrhunderts zeigt Bild 264, während aus Bild 267 hervorgeht, daß sogar in der Spätrenaissance, hier 1660, noch Eisenuhren in der früheren Art gebaut wurden. Die Echtheit solcher Uhren wird bestimmt von jeweils verschiedenen typischen Details, vor – auch frühen – Nachbauten, Ergänzungen oder Fälschungen ist Achtung geboten. Fast alle diese Uhren, vielleicht außer den allerletzten, haben original eine Waaghemmung. Ein Umbau auf Kurzpendel ist allerdings häufig erfolgt. Die seitliche Werkabdeckung hat sich am Schluß zum Gehäuse entwickelt.

Hatten die eisernen spätgotischen Uhren immer Gewichtsantrieb, so haben die nachfolgenden Telleruhren wohl in manchen Fällen ihnen ähnliche Eisenwerke mit Vorderpendel und einfachen Gehäusekästen, ab 1650 aber auch Federzugwerke. Davor ist als Zifferblatt ein bemaltes (Bild 268, 269), vornehmlich seit 1730 ein getriebenes Metallschild gesetzt (Bild 273–278). Seltenere Objekte sind die Uhren in Bild 270 mit einer Eisenfront und Zinnziffernring, oder Bild 271, signiert, mit Ziffernring und gravierter Innenscheibe. Die Uhren stammen großenteils aus der Gegend von Augsburg und Ulm; sie besitzen gelegentlich auch Schlagwerke und Sonderindikationen, wie die herausragende Prunkuhr in Bild 278.

Holzuhren

Während die städtische Uhrmacherei der ehemals blühenden süddeutschen Zentren im 18. Jahrhundert immer unbedeutender wurde, entwickelte sich weiter westlich mit der Holzuhrmacherei im Hochschwarzwald die Basis einer neuzeitlichen Uhrenfertigung. Wohl gibt es auch aus verschiedenen anderen Orten einzelne frühere Holzuhren. Jene mögen sogar neben der bereits jahrhundertelang immer weiter vervollkommneten Metalluhr mitverursachend für die Schwarzwälder Uhrmacherei gewesen sein. Diese entstand jedoch eigenständig mit Anfängen im 17. Jahrhundert (1667?), stark zunehmend dann seit dem zweiten Jahrzehnt des 18. Jahrhunderts.

Davon zeugen frühe hölzerne Uhren mit drei Rädern und Radwaag (Bild 279, 280, 283) bis etwa 1750, danach bis fast zum Jahrhundertende Kuhschwanzpendeluhren mit Spindelhemmung (Bild 284–287). Alle diese Uhren haben hölzerne Werksgestelle, Holzräder, hölzerne Zifferblattschilder und meist auch Holzzeiger. Anfangs gibt es Volltriebe aus Holz, doch werden diese bald durch Hohltriebe mit Drahtstiften abgelöst. Vor 1800 wird die Ankerhemmung mit dem einfachen Schwarzwälder Blechanker eingeführt, zuerst mit hölzernen, dann messingnen Ankerrädern. Diese haben Holzwellen, man nennt sie holzgespindelt. Im Verlauf kommen für die anderen Zahnräder ebenfalls holzgespindelte Messingräder in Gebrauch, während die Platinen weiter aus Holz sind. Glas dient anfangs für Glocken (Bild 284, 287), manchmal auch für Gewichte (Bild 285), eine zeitlang sogar für Zifferblätter mit Hinterglasmalerei. Ab 1750 werden Metallglocken eingeführt, ab 1800 auch Tonfedern. Der Zerbrechlichkeit wegen sind viele Glasglocken später durch metallene ersetzt worden.

Die Werksanordnung der bald im Manufakturbetrieb bei weitgehender Arbeitsteilung gefertigten Uhren zeigt bis spät ins 18. Jahrhundert Gehwerk, Schlagwerk, eventuell auch Viertelstundenschlagwerk hintereinander (Bild 279, 286, 287). Erst mit Einführung der holzgespindelten Metallräder, um 1800, werden die Werke im Normalfall nebeneinandergesetzt. Als erste Zusatzeinrichtungen erhalten die einfachen Uhren mit Eintagewerk einen Wecker mit Einsteckscheibe, Viertelstundenzifferblatt, Schloßscheibenschlagwerk und gelegentlich astronomische Indikationen. (Bild 282, 283). Ab 1780 werden normale Zifferblattanordnungen mit zwei Zeigern üblich. Sowohl Musikwerke mit Stachelwalzen und Glasglocken (Bild 284), wie von 1780 bis 1850 Flötenuhren, Hackbrettuhren mit angeschlagenen Metallsaiten und Carillonspielwerken (Bild 292) werden gebaut. Als einfache »Musikuhr« kommt 1738 die Kuckucksuhr auf (295, 301, 303). Sie wurde in allen Schwarzwälder Uhrenformen gebaut und sorgte neben dem niedrigen Preis und der hohen Stückzahl der Schwarzwälder Uhren für deren Weltbekanntheit.

Zum Antrieb der Schwarzwalduhren dienen Gewichte mit Schnurzug, teils mit loser Rolle zur Verminderung der Fallhöhe oder Verlängerung der Gangdauer bei verdoppeltem Gewicht. Achttageuhren besitzen fünf Gehwerkszahnräder und meist Schlüsselaufzug der Schnüre auf die Trommeln. Statt der Antriebsschnüre finden zu Beginn des 19. Jahrhunderts zunehmend Ketten Verwendung. Als Sonderheit gilt das Surrerschlagwerk für Stunden und Viertelschlag mit einem einzigen Werk. Wie hier zeichnen sich die Schwarzwälder Uhren und ihre Herstellung in mancherlei Hinsicht durch geniale Vereinfachung bekannter Prinzipien aus.

Sogenannte halbmessingne Uhren mit Messingrädern und Holzplatinen bzw. Holzgestell sind in der Mitte des 19. Jahrhunderts fast allgemein eingeführt, während das voll aus Metall gefertigte Werk erst mit der industriellen Massenproduktion in der zweiten Hälfte des Jahrhunderts üblich wird. Damit geht die typische Schwarzwälder Uhrmacherei zu Ende, ältere Uhrenformen bleiben jedoch weiter in Produktion.

Die äußere Gestalt der Schwarzwälder Holzuhren zeigt anfänglich naive Bemalung, einfache Schnitzerei, bemaltes Glas, und später auch aufgeklebte Papierbilder auf dem Zifferblattschild. Um 1760 entsteht die charakteristische Form der »Schottenuhr« auf dem Schottenhof bei Neustadt (Bild 295, 296, 297). Deren bemaltes Lackschild übersteht in verschiedenen Größen und Abwandlungen die gesamte Weiterentwicklung der Schwarzwalduhr. Jockele- und Sorguhren (Bild 289, 291) sind, als kleinste Schwarzwalduhren mit Holzgestell seit etwa 1800 gefertigt, bis 10 cm klein. Aus dem 19. Jahrhundert gibt es solche Uhren auch mit Porzellanzifferblatt (Bild 300). Auffallend fein und schön gearbeitet sind die seltenen originalen Barockschilder von Matthias Faller (Bild 299), aber auch häufigere Schilder nach Faller-Art in vergoldeter Schnitzerei. Sie wurden etwa zwischen 1780 und 1800 im Zusammenhang mit dem Kloster St. Peter gefertigt. Aus dem mittleren 19. Jahrhundert sind Tafeluhren (Bild 302), Figuren- oder Männleuhren (Bild 298) sowie Bahnhäusleuhren zu erwähnen. Ihre Gehäuse in Hausform mit Giebel sind mit reichem Schnitzwerk verziert. Abgewandelte Uhren dieses Typs sind mit Ölbildern bemalt (Bild 301). Nach diesen Vorbildern entstand die Kuckucksuhr in der allgemein bekannten Form von Bild 303.

Eine parallele Entwicklung von Holzuhren in mehreren getrennten Mittelgebirgsgegenden der Schweiz zeigt insbesondere in der äußeren Gestaltung eigene Merkmale. Die seltenen erhaltenen Uhren sind teils sauberer als die Schwarzwälder Uhren gearbeitet. Zeitlich verläuft die Einführung technischer Neuerungen eher hinter dem Schwarzwald. Unterschieden werden hauptsächlich Toggenburger, Davoser (Bild 282), Appenzeller (Bild 281), Berner (Bild 290), und Engadiner (Bild 288) Uhren. Doch wurden noch in weiteren Orten und Gegenden Schweizer Holzuhren bis ins 19. Jahrhundert hinein gefertigt, anscheinend auch unter Verwendung von Schwarzwälder Bestandteilen. Eine industrielle Nachfolgeproduktion in diesen Gebieten entstand im Gegensatz zum Schwarzwald nicht.

Einen Überblick über Wanduhren in weniger einheitlichen hölzernen Gehäusen verschiedener Herkunft geben die Bilder 304–308, die recht unterschiedliche Einflüsse widerspiegeln. Neben der fast unscheinbaren rechteckigen Form fällt eine um 1600 entstandene Prunkuhr (Bild 304) auf, die man als fortschrittlich richtungsweisend ansehen könnte, wäre sie nicht ein Einzelstück.

Deutlich französischen Einfluß zeigt die achteckige Wanduhr in Bild 307, bei der die Vermischung mit weiteren Herkunftsmerkmalen unverkennbar ist. Entsprechend sind vom 17./18. Jahrhundert aus dem ganzen deutschen Raum andere wenig typische Formen mit übernommenen Merkmalen anzutreffen. Eine Erklärung dafür liegt auch in den vielerorts unabhängig voneinander arbeitenden Uhrmachern, die natürlich auswärtige Vorbilder nutzten. Das Fehlen richtungsweisender Zentren wie London oder Paris macht sich in der seinerzeitigen deutschen Uhrmacherei deutlich bemerkbar.

Auffallend sind z. B. die verschiedenenorts gebauten Sägeuhren. Das sind Schwerkraftantriebsuhren, deren Uhrwerk, manchmal noch mit Zusatzgewicht beschwert, an einer Zahnstange langsam herunterklettert und damit die Energie für den Antrieb der Hemmung liefert. Schlagwerke sind selten, denn dafür müßte ja ein zusätzlich angetriebenes Uhrwerk vorhanden sein. Das Vorderpendel der Spindelhemmung macht die Uhr noch interessanter und lebhafter als die schon auffällige lange Zahnstange. Bei der seltenen Ausführung der Steigsägeuhr klettert das Werk beim Lauf der Uhr nach oben. Zum Aufzug muß es dann gegen die Spannung einer Feder nach unten gedrückt werden.

Die Sägeuhren, deren Zahnstangen auf geschnitzte Holzbretter (Bild 309), in entsprechend lange Gehäusekästen mit Glasdeckel (Bild 311) oder vereinzelt auf Metallständer (Bild 314, 315) montiert sind, stammen insbesondere aus dem Paris-Wiener Einflußbereich des späten 18. und beginnenden 19. Jahrhunderts (Bild 313, 316). Die Zuordnung zu einer abgegrenzten Stilepoche gelingt kaum. Solche Uhren wurden schon fast ein Jahrhundert früher in Italien hergestellt, wo sie vielleicht auch erfunden wurden.

Den französischen Carteluhren (wie auch vielen anderen französischen Uhren) ähnliche Formen (Bild 317, 318) wurden im süddeutschen Raum während des 18. und 19. Jahrhunderts gebaut. Allerdings sind die Uhren selten so schön wie die französischen Originale der Louis XV-Periode. Ebenfalls aus dem 18. und 19. Jahrhundert stammen Bilder- und Tafeluhren, die durch ihre Gemälde und Verzierungen wesentlich mehr Eigenständigkeit zeigen (319, 320). Innerhalb des Bilderrahmens sind hinter die Bildplatten Pendulenwerke mit Stundenschlag sowie häufig mehrere Musikwerke montiert. Das Uhrzifferblatt hat oft seinen Platz an einem Kirchturm des Bildes (Bild 320), wir finden es aber auch an unmotivierten Bildstellen oder zentral als Bestandteil des Bilderrahmens (319). Besonders beliebt waren die Bilderuhren im Biedermeier etwa zwischen 1810 und 1840.

Eine sehr dekorative Tafeluhr ist die Wiener Rahmenuhr mit ihrem leuchtend vergoldeten Rahmen, in dem ein Emailziffernring oft unter Glasabdeckung liegt. Diese Biedermeieruhren (Bild 322) haben Pendulenwerke nach französischem Muster mit Ankergang und sogenanntem Wiener Schlagwerk. Eine weitere Wiener Spezialität sind die Brettl-Uhren (Bild 324). Wohl aus der Wandpendule mit verlängertem Aufhängebrett hinter dem langen Pendel hervorgegangen (Bild 323), führen sie uns zu den Laterndl-Uhren, den typischen Wiener Regulatoren, vornehmlich aus der ersten Hälfte des 19. Jahrhunderts. Die Zahl der gebauten und heute noch zu findenden Uhren dieses Typs genügt keineswegs dem Interesse, das seit Jahren zunehmend diesen vornehm schlichten Wanduhren entgegengebracht wird. Sie sind besonders in der Sammlung Dr. Sobek im Wiener Geymüller-Schlössel vertreten.

Von den Wiener Meistern sind u.a. Anton Brändl, Philipp Fertbauer, Franz Sterl und Martin Zartl zu nennen, die durch solide Uhrwerke mit langer Gangdauer und Sekundenpendel, teilweise mit Kompensationseinrichtungen, bekannt sind (Bild 325, 327, 329, 332). Einige Regulatoren haben auch Schlagwerke (Bild 325, 329, 330, 334), von vorn sichtbares Uhrwerk bei durchbrochenem Zifferblatt (Bild 327), sowie Sekunden- und Kalenderindikationen (Bild 326, 329, 330). Die verzierten Gehäuse der Zeit nach der Jahrhundertmitte (Bild 333, 334) lassen die Form des industriell produzierten deutschen »Regulators« der Jahrhundertwende ahnen, der noch den Namen, aber nicht mehr die Präzisionseigenschaften dieses Uhrentyps hat. Von der perfekten Präzisionsuhrmacherei der Neuzeit zeugen Glashütter (Bild 335) und Riefler-Uhren (Bild 336). In ihren schlichten Gehäusen sind Präzisionswerke mit besonderen Hemmungen und hoch entwickeltem Kompensationspendel sowie Regulatorzifferblätter untergebracht. Die Genauigkeit dieser Uhren machte sie bei verhältnismäßig geringem Aufwand für die Steuerung großer Uhrenanlagen geeignet. Als Mutteruhren dienen sie zur Steuerung einer größeren Anzahl synchronisierter Nebenuhren auf elektrischem Wege.

Frankreich

Unter den Wanduhren des 18. Jahrhunderts nimmt die französische Carteluhr eine herausragende und beherrschende Stellung ein. Sie ist ein Gegenstück zur Pendule, der sie in der technischen Ausstattung mit federgetriebenem Kurzpendelwerk und Schlagwerk wie im Material und in der Formgestaltung weitgehend entspricht. Sie entsteht jedoch erst zur Zeit Ludwigs XV., nachdem bis dahin tellerförmige Wanduhren (Bild 337–339), ähnlich den häufigeren süddeutschen Telleruhren, sowie Laternenuhren (Bild 361) nach italienischem oder englischem Vorbild gebaut wurden. Mit der Carteluhr wurde die Gestaltung der Uhr von allen konventionellen Fesseln befreit. Die Verschmelzung der zuvor auf einer Konsole stehenden Pendule mit dieser Konsole zu einer formalen Einheit ist besonders bei Objekten der frühen Periode hervorragend gelungen (Bild 340, 344, 347, 350). Die 50 cm bis nahe 100 cm hohen Gehäuse aus Bronzeguß mit reichen Applikationen sind häufig auch vergoldet. Besonders schöne und daher gesuchte Bronzen stammen von Caffieri (Bild 342), St. Germain (Bild 346), Berthier u. a.

Im oberen Teil der frühen Gehäuse des Louis XV-Stils finden wir neben floralen Ornamenten auch anmutige Figuren in Schäfer- und Jagdszenen. Damit wirken diese Uhren eher schlank und gestreckt (Bild 340–347, 350) gegenüber den Exemplaren des späteren 18. Jahrhunderts im Louis XVI-Stil. Zu dieser Zeit sind die durch seitliche Verzierung breiteren Uhren klassizistischer Prägung meist von Vasen oder Urnen bekrönt und unten von Pinienzapfen abgeschlossen (Bild 348, 349, 351, 352. Wie bei den kleineren französischen Pendulen jener Epoche treffen wir 8-Tage-Messingwerke mit kurzem Pendel an, manchmal mit Reguliereinrichtung am Zifferblatt, Schlagwerke für Stunden und Halbstunden, gelegentlich auch Viertelschlag, in seltenen Fällen mit Repetitionseinrichtung oder Weckerwerk (Bild 344).

Um die Wende zum 19. Jahrhundert wird die Carteluhr durch eine etwas kleinere runde Wanduhr abgelöst, das Oeil-de-Bœuf (Bild 354 bis 359). Diese etwa 40 cm großen runden »Ochsenaugen« haben Metallblech- oder Bronzegehäuse schlichter Ausführung (Bild 355), auch oft mit Appliken und Bemalung (Bild 358, 359) verziert. Das kleine runde Zifferblatt aus Email oder Metall (Bild 354), das weitgehend das Aussehen dieser Uhren bestimmt, hat zu jenem bildhaften Namen geführt.

Wanduhren treten wie Pendulen und Kaminuhren im 19. Jahrhundert in ausgefallenen Formen auf. Darunter sind besonders bis zur Jahrhundertmitte technische Besonderheiten wie die mit einem Rostpendel als Freischwinger verbundene Uhr von P. Charvin mit zwei Zifferblättern (Bild 356). Die ganze Uhr wird vom eingebauten Werk in hin- und herschwingende Bewegung versetzt.

In deutlicher Eigenständigkeit gegenüber der Pariser Uhrmacherei werden im 18. und 19. Jahrhundert an verschiedenen Orten der französischen Provinz, mit Schwerpunkt im Burgund, gewichtsgetriebene eiserne Wanduhren gebaut. Sie sind als Comtoiser-Uhren, auch Morezoder Morbier-Uhren mit den hauptsächlichen Herstellungsorten in der Franche-Comté bekannt und existieren ziemlich gleichmäßig gebaut in großer Stückzahl (Bild 363–370). Die Uhrwerke finden wir auch in Bodenstanduhren dieser Gebiete.

Diese Uhren besitzen Antrieb durch schwere Gewichte, Achttagewerk mit Schlüsselaufzug, Eisengestell mit Messingrädern, Halbstunden-

Rechenschlagwerk mit Nachschlag der Stunde auf Glocke und gelegentlich auch einen Wecker. Bis gegen 1850 dominiert die Spindelhemmung mit einem Kronrad, dessen Zähne nach unten zeigen, danach die Hakenhemmung. Als Staubschutz ist um das Uhrwerk ein eiserner Gehäusekasten angebracht. Das lange Pendel kann für den Transport zerlegt werden. Die »Rostpendel« dieser Uhren sind ohne Ausgleichsfunktion.

Frühe Uhren jener Art haben Metallzifferblätter auf dunklem Grund (Bild 360), auch mit Emailkartuschen (Bild 363). Im 19. Jahrhundert werden Emailzifferblätter mit oft schön ausgeschnittenen Messingzeigern verwendet (Bild 365 bis 370). In dieser Zeit ist die Uhrfront neben dem Zifferblatt mit Messingornamenten oder gestanzten Messingplatten verziert. Wichtigste Dekorationsmotive sind Hahn und Lilie, aber auch ländliche Szenen werden gezeigt. In den langen Pendeln sind manchmal Figurenautomaten untergebracht, die durch die Pendelbewegung betätigt werden. Zu Anfang des 18. Jahrhunderts gibt es noch einzeigerige Uhren (Bild 360, 363) aus den französischen Provinzen, und in verwandter Gestaltung werden im Laufe des 18. Jahrhunderts auch Laternen- oder Stuhluhren gebaut (Bild 362, 364), die sich hauptsächlich durch ihren Werkaufbau mit Eckpfeilern von den vorher beschriebenen Uhren unterscheiden.

Die französische Pendule des 17. bis 19. Jahrhunderts, oft als Tischuhr mit Wandkonsole bekannt, zeigt auch als Wanduhr Ausstrahlung auf den gesamten französischen Sprachraum. Reich verzierte, harmonisch gestaltete Louis XV-Pendulen von Pariser Meistern wie Lacan, Bigaud, Maur, Delisle veranschaulichen mit den verschiedenen Gehäuseherstellungstechniken die Meisterschaft ihrer Erbauer (Bild 371–373, 379). Bei den belgischen Pendulen (Bild 374, 375) markiert die Lütticher Signierung den Namen des Uhrmachers, hier Sarton. Gehäuse konnten jedoch in dieser Vollkommenheit nur in Paris gemacht werden.

Dagegen unterscheiden sich die etwas jüngeren Schweizer Pendulen des Louis XVI-Stils (Bild 376–378) in einigen Details, wenngleich die Abbildungen auf den ersten Blick große Ähnlichkeit zu zeigen scheinen. Anstelle der Bronzeappliken haben diese Uhren (Bild 376, 377) getriebene Messingbeschläge (Laiton Repoussé) als Verzierung. Die gegliederten Treize-Pièces-Zifferblätter der französischen Uhren sind durch glatte Emailblätter mit eleganter Wirkung abgelöst, die Uhrwerke mit Viertelschlag und Repetition (Grande Sonnerie) sind feiner ausgeführt. Besondere Beachtung verdient die exakte Ausarbeitung der Zeiger.

Neben den Prunkpendulen, die im Gesamtbild weitgehend ihren französischen Vorbildern entsprechen, gibt es Schweizer Pendulen mit mehr eigenständigen Merkmalen (Bild 380–384, 386, 387). Ihre Besonderheiten dürften sich weitgehend aus dem Vergleich mit Uhren anderer Provenienzen erklären, wie etwa bei der Automatenuhr mit Spielwerk von Jaquet-Droz (Bild 383). Sie zeigt in Technik und Gestaltung Sonderheiten, die zudem speziell ihrem berühmten Meister zuzuschreiben sind. Der Directoire-Carteluhr (Bild 388) aus Neuchâtel, die in rotem Horngehäuse mit Bronzen auffällt, wie auch den vorangehenden Uhren fehlt ein wenig die Gefälligkeit und Grazilität ihrer Pariser Vorbilder. Dagegen ist mit den schlichteren Sumiswälder und Neuenburger Pendulen (Bild 385, 389–391), die so wohlproportioniert und unaufdringlich elegant wirken, eine eigene Form entstanden, die bis heute in Produktion geblieben ist. Diese mittelgroßen bis kleineren Pendulen sind in ausgezeichneter Gehäusequalität mit Blumenbemalung und Blattvergoldung gehalten. Sie besitzen qualitativ hochwertige Uhrwerke mit Halbstundenschlag, Wecker oder Grande Sonnerie.

Italien

Schon geraume Zeit vor und gleichzeitig mit den Nachtlicht- und Stutzuhren finden wir gewichtsgetriebene schlanke Metalluhren aus dem italienischen Raum. Sie sind seit dem späten 17. Jahrhundert mit Spindelhemmung und kurzem Hinterpendel ausgestattet oder von Waaghemmung auf Kurzpendelhemmung umgebaut (Bild 392). Ihre Werke aus Messing und Eisen sind wenig unterschiedlich. Die 20–50 cm hohen Messinggehäuse erinnern auch mit den Verzierungen an Renaissance-Türmchenuhren (Bild 392), mit Prismenpfeilern an die gotischen Stuhluhren (Bild 393) und mit dem ausgesägten Fries an die englische Laternenuhr (Bild 395, 397). Wekker und Stundenschlag sind bei den früheren Uhren, italienischer Schlag von Stunden und Viertelstunden auf zwei Glocken bei den späteren Uhren meist anzutreffen (Bild 397–399). Ein Teil dieser Uhren ist signiert und danach oberitalienischen Städten wie Bologna, Florenz, und dortigen Meistern zuzuordnen. Die Uhrmacherei hatte dort seinerzeit offenbar weniger Bedeutung als in den nördlicheren europäischen Gebieten.

England

Hier werden im 17. Jahrhundert als Vorläufer der »Bracket Clocks« die »Lantern Clocks« (Laternenuhren) gebaut. Ihre deutliche Verwandtschaft zu den gotischen Stuhluhren zeigen sie durch Ähnlichkeit in der Gestaltung, Gewichtsantrieb, Pfeilerwerk, Stundenschlag mit Schloßscheibe, Wecker mit Stellscheibe und Glockenbekrönung. Unterschiedliche Merkmale sind die nur ganz zu Anfang eisernen, dann aber messingnen Werke und Gehäuse mit einem Zifferblattring, der seitlich über das Gehäuse hinausragt. Gravuren sind auf der Zifferblattmitte, ausgesägte Messingplatten als Front- und Seitenverzierungen über das Gehäuse montiert. Eine typische Variante ist die »Winged Lantern Clock« mit angesetzten seitlichen Flügeln (Bild 409). Das Pendel ist oft in Gestalt eines massiven Ankers ausgebildet, der bei der Schwingung sichtbar wird. Die Flügel sind jedoch selten ganz original erhalten. Auch die eingravierten Tulpen und Tudor-Rose in der Zifferblattmitte (Bild 412) sind charakteristische Merkmale der »Lantern Clocks«.

Die Qualität der Uhrwerke ist ausgesprochen gut. Auf der Frontseite sind die Meisternamen der durchweg zur Clockmakers' Company gehörenden Uhrmacher häufig eingraviert. Als prominente Uhrmacher sind Joseph Knibb (Bild 404), Ahasuerus Fromanteel (Bild 405) oder Edward Webb (Bild 406) zu erwähnen, denen wir auch bei anderen englischen Uhrenarten begegnen. Bis nach der Jahrhundertmitte werden die Uhren von Spindelhemmungen mit oben liegender Unrast reguliert (Bild 400–403). Dann kommt, zeitlich in etwa zusammen mit dem Minutenzeiger, das hinter dem Uhrwerk schwingende kurze Pendel in Gebrauch. Ältere Uhren wurden im späten 17. Jahrhundert durch Umbau auf Pendel modernisiert. Verwandtschaft mit den niederländischen Uhren derselben Epoche zeigt die Verwendung des endlosen Kettenzugs nach Huygens, der bei vielen Uhren zum Antrieb von Geh- und Schlagwerk dient. Auch Vorderpendel sind gelegentlich anzutreffen (Bild 405), doch liegt hier die Vermutung der Umkonstruktion von Waag auf Pendel nahe. Die meisten »Lantern Clocks« dürften auf Wandkonsolen gestanden haben, weshalb sie als Stuhluhren anzusehen sind. Doch sind auch hölzerne Gehäuse in der Art von Standuhrgehäusen und kleinere Gehäuse oder Uhrkästen zum Aufstellen oder Transport der Uhren überliefert. Solche Tischuhrgehäuse mögen vorzugsweise für die gelegentlich vorkommenden Federzuguhren dieser Art gedient haben, die dann einen Übergang zur »Bracket Clock« zeigen.

Als echte Wanduhren können die »Hood Clocks« des frühen 18. Jahrhunderts angesehen werden, die bei fehlendem Gewichtsantrieb auch Stutzuhren sein könnten. In Gestaltung und Ornamenten wie den grundsätzlichen Werkdetails stimmen sie mit den Stutzuhren überein. Die Bezeichnung »Hood Clock« ist auf den abnehmbaren Holzkasten über dem Uhrwerk zurückzuführen, der entsprechend auch bei Bodenstanduhren verwendet wird. Die Berücksichtigung fremdländischer Dekorationsmotive und Zifferblattmarkierungen (Bild 414) dokumentiert, daß auch ausländische Märkte für die englischen Uhrmacher interessant waren.

Mit dem seltsamen Namen »Act of Parliament Clock« kommt gegen Ende des 18. Jahrhunderts für einige Jahrzehnte eine gewichtsgetriebene Wanduhr in Mode (Bild 415–418), für die kaum ein Vorbild zu finden ist. Doch ist die eigenartige Form nur konsequent für eine Wanduhr, denn unter dem runden Zifferblatt ist der Gehäusekasten einfach soweit verlängert, daß darin Platz für Gewichte und Pendel ist. Neben dem Gehwerk mit Ankergang haben diese Uhren mitunter auch ein Schlagwerk. Die sparsame Gestaltung mit den Merkmalen des frühen 19. Jahrhunderts macht die fast immer signierten Uhren zwar nicht zu wertvollen, aber doch gesuchten Objekten.

Ziemlich einfache Gebrauchsuhren des 19. Jahrhunderts sind die runden Wanduhren in Holzgehäusen (Bild 420, 421) mit Federaufzug und Ankerhemmung. Ähnliche Form zeigen auch die »Postman's Alarm Clocks«, die – allerdings aus dem Ausland bezogen – in England um 1870 in Gebrauch kamen.

Stellvertretend für weitere Sonderentwicklungen stehen zwei Wandregulatoren (Bild 419, 422), die mit präzisen Hemmungen und Kompensationen den hohen technischen Stand der englischen Uhrmacherei des 18. Jahrhunderts bezeugen.

Niederländische Stoel- und Staart-Klokken

Über zwei Jahrhunderte lang, seit etwa 1630, werden in verschiedenen Provinzen der Niederlande Stuhluhren aus Messing hergestellt. Details und Dekorationen sind nach den Herstellungsorten deutlich zu unterscheiden. Aus der Anfangszeit nur selten erhaltene Uhren haben Spindelhemmung und Unrast (Bild 423–425), Pfeilerwerk mit Hintereinanderanordnung von Geh- und Schlagwerk mit Schloßscheibe sowie Wecker. Der Schlag erfolgt auf Glocken, auf dem ursprünglich nur zur Stundenanzeige dienenden Zifferblattschild zeigt ein Messingzeiger die Zeit an. Die hier abgebildete Uhr aus dem Jahre 1662 hat ein eisernes Gehäuse mit später hinzugekommenem Stuhl. Zum Aufzug dient der Schnurzug, der im 19. Jahrhundert allmählich vom Kettenzug abgelöst wird. Dabei wird häufig die endlose Kette nach Huygens verwendet.

Wenig später kommt das kurze oder halblange Pendel hinter dem Uhrwerk in Gebrauch und damit auch der Minutenzeiger. Die Uhrwerke ändern sich über die ganze Zeit nur wenig (Bild 424, 429, 431, 433, 435, 440). Häufig wird das Pendel nicht am Werksgestell, sondern am Holzstuhl hinter dem Uhrwerk aufgehängt (Bild 435). Gegen Ende des 17. Jahrhunderts kommt in der Gegend von Zaandam die »Zaanse Klok« auf (Bild 426–429). Ihr Zifferblatt mit Eckverzierungen entspricht beinahe dem der frühen niederländischen oder englischen Stutzuhren. Typisch für die »Zaanse Klok« sind birnenförmige Gewichte. Kurz vor 1700 beginnt der Bau von Stuhluhren auch im nördlichen Landesteil, in Twente und Groningen, bald danach in Friesland (Bild 430, 432). Die Gehäuse werden im 18. Jahrhundert mit Bleigußornamenten und bunter Bemalung verziert, die seitlichen Türen verglast (Bild 432, 434). In Twente und Groningen endet die Produktion nach 1750 fast ganz, während die friesische Stuhluhrenfabrikation zwischen 1770 und 1790 mit Landschaften, Blumen, Arabesken, Figuren, insbesondere Meerjungfrauen, Mondscheibe und Kalenderanzeige über dem Zifferblatt ihren Höhepunkt hat (Bild 436–438). Beinahe während der ganzen Zeit der 200 Jahre dauernden niederländischen Stuhluhrenfabrikation, nämlich seit etwa 1700, wird das gewölbte Dach des Uhrenstuhles über dem Werk beibehalten. Nur bei den »Ruempol-Klokken« des früheren 18. Jahrhunderts sind diese Dächer als Spitzgiebel ausgeführt (Bild 439).

Neben der Stuhluhr gibt es einen zweiten niederländischen Wanduhrentyp, die »Staart Klok«, ab 1740 in Amsterdam, als »Amsterdammertje« (Bild 441–443), und ab 1770 in Twente. Auch deren Produktion verlagert sich gegen 1800 nach Friesland, wo sie 1860 infolge starker ausländischer Konkurrenz aufhört. Das Werk der »Staart Klok« ist dem der Stuhluhr ähnlich, doch das Gehäuse legt eher die Verwandtschaft zur Stutzuhr mit Platz für ein längeres Pendel oder zu einer verkürzten Bodenstanduhr nahe. Die Gestalt des späteren Wandregulators ist hier angedeutet. Abgesehen von den frühen Uhren (Bild 442) sind die Verzierungen mit Bemalung, Figuren, Mondphase und Schiffsmodellen, die vom Pendel bewegt werden, typisch für die niederländischen Uhren (Bild 441, 443–447).

Eine besonders kleine Ausführung ist die friesische »Staart Klok« in Bild 446, eine »Schippertje«. Diese Uhr mit kurzem Hinterpendel hat ihren Namen entsprechend anderen kleinen Uhren, nämlich den gegenüber normalen »Stoelklokken« verkleinerten »Stoelschippertjes«, erhalten. Diese »Stoelschippertjes« wurden für den Gebrauch auf Kanalschiffen hergestellt und sollten wegen ihrer kleinen Abmessungen und kurzen Pendel von Schiffsbewegungen möglichst wenig gestört werden. Dazu mußten sie so aufgehängt werden, daß die Ebene der Pendelschwingungen senkrecht zum hauptsächlichen Schiffsschlingern lag.

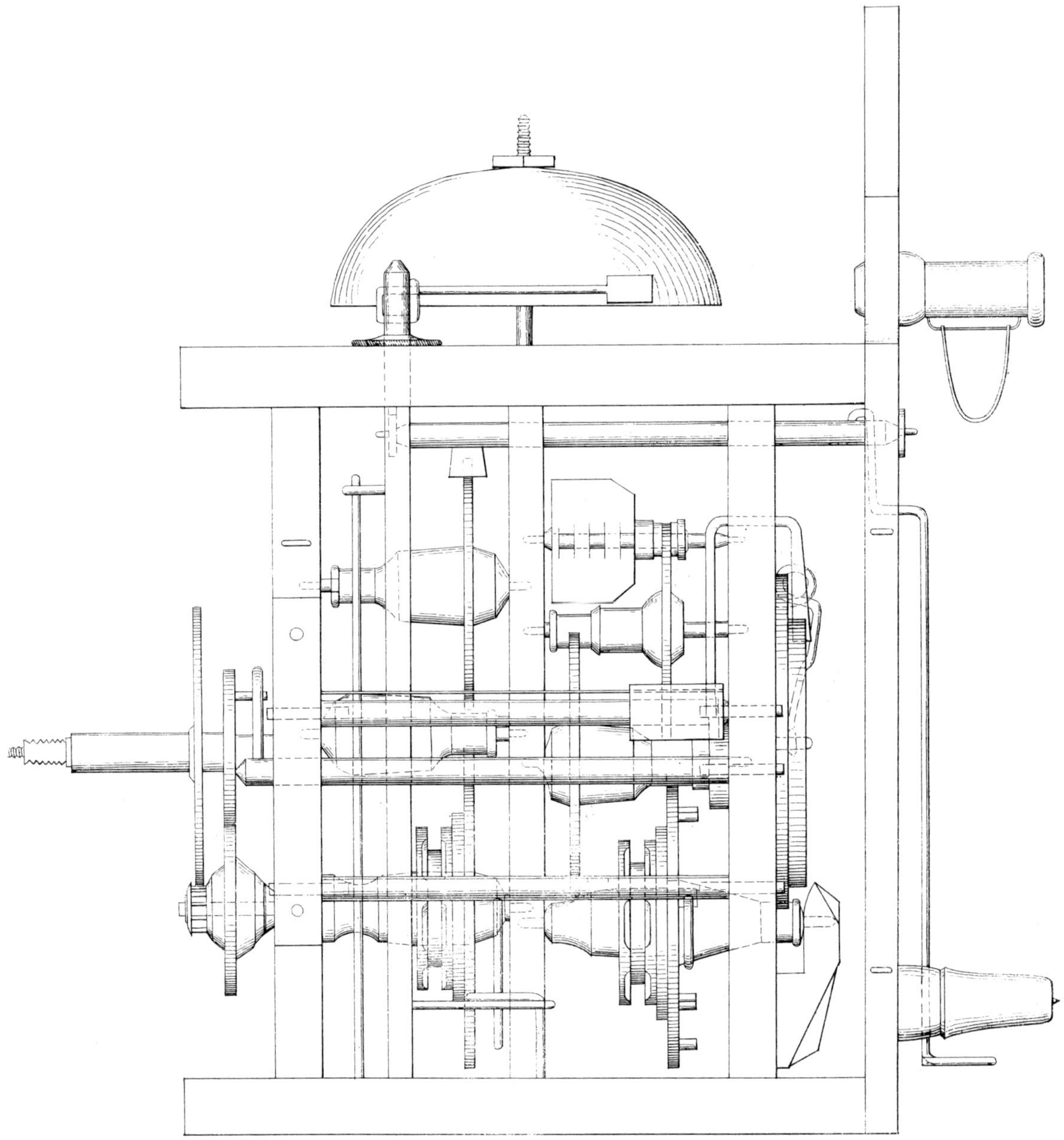

Holzgespindeltes Schwarzwälder Geh- und Schlagwerk
mit Holzplatinen und Stollen hinter dem Werk

Bodenstanduhren

England

Parallel zur Bracket Clock entwickelt sich mit Einführung von Pendel- und Ankerhemmung in der zweiten Hälfte des 17. Jahrhunderts die Bodenstanduhr. Ihre bessere Ganggenauigkeit gegenüber der Bracket Clock verdankt sie dem Gewichtsantrieb und dem längeren, auch schwereren Pendel. Am häufigsten wird das Sekundenpendel mit knapp einem Meter Länge benutzt. Die ersten Pendeluhren baute Ahasuerus Fromanteel zusammen mit Christiaan Huygens. Von ihm signierte Objekte gibt es schon aus der Zeit um 1660 (Bild 448, 449).

Das Werkbild dieser Fromanteel-Uhr läßt Merkmale der frühen Bodenstanduhren erkennen, die zum Teil lange erhalten bleiben: Ein solides messingnes Platinenwerk mit Spindelhemmung und Halbsekundenpendel hinter dem Uhrwerk, außenliegender Schloßscheibe, einer Glocke für den Stundenschlag und Datumsanzeige. Wie bei den meisten Uhren dieser Art ist eine Gangreserve durch »bolt and shutter«-Trieb vorgesehen. Den schlanken furnierten Eichenholzkasten schließt ein giebelförmiger Kopf mit Bronzeappliken ab, der als Gehäuse einer Bracket Clock dienen könnte. Typisch auch für die Uhren der nächsten Jahrzehnte ist das quadratische Messingzifferblatt mit Eckappliken, aufgesetztem silberfarbigem Zifferring und mattiertem Zentrum. Diese frühen Bodenstanduhren haben bereits eine sehr viel höhere Ganggenauigkeit als alle früheren Uhren, nicht nur infolge des neuen Prinzips der Pendelhemmung, sondern auch wegen der sauberen Fertigung aller Einzelteile.

Die nachfolgenden Uhren sind meist von Londoner Uhrmachern hergestellt, die als Mitglieder der Clockmakers' Company einer strikten Qualitätskontrolle unterworfen waren. Fast alle Uhren sind von ihren Meistern signiert, unter denen berühmte Namen wie Eduardus East (Bild 450, 451, 456), Daniel Quare (Bild 460) oder Thomas Tompion (Bild 462) hervorragen. Ab 1670 werden Ankerhemmung und Pendelfeder, von William Clement eingeführt, zusammen mit dem langen Pendel üblich. Die Uhren haben meist ein- bis mehrwöchige Laufdauer, Stunden- und auch Viertelstundenschlagwerke, verschiedentlich ein Carillonspielwerk für mehrere Melodien (Bild 454, 463). Rechenschlagwerke kommen um die Jahrhundertwende häufiger in Gebrauch. Auf dem übersichtlichen Ziffernblatt werden Stunde und Minute, oft auch die Sekunde, mit gebläuten Stahlzeigern angezeigt. Kleine Eckzifferblätter dienen zur Schlagwerks- und Musikwerkseinstellung.

Bei vielen Uhren kann man die Bewegung der Pendelscheibe durch ein Sichtfenster im Gehäusekasten verfolgen. Bei den seltenen längeren Pendeln befindet sich das Fenster im Fuß der Uhr (Bild 455). Die nußbaum- oder ebenholzfurnierten Gehäuse tragen auf dem breiteren Sockel einen langen, etwas schmaleren Kasten mit oft reich verziertem Kopf für das Uhrwerk, der auch mit Säulen, Appliken und Friesen geschmückt sein kann. Die häufig anzutreffende reich intasierte Gehäusefront mit Marketerie und Parketterie (Bild 454–458) ändert, wohl wegen der einfachen Grundformen der Uhren, doch kaum den einfachen und grundsoliden Eindruck der ganzen Uhr.

Mit Ende der ersten bis etwa 1720 dauernden Periode beginnt nach Einführung der Grahamhemmung mit Uhren von George Graham (Bild 464, 465, 468), John Arnold (Bild 469, 470) u. a. die englische Präzisionsuhrmacherei. Uhrwerke mit Kompensationspendel, Regulatorzifferblättern mit zentral angezeigter Minute und mehreren Nebenindikationen in schlichten Gehäusen zeugen von der hohen Kunst ihrer Meister. In den Regulatoren ist statt eines Schlagwerks oft ein Kalender sowie ein Äquationswerk zur Anzeige der Sonnenzeit neben der mittleren Zeit zu finden (Bild 465).

In der ersten Hälfte des 18. Jahrhunderts werden auch verschiedene fremde Einflüsse sichtbar. Beispielsweise finden wir niederländische Vorbilder in der Zifferblattgestaltung mit Mondphasenanzeige (Bild 466), japanische und chinesische in der bunten Lackbemalung der Gehäuse. Auch die auf Eiche furnierten Mahagonigehäuse (Bild 472–481) führen in den Jahrzehnten vor und nach 1800 zu einem neuen Erscheinungsbild, das nicht mehr so einheitlich und typisch wie im vorangegangenen Jahrhundert ist. Die schlichten Regulatoren weisen jetzt häufig verglaste Fronten mit Zifferblättern verschiedener Ausführung auf. Eine solche Uhr von Henry Appleton (Bild 482–485) läßt alle wichtigen Details des sehr einfach und sauber ausgeführten Werkes erkennen. Die Bodenstanduhren aus der Provinz, die Country Clocks (Bild 486–489), zeigen neben fremden Einflüssen besonders deutlich den Geschmackswandel. Die über hundert Jahre von London auf die Uhrmacherei ausgehenden Impulse sind offenbar immer schwächer geworden und fehlen schließlich ganz.

Niederlande

Im Jahre 1677 begann der Uhrmacher Joseph Norris aus London mit dem Bau von Bodenstanduhren in Amsterdam. Der englische Einfluß ist anfangs deutlich zu verfolgen (Bild 490), die Uhren entsprechen weitgehend den englischen Vorbildern. Doch bilden sich in der Blütezeit der niederländischen Bodenstanduhr, etwa zwischen 1710 und 1790, eigene Merkmale heraus, die die Amsterdamer und anderen niederländischen Uhren von ihren frühen Vorbildern unterscheiden. Der obere Abschluß des Gehäusekastens wird im Unterschied zu den englischen Uhren auch reich mit Schnitzwerk verziert (Bild 491–493). Amsterdamer Meister wie Steven Huygens oder Pieter Klock schaffen einen eigenen Typ. Bis etwa 1715 bleiben die Zifferblätter wie in England quadratisch. Dann kommt oben die bogenförmige Ergänzung, das Lunet bzw. der Arcus, hinzu. Hier findet zuerst der Name des Uhrmachers, dann auch die Mondscheibe ihren Platz.

Durch die Figurenbekrönung mit Atlas und Weltkugel, flankiert von zwei Posaunenengeln, hat die niederländische Bodenstanduhr mit Gesamthöhen bis zu 3,25 Metern ihre charakteristische Form angenommen. Die Zifferblätter werden graviert, mit Appliken bereichert, auch bemalt. Neben der Uhrzeit werden Datum, Monat, Wochentag, Mondalter und die Gezeiten angezeigt. Figurenautomaten mit Schiffen, die vom Pendel bewegt werden (Bild 497), mit eingebauten Glockenspielwerken (Bild 500, 501), mit vielfältigen astronomischen Indikationen oder mit sehr langer Gangdauer sind herausragende Einzelstücke. Die mitunter im Sockel geschwungenen und auf Klauenfüßen stehenden Uhren werden vorzugsweise mit Nußwurzelholz, nach der Jahrhundertmitte mit Mahagoni furniert. Außer mit Einlegearbeit sind sie mit Goldbronzebeschlägen verziert. Um 1800 ist die Produktion der niederländischen Bodenstanduhren ziemlich abrupt zu Ende.

Belgien

Unter Einfluß der angrenzenden Gebiete entstehen im Aachen-Lütticher Raum vorwiegend seit dem zweiten Quartal des 18. Jahrhunderts bis gegen das Jahrhundertende die oft mit der Herkunft Belgien bezeichneten Bodenstanduhren. Der Bogen über den schönen Messingzifferblättern mit Gravuren und Eckapplikationen weist sie für diese Zeit ebenso aus wie die Ankerwerke mit Sekundenpendel und Schlag auf Glocke. Werkgestelle oder Platinen sind häufig aus Eisen, während das Räderwerk aus Messing gefertigt ist. Gangdauer von einer Woche, Weckerscheibe (Bild 502, 504), wie Hebel für Schlagwerksabstellung (Bild 505, 507) sind neben Mondphasen- und Datumsanzeigen (Bild 506) anzutreffen. Die meisten Uhren sind von Lütticher Meistern signiert.

Auch in der Gehäusegestaltung sind die englischen, französischen oder niederländischen Vorbilder unverkennbar, wenngleich doch gewisse Gemeinsamkeiten der belgischen Uhren zu erkennen sind. Als Charakteristikum kann man die insgesamt recht massive und große Ausführung der vorwiegend aus Eiche gefertigten Gehäuse anführen, die jeoch in vielen Fällen durch auflockernde Beschnitzung, Abschrägung der Kanten und Profilierung gelockert erscheint (Bild 503, 504, 506, 507). Weniger typisch wirken verhältnismäßig streng gehaltene frühe Exemplare (Bild 505), sowie spätere Ausführungen (Bild 509, 510) in der belgischen Abwandlung des Louis XVI-Stils.

Deutscher Sprachraum

Bergisches Land

Ebenfalls unter nachbarlichen Einflüssen, unverkennbar aus England und dem Aachen-Lütticher Raum, entstehen seit Beginn des 18. Jahrhunderts, besonders aber zwischen 1770 und 1830, im Bergischen Land Bodenstanduhren in einer gewissen Einheitlichkeit der Ausführung. Frühe selten anzutreffende Exemplare haben Spindelhemmung und Kurzpendel vor dem Zifferblatt, Eisengestell und Messingräder. Nach 1730 werden Achttage-Langpendelwerke mit Hakengang, Schlagwerke mit Glocke, oft auch Datum- und Mondphasenangabe üblich. Ein abgebildetes Werk aus der Zeit um 1800 zeigt die zu dieser Zeit in Benutzung gekommenen Vollplatinen und die Kadraktur des Rechenschlagwerks auf der Rückplatine (Bild 517). Fast alle Uhren tragen die Signatur ihres Meisters.

Die früheren Gehäuse sind aus Eiche oder Nußbaum, mit Schnitzereien (Bild 511, 514) und Intarsien (Bild 512, 513) verziert. Gegen 1800 werden Obstbaumhölzer bevorzugt und teils mit verhältnismäßig strengen, doch schönen Einlegearbeiten (Bild 518, 520) bereichert. Als eigenes Merkmal hat sich besonders in der Spätzeit der Schlußstein auf dem Gehäusekopf herausgebildet.

Süddeutschland

Ziemlich uneinheitlich und anfangs in den Werken nicht besonders hoch entwickelt präsentieren sich Bodenstanduhren aus den verschiedenen deutschen, vornehmlich den süddeutschen Gegenden zu Beginn des 18. Jahrhunderts. Barocke Formen von nußholzfurnierten Gehäusen mit Intarsien und Schnitzwerk (Bild 524–526) können als einfachere Nachfolger der kleineren Prunkuhren dieses Raumes angesehen werden. Wesentliche Merkmale der englischen Vorbilder zeigen sich, teils etwas verzögert, in Werk- und Zifferblattgestaltung wie im Gesamtaufbau bei deutlich lokalen Einflüssen der Ursprungsorte. Gelegentlich sind sehr feine und komplizierte Uhrwerke anzutreffen (Bild 531, 532), die insgesamt jedoch kaum fortschrittlich zu nennen sind.

Um die Jahrhundertmitte verlieren die Gehäuse im Rokoko ihre zuvor auffallende Schwerfälligkeit. Eigenwillige und dabei recht gefällige Formen in Nuß-, Eichen- oder Obstholz (Bild 529, 530, 534, 535), auch mit Bronzemonturen und ebenfalls reich verzierten Zifferblättern werden in verschiedenster Gestaltung hergestellt. Gegenüber dem Jahrhundertbeginn haben sie auch bessere Uhrwerke mit erweiterten Funktionen und Indikationen. Nach Signierung und anderen Merkmalen sind diese Einzelstücke an verschiedenen Orten ziemlich unabhängig voneinander entstanden. Typisch an der deutschen Bodenstanduhr ist eigentlich nur, daß sie sehr vielfältig mit verschiedenen Gehäusen und Uhrwerken als Eintage- wie als Achttageuhr mit Stundenschlag, Viertelschlag, Spielwerk oder Wecker, astronomischen Indikationen, Kalenderwerken oder Mondphasenanzeige anzutreffen ist. Unter den Herstellernamen sind an prominenter Stelle Gutwein aus Würzburg (Bild 528), Kinzing aus Neuwied (Bild 540) und als Gehäusefertiger der Kunstschreiner David Roentgen (Bild 538, 543) zu nennen.

Recht eigenwillige Formen vom Ende des

18. Jahrhunderts (Bild 539–544) betonen nur die Vielfalt von verwendetem Material, Herstellungstechnik und örtlichen Verschiedenheiten innerhalb des auch staatlich zersplitterten Gebietes. Die Vielgestaltigkeit der Formen wird noch durch die Beispiele technischer Spezialuhren etwa von Kinzing (Bild 543) oder Philipp Matthäus Hahn (Bild 545), wie durch (nicht abgebildete) Bodenstanduhrwerke unterstrichen, die in größere Möbelstücke eingebaut wurden. Aus dem 19. Jahrhundert finden wir sehr schöne Bodenstandregulatoren im Biedermeierstil (Bild 546, 547), Uhren in schlichteren Gehäusen, wie auch solche von nur wenig kunstfertigen Schreinern. Großenteils sind sie mit soliden Uhrwerken unbekannter Uhrmacher ausgestattet, oder stammen schon aus der beginnenden Fabrikation weltbekannter Firmen, etwa Gustav Becker oder der Aktiengesellschaft für Uhrenfabrikation in Lenzkirch. Eine Schwarzwälder Spieluhr mit wohlklingendem vorwiegend hölzernem Flötenwerk ungefähr von 1820 bringt Bild 548. Diese Uhr steht auch stellvertretend für eine größere Zahl älterer Werke in später gebauten Gehäusen.

Österreich

Den süddeutschen ähnliche Bodenstanduhren finden wir im 18. Jahrhundert auch aus den österreichischen Provinzen Steiermark, Oberösterreich, Tirol usw. (Bild 550, 551).
Ihre Verwandtschaft mit der süddeutschen Fertigung zeigt sich hier ebenso wie bei den feinen Wiener Uhren des Rokoko (Bild 552–554), die in Werk und Gehäusequalität mit den englischen und den besten süddeutschen Vorgängern wetteifern können. Charakteristisch für diese Periode sind die reiche Verzierung von Gehäuse und Zifferblatt wie die Blattvergoldung der bekrönenden Figuren, wie es besonders deutlich bei der letzten Uhr zum Ausdruck kommt (Bild 553).

Zur Jahrhundertwende werden die Formen mit dem Wiener Empire einfacher (Bild 554, 555, 565). Die Uhrwerke bekannter Uhrmacher, deren Namen Anton Brändl, L. Binder, Paul Hartmann oder Matthias Ratzenhofer wir teils schon bei den Wandregulatoren kennenlernten, leiten die Blütezeit des Wiener Präzisionsregulatorenbaus ein (Bild 556–564). Die Kopfform der Bodenstandregulatoren ist meist ähnlich wie bei den Laterndl-Uhren, den Wiener Wandregulatoren dieser Zeit. In den verglasten Nußholz-, Ebenholz- und Mahagonigehäusen vornehmlich schlichter Gestaltung, auch intarsiert und manchmal mit Goldbronzeappliken, sind auf übersichtlichen Regulatorzifferblättern Kalenderindikationen, Zonenzeiten, Sonnenauf- und untergang oder Äquation zu finden (Bild 557). Durchbrochene Zahlenreife gestatten Einblick in das Uhrwerk (Bild 560, 561, 563). Bei der letzten Uhr besitzt das Werk ein einziges ungewöhnlich großes Rad, das Hemmungsrad, mit einem Anker, der ungefähr ein Drittel der Zähnezahl übergreift. Die Sekundenpendel dieser präzisen Uhrwerke sind verschiedentlich mit Kompensationseinrichtung ausgerüstet (Bild 557, 560, 561, 566). Aber auch die Regulatoren mit Holzpendelstangen zeigen gute Gangergebnisse.

Die Produktion der Wiener Bodenstandregulatoren endet gegen 1840.

Frankreich

Die französische Bodenstanduhr bleibt im 18. Jahrhundert eigentlich ganz im Schatten der Pendule stehen. In ihrer vorherrschenden Gestalt mit einem Pendulengehäuse, das auf einer pilasterförmigen Säule steht, oder einer dreiteiligen Kombination von Pendulenkopf, Gehäusekörper und Fuß, entspricht sie in Dekoration und Herstellungstechnik völlig der Louis XIV– bis Louis XVI–Pendule. Von den anfangs federgetriebenen Pendulen mit Kurzpendel, die auf einem Säulenfuß stehen (Bild 567, 571), wurden, wie von den französischen Bodenstanduhren des 18. Jahrhunderts, insgesamt nicht sehr viele hergestellt. Die (weiteren abgebildeten) Uhren der Folgezeit haben meist Langpendelwerke mit Gewichtsantrieb. Oft weisen sie vorzügliche Qualität von Gehäusen und Uhrwerken auf.

Eine besonders schöne Uhr von Jean Charost (Bild 569, 570) hat als Sonderheit Gewichtsantrieb des Uhrwerks mit Ankerhemmung, Sekundenpendel, Äquation und Federantrieb der Schlagwerke. Für die vielfältigen astronomischen- und Kalenderindikationen besitzt das Zifferblatt aus vergoldeter Bronze silberne Ziffernringe und feine gebläute Stahlzeiger. Nur der feingliedrige ausgeschnittene Sonnenzeiger ist in goldfarbigem Messing ausgeführt. In ihrem wohlgeformten intarsierten Gehäuse mit goldbelegter Fassung des Kopfes und Goldbronzeappliken ragt sie noch über die durchweg schönen oder gar prunkvollen französischen Uhren dieser Zeit hinaus und zeigt konzentriert fast alle Spezialitäten, die wir mit den Stilmerkmalen und den Herstellungstechniken bei den Pendulen des 18. Jahrhunderts antreffen (Bild 571–579).

Gegen 1780 beginnt auch bei den Bodenstanduhren die Ära der Präzisionsuhren berühmter Uhrmacher (Berthoud, Lépine, Janvier u. a.). In den verzierten Gehäusen der frühen Präzisionsuhrwerke mit Kompensationspendel (Bild 577–579) treffen wir auf den Beginn einer neuen Entwicklung, die den vorher behandelten Tischregulator ergänzt. Die zu den vorwiegend zweckbestimmten und rein technisch geprägten Uhrwerken passenden Mahagoni- und Acajougehäuse sehr klarer Linienführung (Bild 580–587) enthalten uhrmacherisch anspruchsvolle Präzisionswerke mit Sekundenkompensationspendel. So hat die Uhr von Breguet et Fils (Bild 585) zwei gegenläufig schwingende Pendel mit gemeinsamem Antrieb, Anzeige der Zeit, der Äquation und des Datums auf zwei originellen länglichen Zifferblattschilden. Ähnliche Uhren können bevorzugt im Pariser Technikgeschichtlichen Museum, dem Musée du Conservatoire National des Arts et Métiers studiert werden. Hier sind die frühen Zeugen der technisch-industriellen Entwicklung in vorbildlicher Weise aufbewahrt.

Typische Provinzuhren vorwiegend des 19. Jahrhunderts weisen schwerfälligere Gehäuseformen auf, denen Prunk und Eleganz der Pariser Uhren abgehen (Bild 588–592). Ihre Achttagewerke mit Langpendel und Gewichtsantrieb, Stundenschlag auf Glocke, oft mit Stundennachschlag und verschiedenen Zifferblattformen haben wir bei den Wanduhren der französischen Provinz, speziell den Burgunder Uhren, kennengelernt. Die durchaus stabilen Werke wurden in großer Menge gefertigt, so daß solche Uhren, wenn auch nicht immer mit einwandfreien Gehäusen, noch verhältnismäßig oft zu finden sind.

Skandinavien

Gerade Bodenstanduhren, deren Gehäuse vielfach von ortsansässigen Tischlern für anderswo gefertigte Uhrwerke gemacht wurden, finden wir mit einer gewissen Eigenentwicklung auch aus dem skandinavischen Raum. Seltener wurden von dort Uhren exportiert, wenngleich beispielsweise die Bornholmer Uhrmacherei für die umliegenden Landschaften zeitweise Bedeutung hatte.

An frühen schwedischen Bodenstanduhren aus dem ersten Quartal des 18. Jahrhunderts (Bild 593, 594) erkennen wir deutlich englischen Einfluß, sowohl in der Gestaltung von Gehäuse und Zifferblatt wie in allen Werkdetails. Die Uhren haben Achttagewerke mit Gewichtsantrieb, Ankerhemmung, Sekundenpendel und Schlag auf Glocke, also die typischen Merkmale der englischen Bodenstanduhr. Ohne Meistersignierung wären gelegentlich Zweifel am Herstellungsgebiet möglich. Im übrigen ist zu berücksichtigen, daß mitunter Uhren aus den Herstellungszentren exportiert und anderswo mit einer Signatur des Verkäufers auf den Markt gebracht wurden. In der zweiten Jahrhunderthälfte entsteht in Schweden eine deutlich eigene Form (Bild 602–604) mit zeitgemäßen Werken der beschriebenen Art in gefaßten Weichholzgehäusen und farbiger Bemalung mit ländlichen Motiven.

Dänische Uhren aus der zweiten Hälfte des 18. Jahrhunderts zeigen Einflüsse der umliegenden Länder, besonders Englands, vielleicht auch der Niederlande (Bild 595, 596, 598, 599). Nicht immer ist es einfach, diese Uhren ohne Kenntnis einer Signierung oder deutlichen Herkunft richtig einzuordnen, da es außer speziellen Stilelementen die nur der profunde Kenner findet, nur wenige typische Merkmale des Entstehungsgebiets gibt.

Eine norwegische Uhr des frühen 19. Jahrhunderts kann das Vorbild der englischen Country Clock kaum verbergen (Bild 597). Hingegen hat die finnische Bodenstanduhr vom Ende des 18. Jahrhunderts in einem Weichholzgehäuse, das als Frauengestalt gearbeitet ist (Bild 601), eine so berückende eigene Note, daß man der späteren finnischen Uhr mit entfernter Ähnlichkeit des Aufbaus (Bild 600) eine deutliche Verwandtschaft zuschreiben oder bei diesen Uhren gar von einem eigenen finnischen Typ sprechen möchte.

Pendelwerk mit Spindelhemmung

Bildteil

Fotonachweis

Fotodokumentation Abeler, Wuppertal 308, 512, 513, 514, 515, 516, 517, 518, 519, 520, 522, 523, 536
A.C.L., Brüssel 372, 374, 375, 503, 504, 505, 506, 507, 508, 509, 510
Arand, G., München 41, 54, 64, 65, 70, 156, 160, 341, 344, 381
Lichtbildwerkstätte Alpenland, Wien 14, 15
Braunmüller, R., München 26, 55, 59, 60, 117, 136, 138, 139, 141, 168, 304, 347
Bulloz, Paris 97
Fabbri, Mailand 42, 100, 169, 172, 246, 392, 406
Studio Fotofast, Bologna 170, 171, 173, 174, 176, 177, 178, 179, 180, 393, 394, 395, 396, 397, 398
Gundermann, Würzburg 528
Harding, A., Tetbury 404, 413, 420, 466, 472
Fotobureau „Het Zuiden“, s'Hertogenbosch: 243
Himpsl, München 12, 18, 27, 38, 40, 45, 46, 53, 58, 62, 71, 76, 78, 83, 109, 114, 115, 120, 121, 146, 162, 164, 165, 167, 203, 206, 208, 223, 224, 252, 253, 266, 270, 309, 311, 317, 318, 343, 349, 351, 352, 371, 373, 377, 378, 474, 524, 526, 529, 534, 539, 540
Joubert, L., Paris 128, 149
Photo Studio 9, Koch, J., Luzern 22
Foto-Maier, Furtwangen 279, 280, 283, 284, 285, 286, 287, 289, 295, 296, 303
Narbutt-Lieven & Co. oHG, Wien 313, 325, 554, 555, 556, 557, 558, 559, 560, 561, 562, 563, 564, 565, 566, 330
Schmidt-Glassner, H., Stuttgart 67, 288, 597
Speich, M., Winterthur 85, 86, 256, 260, 261, 262, 263, 267, 268, 273, 281, 282, 290, 291, 321, 362, 387, 531, 532

Tisch – Stand – Stutzuhren

Deutscher Sprachraum

1 Straßburger Türmchenuhr, Straßburg, 1573. Die Türmchenuhr im Messinggehäuse ist vergoldet und von vier korinthischen Säulen eingefaßt. Alle Wände sind in feiner und sehr reicher Gravierung gestaltet. Die Seitenflächen tragen Wappen, wohl des Besitzers und seiner Frau. Den oberen Abschluß bilden zwei sich kreuzende Bogen, die an jedem unteren Ende von einem Frauentorso gehalten werden. Unter diesen Bogen und einem Baldachin aus Akanthusblättern befindet sich die Glocke.
Das Zifferblatt weist fünf verschiedene Indikationen auf: außen einen Kranz von 24 Tastknöpfen, dann den Stundenring von zweimal I bis XII und als nächsten Ring die Markierung von 1 bis 24; es folgt die Weckereinstellung und schließlich innen die Scheibe mit Aussparung für die Mondphasen.
Beide Werke, aus Eisen gefertigt, sind meisterlich verarbeitet. Vorne hat das Gehwerk eine Spindelhemmung, eiserne Schnecke und Kette. Zwischen der Deckplatte und oberen Werkplatine schwingt eine Löffelunruh und befindet sich ein schwenkbarer Hebel mit senkrechter Borste als Regulierung. Das Schlagwerk, ebenfalls mit Eisenschnecke und Kette, ist für Viertelschlag, Wecker und Mondphasen eingerichtet.
Links unten trägt eine Seitenplatine das eingeschlagene Zeichen – Wappenschild mit Schrägbalken – der Straßburger Uhrmacherzunft. Höhe 18,5 cm, Grundfläche 9,5 × 9,5 cm
Historische Uhrensammlung Furtwangen, Hellmut-Kienzle-Sammlung

2/3 Tischuhr, Prag, 1550, signiert *Hans Steinmeissel zu Prag 1550.* Eisenwerk mit Spindelgang, Schnecke und Darm, sowie Schweinsborsten-Reglage. Feuervergoldetes Bronzegehäuse in Dosenform mit Horizontal-Zifferblatt. Der einzige Zeiger zeigt die Stunden der Großen und Kleinen Uhr, die Tastknöpfe dienen zur Ablesung der Uhr bei Nacht. Durchmesser 8,5 cm
Württembergisches Landesmuseum, Stuttgart

5 Quadratische Tischuhr, signiert *DSW* im herzförmigen Schild, wohl Nürnberg um 1580. Werk aus Eisen und Messing mit Spindelhemmung, Löffelunruh, Viertelschlag und Wecker. Zifferblatt mit doppeltem Zahlenkranz, Tastknöpfen und Weckerstellscheibe in der Mitte. Bronzevergoldetes Gehäuse, auf die Seiten ist die Darstellung einer Bärenjagd graviert. Dekorativer Gehäusedurchbruch für Glokkenschallöcher. Seitenlänge 140 mm, Höhe 80 mm
Historische Uhrensammlung, Furtwangen, Hellmut-Kienzle-Sammlung ▷

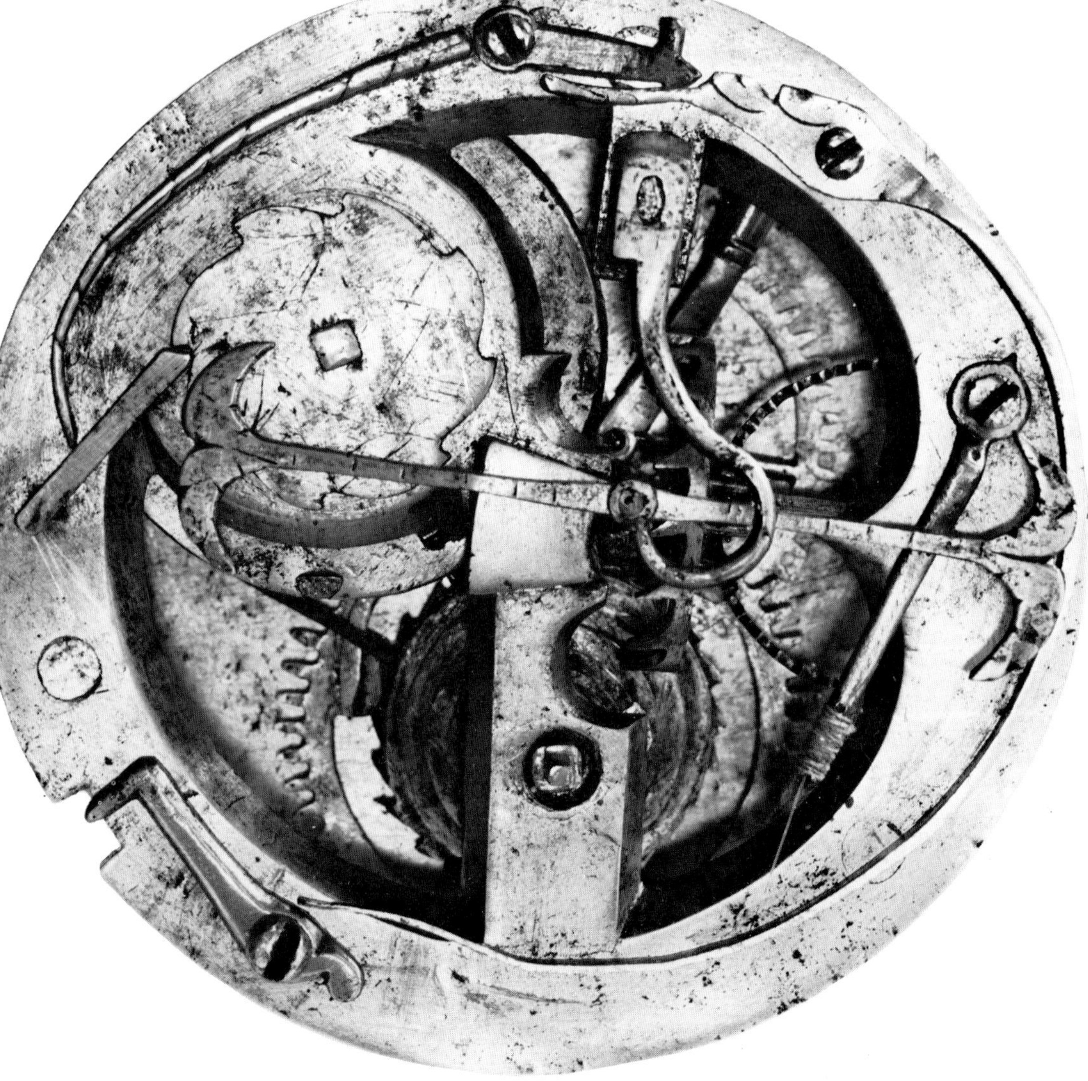

7 Sechseckige Reiseuhr, 2. Hälfte 16. Jh., signiert *VW.* Zur Uhr gehört eine lederüberzogene Formkassette. Eisenwerk mit großer Löffelunruh, beweglicher Schweinsborstenregulierung, hoher handgefeilter Schnecke und Darmsaite. Zweistufiges Zifferblatt mit 24-Stundenskala und Tastknöpfen, zweite Stufe als Ringscheibe mit zweimal zwölf Stunden, einstellbar für eine zweite Ortszeit. Vergoldetes Messinggehäuse mit eingravierten Wappen und Initialen NR, HM, LM, HW, AB, 1552. Höhe 75 mm, Durchmesser 115 mm
Historische Uhrensammlung, Furtwangen, Hellmut-Kienzle-Sammlung ▷

4 Werkhausansicht der Tischuhr von Bild 5. Sichtbar ist die Schloßscheibe, die in die Platine versenkt ist.

5 △

7 ▽

6 Werkansicht der Reiseuhr von Bild 7. Räderwerk und über dem Werk liegende Löffelunruh sind deutlich sichtbar.

8/11 Frühe Präzisionsuhr mit Schlagwerk, Anfang 17. Jh., von *Jost Bürgi.* Das Eisenwerk in Flachrahmenbauweise mit 2 Horizontalplatinen beherbergt 2 Federhäuser zum Antrieb von Geh- und Schlagwerk, sowie den vertikal angeordneten Kreuzschlag. Bemerkenswert ist auch die frühe Anwendung der Schrägverzahnung. J. Bürgi, 1552–1632, war ein genialer Uhrmacher, Mathematiker und Mechaniker und Hofuhrmacher des Landgrafen Wilhelm IV. von Hessen. Er ist berühmt durch die Erfindung des Kreuzschlages im Zusammenhang mit der Herstellung früher Präzisionsuhren. (Vgl. Bertele: Precision Timekeeping in the Pre-Huygens era, London 1953)
Staatl. Math. Physikalischer Salon, Dresden

◁ 8 9

20 Türmchenuhr, Ulm, um 1630, Meister *Johann Sayller* (1597–1668, Uhrmacher) und *H. J. Merckle d. Ä.* (1588–1634, Goldschmied). Das Uhrwerk ist in Eisen und Messing gearbeitet und von Spindelhemmung auf Ankergang umgebaut. Besonders kostbar ist das ganz aus massivem Silber hergestellte Gehäuse in seiner schlichten Formgebung. Auf der Vorderseite Zifferblätter für kalendarische Indikationen und den Stand der Sonne im Tierkreis, auf der Rückseite für Stunden und Minuten. Höhe 57 cm
Württembergisches Landesmuseum, Stuttgart

21 Löwenautomat, Augsburg, 1. Hälfte 17. Jh., *anonymer Meister.* Ebonisierter Holzsockel mit Sichtfenstern. Feuervergoldeter Bronzelöwe, der beim Gang der Uhr die Augen bewegt. Messingwerk mit Spindelgang. Stundenschlag. Höhe 35 cm
Württembergisches Landesmuseum, Stuttgart

18 △ 19 ▽

20 △ 21 ▽

22 Türmchenuhr, Augsburg, um 1590, *anonymer Meister.* Spindelwerk mit Schnecke und Darm, Radunruh und Federantrieb für Geh- und Schlagwerk. Platinen und Werkpfeiler aus Messing, Wecker auf Glocke. Feuervergoldetes, graviertes Gehäuse aus Kupfer und Messing, hinter der Balustrade 2 Glocken für Stunden- und Viertelstundenschlag, im Sockel eine dritte, abstellbare Nachhallglocke für die Stunden.

An den beiden Seitenflächen zeigen Zifferblätter die geschlagenen Stunden und Viertelstunden. Die Astrolab-Seite mit Sonnen-, Mond- und Drachenzeiger hat einen 2mal-12-Stunden-Ziffernring mit römischen Zahlen und vier Hilfszifferblätter für Schweinsborsten-Reglage, Schlagwerkabstellung und 12/24-Stundenumstellung. Die Rückseite mit Indikation von Tag- und Nachtgleiche, Kalenderscheiben für die Tagesheiligen und 2 sogenannten Blindblättern aus Symmetriegründen. Die unteren Zifferblätter mit Wochentags-, Monats- und Weckerangaben. 50 × 27,5 × 21,5 cm

Württembergisches Landesmuseum, Stuttgart

24 Sechseckige Barock-Tischuhr, Polen, um 1700, signiert, *Lorentz Wolbrecht Thorne.* Feuervergoldetes Spindelwerk mit Schnecke und Kette, Federantrieb für Geh- und Viertelschlag auf 2 Glocken. Vergoldetes, graviertes Bronzegehäuse mit silbernen Karyatiden. Horizontalzifferblatt mit versilbertem Ziffernring und gebläuten Eisenzeigern. Seiten mit Sichtfenstern

Privatbesitz ▷

26 Kruzifixuhr, Steyr um 1650, signiert *Iseb (Issak) Ebert, Steyr.* Vergoldetes Spindelwerk im Sockel mit Federantrieb für Geh- und Schlagwerk. Der Kugeläquator trägt den Ziffernring mit römischen Zahlen. Kreuzigungsgruppe und graviertes Gehäuse feuervergoldete Bronze
Bayerisches Nationalmuseum, München ▷

25 Türmchenuhr, Augsburg, 1. Hälfte 17. Jh., *anonymer Meister.* Werk Eisen und Messing mit Spindelgang, ehemals Radunrast. Federantrieb für Geh-, Schlag- und Weckerwerk. Feuervergoldetes, graviertes und am Sockel getriebenes Kupfergehäuse mit verglasten, seitlich zu öffnenden Türen. Höhe 30 cm
Auktionshaus Neumeister KG, München

27 △ 28 ▽

27 Oktogonale Tischuhr, Ellingen, um 1700, signiert *Johann Michael Vogler, Ellingen.* Vergoldetes Messingwerk mit Spindelgang, Kette und Schnecke. Graviertes, feuervergoldetes Bronzegehäuse mit verglasten Seitenflächen. Druckknopf für Rufschlag bei der Ziffer 12. Höhe 8 cm
Ruef, München

28 Türmchenuhr, Straßburg, um 1685, signiert *Abraham Habrecht, Strasburg,* (1654–1728). Werk mit Spindelgang, Viertelschlag und Unrast. Vergoldetes, reliefiertes Bronzegehäuse mit Zifferblatt für Mondkalender und -bild
Musées de la Ville de Strasbourg

29 Gewichtsuhr, Augsburg, 1569, Eisenwerk mit Gewichtsantrieb, von Radunruh auf Pendel umgebaut. Ziffernring Zufügung des 18. Jahrhunderts. Das auf vier Bronzelöwen ruhende Gehäuse hat eine feuervergoldete Front mit Zifferblättern für Stunden, Minuten, Wochentage und Tierkreiszeichen, sowie geschlagene Stunden und Viertelstunden. Seiten und Rückfront des Gehäuses zeigen biblische Szenen in Eisenätzung. Uhren dieser Art auf Standkonsolen können als Vorläufer der Bodenstanduhren angesehen werden. Höhe 74 cm
Württembergisches Landesmuseum, Stuttgart

30 Türmchenuhr, süddeutsch, um 1600, bez. *J. V. K.* Werk aus Eisen und Messing, mit Spindelgang und Pendel (ehemals Unrast), Federantrieb für Geh-, Schlag- und Weckerwerk. Feuervergoldetes Gehäuse aus Kupfer und Bronze, mit ornamentalen Gravuren überzogen. Eckpfeiler, Balustervasen und als Abschluß eine Pyramide geben der Uhr ihre typische Gestalt. Das Hauptzifferblatt zeigt Stunden, Minuten, Datum und Tagesregenten, innen Tierkreiszeichen, Mondalter und Aspektenschema. Hilfszifferblätter zeigen links unten den Wochentag und rechts die Weckerstellung. Seitlich befinden sich die Schlagwerks-Kontrollzifferblätter, auf der Rückseite ein Regulierzifferblatt. Höhe 37 cm
Württembergisches Landesmuseum, Stuttgart

31 Türmchenuhr, Augsburg, 1. Viertel 17. Jh., signiert *Martin Zoller Augspurg.* Werk mit Spindelgang, Federantrieb für Geh- und Schlagwerk, von Radunruh auf Pendel umgebaut. Feuervergoldetes, getriebenes und graviertes Bronzegehäuse mit Herkulesfigur als Bekrönung. Höhe 52 cm
Auktionshaus Neumeister KG, München

32 Stützuhr in Monstranzform, Lindau, um 1690, signiert *Gottfried Geiger, Lindau.* Werk mit Spindelgang, Federantrieb und Kuhschwanzpendel. Ausgesägte und gravierte feuervergoldete Front mit Blumen- und Vogelmotiven. Ziffernring mit römischen Zahlen und Einzeiger aus Eisen. Höhe ca. 55 cm
Württembergisches Landesmuseum, Stuttgart ▷

33 Türmchenuhr, Süddeutschland, um 1660, *anonymer Meister.* Messingwerk mit Schnecke und Darm, Federantrieb für Geh- und Viertelschlagwerk, Spindelgang und Vorderpendel (fehlt). Ebonisierter Holzaufbau mit feuervergoldeten Bronzeappliken und -galerie mit übereinander angeordneten Glocken. Gravierte Frontplatte mit Zifferblättern für Stunden und geschlagene Viertel. Typisch für diese Stilperiode ist die beginnende Verwendung von ebonisierten Hölzern bei süddeutschen Pendeluhren. Höhe 49,5 cm
Peter Ineichen, Zürich

34 u. 37 Hexagonale Tischuhr, Leipzig, 1663, signiert *Simon Graf in Leipzigk AO 1663.* Messingwerk mit Spindelgang, Schnecke und Kette, Federantrieb für Geh-, Schlag- und Weckerwerk. Feuervergoldetes, graviertes Bronzegehäuse, mit Silberappliken verziert, auf massiven Silberfüßen. Ovale Fenster geben den Blick auf das Werk frei. Das Zifferblatt zeigt ganz außen die Minuten, auf einer drehbaren Silberscheibe sodann Monate, Datum, Tag- und Nachtlängen, Auf- und Untergangszeiten der Sonne und Tierkreiszeichen. Weiter innen folgen das Stundenzifferblatt mit römischen Zahlen, die Weckerscheibe, das Mondalter und die Mondphasenscheibe. Sechseckige Tischuhren waren vor allem in der Mitte des 17. Jh. in Sachsen, Danzig und Ostpreußen sehr beliebt und zeigen oft ungewöhnlich komplexe Indikationen bei relativ kleinen Abmessungen. Höhe 10 cm, ∅ 18 cm
Württembergisches Landesmuseum, Stuttgart

35 Kugellaufuhr, Ulm 1626, Meister *Johann Sayller* (1597–1668). Messingwerk mit Kugellauf-Zeitnormal und Viertelstundenschlag auf Glocke. Ebenholzgehäuse mit verspiegeltem Klappdeckel. Zifferblatt mit Datum, Mondalter, Mondbild und Aspektenschema. Die Uhr wird durch 2 Kugeln in Gang gehalten, die auf einer schiefen Spiegelfläche an Transversallinien entlanglaufen, wobei jedeKugel 180 mal pro Stunde auf eine Waage fällt und von dieser durch ein Federwerk zum neuen Ablauf wieder hinaufgehoben wird. Höhe 30 cm
Württembergisches Landesmuseum, Stuttgart

36 Viereckige Tischuhr, signiert *Jungbludt à Caldenhoff,* um 1780. Verziertes Spindelwerk mit Schnecke und Kette, Stundenschlag auf Glocke. Bronzevergoldetes Gehäuse mit bombierten und ovalen seitlichen Sichtfenstern. Seitenlänge 10 cm, Höhe 9 cm
Historische Uhrensammlung, Furtwangen, Hellmut-Kienzle-Sammlung

38/39 Kleine hexagonale Tischuhr, Kassel, um 1720, signiert *David Definod A Cassel.* Feuervergoldetes Messingwerk mit Spindelgang, Schnecke und Kette, Viertelstunden-Rufschlag und Wecker auf Glocke. Feuervergoldetes, graviertes und an den Seiten verglastes Bronzegehäuse auf gedrehten Füßen. Zifferblatt mit römischen Zahlen für die Stunden und arabischer Minuterie. Im Zentrum Weckerscheibe und gebläute Stahlzeiger. Abb. 39 zeigt die Werksplatine mit dekorativ ausgeschnittenem und graviertem Spindelkolben und den Hämmern für Schlag- und Weckerwerk
Ruef, München

33

34

35 △ 37 ▽ 36

38 △ 39 ▽

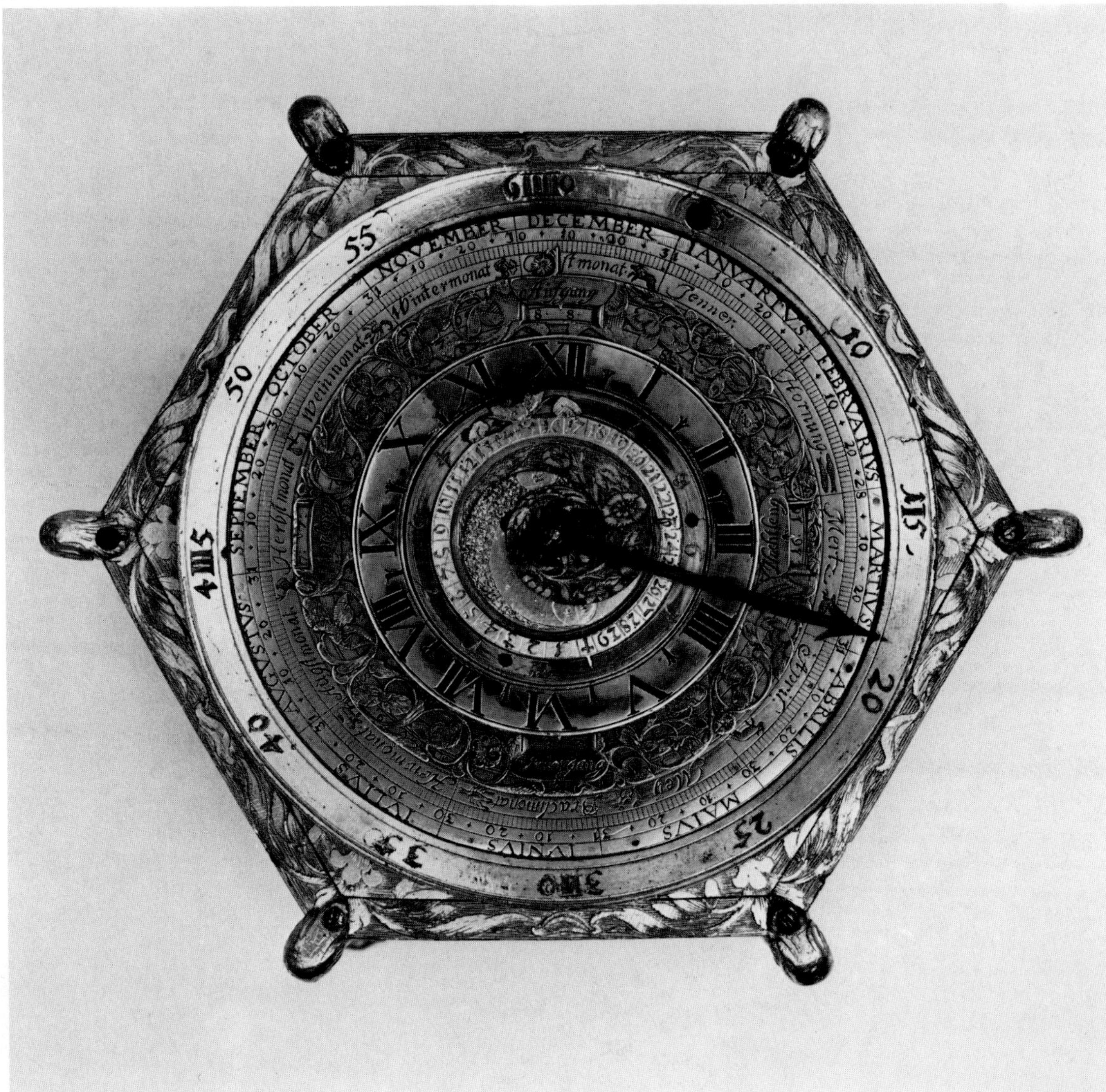
NOVEMBER
DECEMBER
IANVARIVS
FEBRVARIVS
MARTIVS
APRILIS
MAIVS
IVNIVS
IVLIVS
AVGVSTVS
SEPTEMBER
OCTOBER
Wintermonat
Jenner
55
50
30
20
25

40 Stockuhr, Augsburg, 1. Viertel 18. Jh., signiert *Johann Georg Braun, Augsburg* (1712–35). Messingwerk mit Federantrieb, Spindelgang und Vorderzappler (Kuhschwanzpendel). Nußholzgehäuse mit gravierten Elfenbeineinlagen. Zifferblatt mit vergoldetem, mattiertem Zentrum, römischen Zahlen und ausgeschnittenen Eisenzeigern. Höhe 45 cm
Auktionshaus Neumeister KG, München

41 Stockuhr, süddeutsch, 1. Viertel 18. Jh., *anonymer Meister.* Werk mit Spindelhemmung, Federantrieb für Geh- und $\frac{1}{2}$-Stundenschlagwerk, kurzes Hinterpendel. Nußholzgehäuse mit vergoldetem Bronze-Tragegriff. Getriebene, vergoldete Front mit aufgelegtem Ziffernring, Öffnung für Scheinpendel und fein ausgesägten Stahlzeigern. Die rechteckige Form des Zifferblattes läßt analog der englischen Bracket Clock auf eine Entstehung im frühen 18. Jh. schließen
Kästner, München

42 Stockuhr, Deutschland, Ende 17. Jahrhundert, *anonymer Meister.* Mit Schildpatt überzogenes Holzgehäuse, vergoldete, getriebene und durchbrochene Haube mit Bronzegriff. Vergoldete, gravierte Front mit aufgelegtem versilbertem Ziffernring, Weckerscheibe im Zentrum und gebläuten Stahlzeigern. Diese Uhr zeigt den starken stilistischen Einfluß der frühen englischen Bracket Clock auf die Gestaltung der deutschen Stockuhren.
Privatsammlung Mailand

41 △

42 ▽

43 Stockuhr, Ansbach, um 1710, signiert *Jacques Gattineau Onglebach* (Meister Jacob Gattino, Ansbach). Messingwerk mit Spindelgang, Schnecke und Kette, Hinterpendel und Federantrieb für Geh- und Schlagwerk. Viertelstunden-Rufschlag auf 2 Glocken über Schnurzug. Ebonisiertes Holzgehäuse mit feuervergoldeter, getriebener und durchbrochener Haube mit Bronzegriff. Messingfront mit aufgelegtem, versilbertem Ziffernring, mattiertem Zentrum, Cherubim-Eckappliken und Stahlzeigern
Privatsammlung

44 Stockuhr, Deutschland, 1. Viertel 18. Jh., signiert *Matheus Lomeneth In Stifft-Kembten.* Werk mit Geh- und Schlagwerk, Federantrieb und Spindelgang mit Hinterpendel. Ebonisiertes Holzgehäuse. Messingfront mit aufgelegtem Ziffernring und getriebenen Silberappliken. Im Zentrum Öffnung für Scheinpendel. Höhe 55 cm
Auktionshaus Neumeister KG, München

45 Stockuhr, Süddeutschland, um 1690, Meister *David Buschmann,* Augsburg (1640–1712). Ebonisiertes Barock-Holzgehäuse mit rechteckigem, graviertem und feuervergoldetem Zifferblatt. Aufgelegter, versilberter Ziffernring mit römischen Zahlen für die Stunden und arabischer Minuterie. Gebläute Stahlzeiger
Musées de la Ville de Strasbourg

44 △

45 ▽

46 Süddeutsche Stockuhr, Ulm, um 1750, signiert *Valentin Stos in Ulm* (1709–1785). Messingwerk mit Spindelgang, Pendel und Federantrieb für Geh- und Viertelschlagwerk (Carillon auf 7 Glocken). Ebonisiertes Holzgehäuse auf Wandkonsole. Vergoldetes Messingzifferblatt, fein graviert, mit aufgelegtem Ziffernring, römischen Zahlen für die Stunden und arabischen für die Minuten. Ausgeschnittene Stahlzeiger und Öffnung für das Scheinpendel. Im Arcus Stellhebel für Repetition und Schlagwerk
Sammlung Ballweg, Ulm

47 Stockuhr, Nürnberg, um 1715, Meister *Zacharias Landeck, Nürnberg* (1705 Stadtuhrmacher). Werk mit Spindelgang, Pendel und Federantrieb für Geh- und Schlagwerk; Repetition auf Anfrage. Ebonisiertes Holzgehäuse, dreiseitig verglast. Graviertes Messingzifferblatt mit aufgesetztem, versilbertem Ziffernring, römischen Zahlen für die Stunden und arabischen für die Minuten, Eisenzeiger und Öffnung für Scheinpendel. 28 × 20 cm
Württembergisches Landesmuseum, Stuttgart

48 Stockuhr mit Konsole, süddeutsch/Schweiz, um 1740, *anonymer Meister.* Messingwerk mit Federantrieb für Geh- und Schlagwerk. Schwarz gefaßtes Holzgehäuse mit profiliertem Aufsatz, dreiseitig verglast und mit vergoldeten, getriebenen Appliken verziert. Getriebenes vergoldetes Messingzifferblatt mit Kupferziffernring und ausgeschnittenen Messingzeigern. Höhe 75 cm
Galerie Koller, Zürich

49 Stockuhr, Tirol, um 1730, signiert *Peter Hochegger in Trento.* Messingwerk mit Spindelgang und Pendel, Viertelschlag auf Glocke. Nußholzgehäuse mit vergoldeten Bronzeappliken und italienisch beeinflußter Formgebung. Höhe 62 cm
Auktionshaus Neumeister KG, München

50 Stockuhr, Süddeutschland, um 1740, anonymer Meister. Profiliertes Obstholzgehäuse. Werk mit Spindelgang, Pendel und Viertelstundenschlag auf Glocke. Höhe 43,5 cm
Auktionshaus Neumeister KG, München

49 △ 50 ▽

◁ **51 Stockuhr mit Konsole,** Böhmen, Mitte 18. Jh., signiert *Wenterspocher in Cremsir.* Messingwerk mit Spindelgang und Pendel. Federantrieb für Geh- und Viertelstundenschlagwerk. Braun gebeiztes, geschnitztes Holzgehäuse mit Konsole. Gravierte Messingfront mit aufgesetzten Bronze-Eckappliken, versilbertem Ziffernring, Öffnung für Scheinpendel im Zentrum und Datum im Arcus. Hilfszifferblätter für Repetitions- und Schlagwerksabstellung rechts und links des Datumsringes. Ausgeschnittene, gebläute Stahlzeiger
Privatbesitz, Wien

52 Stockuhr, Süddeutschland um 1730, signiert *Johann Michael Schneeberger in Scherding.* Messingwerk mit Spindelgang, Pendel und Federantrieb. Zifferblatt mit graviertem Zentrum und kleinem Hilfszifferblatt für das Datum
Kästner, München

53 Rokoko-Stockuhr, München, um 1760, signiert *Paulus Graf München* (1756–1788). Geschnitztes und gefaßtes Holzgehäuse im Stil des süddeutschen Rokoko. Gravierte Messingfront mit Bronzeappliken, Datum im Arcus und Stahlzeigern. Höhe 78 cm
Ruef, München

54 Stockuhr, Würzburg, um 1750, signiert *(Johann) Weinmeister, Würzburg* (Meister 1741). Messingwerk mit Spindelgang, Hinterpendel, Repetition und Viertelschlag auf Glocken. Gebeiztes Obstholzgehäuse. Gravierte, feuervergoldete Front mit versilbertem Ziffernring, Öffnung für Scheinpendel. Messingzeiger. Im Arcus Abstellhebel für Repetition und Schlagwerk
Kästner, München

52 △ 53 ▽

◁ **55 Große Rokoko-Pendule,** wohl Würzburg, 2. Viertel 18. Jh., das Werk signiert *Les Frères Huguenin in London.* Gehäuse im Würzburger Rokoko aus Lindenholz geschnitzt. Das Bronze-Zifferblatt mit Rokoko-Ornamenten im Flachrelief feuervergoldet. Emailkartuschen für die Stunden und Minuten. Stahlzeiger. Werk mit Federantrieb für Geh- und Schlagwerk. 103 × 60 × 46 cm
Fischer-Böhler, München

56 △

57 ▽

56 Rokoko-Pendule, süddeutsch, um 1750, Meister *Xaver Liebherr, Immenstadt* (1740–67). Messingwerk mit Ankerhemmung, Pendel und Federantrieb für Geh- und Viertelstundenschlagwerk auf Glocke. Getriebene, vergoldete Kupferfront in symmetrischer Ornamentik. Höhe 31 cm
Württembergisches Landesmuseum, Stuttgart

57 Zappler, süddeutsch, um 1760, *anonymer Meister.* Messingwerk mit Wecker, Spindelgang, Federantrieb und Kuhschwanzpendel. Reich getriebene, versilberte Messingfront. Höhe 30 cm
Landesmuseum Johanneum, Graz

58 Rokoko-Pendule, süddeutsch, um 1750, Meister *Xaver Liebherr, Immenstadt* (vgl. Abb. 56). Bei beiden Liebherr-Uhren zeigt sich eine eigenwillige Charakteristik in der Formgebung
Auktionshaus Neumeister KG, München

59/60 Stockuhr, Frankfurter Rokoko, Mitte 18. Jh. Das Gehäuse signiert *Schnorr fecit* (1717–1784). Werk mit Federantrieb für Geh- und Schlagwerk. Geschnitztes, blattvergoldetes Rokoko-Gehäuse.
Fischer-Böhler, München ▽ ▷

◁ **61 Stutzuhr,** Bamberg, Mitte 18. Jh., signiert *Leopold Hoys* (1713–1797). Messingwerk mit Spindelgang, Hinterpendel, Viertelstundenschlagwerk auf Glocken, Repetition und Datum. Messingfront mit versilbertem Ziffernring, fein graviertem Zentrum u. Öffnung für Scheinpendel. Aufgelegte, getriebene u. vergoldete Messingappliken. Ebonisiertes Ostholzgehäuse mit über einen Model getriebenen Appliken im Rokoko-Stil. Diese Uhr ist ein besonders typisches Produkt des bekannten Bamberger Meisters. Höhe 70 cm
Bayerisches Nationalmuseum, München

62 Stutzuhr, Würzburg, um 1750, Meister *Johann Trauner, Würzburg* (1749–72). Messingwerk mit Spindelgang, Hinterpendel und Viertelstundenschlagwerk auf 2 Glocken. Federantrieb. Ebonisiertes Holzgehäuse mit vergoldeten Bronzeappliken. Messingfront mit aufgelegtem Ziffernring und vergoldeten Eckappliken, die vier Jahreszeiten darstellend. Graviertes Zentrum mit Öffnung für Scheinpendel. Höhe 56 cm
Auktionshaus Neumeister KG, München

63 Zappler, süddeutsch, um 1775, signiert *A. Abertshauser Eychstet.* Messingwerk mit Spindelgang, Kuhschwanzpendel. Federantrieb für Geh- und Schlagwerk. Feuervergoldete gravierte Front, von zwei Jagdhunden flankiert, mit aufgelegtem, skelettiertem Ziffernring
Bayerisches Nationalmuseum, München ▷

62

◁ **64 Stutzuhr,** süddeutsch (?), um 1760, Meister *Johann Haas,* Niglsburg. Werk mit Spindelgang, Hinterpendel und Federantrieb für Geh- und Viertelstundenschlagwerk. Nußholzgehäuse mit Zinnintarsien. Messingfront graviert mit aufgelegten, vergoldeten Eckappliken und Schmucksteinen. Im Zentrum Öffnung für das Scheinpendel und Datumsfenster. Im Arcus Mondphasen und -alter, flankiert von Hilfszifferblättern für Repetier- und Schlagwerksabstellung. Höhe 70 cm
E. Löwe, München

65 Stockuhr, süddeutsch, um 1775, signiert *Michael Zaitzig in München.* Werk mit $^{4}/_{4}$-Schlag auf Glocken, Datum, Hinterpendel und Federantrieb. Glattes Obstholzgehäuse. Weißes Emailzifferblatt mit fein durchbrochenen Zeigern. Der Minutenzeiger trägt eine Miniaturuhr. Der Raum unterhalb des Zifferblattes ist von einer vergoldeten, getriebenen und floralen Messingornamentik ausgefüllt.
Kästner, München

66 Stockuhr à l'Anglaise, Hannover, um 1750, signiert *A(ndreas) S(iegfried) Pannyson Hannover No. 68* (1719–70). Achttage-Messingwerk mit Schnecken und Darm, auf Ankergang konvertiert, Stundenschlag auf Glocke und Spielwerk mit 4 Liedern. Poliertes Mahagonigehäuse mit vergoldeten Bronze-Karyatiden. Messingfront mit aufgesetztem, versilbertem Ziffernring, mattiertem Zentrum und vergoldeten Bronze-Eckappliken. Ungewöhnlich fein geschnittene und gebläute Stahlzeiger, typisch für Pannyson.
Privatbesitz ▷

65

67 Rokoko-Stockuhr, Linz, Mitte 18. Jh., signiert *Riedl in Lintz.* Messingwerk mit Spindelgang, Pendel und Federantrieb für Geh- und Viertelschlagwerk auf Glocke. Farbig gefaßtes, geschnitztes Holzgehäuse mit Blumen und Blattwerk verziert. Messingzifferblatt mit mattiertem Zentrum, aufgelegtem Ziffernring, Datumfenster und Öffnung für das Scheinpendel. Im Arcus Hilfszifferblätter für Reglage, Schlagwerksabstellung, Repetitionsabstellung, Monate mit Tierkreiszeichen und Tage. Eisenzeiger.
Oberösterreichisches Landesmuseum (Schloßmuseum), Linz a. D.

68 Pendule, Steiermark, um 1770, signiert *Christian Maller, Radkersburg.* Messingwerk mit Ankergang, Kette und Schnecke, Pendel und Federantrieb für Geh- und $^4/_4$-Stundenschlagwerk. Geschnitztes, mattes Nußholzgehäuse im Stil des Spät-Rokoko. Reich getriebenes und vergoldetes Messingzifferblatt mit aufgelegtem Ziffernring, ursprünglich versilbert, vergoldeten Messingzeigern und Weckerscheibe im Zentrum. Abstellhebel für Repetition und Schlagwerk über der Weckerscheibe. Höhe 75 cm
Landesmuseum Johanneum, Graz

69 Stockuhr, mit 2 Zifferblättern, Böhmen, um 1750, signiert *Joseph Graff Prag.* Messingwerk mit Spindelgang Pendel und Federantrieb für Geh- und Schlagwerk. Zwei Messingzifferblätter, graviert, mit aufgelegten Ziffernringen und Silberappliken. Im Arcus Abstellhebel für Schlag- und Repetierwerk. Im Zentrum Datumfenster und Öffnung für Scheinpendel. Ebonisiertes Holzgehäuse auf vergoldeten Bronzefüßen, bekrönt von einem Goldbronzekorb mit Blumen. Höhe 63,5
Sotheby, London ▷

70 Stockuhr, Prag, um 1760, signiert *Leopold Schmidt, Prag.* Messingwerk mit Spindelgang, Hinterpendel und Federantrieb für Geh- und Viertelstundenschlagwerk auf 2 Glocken. Nußholzgehäuse, wohl ehemals ebonisiert, in der typischen Form der böhmischen Stockuhr. Messingzifferblatt mit aufgesetzten Bronzeappliken und Ziffernring, graviertem Zentrum mit Öffnungen für Datum und Scheinpendel
E. Löwe, München ▷

71 Stockuhr, Prag, Mitte 18. Jh., signiert *Bernard Biswanger Prag.* Messingwerk mit Spindelgang, Pendel und Federantrieb für Geh- und Viertelstundenschlagwerk auf Glocken. Dunkel gebeiztes Holzgehäuse mit vergoldeten Bronzeappliken. Messingfront mit weißem Emailzifferblättern für Stunden, Minuten, Datum und Hilfsblätter für Repetition und Schlagwerk. Höhe 52 cm
Ruef, München ▷ ▷

68

69 △

70 ▽

◁ **72 Stockuhr,** Österreich, um 1780, signiert *Christian Maller in Radkersburg.* Messingwerk mit Spindelgang, Pendel und Federantrieb für Geh- und Viertelstunden-Schlagwerk (Wiener Schlag). Repetition auf Anfrage. Gebeiztes Eichenholzgehäuse mit blattvergoldeten Leisten abgesetzt, auf Bronzefüßen. Graviertes Messingzifferblatt mit Bronze-Eckappliken und versilbertem Ziffernring. Im Zentrum Öffnung für das Scheinpendel. Stahlzeiger. Im Arcus Stellhebel für Schlag und Repetition. Höhe 48 × 28 × 15 cm
Landesmuseum Johanneum, Graz

73 Stockuhr, Österreich, um 1780, *anonymer Meister.* Messingwerk mit Hinterpendel, Wecker und Stundenschlag auf Glocke. Poliertes Obstholzgehäuse. Getriebene Messingfront im Louis-XVI-Stil mit weißem Emailzifferblatt und Messingzeigern. Eintagewerk
Privatbesitz

74 Wiener Stockuhr, Ende 18. Jh., signiert *Franz Weiskopf in Wien.* Messingwerk mit Spindelhemmung, Hinterpendel und Federantrieb für Geh- und Schlagwerk auf 2 Glocken (Wiener Schlag), Datum und Repetition. Gravierte Messingfront mit aufgelegtem weißem Emailzifferblatt und Goldbronze-Eckappliken. Ebonisiertes Holzgehäuse mit blattvergoldeten Schmuckleisten und Goldbronze-Flammenvasen und -Deckelgriff
Privatbesitz ▷

75 Stockuhr, Österreich, um 1780, signiert *C.D. (Christoph Döller, Wien).* Werk mit Spindelgang, Unruhe, Federantrieb über Schnecke und Kette, Grande Sonnerie auf zwei Glocken. Holzfront. Höhe 35 cm
Privatbesitz

76 Wiener Pendule, um 1830, signiert *Michael Kaltenbrunner in Wien.* Ankerwerk mit Pendel und Federantrieb für Geh- und Viertelstundenschlagwerk auf Glocke. Verglastes Goldbronzegehäuse. Höhe 41 cm
Auktionshaus Neumeister KG, München

75 △ 76 ▽

◁ **77 Stutzuhr,** Österreich, Ende 18. Jh., *anonymer Meister.* Werk mit Hakengang, Pendel und Federantrieb für Geh- und Viertelstundenschlagwerk. Blattvergoldetes Holzgehäuse, das Werk gestützt durch vier schwarz gefaßte Säulen. Höhe 78 cm
Landesmuseum Johanneum, Graz

78 Stutzuhr, Österreich, um 1800, *anonymer Meister.* Polychrom gefaßtes, geschnitztes Holzgehäuse mit blattvergoldetem Adler als Bekrönung. Werk mit Wiener Schlag, Datum und Pendel. Höhe 63,5 cm
Aktionshaus Neumeister KG, München

80 Biedermeier-Stockuhr, Wien, um 1830, *anonymer Meister.* Messingwerk mit Ankergang, Pendel mit Fadenaufhängung und Federantrieb für Geh- und 4/4-Schlagwerk auf Tonfedern (Wiener Schlag). Dunkel gebeiztes Obstholzgehäuse mit vergoldeten Messingauflagen und 2 Alabaster-Säulen. Im oberen Teil des gravierten Messingzifferblattes bewegen sich zwei Automatenfiguren (Putten) gleichzeitig mit dem Schlagwerk. Ein schlanker weißer Emailring zeigt in arabischen Zahlen die Stunden. Höhe 68 cm ▷
Uhrenmuseum der Stadt Wien

79 Stutzuhr, Österreich, Anfang 19. Jh., *anonymer* Meister. Messingwerk mit Ankergang, Pendel und Federantrieb für Geh- und 4/4-Schlagwerk auf Tonfedern. Obstholzgehäuse mit Messingauflagen. Ausklingender Empire-Stil. Höhe 78,5 cm
Landesmuseum Johanneum, Graz

◁ **81 Stutzuhr** mit astronomischen Indikationen, Wien, um 1815, signiert *Fertbauer in Wien* (Philipp F., Meister 1795). Werk mit Federantrieb für Geh- und Viertelstundenschlagwerk, das über ein Remontoir das Gehwerk nachzieht. Das Zifferblatt zeigt außer Stunden und Minuten die vollen Kalenderindikationen mit Tierkreiszeichen, den Sonnenstand, Sonnenauf- und untergangszeit sowie Mondphasen.
Uhrenmuseum der Stadt Wien

82 Feine Wiener Empire-Stutzuhr, um 1800, signiert *Wibral in Wien.* Zwei vergoldete, sphinxartige Bronzefiguren tragen das Werk mit dem für die Zeit typischen, eleganten weißen Emailzifferblatt. Römische Zahlen und gebläute Stahlzeiger. Das Achttage-Messingwerk hat Federantrieb für das Grande-Sonnerie-Schlagwerk auf 2 Tonfedern. Das Gehwerk wird von einem Messinggewicht angetrieben (konstante Antriebsenergie). Höhe 55 cm ohne Glassturz
Galerie Koller, Zürich

83 Tisch-Sägeuhr, deutsch, Anfang 19. Jh., signiert *Du Monceau à Ansbach.* Die Uhr treibt sich durch ihr eigenes Gewicht an und läuft während einer Laufperiode an der Zahnstange herab. Höhe 59 cm
Auktionshaus Neumeister KG, München

84 Wiener Stutzuhr, um 1810, *anonymer Meister.* Skelettiertes Messingwerk mit Gewichtsantrieb und Quecksilber-Kompensationspendel. Höhe ca. 55 cm
Österreichisches Museum für angewandte Kunst, Wien, Sammlung Dr. Sobek, Geymüller Schlössel ▷

Frankreich

85/86 Renaissance-Dosenuhr, Frankreich, um 1530, Meister *Nicolas Plantard, Abbéville.* Die Abbildung 86 zeigt deutlich den Werksaufbau: Vergoldete Platinen mit eisernen Pfeilern, das Federhaus mit Schnecke und Darm, die Spindelhemmung mit Foliot (Zeitnormal bei früheren Uhren). Eine Regulierungseinrichtung für die Gangeschwindigkeit war nicht vorgesehen, dazu mußte die Federvorspannung verändert werden.
Typisch für französische Uhren dieser Zeit sind die Zahnräder mit ihren großen Zahnabständen und schmalen Zahnformen. Das gravierte und vergoldete Gehäuse mit horizontalem Zifferblatt zeigt auf der Wandung kriegsbezogene figürliche Darstellungen. Höhe 6,5 cm, ∅ 14,5 cm
Sammlung Kellenberger, Winterthur

87/90 Kleine französische Türmchenuhr, um 1540, Meister *Pierre de Fobis, Lyon.* Federgetriebenes Uhrwerk mit Foliot, Schnecke u. Darm, Stundenschlag auf Glocke. Die Geschwindigkeitsregulierung des Schlagwerkes wird durch eine Spindelhemmung erreicht (s. Abb. 88 unten links). Weckerwerk mit Federantrieb und gezähntem Federhaus. Feuervergoldetes Bronzegehäuse, ornamental graviert und im Bereich des Glockenstuhls durchbrochen gearbeitet. Höhe 12,5 cm
Sammlung Schenk, Winterthur

87/88 Zwei Werksansichten zu Abb. 89, die das Federhaus und die schlanke, hohe Schnecke erkennen lassen. Abb. 90 zeigt die Unterseite der Uhr mit Werksboden und innenverzahnter Schloßscheibe.

91 Französische Türmchenuhr, Paris, um 1580 signiert *I. Roweau.* Allseitig fein graviertes Messinggehäuse. Ziffernring mit römischen Zahlen und Eisenzeiger. Höhe 13,5 cm
Schweizerisches Landesmuseum, Zürich

92 Türmchenuhr, Frankreich, 1576. Feuervergoldetes, graviertes Gehäuse mit Zifferblatt für die Kleine und die Große Uhr
Musée International d' Horlogerie
La Chaux-de-Fonds

93/94 Quadratische Renaissance-Tischuhr, Frankreich, um 1580, Meister *Nicolas Plantard.* Messingwerk mit vergoldeten Platinen, zwei Federhäusern mit Schnecken und Darm zum Antrieb von Geh- und Schlagwerk. Spindelgang mit Radunrast und Spindelkloben aus Stahl. Auch bei dieser Uhr ist die typisch französische Schnecke mit vielen Umgängen gut zu sehen. Regulierung der Uhr mittels Federvorspannung. Feuervergoldetes, graviertes Gehäuse in Messing und Kupfer mit durchbrochener Kuppel
Sammlung A. Schenk, Winterthur

95 Türmchenuhr, Frankreich, um 1580, signiert *Gilbert Martinot* (Uhrmacher von Karl IX. und Heinrich III., sowie der Stadt Paris). Feuervergoldetes Bronzegehäuse mit durchbrochener Kuppel und gravierten Darstellungen von einheimischen und exotischen Tiermotiven
Musée Paul Dupuy, Toulouse

96 Türmchenuhr, Frankreich, um 1580 signiert *Gilbert Martinot.* Feuervergoldetes Bronzegehäuse mit durchbrochener Kuppel und außergewöhnlich qualitätsvollen Gravuren. Das kleine Türchen (am

91 △ 92 ▽ 93 △ 94 ▽

Kopf des Ritters) ermöglicht die Kontrolle der Darmspannung zwischen Federhaus und Schnecke
Musée Paul Dupuy, Toulouse

97 Türmchenuhr, Frankreich, Ende 16. Jh., gestempelt *N. V. (Nicolas Vallin).* Werk mit Spindelgang und Federantrieb für Stundenschlag und Wekker auf Glocke. Feuervergoldetes Bronzegehäuse, fein graviert und durchbrochen. Ziffernring mit römischen Zahlen für die Kleine Uhr, im Zentrum Weckerscheibe. War im Besitz von Gaston d'Orléans, Bruder des Königs Louis XIII
Musée du Petit Palais, Paris ▷

95 △ 96 ▽

98 Frühe französische Pendeluhr in Holzgehäuse, sog. „Religieuse", um 1675, signiert *Isaac Thuret, Paris* (Horloger du Roi 1684). Frühes Spindelwerk mit Pendel, Federantrieb für Geh- und Schlagwerk, Glockenschlag (ein großes Federhaus)
Science Museum, London

99 Religieuse, Frankreich, um 1680, signiert *Gabriel Du Val Paris* (Meister, Fbg. St. Germain, 1675). Frühes Spindelwerk mit Pendel und Schlagwerk. Antrieb durch ein Federhaus. Obstholzgehäuse mit Goldbronzeappliken
Privatbesitz

98 △ 99 ▽

◁ **100 Religieuse,** Frankreich, um 1685, signiert *I(saac) Thuret Paris.* Messing-Platinenwerk mit Spindelgang, Pendel und Federantrieb für Geh- und Schlagwerk (2 Federhäuser). Allein die frühen Religieusen haben nur ein Federhaus für Geh- und Schlagwerk. Im Gegensatz zu den englischen Bracket Clocks der gleichen Zeit verzichten die französischen Uhrmacher bei den Pendeluhren auf die Schnecke als Mittel zur Federkraftstabilisierung. Das Gehäuse ist mit Boulle-Arbeit überzogen
Sammlung Morpurgo, Amsterdam

101 Boulle-Pendule, Frankreich, um 1690, *Meister unbekannt.* Feine Metallintarsien in Schildpatt zieren das Gehäuse, das auf vergoldeten Bronzefüßen steht.
Musée des Beaux-Arts, Lyon

102 Religieuse, Frankreich, um 1690, signiert *Thuret* (Paris). Achttagewerk mit Spindelgang und Pendel, Federantrieb für Geh- und Schlagwerk. Messing-Ziffernring auf samtüberzogener Metallplatte. Gehäuse mit Contre-Boulle überzogen (Schildpatteinlagen in Metalloberfläche).
Victoria and Albert Museum, London ▷

101 ▽

102 ▷

104 Louis XIV-Pendule, Ende 17. Jh., signiert *Balthazar Martinot à Paris* (1636–1716). Messing-Platinenwerk mit Spindelgang, Pendel und Federantrieb für Geh- und Viertelstundenschlag auf 2 Glocken. Man beachte den für die Zeit ungewöhnlichen Emailziffernring, der sich aus 12 getrennten Segmenten zusammensetzt. Man war zu dieser Zeit noch nicht in der Lage, große Flächen ohne Probleme zu emaillieren. Das gelang erst etwa in der Mitte des 18. Jh. bei den Louis XV-Pendulen.
Musée des Beaux-Arts, Lyon ▷

103 Religieuse, Frankreich, um 1700, signiert *Tallon à Paris.* Messing-Platinenwerk mit Spindelgang, Hinterpendel und Federantrieb für Geh- und ½-Stundenschlagwerk auf Glocke. Holzgehäuse mit Messing überzogen und mit Schildpatt eingelegt (Contre-Boulle). Metallfront mit dunklem Samt überzogen, mit aufgelegtem Ziffernring und Goldbronzeapplikation. Gravierte und vergoldete Messingzeiger. Stilperiode Louis XIV. Höhe 55 cm
Peter Ineichen, Zürich

Vorhergehende Seite

105 Hexagonale Türmchenuhr, Frankreich, 1544, Meister *N. Dauville,* Lyon. Die Uhr im sechseckigen vergoldeten Bronzegehäuse zeigt auf den Seitenwänden Gravierungen, die in mythologischen Bildern die Wochentage darstellen. Am Bodendeckel die Jahreszahl 1544 und der Name *N. Dauville.* Oben schließt das Gehäuse mit einem reich durchbrochenen Baldachin ab.

Das Werkgestell besteht aus drei waagerechten, sechseckigen Platinen, die von gleichmäßig gedrehten Saulen gehalten werden. Wellen und Triebe sind aus Eisen, die restlichen Werksteile aus Messing. Über der oberen Platine ist die Schalenglocke an drei sich kreuzenden Bogen befestigt. Das Spindelwerk hat eine hohe Schnecke mit Darmsaite im oberen Werkteil. Die Radunruhe unter der Glocke schwingt auf dem oberen Ende der Spindelwelle. Das Schlagwerk im unteren Teil des Werkgestells wird von einer Zugfeder in einem zweiten Federhaus bewegt. Eine fein gestaltete Luftbremse reguliert die Schlagfolge. Die Schloßscheibe für 1 bis 12 Schläge ist unter der Bodenplatine angebracht.

Höhe 130 mm

Historische Uhrensammlung, Furtwangen, Hellmut-Kienzle-Sammlung

◁ **106** Sogenannte **„Tête-de-Poupeé"**-Pendule, Frankreich, um 1685, Stil Louis XIV, signiert *Morisson à Paris.* Messingwerk mit Spindelgang, Pendel und ½-Stundenschlag auf Glocke. Geschweiftes Gehäuse in „Puppenkopf"-Form mit Messing überzogen und mit Schildpatt und Silber ornamental eingelegt. Feuervergoldetes, graviertes und ziseliertes Bronzezifferblatt mit Emailkartuschen für die Stunden. Uhren dieser Art sind selten in originaler Erhaltung zu finden. Höhe 63 cm

Galerie Koller, Zürich

108 Tête-de-Poupée-Pendule, Paris, um 1690, signiert auf Zifferblatt und Werksplatine *Balthazar Martinot Paris* (1636–1716). Achttagewerk mit Spindelgang, Pendel und Federantrieb für Geh- und Schlagwerk auf Glocke. Reich mit Messing und Silber eingelegtes und mit rotem Schildpatt überzogenes Gehäuse in ungewöhnlich guter Erhaltung. Feuervergoldetes, im Zentrum graviertes Messingzifferblatt mit aufgelegtem Ziffernring und gebläuten Stahlzeigern. Diese Uhr ist ein gutes Beispiel für die hohe Qualität der Gestaltung und handwerklichen Verarbeitung von Uhrengehäusen zur Zeit des Sonnenkönigs.
Privatbesitz ▷

107 Tête-de-Poupée, Frankreich, um 1690, signiert *Coquerel à Paris.* Achttage-Messingwerk mit Spindelgang und 1/4-Stunden-Rufschlagwerk auf 2 Glocken mit 3 Hämmern. Auf der Spindelachse ist hinter der Platine eine Stahlunrast montiert, die es gestattet, die Uhr auch nichtstationär zu betreiben. Für den Betrieb mit Pendel weist die Unrast einen Führungsschlitz auf. Das mit rotem Schildpatt überzogene Holzgehäuse ist mit Messingleisten an den Kanten eingefaßt. Höhe 32 cm
Privatbesitz

◁ **109 Louis XIV-Pendule,** Frankreich, um 1700, signiert *Jacques Cogniet à Paris.* Gehäuse mit Schildpatt überzogen und mit Goldbronzekaryatiden und -appliken dekoriert. Hilfszifferblatt für Mondphasen und Datum.
Auktionshaus Neumeister KG, München

110 Kleine Louis XIV-Pendule mit Sockel, Paris, um 1705, signiert *Balthazar Martinot Paris* (1636–1716). Gehäuse Schildpatt mit Messingeinlagen und Goldbronzeappliken. Höhe 62 cm
Galerie Koller, Zürich ▽

◁ **111 Pendule,** Frankreich, Anfang 18. Jh., signiert *Pierre Gaudron à Paris* (1695–1745). Boulle-Gehäuse im Régence-Stil, dreiseitig verglast mit großem Goldbronzemedaillon
Victoria and Albert Museum, London

112 Pendule mit Sockel, Frankreich, um 1720, signiert *Le Noir et Fils à Paris.* Geschweiftes, mit Schildpatt überzogenes und mit Messing eingelegtes Gehäuse mit Régence-Bronzen. Zifferblatt mit Emailkartuschen, römischen Zahlen und gebläuten Stahlzeigern in „Fleur-de-Lys“-Form. Achttagewerk mit Federantrieb für Geh- und Schlagwerk. Höhe 124 cm
Galerie Koller, Zürich ▽

◁ **113 Louis XV-Pendule mit Sockel,** Frankreich, um 1750, signiert *Lomet à Paris* (1743–87). Polychrom gefaßtes Vernis-Martin-Gehäuse mit Blumendekor, eingefaßt von prächtigen Goldbronzeappliken. Weiß emailliertes „Treize-Pièces"-Zifferblatt mit schwarzen römischen Zahlen für die Stunden und arabischen für die Minuten. Durchbrochene, ziselierte Goldzeiger
Museo Poldi-Pezzoli, Mailand

114 Boulle-Pendule, Frankreich, Mitte 18. Jh., Louis XV-Stil, signiert *Bailly l'Ainé à Paris* (Meister 1749). Die hohe Qualität der Bronzen und das vergoldete Bronzezifferblatt mit Emailkartuschen für Stunden und Minuten sind besonders typisch für Pendulen der Louis XV-Periode. Höhe 97 cm
Auktionshaus Neumeister KG, München

115 Louis XV-Pendule, Frankreich, Mitte 18. Jh., signiert *Viger à Paris* (Rue St. Denis 1745–83). Achttagewerk mit Federantrieb für Geh- und Schlagwerk. Gefaßtes Holzgehäuse mit kräftigen Goldbronzen, sign. *Balthazar Lieutaud.* Treize-Pièces-Zifferblatt mit durchbrochenen, vergoldeten Messingzeigern.. Höhe 69 cm
Auktionshaus Neumeister KG, München

116 Louis XV-Pendule mit Sockel, Frankreich, um 1760, signiert auf dem Zifferblatt *(François) Viger à Paris,* auf dem Gehäuse *B. Lieutaud à Paris* Maître ébeniste 1749). Diese Uhr unterscheidet sich schon sehr von den früheren Louis XV-Pendulen. Die Linien werden wieder straffer und die Bronzen wirken strenger. Auch findet man anfangs der 2. Hälfte des 18. Jh. vermehrt die Verwendung bombierter, ganz emaillierter Zifferblätter, die die Kartuschenzifferblätter ablösen.
Nationalmuseum Stockholm ▷

117 Große Louis XV-Pendule mit Sockel, Frankreich, um 1760, das Werk signiert *François Anione et Frères,* das Gehäuse *Antoine Foullet, Paris* (Meister um 1750). Das Gehäuse mit Horn überzogen und mit Blumenmotiven eingelegt. Feuervergoldete Louis XV-Bronzen. Höhe 144 cm
Privatbesitz

◁ **118 Bronze-Pendule,** Frankreich, um 1760, Louis XV-Stil, signiert auf Zifferblatt und Platine *Charles Baltazar à Paris* (Mitglied der bedeutenden Pariser Uhrmacherdynastie, die vom 17. bis ins 19. Jh. reichte). Fein graviertes, ziseliertes und feuervergoldetes Bronzegehäuse im Transitionsstil zwischen Louis XV und Louis XVI. Bombiertes, weißes Emailzifferblatt mit durchbrochenen, vergoldeten Messingzeigern. Vierzehntagewerk mit $^1/_2$-Stundenschlag auf Glocke.
Galerie Caroll, München

119 Werksansicht von Abb. 118. Gut sichtbar die Signatur auf dem unteren Platinenteil, die Schloßscheibe, die Fadenaufhängung des Pendels und die Glocke mit Hammer. Bei kleineren Pendulen und Carteluhren findet man meist die runde Form der Werksplatinen, während bei der normalen, größeren Pendule die rechteckige Form vorherrscht.

120 Bronze-Kaminuhr, Frankreich, um 1760, Louis XV-Stil, signiert *Jacques Panier à Paris* (Meister 1743). Feuervergoldetes Bronzegehäuse, eingerahmt von 5 Figuren der Commedia dell'Arte. Höhe 47 cm
Privatbesitz

121 Louis XV-Pendule, Frankreich, um 1765, signiert *Jean Baptiste Baillon* (1727–72). Feuervergoldetes Bronzegehäuse von hoher Qualität. Zifferblatt und Zeigerform lassen den Übergang zum Louis XVI-Stil erkennen. Höhe 51 cm
Ruef, München

120 △ 121 ▽

LENOIR
A PARIS

Vorhergehende Doppelseite

122 Louis XV-Pendule mit Meißner-Porzellangruppe, Mitte 18. Jh., das Werk signiert *Etienne Le Noir à Paris* (Meister 1743), am Boden der Porzellangruppe blaue Schwertermarke mit Preßnummer. Die Porzellangruppe „Aufbäumender Schimmel mit türkischem Reitknecht" stammt von Kändler und wurde in Paris mit der Uhr montiert. Diese Louis XV-Pendulen, mit wertvollen Porzellangruppen montiert, gehören zu den kostbarsten Uhren aus dem Frankreich des 18. Jh. In guter Erhaltung sind sie heute kaum noch zu finden. Höhe ca. 45 cm
Galerie Caroll, München

123 Louis XV-Pendule, Frankreich, Mitte 18. Jh., signiert *Etienne Le Noir à Paris.* Gehäuse Schildpatt mit eingelegtem Messing, Goldbronzeapplikationen und Chinesenfigur als Bekrönung. Bronzestempel C (1745/9), Höhe 56 cm
Fischer-Böhler, München

◁ **124 Pendule au Chinois,** Frankreich, Mitte 18. Jh., das Werk signiert *Ch(ar)les Du Tertre à Paris* (1715–1793), das Gehäuse mit dem gekrönten *C.* Uhren „au Chinois" waren meist von höchster Bronzequalität und sind sehr begehrt. Höhe 58 cm
Galerie Caroll, München

125 Louis XV-Pendule mit Porzellangruppe, Frankreich, um 1750, signiert *Benoist Gerard à Paris* (1705–58). Polychrome Porzellangruppe und -blüten auf Goldbronze montiert.
Sotheby, London ▽

126/127 Louis XV-Bronzependule mit Porzellangruppe montiert, Frankreich, Mitte 18. Jh., Zifferblatt und Werk signiert *Gilbert Paris* (wahrscheinlich Louis-François-Robert G., 1734–48). Die beiden Perlhühner (Meißner-Porzellan) stammen von Kändler, die Blumen sind aus französischem Weichporzellan. Höhe ca. 48 cm
Galerie Caroll, München ▷

128 Louis XV-Bronzependule mit Porzellangruppe, das Werk signiert *Gille L'ainé à Paris*, um 1760. Auf feuervergoldeter Bronze ist die polychrome Meißner-Porzellangruppe „Die Musikstunde" montiert. Über der Uhr mit weißem Emailzifferblatt und durchbrochenen, vergoldeten Zeigern sitzt Amor in Porzellan und rundet den geschlossenen Eindruck des Ganzen ab. Höhe 55 cm
Collection Jacques Perrin, Paris ▷

129 Pendule au Chinois, Frankreich, um 1760, signiert *Filon à Paris* (Meister 1751). Rundes Messingplatinenwerk mit Federantrieb für Geh- und $\frac{1}{2}$-Stundenschlagwerk auf Glocke. Feuervergoldetes Bronzegehäuse, zwei knieende Chinesen tragen das Uhrwerk, das von einem Amor, verkleidet als Chinese, bekrönt wird. Uhren „Au Chinois" waren besonders in der Zeit um 1755–60 in Mode gekommen. Höhe 60 cm
Galerie Koller, Zürich

130 Bronze-Prunkpendule, mit Spielwerk, Louis XV-Stil, Frankreich, um 1765, signiert *Le Grand à Paris* (wahrscheinlich Michel-François Le G., Meister 1765). Messingwerk mit Spindelgang, Pendel und Federantrieb für Geh- und Schlagwerk. Stündliche Auslösung des Walzenspielwerkes mit 10 Melodien auf 11 Glocken. Das Spielwerk ist im mit rotem Schildpatt überzogenen und mit Goldbronzeappliken dekorierten Sockel untergebracht. Höhe mit Sockel 90 cm
Galerie Koller, Zürich

131 Bronze-Pendule, Frankreich, um 1770, signiert *Magnen à Paris* (Meister 1770). Feuervergoldetes Bronzegehäuse mit Amor, der ein Medaillon hält
Sotheby, London

132 Louis XV-Pendule „à l'éléphant", Frankreich, um 1770, signiert *Moisy à Paris* (arbeitete nachweisbar von 1753 bis 1781 in Paris). Tierpendulen waren im 18. Jh. sehr beliebt. Die Tiermodelle blieben bis zum Directoire gleich, nur der Sockel und das Gehäuse wurden dem Stil der Zeit angepaßt. Höhe 49,5 cm
Galerie Caroll, München

130 △ 131 ▽

133 Bronze-Pendule, Frankreich, um 1775, signiert *Poitevin à Lorient.* Diese Uhr ist im Transitionsstil (Übergang vom Louis XV-Stil zum Louis XVI-Stil gearbeitet
Sotheby, London

134 Louis XVI-Pendule, Frankreich, um 1780, *anonymer Meister.* Drei Goldbronze-Grazien tragen eine Kugel mit Amor, der am Äquator mit einem Pfeil die Zeit anzeigt. Höhe 51 cm
Sotheby, London >

132 △ 133 ▽

135 Directoire-Pendule, Frankreich, um 1790, signiert *Galle, Rue Vivienne à Paris.* Feuervergoldete Bronze mit Goldbronzeappliken. Brünierte Vase, die das Uhrwerk enthält. Höhe 34 cm
Galerie Koller, Zürich

136 Directoire-Pendule, Frankreich, um 1795, signiert *Deverberie Rue Barbete No. 483 à Paris.* Höhe 48 cm
Galerie Almas, München

135 △ 136 ▽

137 Louis XVI-Pendule, Frankreich, um 1780, signiert *Causard Hger du Roy suivt la cour.* Achttagewerk mit Federantrieb für Geh- und Schlagwerk. Gehäuse in Goldbronze auf ebonisiertem Holzsockel. Höhe 52,5 cm
Württembergisches Landesmuseum, Stuttgart

138 Louis XVI-Pendule, Paris, um 1780, signiert *Paté Paris.* Das skelettierte Zifferblatt mit Datumsring gibt den Blick auf das Uhrwerk frei. Gehäuse Goldbronze. Höhe 46,5 cm
Galerie Almas, München

139 Louis XVI-Pendule, Frankreich, 1784, signiert *De Lair 1784.* Weißes Emailzifferblatt mit Indikation von Stunden, Minuten, Wochen- und Monatstagen. Goldbronze auf Alabasterstockel.
Galerie Almas, München

137 △

138 ▽

139

140 Louis XVI-Pendule, Frankreich, um 1780, signiert *Festeau Le Jeune Paris.* Kannelierte weiße Alabastersäule mit Goldbronzemonturen.
The Metropolitain Museum of Art, New York

141 Bronze-Pendule, Frankreich, Louis XVI-Stil, um 1785, signiert *Gille L'Aîné à Paris* (ca. 1760 bis 90). Feuervergoldet. Die Kombination von Bronze und weißem Alabaster oder Marmor kommt im Louis XVI-Stil häufig und in den verschiedensten Varianten vor.
Privatbesitz, München

142 Lyra-Pendule, Frankreich, Louis XVI-Stil, um 1785, signiert *Bréant* (Paris, Meister 1778). Messingwerk mit Scherengang, Rostpendel, Datum und Federantrieb für Geh- und Schlagwerk. Weißer Emailziffernring mit römischen Zahlen für die Stunden und arabischen für die Minuten. Goldbronzegehäuse auf weißem Marmorsockel. Höhe 49 cm
Christie's, London

140 △

141 ▽

142

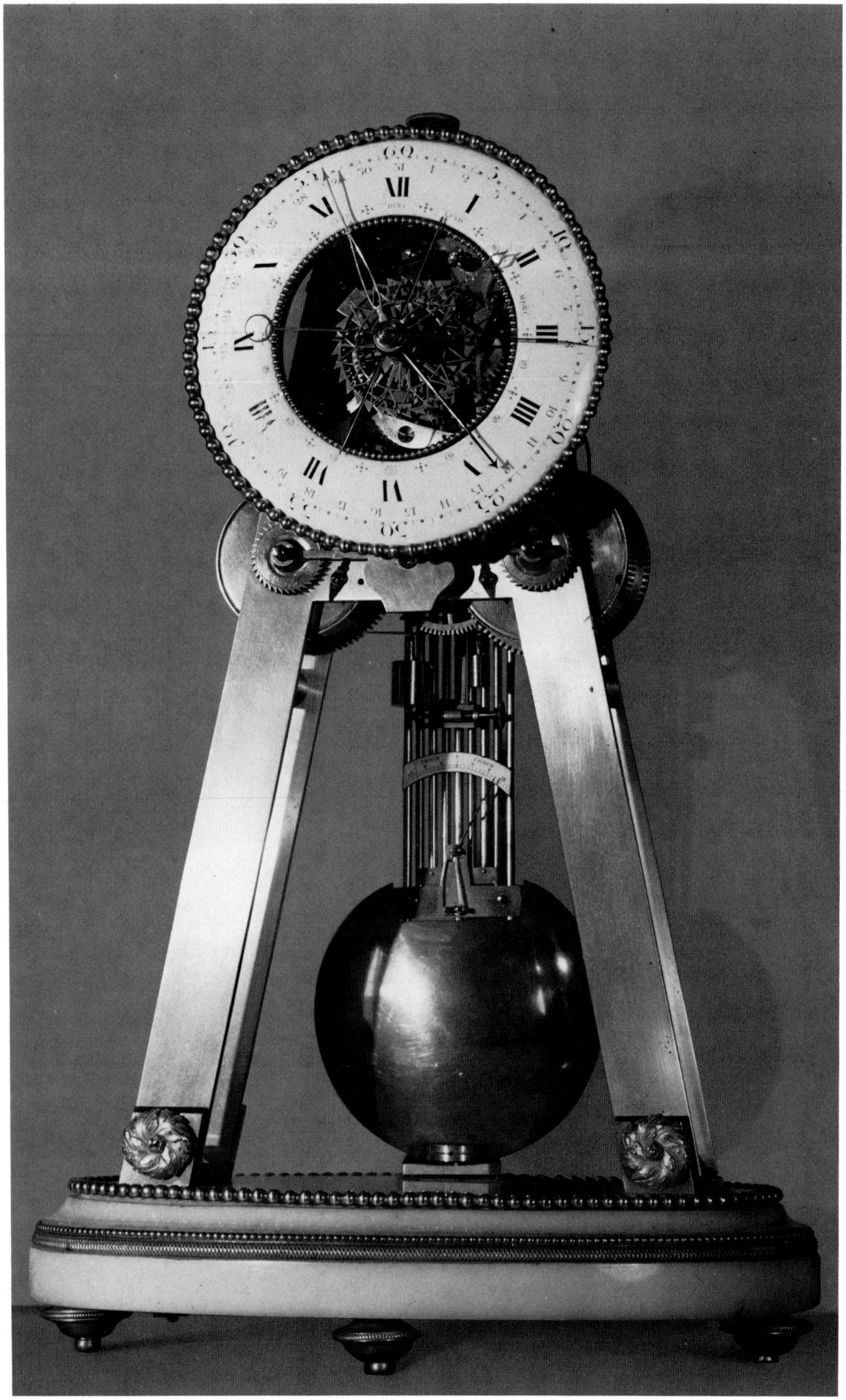

143 Skelettierte Pendule, Frankreich, um 1800, *anonymer Meister.* Messingwerk feuervergoldet, mit Federantrieb, temperaturkompensiertem Rostpendel mit Thermometer und Hemmung mit konstanter Kraft. Weißer Emailziffernring mit ausgeschnittenem Zentrum und Indikation von Stunden, Minuten, Sekunden (aus der Mitte), Tag und Datum. Montiert auf ovalem Alabastersockel. Höhe 50 cm
Privatsammlung M.M., Paris

144 Skelettuhr, Frankreich, Anfang 19. Jh., *anonymer Meister.* Messingwerk feuervergoldet, mit Scherengang, Schnecke und Kette in skelettierter Bauweise. Weißer Emailziffernring mit schwarzen arabischen Zahlen für die Stunden und ausgeschnittenen, gebläuten Stahlzeigern. Großes Antriebsrad mit 8 Speichen. Weißer Alabastersockel mit Goldbronzemonturen. Höhe 49 cm
Sotheby, London

146 Directoire-Kaminuhr mit astronomischen Indikationen, Frankreich, um 1765, signiert *Bruel à Paris*. Feuervergoldeter Bronzeaufbau auf weißem Marmorsockel. Kobaltblau emaillierte bogenförmige Gehäuseträger. Weißer Emailziffernring mit Indikation von Stunden, Minuten, Sekunden (aus der Mitte), Tag und Datum. Darüber Hilfszifferblatt für Monate und Tierkreiszeichen. Unter dem Bogenträger Zifferblatt für Mondalter und -bild. Darunter große horizontale Unruhe mit Feder und Regulierungsvorrichtung. Messingwerk mit Federantrieb für Geh- und $^1/_2$-Stundenschlagwerk auf Glocke. Höhe 42,5 cm
Ruef, München ▷

145 Skelettuhr, Frankreich, Anfang 19. Jh., *anonymer Meister*. Achttage-Ankerwerk mit großem Antriebsrad. Skelettiertes Messingwerk mit Wolfsverzahnung (nicht axial, sondern schräg gestellte Zähne), Schnecke und Kette, Federantrieb und Pendel. Schlanker, weißer Emailziffernring mit römischen Zahlen und Breguetzeigern. Weiße Alabasterbasis mit aufgesetztem Bronzezierrat. Höhe 37 cm
Privatbesitz

◁ **147 Pendule,** süddeutsch, 1. Viertel 19. Jh., Empire-Stil nach französischem Muster. *Anonymer Meister.* Messingwerk mit Federantrieb für Geh- und Schlagwerk. Das ganze Werk schwingt als Pendel im z. Teil vergoldeten Bronzegestell. Höhe 47 cm
Württembergisches Landesmuseum, Stuttgart

148 Pendule auf vier Säulenpaaren, Frankreich, um 1790, signiert *Mathieu l'Ainé* (Paris, Rue St. Honoré, 1759–1810). Messingwerk mit ½-Stundenschlag auf Glocke, Zentralsekunde, Datum und Angabe des Wochentages. Höhe 57,5 cm
Württembergisches Landesmuseum, Stuttgart ▽

150 Malachit-Pendule, Frankreich, Ende 18. Jh., signiert *Bréant à Paris.* Federgetriebenes Messingwerk mit Ankergang, Pendel und ½-Stundenschlag auf Glocke. Das Gehäuse in Form eines Ziehbrunnens aus poliertem Malachit mit vergoldetem Bronzeaufbau. Höhe 40 cm
Galerie Koller, Zürich ▷▷

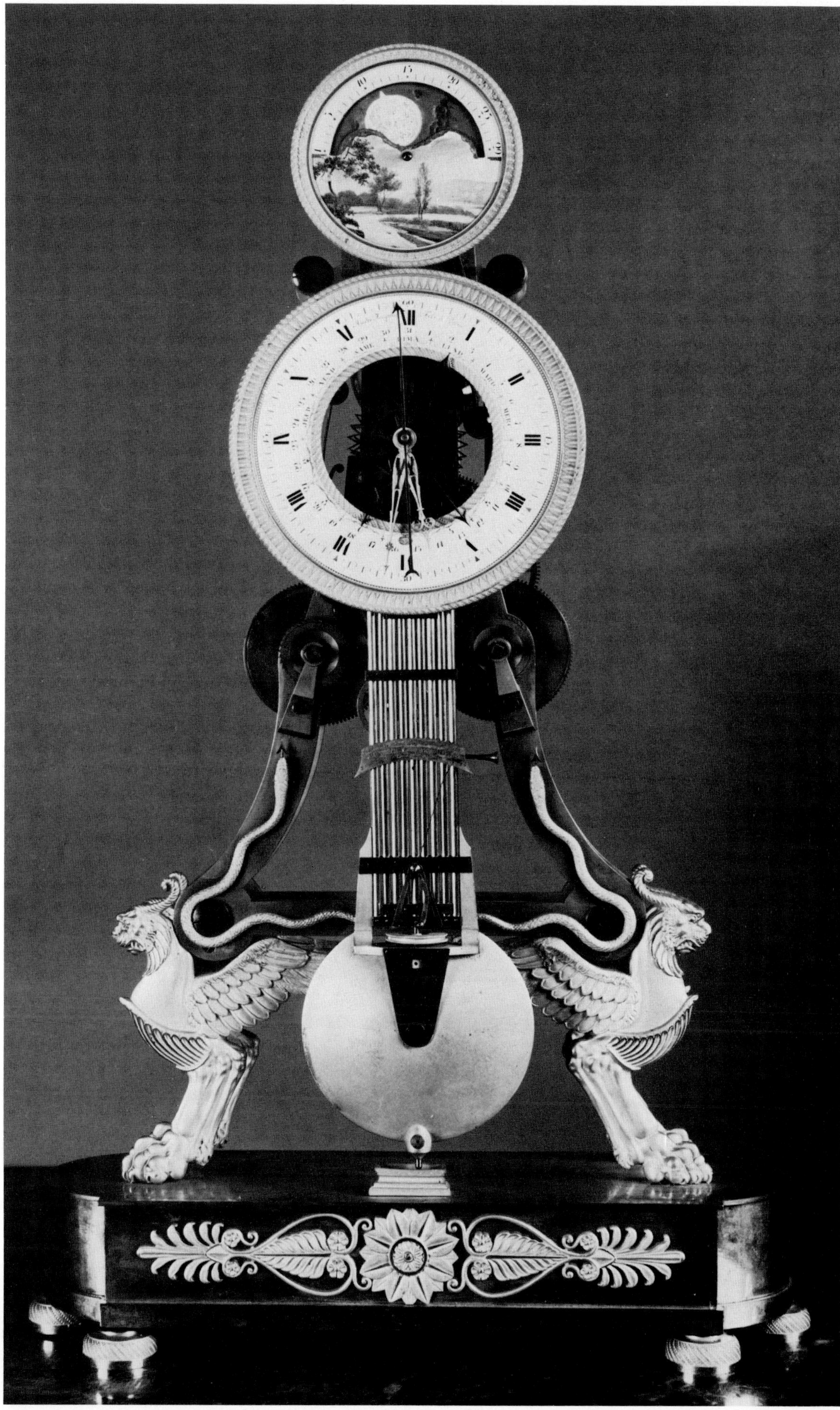

◁ **149 Skelettierte Empire-Pendule,** Frankreich, um 1815, signiert *André Jacquin fils à Paris.* Messingwerk mit 2 Federhäusern für Geh- und Schlagwerk, Stiftenhemmung und Kompensationspendel mit Thermometer. Indikation von Stunden, Minuten, Sekunden (aus der Mitte), Wochentag, Datum und Tierkreiszeichen auf dem Email-Ziffernring mit Bronzelunette. Darüber Hilfszifferblatt mit Mondbild und Mondalter. Höhe 71 cm
Collection Renoncourt, Paris

◁ **151 Astronomische Präzisionspendule,** Frankreich, Anfang 19. Jh., signiert *Antide Janvier, au Louvre No. 347.7.1802.* Federgetriebenes Präzisionswerk mit temperaturkompensiertem Rostpendel und Indikation von Stunden, Minuten, Datum, Monat und Tierkreiszeichen aus der Mitte, Hilfszifferblätter für Sonnenauf- und -untergangszeit und Tag in der Woche. Antide Janvier gehört zum Kreis der bedeutendsten europäischen Uhrmacher seiner Zeit. Seine Regulatoren und Pendulen mit Äquationswerken und astronomischen Indikationen haben ihn berühmt gemacht. Quantitativ war Janvier nicht so produktiv wie manche seiner berühmten Zeitgenossen. Deshalb ist mir eine nur relativ kleine Anzahl gesicherter Uhren von ihm bekannt. Höhe 38,5 cm
Musée International d'Horlogerie, La Chaux-de-Fonds

152 Astronomische Pendule, Frankreich, 1814, signiert *Le Sieur* und *Le Faucheur à Paris.* Federgetriebenes, vergoldetes Ankerwerk mit Grande Sonnerie auf 3 Glocken und Repetition auf Anfrage. Mattiertes, vergoldetes Bronzezifferblatt mit versilbertem Ziffernring, gebläuten Breguetzeigern, Hilfszifferblättern für Tag, Datum, Mondalter mit Mondbild und Schlagwerkeinstellung. Darunter versilberte Thermometerskala. Höhe 51 cm
Galerie Koller, Zürich

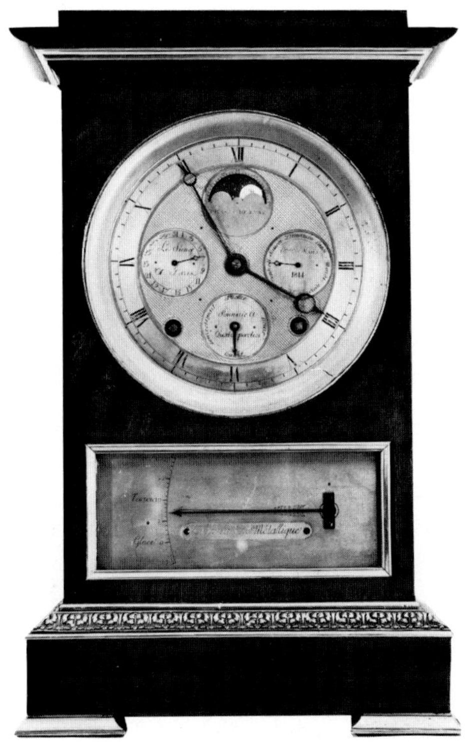

154 Regulator, Frankreich, um 1810, signiert *Antide Janvier, Paris* (1751–1835). In ihrer klassischen Gehäuseform zeigt diese Uhr richtungsweisendes Design in der Sparsamkeit der Form und technischen Funktionalität. Hier ist die Pendule viel mehr mechanisches Instrument zum Zwecke der Zeitmessung als ein dem Interieur angepaßter dekorativer Gegenstand der häuslichen Innengestaltung.
Sammlung M. M., Paris ▷

153 Astronomische Pendule, Frankreich, um 1780, signiert *Antide Janvier, Versailles, No. 149.* Verglastes Mahagonigehäuse in der typischen rechteckigen Form. Federgetriebenes Werk mit Indikation von Sekunden (aus der Mitte), darunter Äquationsangaben (Zeitgleichung), darüber Mondalter und -stellung (in der Ekliptik) rechts und links Hilfszifferblätter für Sonnenauf- und -untergangszeit, Tag- und Nachtlängen. Unterhalb des Hauptzifferblattes Vollkalender mit Wochentagen, Tierkreiszeichen, Datum und Schaltjahr.
Musée des Beaux-Arts et d'Archéologie, Besançon

155 Pendule in Vasenform, Frankreich, Anfang 19. Jh., signiert *Thonissen à Paris* (1806–30). Achttage-Ankerwerk, Pendel mit Fadenaufhängung. Federantrieb für Geh- und ½-Stunden-Schlagwerk (Schloßscheibe und Glocke). Gehäuse aus Glockenguß, mit feuervergoldeten Bronzemonturen dekoriert. Weißes Emailzifferblatt mit römischen Zahlen und vergoldeten Zeigern. Höhe 56 cm
Württembergisches Landesmuseum, Stuttgart

158 Lyra-Pendule, Frankreich, Anfang 19. Jh., *anonymer Meister.* Achttage-Messingwerk mit Ankergang und ½-Stundenschlag auf Glocke. Weißer Emailziffernring mit römischen Zahlen und gebläuten Breguetzeigern. Feuervergoldetes Bronzegehäuse mit Goldbronzeappliken. Höhe 53,5 cm
Privatbesitz

159 Empire-Pendule, Frankreich, um 1815, signiert *Breguet à Paris.* Messingwerk mit Federantrieb für Geh- und Schlagwerk, schwingt als Pendellinse des temperaturkompensierten Pendels (sog. Freischwinger). Goldbronzegehäuse. Bei der Signatur handelt es sich wohl um eine Imitation, da dieser Schriftzug vom Hause Breguet eigentlich nicht benutzt wurde. Höhe 50 cm
Schloß Wilhelmshöhe, Kassel ▷

156 △ 157 ▽

156 Französischer Freischwinger, Anfang 19. Jh., *anonymer Meister.* Zifferblatt mit ausgeschnittenem Zentrum, Werk mit ½-Stundenschlag. Nußholzgehäuse mit Goldbronzeappliken.
Kästner, München ▷

157 Pendule, Frankreich, um 1810, signiert *Folin L'ainé à Paris.* Werk mit Federantrieb für Geh- und Schlagwerk, Hilfszifferblätter für Datum u. Wochentage.
Sotheby, London ▷

160 Alabaster-Pendule, Frankreich, um 1800, *anonymer Meister.* Messing-Pendulenwerk mit Ankergang, Pendel und Federantrieb für Geh- und Schlagwerk.
Privatbesitz, München

161 Pendule, Frankreich, letztes Viertel 18. Jh., Louis XVI-Stil, signiert *De Belle, rue St. Honoré à Paris* (1787–1810); das Zifferblatt hergestellt und signiert von *Couteau, Paris.* Höhe 66 cm
Meyrick Neilson of Tetbury

160 △ 161 ▽

162 △ 163 ▽

162 Empire-Pendule, Frankreich, Anfang 19. Jh., signiert *Giteau Palais Royal, No. 129 à Paris* (Schüler von Breguet 1811). Goldbronzegehäuse mit Appliken im typischen Empire-Stil. Höhe 53 cm
Ruef, München

163 Pendule in Vasenform, Frankreich, um 1785, signiert *Le Noir à Paris.* Messingwerk mit ½-Stundenschlag auf Glocke, Ankergang und Pendel. Gehäuse aus Porzellan mit Bronzemonturen. Höhe 57 cm
Galerie Koller, Zürich

164 Directoire-Pendule, Frankreich, Ende 18. Jh., *unbekannter Meister.* Auf Alabastersockel ist das vasenförmige, mit Goldbronze-Masken und Blumen geschmückte Gehäuse gesetzt, das das Werk beherbergt.
Ruef, München

165 Bronze-Pendule, Frankreich, um 1820, signiert *Sellier* & *C. à Paris. Messing-Pendulenwerk* mit Federantrieb für Geh- und Schlagwerk. Bronzegehäuse mit Halbrelief und Figurengruppe.
Ruef, München ▷

165 △ 166 ▽

◁ **166** **Bronze-Pendule,** Frankreich um 1830.
Privatbesitz

167 **Bronze-Pendule,** Frankreich, um 1830, im Stil Charles X, feuervergoldet. Höhe 51 cm
Ruef, München

168 **Empire-Pendule,** Frankreich, Anfang 19. Jh., bez. *Pons.* Malachitgehäuse mit Goldbronze-Monturen und skelettiertem Ziffernring. Höhe 28,5 cm
Galerie Almas, München

Italien

169 Altar-Projektions-Nachtlichtuhr, Italien, Ende 17. Jh., *anonymer Meister.* Rechteckiges, profiliertes Weichholzgehäuse mit ausgeschnittenem Fries. Gefaßte Front mit römischen Zahlen.
Privatbesitz, Mailand

170 Nachtlichtuhr, Italien, Ende 17. Jh., signiert *Lodovico Manelli* (Bologna 1680). Metallfront bemalt mit einer Landschaftsszene von Lodovico Mattioli
Privatsammlung

171 Werksansicht der Nachtlichtuhr von Lodovico Manelli (Abb. 170). Feuervergoldetes Messingwerk mit Spindelhemmung Schloßscheiben-Schlagwerk auf Glocke. Die von hinten beleuchteten Stundenscheiben drehen sich als Satelliten-Scheiben auf der großen, einmal in 2 Stunden umlaufenden Trägerscheibe. Für den Betrachter durchläuft so eine beleuchtete Stundenzahl die ebenfalls beleuchtete Viertelstundeneinteilung über der halbkreisförmigen Zifferblattöffnung.

169 △

170 ▽

172 Nachtlichtuhr, Italien, Ende 17. Jh., *anonymer Meister.* Über dem weißen Ziffernring mit Einzeiger und römischen Zahlen befindet sich die Öffnung, hinter der sich die Stundenscheibe dreht, die nachts von hinten beleuchtet wird.
British Museum, London

173 Nachtlichtuhr in Nußholzgehäuse, Italien, Ende 17. Jh., *anonymer Meister.* Bemalte Front mit Seeszene und Sichtöffnung für Sonnenpendel.
Privatsammlung

174 Nachtlichtuhr in ebonisiertem Barockgehäuse, Italien, um 1690, *unbekannter Meister.*
Privatsammlung

173 △ 174 ▽

175 Nachtlichtuhr, Italien, um 1690, *anonymer Meister.* Rechteckiges, ebonisiertes Gehäuse mit Bronzegriff. Bemalte Messingfront mit Christusdarstellung. Rotierendes Zifferblatt wie bei Abb. 170/171. Höhe 38 cm
Galerie Koller, Zürich

176 Stockuhr, Italien, um 1720, signiert *Lodovico Lanscron, Bologna.* Messingwerk mit Spindelgang, Pendel und ¼-Stunden-Rufschlag auf Glocke. Nußholzgehäuse nach englischem Vorbild. Messingfront mit mattiertem Zentrum, aufgelegtem Ziffernring und Bronze-Eckappliken.
Privatsammlung

177 Stockuhr, Italien, um 1740, *unbekannter Meister.* Gehäuse im Stil italienischer Altaruhren mit abgeschrägten Eckpfeilern und Goldbronzemonturen. Messingwerk mit Spindelgang, Pendel und Federantrieb für Geh- und Schlagwerk. Repetition auf Anfrage. Höhe 62 cm
Privatsammlung

175 △

176 ▽

178 Stockuhr, Italien, Mitte 18. Jh., signiert *Gio. Batta Villacroce.* Messingwerk mit Federantrieb für Geh-, Schlag- und Weckerwerk. Holzgehäuse nach dem Vorbild der frühen Londoner Bracket Clock. Quadratisches Messingzifferblatt mit mattiertem Zentrum, Weckerscheibe und durchbrochenen Eisenzeigern. Rechts und links Schnurzug für Repetition.
Höhe 53 cm
Privatsammluug

179 Stockuhr, Italien, um 1740, signiert *Agostino Amonier, Rom.* Reich mit Goldbronzemonturen dekoriertes Nußholzgehäuse.
Privatsammlung

180 Stockuhr, Mitte 18. Jh., *anonymer Meister.* Mit feuervergoldeten Appliken reich dekoriertes Nußholzgehäuse. Federgetriebenes Werk mit Schlag und Wecker auf Glocke.
Privatsammlung

178 △ 179 ▽

England

Bracket Clocks,	Bild Nr.	Seite
ca. 1660–1690	181–190	124
Bracket Clocks, ca. 1690–1720	191–200	128
Bracket Clocks, ca. 1720–1800	201–222	134
Bracket Clocks, nach 1800	223–232	142
Skelettuhren 19. Jh.	233–238	144

182 Bracket Clock, England, um 1660, von *Edward East.* Messingwerk mit Spindelgang und Pendel, Stundenschlag auf Glocke mit Schloßscheibe. Ganz mattiertes Messingzifferblatt mit schlankem, versilbertem Ziffernring, römischen Zahlen für die Stunden und ausgeschnittenen Stahlzeigern. Im Zentrum gravierte Tudor-Rose. Ebenholzfurniertes Eichengehäuse mit Giebelfries. Wohl eine der ganz frühen englischen Tischuhren mit Pendel.
Ehemals Iden-Collection

◁ **181 Bracket Clock,** England, 1670–75, signiert auf der Rückplatine *Henricus Jones Londini* (Mitglied der Clockmakers Company (CC) 1663). Achttage-Messingwerk mit Spindelgang, Hinterpendel und ½-Stundenschlagwerk mit außenliegender Schloßscheibe. Federantrieb über Schnecken und Darm. Ebenholzfurniertes Eichengehäuse mit gedrechselten Säulen an den Ecken. Vergoldete Messingfront mit mattiertem Zentrum, aufgelegtem, skelettiertem und versilbertem Ziffernring, gebläuten Stahlzeigern und Silber-Eckappliken.
Ehemals Iden-Collection

183 Werksansicht von Abb. 182 mit außenliegender Schloßscheibe mit Tudor-Rose und der Signatur des Meisters.

184 Bracket Clock, England, um 1665–70, signiert auf der Platine *Eduardus East Londini* (Hofuhrmacher der Könige Charles I. und II. und einer der bedeutendsten Meister der frühen englischen Uhrengeschichte). Achttage-Messingwerk mit Spindelgang, Hinterpendel und Stundenschlag auf Glocke, mit außenliegender Schloßscheibe. Ebenholzfurniertes Eichengehäuse mit gedrechselten Säulen und Goldbronzeapplikén. Frühes, floral graviertes, vergoldetes Messingzifferblatt mit Datumfenster, versilbertem Ziffernring und gebläuten Stahlzeigern. Höhe ca. 50 cm
Ehemals Iden-Collection ▷

185 Bracket Clock, England, um 1685, signiert: *Edward Bird Londini fecit.* Edward Bird wurde 1684 Mitglied der Clockmakers Company. Gehäuse nicht mehr im Originalzustand.
Sotheby, London

186/187 Bracket Clock, England, um 1680–85, signiert *Tho: Tompion Londini Fecit.* Achttage-Messingwerk mit „Dutch striking" (Halbstundenschlag auf kleiner und Stundenschlag auf großer Glocke), Spindelgang und Hinterpendel. Antrieb über 2 Federhäuser, Schnecken und Darm. Abb. 187 zeigt die mit Tulpenmotiven gravierte hintere Platine mit Sichtöffnung für die auf der innenliegenden Schloßscheibe gravierte Zahlenreihe der Stunden von 1–12. Das Zifferblatt und die Platinen sind mit Kipphebeln verspannt, eine Technik, die man meist nur bei Uhren hoher Qualität findet. Das schlichte Eichengehäuse ist mit Ebenholz furniert und mit sparsamen Goldbronzemonturen versehen. Typisch für Tompion ist auch das Messingzifferblatt mit mattiertem Zentrum, Cherubim-Eckappliken, dem versilberten Ziffernring und den gebläuten Stahlzeigern. Höhe 32 cm
Thomas Tompion (1639–1713) gehört zu den größten Uhrmachern seiner Zeit. Sein Erfindungsreichtum und die hohe Verarbeitungsqualität seiner Uhren machten ihn schon zu seinen Lebzeiten berühmt.
Sotheby, London

186 △

187 ▽

188/189 Bracket Clock, England, um 1690, signiert auf dem Zifferblatt *Tho: Tompion Londini fecit.* Auch diese Tompion-Uhr hat die für den Meister typische äußere Gestaltung, die man durch Vergleich mit Abb. 186 wiedererkennt. Das Uhrwerk unterscheidet sich durch Bauweise (Platinenform) und Schlagwerkskonzeption von der eben beschriebenen. Hier handelt es sich um ein Viertelstunden-Rufschlagwerk auf 2 Glocken, das von beiden Seiten der Uhr betätigt werden kann (siehe dazu in Abb. 189 den in der Mitte gelagerten Hebel, ein bei Tompion häufig angewandtes Detail). Gut sichtbar dort auch die birnenförmige Messing-Pendel-„Linse". Höhe 32 cm
Sotheby, London

190 Bracket Clock, England, um 1695, signiert auf der gravierten Platine *Joseph Knibb Londini fecit* (1650–ca. 1711). Das Werk mit Spindelgang, Hinterpendel und Grande Sonnerie-Schlagwerk mit getrennten Schloßscheiben für Stunden und Viertelstunden. Federantrieb über 3 Schnecken und Darm. Elegantes, wurzelnußfurniertes Eigenholzgehäuse. Joseph Knibb, bekannt für seine hervorragenden Bracket Clocks, Bodenstanduhren und Laternenuhren, gehört zu den wichtigsten Namen der englischen Großuhrmacherei.
Sotheby, London

191 Bracket Clock, England, 1695–1700, signiert *Claudius Du Chesne London* (CC 1693–1730). Ebonisiertes, rechteckiges Holzgehäuse mit feuervergoldetem, getriebenem und durchbrochenem Aufsatz, der durch eine Goldbronze-Kriegerstatue bekrönt wird. Vergoldetes Messingzifferblatt, im Zentrum mattiert, mit Cherubim-Eckappliken und Scheinpendelöffnung. Höhe 56 cm
Galerie Koller, Zürich

192 Bracket Clock mit „double basket", England, Ende 17. Jh., signiert *Claudius Du Chesne Londini* (CC 1693). Achttage-Messingwerk mit gravierter Platine, Spindelgang und Hinterpendel. Federantrieb über Schnecken und Darm für Geh- und Schlagwerk auf Glocke. Viertelstunden-Rufschlagwerk auf 5 Glocken. Ebenholzfurniertes Eichengehäuse mit durchbrochener und feuervergoldeter Doppelhaube und vergoldeten und getriebenen Messingmonturen. Messingzifferblatt mit graviertem Zentrum, Datumfenster und Scheinpendelöffnung.
Privatsammlung ▷

Claudius Du Chesne Londini

193 Bracket Clock, England, um 1690, Meister *Thomas Tompion,* Viertelstunden-Rufschlag, ebenholzfurniertes Gehäuse und zwischen den Zahlen mattierter Ziffernring, der dadurch den Eindruck erweckt, er sei skelettiert. Höhe ca. 30 cm
Sotheby, London

194/195 Bracket Clock, „Queen-Anne", England, Anfang 18. Jh., signiert *William Holloway London* (CC 1695–1723). Messingwerk mit gravierter Rückplatine, Spindelgang mit Pendel und Federantrieb für Geh- und Stundenschlagwerk. Viertelrepetition auf 6 Glocken. Rechteckiges, mit bunten Blumen auf dunklem Grund bemaltes Holzgehäuse. Messingzifferblatt mit Öffnung für Scheinpendel und Hilfszifferblättern für Regulierung und Schlagwerksabstellung. Höhe 40 cm
Württembergisches Landesmuseum, Stuttgart

195 Rückansicht von Abb. 194 mit Blick auf die fein gravierte Platine.

196 Rückseite von Abb. 199 (nächste Seite)

197 Blick auf die Pendelhöhenverstellung der Graham-Bracket Clock, Abb. 198 (nächste Seite)

198 Bracket Clock, England, 1715–20, signiert *Geo: Graham London* (CC 1695–1751). Achttagewerk mit Spindelgang, Stundenschlag auf Glocke, Hinterpendel und Federantrieb über Schnecken und Darm. Nußholzfurniertes Eichengehäuse im Stil George I. Hochrechteckiges Messingzifferblatt mit Goldbronze-Eckappliken feiner Qualität, Öffnung für Scheinpendel und Hilfszifferblättern für Gangregulierung und Schlagwerksabstellung. George Graham zählt zu den bedeutendsten Uhrmachern Englands und ist der Erfinder des nach ihm benannten ruhenden Ankergangs.
Ehemals Iden-Collection

199 Bracket Clock, „Queen-Anne", England, um 1700, signiert *Tho(mas) Taylor Holburn* (CC 1685–1723). Achttagewerk mit Spindelgang, Schnecken und Darm, Stundenschlag auf Glocke und Viertelstunden-Rufschlag auf 3 Glocken. Marqueterie-Gehäuse fein intarsiert, auf Eiche furniert. Quadratisches Messingzifferblatt mit Cherubim-Eckappliken, mattiertem Zentrum, Datumsfenster und versilbertem Messingziffernring. Gebläute Stahlanzeiger. Höhe 31,48 cm
Ehemals Iden-Collection

200 Bracket Clock, England, um 1703, signiert *Tompion + Banger London* (1701–08). Achttage-Messingwerk mit Spindelgang, Stundenschlag auf Glocke und Viertelstunden-Rufschlag. Gehäuse: Ebenholz auf Eiche furniert mit feuervergoldetem Bronzegriff. Zifferblatt mit Regulierungsvorrichtung für Pendellänge und Schlagwerksabstellung oben links und rechts, mattiert im Zentrum, Scheinpendelöffnung und sehr feinen gebläuten Stahlzeigern. Höhe ca. 43 cm
Meyrick Neilson of Tetbury ▷

202 Bracket Clock mit Spielwerk, England, um 1765, signiert *Hokings, Royal Exchange, London.* Achttagewerk mit Repetition und Stundenschlag, von Spindelgang auf Ankergang umgebaut. Alle drei Stunden wird das Spielwerk ausgelöst, das für jeden Tag der Woche eines von sieben Stücken spielt und täglich automatisch zum nächsten Stück weiterschaltet. Mahagonigehäuse mit Goldbronze-Monturen. Graviertes Messingzifferblatt mit Mondphasen und Stellhebeln für Schlag- und Spielwerk. Höhe 86 cm
Sotheby, London ▷

201 Bracket Clock, England, um 1720, signiert *Claudius Du Chesne Londini* (CC 1693–1730). Achttagewerk mit Stundenschlag und Viertelstunden-Rufschlag auf Glocken. Ebenholzfurniertes Gehäuse mit Messingprofilleisten und seitlichen Gitterfenstern. Fein graviertes Messingzifferblatt mit mattiertem Zentrum und Hilfszifferblättern im Arcus für Schlagwerksan- und -abstellung sowie Gangregulierung.
Privatbesitz

203 Bracket Clock mit Spielwerk, England, um 1760, signiert *W(illia)m Audouin London.* Werk mit 3 Federhäusern, Schnecken und Darm zum Antrieb von Geh-, Schlag- und Spielwerk mit 2 Musikstücken.
Ruef, München

204 Bracket Clock, England, um 1760, *anonymer Meister.* Mit Schildpatt belegtes Prunkgehäuse, dessen durchbrochene und gravierte Seitenfüllungen wie auch das weiße Emailzifferblatt mit den feinen, vergoldeten Zeigern einen französischen Einfluß erkennen lassen. Höhe 36 cm
Württembergisches Landesmuseum, Stuttgart

205 Bracket Clock mit Spielwerk, England, um 1740, Meister *William Webster, London* (CC 1734 bis 76), Achttagewerk mit $^{4}/_{4}$-Schlag und Carillon auf 8 Glocken. Höhe 38 cm
Privatbesitz

206 Bracket Clock mit Spielwerk, England, um 1780, signiert *Benj(amin) Webb London* (1775 bis 1819) Achttagewerk mit vier Federhäusern zum Antrieb von Geh-, Schlag- und Musikspielwerk. Schweres Mahagonigehause mit gravierten Seitenfüllungen und 2 Viertelsäulen vorne. 97 × 54 × 33 cm
Ruef, München

207 Bracket Clock, England, um 1750, signiert *J(ohn) Richardson London* (1738–74 CC). Ebonisiertes Gehäuse, Achttagewerk mit Stundenschlag auf Glocke, Datum und Schlagwerksabstellung.
Privatbesitz

208 Bracket Clock mit Spielwerk, England, um 1755, signiert *John Drury London* (1720–74 CC). Achttagewerk mit Federantrieb über Schnecken und Darm. Spielwerk auf Glocken mit 4 Stücken: Gigue, Marsch, Menuett und Sonate. Höhe 61 cm
Ruef, München

209 △ 210 ▽

◁ **209 Bracket Clock mit Spielwerk,** England, um 1780, signiert *Eardly Norton London 2012* (1770 bis 94 CC). Mahagonifurniertes Eichengehäuse mit Goldbronze-Karyatiden und -appliken. Walzenspielwerk mit 6 Stücken auf 14 Glocken. E. Norton war bekannt für seine Uhren mit Spielwerken. Höhe 71 cm
Sotheby, London

◁ **210 Pendule mit Spielwerk,** England, 1. Hälfte 18. Jh., signiert *John Meredith London* (vor 1755). Spielwerk mit 7 Melodien auf 8 Glocken. Schwarz gefaßtes, geschweiftes Gehäuse à la Française mit feiner Chinalackmalerei überzogen und Goldbronzeappliken eingefaßt.
Galerie Koller, Zürich

◁ **211 Bracket Clock mit Spielwerk,** England, um 1735, signiert *John Berry London* (CC 1728–54). Gehäuse mit Kuppelaufbau in Japan-Lackmalerei auf gelbem Grund überzogen. Im Arcus 2 musizierende Automatenfiguren und Liedwahlhebel für 6 Musikstücke. Höhe 81 cm
Sotheby, London

Vorhergehende Seite

212 Bracket Clock mit Walzenspielwerk, England, um 1725, signiert *Dan(iel) Quare S(tephen) Horseman* (in Partnerschaft 1718–33). Viertelstunden-Carillon auf 20 Glocken, 2 Musikstücke zur Auswahl. Höhe ca. 58 cm
Ehemals Iden Collection

213 Bracket Clock mit Walzenspielwerk, für den türkischen Markt, England, um 1775, sig. *Francis Perigal, Royal Exchange London* (wahrscheinlich Francis II, CC 1756). Messingwerk mit Spindelgang, Pendel und 3 Federhäusern zum Antrieb von Geh-, Schlag- und Spielwerk auf 7 Glocken mit 13 Hämmern. Gehäuse mit Schildpatt überzogen und mit Goldbronzemonturen dekoriert. Weißes Emailzifferblatt auf polychromem Cloisonné-Fond mit türkischen Zahlen für Stunden und Minuten. Höhe 36 cm
Sotheby, London

◁ **214 Bracket Clock mit Konsole,** England, um 1780, signiert *John Holmes Strand London* (1762 bis 1815). Achttagewerk mit Ankerhemmung, Pendel, Stundenschlag auf Glocke, Federantrieb über Schnecken und Darm. Repetition auf Anfrage; Spezialaufhängung und Feinreglage des Pendels. Eboniertes Eichenholzgehäuse mit Bracket, dessen Mittelteil zur Aufbewahrung des Schlüssels herausgezogen werden kann. Ausgefallenes Zifferblatt mit Hilfszifferblättern für Sekunden und Schlagwerksabstellung. Höhe 80 cm mit Bracket
Meisteruhren, Zürich

◁ **215 Bracket Clock,** England, um 1775, signiert *John Grove London* (CC 1766–1802). Achttage-Messingwerk mit Spindelgang, Pendel und Stundenschlag auf Glocke, Repetition auf Anfrage. Fein gravierte Rückplatine. Mahagonifurniertes Eichengehäuse, die Vordertüre mit Messingleisten eingefaßt. Messingzifferblatt mit mattiertem Zentrum, Goldbronze-Eckappliken und Mondphasen im Arcus. Ein Typ der Londoner Uhr, der in der 2. Hälfte des 18. Jh. in großer Stückzahl hergestellt wurde.
Meisteruhren, Zürich

214 215 △ 216 ▽ 217

◁ **216 Bracket Clock,** England, um 1790, signiert *(John) Dwerrihouse Berkeley Square (London)* (CC 1781–1805). Achttagewerk mit Hakengang und ½-Stundenschlag auf Glocke, Datum und Schlagwerksabstellung im Arcus. Höhe 38 cm
Privatbesitz

◁ **217 Bracket Clock,** England, um 1730, signiert *James Snelling London* (CC 1712–1751). Ebonisiertes Gehäuse, Achttagewerk mit Spindelgang, Schnecken und Darm. Stundenschlag auf Glocke, Viertelstunden-Rufschlag mit Carillon auf 6 Glokken. Höhe 34 cm
Galerie Koller, Zürich

218 Bracket Clock mit Automaten und Spielwerk, England, um 1770, signiert *Tho(mas) Wagstaffe, London.* Achttage-Messingwerk mit Spindelgang, Federantrieb über Schnecke und Darm, Stundenschlag auf Glocke, Datum und stündlicher Spielwerksauslösung bei gleichzeitiger Bewegung der mechanischen See-Szene im Arcus. Glockenspiel mit 4 Stücken und Liedwahlhebel rechts über dem Zifferring. Polychrom bemalte Messingfront mit mattiertem Zentrum und beweglicher Automaten-Szene im Arcus. Versilberter Ziffernring mit schwarzen römischen Zahlen und gebläuten Stahlzeigern. Eichenholzgehäuse mit Mahagoni furniert. Vergoldete Bronzefüße und -appliken in prunkvoller Ausführung. Höhe 51 cm ohne Figur
Privatbesitz

219 Bracket Clock, England, um 1760, signiert *Thomas Wynn London.* Achttage-Ankerwerk mit Stundenschlag auf Glocke, Pendel und Federantrieb. Mahagonigehäuse im chinesisch beeinflußten Chippendalestil. Rundes, versilbertes Zifferblatt mit römischen Zahlen für die Stunden und mit arabischer Minuterie. Höhe 48 cm
Sotheby, London

220 Stutzuhr, England, Ende 18. Jh., signiert *Weeks Coventry Street London.* Messingwerk mit Federantrieb und Pendel. Gefaßtes Holzgehäuse mit Blumenmotiven. Weißes Emailzifferblatt mit Stahlzeigern. Höhe 39 cm
Sotheby, London

222 Bracket Clock, England, um 1790, signiert *Thomas Field Bath* (CC 1773–1812). Provinzuhr, Mahagonigehäuse, Achttagewerk, Stundenschlag auf Glocke und Datum. Elegantes, versilbertes Zifferblatt mit römischen Stunden und gebläuten Stahlzeigern.
Meyrick Neilson of Tetbury ▷

221 Bracket Clock mit Viertelstunden-Carillon, England, um 1790, signiert *Geo(rge) Farquharson London* (CC 1789–93). Achttage-Ankerwerk mit Pendel und 3 Federhäusern zum Antrieb von Geh- und Stundenschlagwerk, sowie Viertelstunden-Carillon. Ebenholzfurniertes Gehäuse mit Messingprofilen abgesetzt. Pendellängenverstellung und Schlagwerkabstellung im Bogen. Diese Form der Bracket Clock ohne „Bell-Top" ist die Überleitung zum Gehäuse-Design der Regency-Periode. Höhe 38 cm
Privatbesitz

223 Bracket Clock, England um 1790 signiert *Geo. Carter London.* Mahagonigehäuse, Achttagewerk mit Stundenschlag und Datum. Zifferblatt mit Öffnung für Scheinpendel. Höhe 38,5
Auktionshaus Neumeister KG, München

224 Bracket Clock mit Walzenspielwerk, England, Anfang 19. Jh., *Parkinson & Frodsham Change Alley London.* Weiß gefaßtes Zifferblatt. Liederwahlhebel für 4 Melodien im Arcus. Ebonisiertes Holzgehäuse mit Bronzen.
Ruef, München

225 Bracket Clock, England, Anfang 19. Jh., Meister *Harrison, Liverpool.* Diese Uhr hat eine schlagwerkstechnische Besonderheit: Um Energie zu sparen, werden die I und die V auf verschiedenen Glocken geschlagen; so werden z. B. um IV Uhr nur 2 Schläge notwendig, einer auf jeder der Glocken, eine Ersparnis von 2 Schlägen. (Römischer Schlag)
Privatbesitz

226 Bracket Clock, England, um 1800, *anonymer Meister.* Achttagewerk mit Hakengang und Pendel, Federantrieb für Gehwerk und Viertelstunden-Carillon auf Glocken. Mahagonifurniertes Gehäuse im Regency-Stil. Höhe 40 cm
Privatbesitz

227 Stockuhr (Timepiece), England, um 1820, *anonymer Meister.* Ein Federhaus für Achttage-Gehwerk mit Ankerhemmung und Pendel. Mahagonifurniertes Gehäuse mit Messing-Intarsien. Höhe 28 cm
Privatbesitz

228 Bracket Clock, England, um 1820, signiert *Hooker Lewes.* Mahagonifurniertes Eichengehäuse mit Messingleisten abgesetzt. Häufige Form der Regency-Stockuhr. Höhe 38 cm
Privatbesitz

229 Bracket Clock, England, Ende 18. Jh., signiert *Johnson Gray's Inn Passage.* Satinholzgehäuse, Achttagewerk mit Stundenschlag auf Glocke und Schlagwerksabstellhebel auf der Platine. Höhe 52 cm
Sotheby, London

230 Stockuhr, England, um 1835, *anonymer Meister.* Rosenholzgehäuse. Achttage-Messingwerk mit Hakengang, Pendel, Schnecke und Kette. Höhe 25 cm
Privatbesitz

231 Bracket Clock mit Konsole, England, um 1830 signiert *James McCabe Royal Exchange London* (1787–1811, die Firma bis 1883). Ankerwerk mit Viertelstunden-Carillon auf 8 Glocken. Weiß gefaßtes Zifferblatt; Datum, Wochentag und Schlagwerksabstellung im Arcus.
Meister Uhren, Zürich

232 Stockuhr, England, Anfang 19. Jh., signiert *Shrivell Brighton* (Richard Shrivell, 1822). Achttage-Ankerwerk mit Federantrieb und Pendel. Weiß gefaßtes Zifferblatt. Mahagonifurniertes Gehäuse mit Messingeinlagen, auf Kugelfüßen stehend. Höhe 30 cm
Privatbesitz

223 △

225 △

224 ▽

226 ▽

229 △

227 △

231 △

228 ▽

230 ▽

232 ▽

233 Skelettuhr, England, um 1840, signiert *Dwerrihouse, Ogston* & *Bell (London).* Vergoldetes Messingwerk mit abgewandelter Form des Scherenganges (eine beweglich gelagerte Palette), Pendel; Federantrieb über Kette und Schnecke. Oben rechts ist ein Teil der Hemmung mit der beweglichen Palette und Stellschraube für den Eingriffswinkel sichtbar. Diese Konstruktion macht es möglich, daß der Sekundenzeiger erst bei jedem 2. Pendeldurchgang springt, d. h. 1 mal pro Sekunde mit einem Halbsekundenpendel. Höhe 33,5 cm
Sotheby, London

234 Skelettuhr, England, um 1860, *anonymer Meister.* Skelettiertes Messingwerk mit Ankergang, Pendel und Federantrieb über Schnecke und Darm. Stundenschlag en passant auf Glocke. Auf ovalem Holzsockel montiert, unter Glassturz.
Privatbesitz

235 Skelettuhr, England, um 1850, *anonymer Meister.* Federgetriebenes Achttagewerk mit Ankerhemmung, Schnecke und Kette. Skelettierte Messingplatinen und versilberte Ziffernringe.
Privatbesitz

236 Skelettuhr, England, um 1840, *anonymer Meister.* Achttagewerk mit skelettierten Messingplatinen, Grahamgang; Antrieb über Schnecke und Kette. Pendel mit schwerer, polierter Messinglinse. Skelettierter, versilberter Ziffernring. Gebläute Stahlzeiger. Höhe 25 cm
Privatbesitz ▷

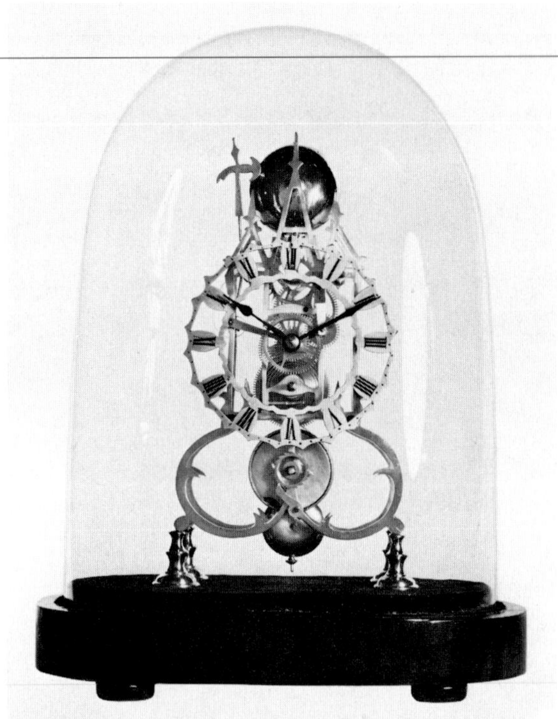

234 △ 235 ▽

237 Skelettuhr mit 2 Federhäusern, England, um 1840, *anonymer Meister.* Achttage-Ankerwerk mit 2 Schnecken und Kette zum Antrieb von Geh- und Stunden-Rechenschlagwerk auf Glocke. Weißer Marmorsockel mit Glassturz. *Privatbesitz* ▽

238 Skelettuhr, England, um 1850, *anonymer Meister.* Achttage-Ankerwerk mit Federantrieb über Kette und Schnecke und en-passant-Schlag auf Glocke. Skelettartige Messingplatinen mit vertikaler Anordnung des Räderwerks. Durchbrochen gearbeiteter, versilberter Ziffernring mit gebläuten Stahlzeigern.
Strike One, London ▷

236 △ 237 ▽

Niederlande

239 Pendeluhr mit Federantrieb, sog. Haagse Klok, Niederlande, 1660–62, signiert *Claude Pascal Hagae Hollandiae* (1622–1674). Messingplatinenwerk mit Spindelgang und Pendel, Schlagwerk auf Glocke. Antrieb aller Funktionen durch ein Federhaus. Zifferblatt mit rotem Samt überzogen. Ebonisiertes Holzgehäuse mit vergoldeten, getriebenen Messingornamenten.
Dokumentation Stender, St. Michielsgestel, Holland

239 △

240 ▽

242 Haagse Klok, Niederlande, um 1680, signiert *Laurens van Blade Hage.* Schildpatt belegtes Gehäuse mit unterbrochenem Bogenfries. Samtüberzogene Front mit aufgelegtem, skelettiertem und vergoldetem Ziffernring. Vergoldete Messingzeiger, graviert. Aus Messing gesägte, vergoldete Signatur unterhalb des Zifferblattes
Gemeentemuseum, Den Haag

◁ **243 Haagse Klok,** Niederlande, um 1685, signiert *Johannes van Ceulen Haghe* (1677–1715). Werk mit Spindelgang, Pendel, Stundenschlag und Wecker auf Glocke. Antrieb von Geh- und Schlagwerk durch ein Federhaus. Samtüberzogenes Zifferblatt mit skelettiertem Ziffernring, Weckerscheibe, ausgesägten Zeigern und Goldbronze-Chronos, der den Ziffernring „trägt".
Dokumentation Stender, St. Michielsgestel, Holland

245 Stockuhr, Niederlande, um 1690, signiert *Joseph Norris Amsterdam.* Messingwerk mit Spindelgang, Pendel, Wecker und Stundenschlag auf Glocke. Viertelstunden-Rufschlag auf 3 Glocken. Ebonisiertes Holzgehäuse nach englischem Vorbild gearbeitet.
Dokumentation Stender, St. Michielsgestel, Holland

◁ **241 Haagse Klok,** Niederlande, um 1680, signiert auf der Platine *Pieter Visbach Fecit Hagae.* Messingwerk mit Spindelgang, Pendel mit Zykloidenbacken und Stundenschlag auf Glocke. Antrieb von Geh- und Schlagwerk durch ein großes Federhaus. Hier wurde, wie auch bei den frühen französischen Pendeluhren, auf die Schnecke zum Ausgleich der abnehmenden Federkraft verzichtet. Samtüberzogenes Metallzifferblatt mit skelettiertem Ziffernring, vergoldeten Eckappliken und besonders schön gearbeitetem Zeiger.
Rijksmuseum, Amsterdam

◁ **240** Rückplatine der Haagse Klok von Abb. 241. Gut sichtbar die Schloßscheibe, die Signatur und die Pendelaufhängung mit Zykloidenbacken.
Rijksmuseum, Amsterdam

◁ **244** Uhrwerk von Abb. 243 mit schweren, gedrehten Werkspfeilern, fein ausgesägter und gravierter Schloßscheibe und Fadenaufhängung mit Zykloidenbacken für das Pendel. Links die typische vertikale Anordnung des Hammerschaftes mit parallel laufender Stahlfeder.
Dokumentation Stender, St. Michielsgestel, Holland

246 △ 247 ▽ 248 △ 249 ▽

246 Stockuhr, Niederlande, um 1710, signiert *Isaac Hasius, Haarlem.* Messingwerk mit 3 Federhäusern zum Antrieb von Geh-, Schlag- und Weckerwerk. Ebonisiertes Holzgehäuse, noch im Stil der Haagse Klok gearbeitet.
Sammlung Morpurgo, Amsterdam

247 Stockuhr, Niederlande, um 1735, signiert *J(ean) Basomoine A La Haye* (Den Haag). Werk und Gehäuse ganz im englischen Stil angefertigt. Messingwerk mit Spindelgang, Schlag auf Glocke; Datum und Pendellängenverstellung von vorne.
Dokumentation Stender, St. Michielsgestel, Holland

248 Stockuhr, Niederlande, um 1720, signiert *Adolff Witsen Amsterdam.* Messingwerk mit Spindelgang und Pendel, Federantrieb für Geh-, Schlag- und Weckerwerk (auf Glocke). Messingzifferblatt nach englischem Muster, mit Datumfenster im mattierten Zentrum und Mondphasen im Arcus. Auch die Gehäuseform ist stark englisch beeinflußt.
Dokumentation Stender, St. Michielsgestel, Holland

249 Stockuhr, Niederlande, um 1760, *anonymer Meister.* Gehwerk mit Spindelgang, Viertelstundenruf (Schlag auf Glocke) und Mondphasenindikation. Zifferblatt und Gehäuse gefaßt. Provenienz wahrscheinlich Groningen. Diese Art Uhren wurden zum Teil auch als Wanduhren aufgehängt.
Dokumentation Stender, St. Michielsgestel, Holland

250 Stockuhr, Niederlande, um 1760, signiert *Rinse Durks Grou.* Rustikale Form, Gehwerk mit Spindelgang und Schlagwerk auf Glocke, Federantrieb und vertikaler Unruh (mit Feder).
Dokumentation Sellink, Oegstgeest

251 Seitenansicht des Uhrwerks der Abb. 250. Gut sichtbar das Federhaus mit Schnecke und Kette, sowie das horizontale Spindelrad.
Dokumentation Sellink, Oegstgeest

252 Stockuhr, Niederlande, um 1780, signiert *Jan Bernardus Vrijthoff Hague.* Messingwerk mit Spindelgang und Walzenspielwerk mit 12 Liedern. Das Zifferblatt mit Indikation von Stunden, Minuten, Datum, Mondalter und -bild. 2 Hilfsringe für Spiel- und Schlagwerksabstellung. Das Gehäuse und auch das Zifferblatt lassen vermuten, daß die ganze Uhr aus England zum Verkauf in die Niederlande importiert wurde.
Ruef, München

250 △

251 ▽

253 Stockuhr à L'Anglaise, Niederlande, um 1790, signiert *D. J. Tosma Grouw.* Achttagewerk mit Walzenspielwerk auf Glocken, Datum und Mondphasen. Gehäuse mit Schildpatt belegt. Glockenstuhl mit 19 Hämmern, die 8 verschiedene Lieder spielen, durch die Aussparung im gravierten Messingzifferblatt sichtbar.
Kästner, München

254 Gotische Wanduhr, Wohl deutsch, 14. Jh., *unbekannter Meister.* Eisenwerk in Flachrahmenbauweise mit Spindelgang und Waag (Gewichte sind spätere Ergänzung), Wecker auf Schelle und Gewichtsantrieb. Der Wecker wird durch Einstecken eines Auslösestiftes in eine der 12 Hülsen gestellt, die am Stundenrad angebracht sind. Die vier flügelartigen Ansätze an der Seiltrommel dienen zum Aufziehen der Uhr. Eine der ältesten erhaltenen Räderuhren.
Mainfränkisches Museum, Würzburg. ▷

255 Gotische Wanduhr, sog. Türmeruhr, *anoymer Meister,* Deutschland, 1. Hälfte 15. Jh. Eisenwerk in Flachrahmenbauweise mit Spindelhemmung, Foliot mit Fadenaufhängung, Gewichtsantrieb und Wecker auf Glocke. Gefaßtes Zifferblatt mit 2 mal Stundenteilung von I–XII auf dem äußeren Ziffernring und 16-Stundenteilung mit Stundenfolge I–XVI und I–VIII auf dem inneren Ring.
Germanisches Nationalmuseum, Nürnberg ▷

Wanduhren

256 Spätgotische Eisen-Wanduhr, Süddeutschland, um 1500, *anonymer Meister.* Gehwerk mit Gewichtsantrieb, Spindelgang, Waagunruh und Stundenschlag auf Glocke. Farbig gefaßtes Zifferblatt mit römisch-gotischen Zahlen und Eisenzeiger. Diese Uhr unterscheidet sich nicht so sehr durch den Werksaufbau von den früheren Hausuhren, sondern durch die Entstehung einer neuen Zifferblattform: Aus dem reinen Ziffernring hat sich ein Zifferblatt mit aufgemaltem Ziffernring entwickelt. Höhe 33 cm
Sammlung Kellenberger, Winterthur

257 Wanduhr, Süddeutschland, 16. Jh., *anonymer Meister.* Eisenwerk mit Spindelgang, Radunruh, Gewichtsantrieb und Wecker auf Glocke. Die Radunruh ist an einem Faden aufgehängt. Die Weckereinstellung erfolgt durch Einstecken eines Stiftes in das entsprechende Loch im Stundenrad. Bemaltes Eisenzifferblatt mit einem Stahlzeiger in Form einer Hand. 14 × 11 × 29 cm
Württembergisches Landesmuseum, Stuttgart

259 Gotische Wanduhr, Süddeutschland, 15. Jh., *anonymer Meister.* Eisenwerk mit Spindelgang, Waag und Gewichtsantrieb für Geh- und Schloßscheiben-Schlagwerk. Gut sichtbar der Windfang, der eine zunehmende Geschwindigkeit des Schlagwerkes verhindert, und die innenverzahnte Schloßscheibe, die das „Programm" des Schlagwerks darstellt. Die Spindel und die Waag mit den Reguliergewichten ist an einem Faden aufgehängt. Glockenstuhl und Zwischenbrücken sind verkeilt. Der Ziffernring ist später hinzugefügt worden.
12 × 12 × 50 cm
Sammlung Landesgewerbeamt Stuttgart ▷

258 Gotische Eisenuhr, Süddeutschland, Mitte 16. Jh. Offenes Werk mit Spindelgang, Waagunruhe und Stundenschlag auf Glocke mit innenverzahnter Schloßscheibe. Bemalter Ziffernring mit Griffknöpfen zur Abtastung der Zeit während der Nacht. Höhe 44 cm
Galerie Koller, Zürich

260 Renaissance-Stuhluhr, wahrscheinlich Straßburg, um 1580, *anonymer Meister.* Gehwerk mit Spindelgang, Radunruh, Stundenschlag und Wecker auf Glocke. Balusterförmige Pfeiler auf Kugelfüßen münden ein in den Glockenstuhl, der auf halber Höhe mit eisernen Blüten dekoriert ist. Das Zifferblatt ist polychrom gefaßt, mit Weckerscheibe im Zentrum. Schlank ausgeschnittene Eisenzeiger für Stunden und Minuten. Höhe 38 cm
Sammlung Kellenberger, Winterthur

261 Geschlossene Renaissance-Gewichtsuhr, um 1550, *anonymer Meister.* Eisenwerk mit Spindelgang, Radunrast und Wecker auf Glocke. Farbig bemaltes, geschlossenes Gehäuse mit vergoldetem Messingzifferblatt, gravierter Weckerscheibe und Eisenzeiger. Die Abnutzungsspuren zwischen II und VI deuten auf eine Verwendung in einem Kloster hin. Höhe 16,5 cm
Sammlung Kellenberger, Winterthur

263 Eiserne Konsolenuhr, in Prismenbauweise, 1612, Meister *Andreas Liechti I, Winterthur.* Werk mit Radunruh, Spindelhemmung, Viertelstundenschlagwerk auf 2 Glocken und Wecker. Außenliegende, innenverzahnte Schloßscheibe. Einzeigriges, bemaltes Zifferblatt mit Öffnung für Mondbild. Obgleich diese Uhr relativ spät entstand, hat sie noch den gotischen Schwanenhalshammer.
47 × 18 × 21 cm
Sammlung Kellenberger, Winterthur ▷

262 Renaissance-Eisenuhr, 1572, Meister *Erhard Liechti, Winterthur.* Gehwerk mit Spindelgang, Radunrast, Viertelstundenschlag und Wecker auf Glocken. Reich dekorierter Glockenstuhl mit übereinander angeordneten Glocken für Stunden und Viertelstunden. Bemaltes Zifferblatt mit Öffnung für Mondscheibe. Typisch ist die Prismenbauweise mit geteiltem Werk für die Uhren der Liechti-Familie. 50 × 15,5 × 20 cm
Sammlung Kellenberger, Winterthur

265 Barocke Eisenwanduhr, Süddeutschland, um 1680, *anonymer Meister.* Geschlossenes Eisenwerk mit quadratischen Pfeilern, Spindelgang und Kuhschwanzpendel. Gewichtsantrieb für Geh-, Stundenschlag- und Weckerwerk. Polychrom gefaßtes, ausgeschnittenes Zifferblatt mit römischen Zahlen für die Stunden außen und Viertelstunden innen. Höhe 29 cm
Galerie Koller, Zürich

◁ **264 Astronomische Renaissance-Eisenuhr mit Automat,** Süddeutschland, um 1580, *anonymer Meister.* Geschlossenes Eisenwerk mit geschmiedeten Rädern, Spindelgang und Radunruh. Gewichtsantrieb für Geh-, Schlag- und Weckerwerk. Indikation von Stunden und Viertelstunden auf dem unteren Zifferblatt; Tag, Datum und Mondphase im oberen Zifferblatt. Darüber der Königskopf, der beim Stundenschlag den Unterkiefer bewegt. Höhe 55 cm
Galerie Koller, Zürich

286 Schwarzwälder Holzräderuhr, Anfang 18. Jh., *anonymer Meister.* Gehwerk mit Spindelgang und Kuhschwanzpendel. Schloßscheibenschlagwerk auf Glocke. Zifferblatt ist abgenommen. Höhe 26 cm
Historische Uhrensammlung, Furtwangen

287 Holzräderuhr, Schwarzwald, Mitte 18. Jh., *anonymer Meister.* Gewichtsgetriebenes Spindelwerk mit seitlichem Kurzpendel und Stundenschlag auf Glasglocke. Die Uhr ist offenbar von Waaghemmung umgebaut. Das bemalte Zifferblatt trägt die Jahreszahl 1789, die sich wohl auf einen Umbau der Uhr bezieht. Ungewöhnliche Viertelstundenanzeige aus der Mitte. Höhe 53,5 cm
Historische Uhrensammlung, Furtwangen ▷

288 Wanduhr mit Automatenfiguren, Schweiz, Anfang 19. Jh., *anonymer Meister.* Schlagwerk auf Glocke, Holzgehäuse und geschnitzte Automatenfiguren farbig bemalt. Zifferblätter für Stunden und Viertelstunden. Höhe 40 cm
Engadiner Museum, St. Moritz

289 Jockeleuhr, Süddeutschland, Anfang 19. Jh., *anonymer Meister.* Werk mit Holzplatinen und Messingrädern. Gewichtsgetriebenes Werk mit Hakengang und $1/2$-Stundenschlag auf Glocke. Gepreßte Messingfront mit weißem Emailzifferblatt, arabischen Zahlen und Stahlzeigern. Höhe 10 cm
Historische Uhrensammlung, Furtwangen

291 Schwarzwälder Sorg-Uhr, Neustadt, um 1800, Meister *Joseph Sorg.* Holzgespindeltes Ankerwerk mit Holzplatinen, Messingrädern, Gewichtsantrieb und Pendel; $1/2$-Stundenschlag und Wecker auf Glocke. Holzgespindelte Messingräder kommen Ende des 18. Jahrhunderts mit der Einführung des Ankergangs und Langpendels auf. Höhe 10,5 cm
Sammlung Kellenberger, Winterthur

289 △ 290 ▽

290 Berner Holzräderuhr, um 1775, *anonymer Meister.* Gehwerk mit Gewichtsantrieb, Spindelgang und Kuhschwanzpendel; Stundenschlag auf Glocke. Holzgehäuse mit bemalter Front und ausgesägtem Fries. Höhe 34 cm
Sammlung Kellenberger, Winterthur ▷

292/94 Schwarzwälder Holzräderuhr, um 1780, *anonymer Meister.* $^4/_4$-Schlagwerk auf Tonfedern und Walzenspielwerk auf 9 Glocken. Gehwerk mit Spindelgang und Kuhschwanzpendel. Gewichtsantrieb für alle Funktionen.
Landschaftsmuseum Tauberbischofsheim

292/293 Beidseitige Werksansicht von Abb. 294. Gut sichtbar Glockenstuhl mit Spielwerkswalze.

292 △ 293 ▽

295 Schwarzwälder Schottenuhr mit Kuckuck, Ende 18. Jh., *anonymer Meister.* Holzwerk mit Ankergang und Langpendel. Höhe 32 cm
Historische Uhrensammlung, Furtwangen

296 Schwarzwälder Wanduhr, Mitte 19. Jh., *anonymer Meister.* Werk mit Ankergang, Langpendel und Originalgewichten mit Bleischrotfüllung. Zifferblattbemalung farbig auf hellem Grund, im Stil des 2. Rokoko.
Historische Uhrensammlung, Furtwangen

297 Schwarzwälder Holzuhr, als Lackschilduhr, sog. Schottenuhr, Anfang 19. Jh., *anonymer Meister.* Werk mit Ankergang und Langpendel, Gewichtsantrieb für Geh- und ½-Stundenschlag. Holzgespindelte Messingräder. Zifferblatt mit Datumsindikation und durchbrochenen Eisenzeigern. Höhe 45 cm
Historische Uhrensammlung, Furtwangen

298 Schwarzwalduhr mit Automaten, um 1830, *anonymer Meister.* Holzwerk mit Ankergang, holzgespindelten Messingrädern mit ¼-Carillon auf 4 Glocken, die von 4 beweglichen Automatenfiguren geschlagen werden. Höhe 49 cm
Galerie Koller, Zürich

299 Schwarzwälder Holzuhr mit Barockschild, Ende 18. Jh., Meister *Matthias Faller, Neukirch.* Höhe 51 cm
Historische Uhrensammlung, Furtwangen

300 Schwarzwälder Porzellanschilduhr, um 1860, *anonymer Meister.* Bemalte Porzellanfront mit aufgelegtem weißen Emailzifferblatt. Ankerwerk mit Pendel und Wecker. Höhe 18 cm
Historische Uhrensammlung, Furtwangen

301 Schwarzwälder Kuckucksuhr, um 1860, Schild gemalt von J. Laule. Gewichtsgetriebenes Ankerwerk mit $^1/_2$-Stundenschlag. Höhe 48 cm
Historische Uhrensammlung, Furtwangen

302 Tafeluhr mit Augenwender, Süddeutschland, um 1860, *anonymer Meister.* Ankerwerk mit Schlag auf Tonfeder und Gewichtsantrieb. Höhe 32 cm
Historische Uhrensammlung, Furtwangen

303 Schwarzwälder Kuckucksuhr, Ende 19. Jh., *anonymer Meister.* Holzgehäuse. Dieser Uhrentyp ist heute noch als Schwarzwälder Uhr in Produktion. Höhe 37 cm
Historische Uhrensammlung, Furtwangen

306 Wanduhr, Augsburg, um 1680, Meister *Elias Weckerlin.* Federgetriebenes Messingwerk mit Spindelgang und Kuhschwanzpendel. Quadratisches Ebenholzgehäuse in Rahmenform. 20 × 20 cm
Privatbesitz ▷

304 Wanduhr, Süddeutschland, um 1600, *anonymer Meister.* Ebenholzgehäuse mit Perlmutteinlagen, Figuren und vergoldete Bronzeappliken. Angaben der geschlagenen Viertel- und ganzen Stunden in den Zifferblattausschnitten bei der IX und III. Höhe 128 cm
Bayerisches Nationalmuseum, München

305 Tragbare, kleine Wanduhr, Augsburg, um 1680, Meister *Jacob Mayr, Augsburg* (1672–1714). Poliertes, rechteckiges Ebenholzgehäuse mit vergoldetem Tragegriff. Federgetriebenes Messingwerk mit Schnecke und Kette sowie kurzem Vorderpendel. Graviertes und vergoldetes Messingzifferblatt mit aufgelegtem Zinnziffernring. Höhe 25 cm
Privatbesitz

307 Barock-Wanduhr, Süddeutschland, Anfang 18. Jh., signiert *Luosig A Wangen.* Achteckiger, polierter Holzrahmen, mit Messingprofilleisten eingefaßt. Front mit schwarzem Samt bezogen. Aufgesetzter, versilberter Ziffernring. Messingwerk mit Stundenschlag auf Glocke und Repetition. Höhe mit Griff 45 cm
Galerie Koller, Zürich

308 Frühe bergische Rahmenuhr, Solingen, 1731, signiert *Johann Friedrich Bick in Sohlingen 1731.* Eisenwerk in Sprossenbauweise mit Spindelgang und Vorderpendel. Ein Gewicht treibt Geh- und Schlagwerk über eine Endloskette an. Umlaufend wellenförmig geschnitztes Eichenholzgehäuse, Rahmen mit Weichholz furniert. Metallfront mit aufgelegtem Ziffernring, gegossenen Eckappliken nach englischem Muster und einem Eisenzeiger.
Wuppertaler Uhrenmuseum; Dokumentation Abeler

309 Sägeuhr, Süddeutschland, um 1750, *anonymer Meister.* Werk mit Spindelgang, Antrieb durch das Eigengewicht der Uhr, die an der Zahnstange herabläuft. Wandbrett und Gehäuse in Holz geschnitzt. Höhe 68 cm
Ruef, München

310 Sägeuhr, Zabern, um 1780, signiert *Mabille Paris.* Brett und Uhrgehäuse in beschnitzter Eiche. Federgetriebenes Messingwerk mit Spindelgang und kurzem Vorderpendel. Weißes Emailzifferblatt mit ausgeschnittenen Messingzeigern.
British Museum, London

311 Sägeuhr, Süddeutschland, um 1780, signiert auf dem Zifferblatt: *Perdolla Freyburg en Breysgau.* Vergoldetes Bronzegehäuse im Louis XVI-Stil. Messingwerk mit Spindelgang und Kuhschwanzpendel. Die Uhr läuft im Inneren eines verglasten Gehäuses an der Zahnstange ab.
Ruef, München

312 Sägeuhr, Süddeutschland, um 1800, *anonymer Meister.* Messingwerk mit Spindelgang und Vorderpendel. Antrieb durch eigenes Gewicht. Weißes Emailzifferblatt mit fein ausgeschnittenen Messingzeigern, auf vergoldeter, gravierter Messingfront. Höhe Zahnstange 35,5 cm, Uhr 9,5 cm
Privatbesitz

313 Sägeuhr, Österreich, 1815, von *Jakob Streicher à Graz.* Achttage-Messingwerk mit Spindelgang und kurzem Vorderpendel. Bronzebüste des Erzherzogs Johann und 2 Bronzelöwen erhöhen das Antriebsgewicht der Uhr. Zifferblatt mit weißem Emailziffernring und guillochiertem Zentrum.
Österreichisches Museum für angewandte Kunst, Wien, Geymüller-Schlössel, Sammlung Dr. Sobek

314 Tisch-Sägeuhr, Süddeutschland, 18. Jh., *unbekannter Meister.*
Kästner, München

315 Tisch-Sägeuhr, Deutschland, 18. Jh. *anonymer Meister.* Blattvergoldete, holzgeschnitzte Groteskfigur balanciert auf der Stirn die Messingzahnstange mit nicht zugehöriger Louis XVI-Uhr. Höhe 74 cm
Württembergisches Landesmuseum, Stuttgart

316 Sägeuhr, Österreich, um 1770, signiert *Bartels Preetz.* Weiß gefaßtes, kartuschenförmiges Holzgehäuse mit blattvergoldeten Girlanden. Weißes Emailzifferblatt mit durchbrochenen Messingzeigern. Messingwerk mit Spindelgang und kurzem Vorderpendel. Höhe 33 cm (Uhr), 63 cm total
Galerie Koller, Zürich

325 Laterndluhr des bekannten Wiener Meisters *Anton Brändl* (1788–1818). Verglastes Messingwerk (typisch für Brändl) mit 1 Monat Gangdauer, Wiener Schlag, Repetition und Antrieb durch 3 Messinggewichte. Sekundenpendel mit Stahlstange und polierter Messinglinse. Weißes Emailzifferblatt mit schwarzen römischen Zahlen, gebläuten Stahlzeigern und Hilfszifferblättern für Sekunden, Tag und Datum. Verglastes, elegantes Mahagonigehäuse mit den typischen Schiebetüren, der Kopf mit Goldbronzemonturen dekoriert, um 1800.
Österreichisches Museum für angewandte Kunst, Wien, Geymüller-Schlössel, Sammlung Dr. Sobek

326 Laterndluhr, Österreich, um 1815, signiert *(Philipp) Fertbauer in Wien* (1795–1820, Großuhrmacher). Achttage-Messingwerk mit Ankergang und Gewichtsantrieb, Wiener Schlag und Angaben von Datum und Tag. Sekundenpendel mit polierter Messinglinse. Verglastes, mahagonifurniertes Gehäuse mit Schiebetüren und hellen Einlegestreifen. Höhe 142 cm (durchschnittliche Länge der „großen" Laterndluhr).
Uhrenmuseum der Stadt Wien

327 Laterndluhr mit Jahreswerk, Österreich, um 1830, signiert *Franz Sterl, Mauer bei Wien* (1820 bis 1855). Skelettiert gebautes Messingwerk mit Sekundenpendel und Doppelgewicht. Weißer Emailziffernring mit ausgeschnittenem Zentrum und Blick auf einen Teil des Uhrwerks. Verglastes, mahagonifurniertes Gehäuse mit eingelegten Ahornadern. Höhe 148 cm
Uhrenmuseum der Stadt Wien

328 Laterndluhr, wohl Wien um 1810, *anonymer Meister.* Monatswerk mit Scherengang, Gewichtsantrieb und Sekundenpendel. Versilbertes Zifferblatt mit vergoldeter Bronzelunette und gebläuten Stahlzeigern. Verglastes, mit Flammenmahagoni furniertes Gehäuse mit hellen Ahornadern. Höhe 141 cm
Privatbesitz ▷

329 Laterndluhr, Österreich, um 1815, signiert *Fertbauer in Wien* (Philipp, 1795–1820). Achttage-Messingwerk mit Gewichtsantrieb, Sekundenpendel mit Temperaturkompensation und Ankergang. Weißes Emailzifferblatt mit Indikation von Stunden, Minuten und Datum aus der Mitte; Hilfszifferblätter für Sekunden, Wochentag und Datum. Gerändelte, vergoldete Bronze-Lunette. Verglastes Gehäuse, mahagonifurniert. ▷▷
Österreichisches Museum für angewandte Kunst, Wien, Geymüller Schlössel, Sammlung Dr. Sobek

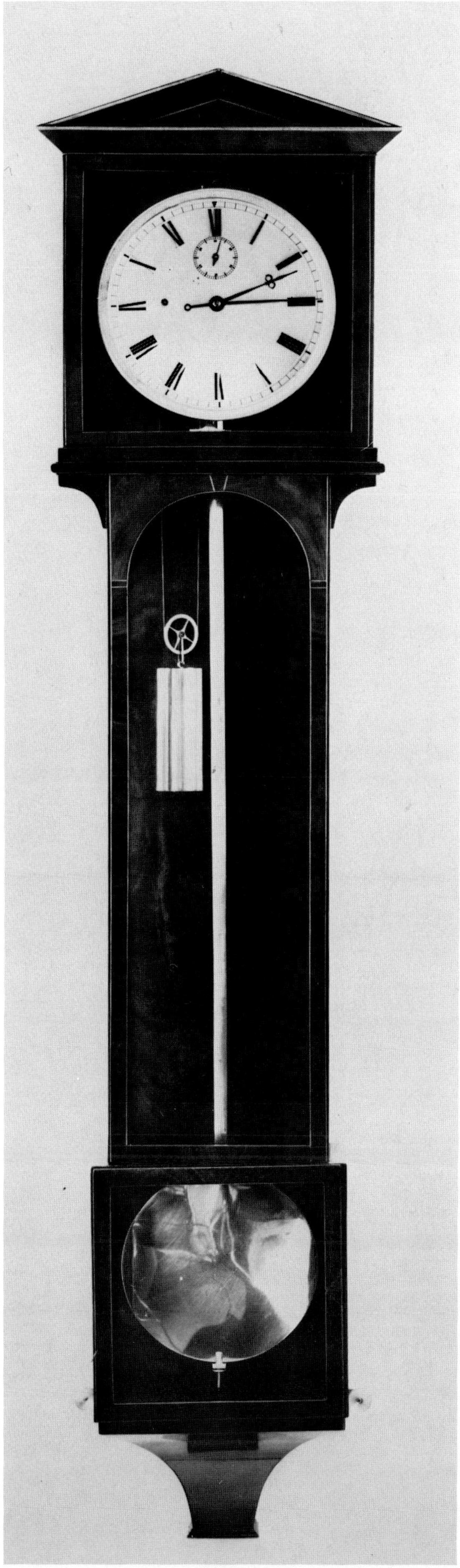

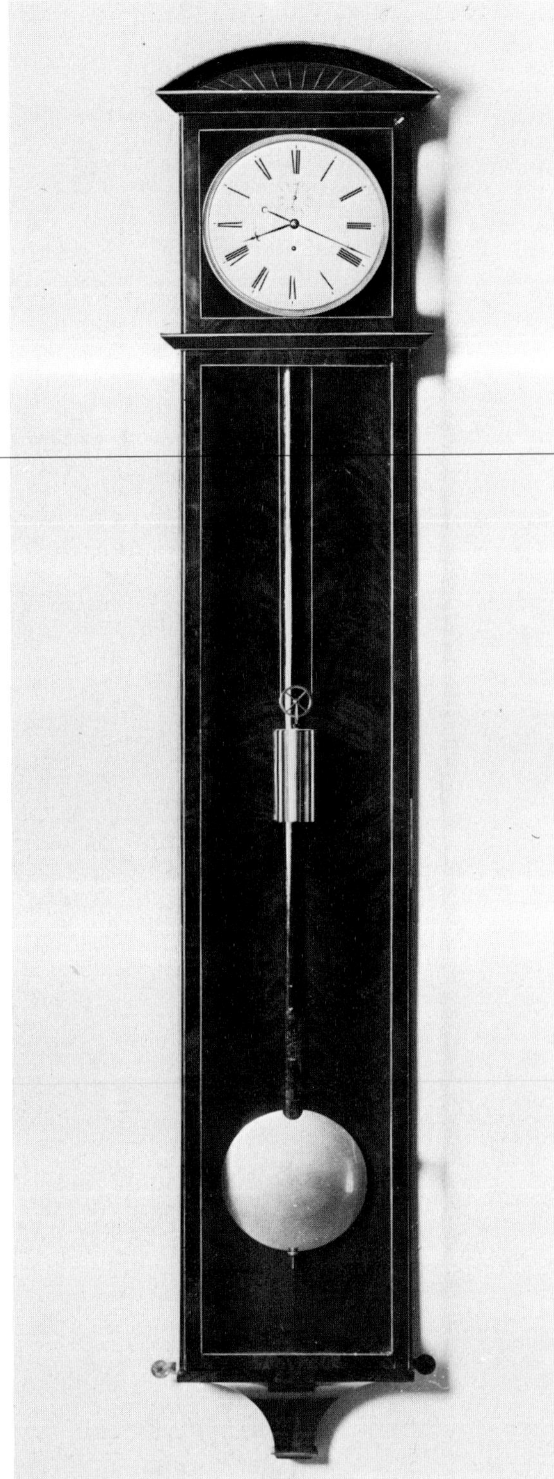

◁ **330 Laterndluhr,** Österreich, um 1830, signiert *Fr(anz) Schieszl in Wien* (1788–1842). Messingwerk mit Ankergang, Wiener Schlag und Sekundenpendel mit ebonisierter Holzpendelstange. Gewichtsantrieb für Geh- und Schlagwerk durch 3 zylindrische Messingmantelgewichte. Wegen der 3 Gewichte etwas breiter gebautes, verglastes Mahagonigehäuse mit den üblichen 2 Schiebetüren, die 3. Türe vor dem Zifferblatt mit Scharnieren zum Öffnen ausgerüstet. *Österreichisches Museum für angewandte Kunst, Wien, Geymüller Schlössel, Sammlung Dr. Sobek*

◁ **331 Pendeluhr,** Österreich, um 1830, *anonymer Meister.* Messingwerk mit 6 Wochen Gangdauer, mit Gewichtsantrieb und Sekundenpendel mit Holzpendelstange. Weißes Emailzifferblatt mit feinen römischen Zahlen und gebläuten Stahlzeigern, gerändelter Bronze-Lunette und Sekundenzifferblatt. Verglastes, mahagonifurniertes Gehäuse mit langem Unterteil, um die lange Gangdauer zu ermöglichen.
Privatbesitz

◁ **332 Pendeluhr,** Österreich, um 1820, signiert *Martin Zartl in Wien* (1819–41). Biedermeier; Achttage-Messingwerk mit Ankergang und Gewichtsantrieb. Weißes Emailzifferblatt mit gebläuten Stahlzeigern. Gehäuse mahagonifurniert, mit Ahornadern eingelegt. Höhe ca. 95 cm
Privatbesitz

333 Pendeluhr, Österreich, um 1865, *anonymer Meister.* Achttage-Messingwerk mit Ankergang und Gewichtsantrieb, Pendel mit lackierter Holzpendelstange. Gut abgelagertes Kiefernholz hat einen vergleichsweise geringen Temperaturausdehnungskoeffizienten. Die Gangabweichungen bei Temperaturschwankungen sind deshalb relativ gering. Viele der Wiener Regulatoren sind deswegen mit Holzpendelstangen ausgerüstet.
Privatbesitz ▷

334 Pendeluhr, Österreich, um 1855 (2. Rokoko), *anonymer Meister.* Messing-Platinenwerk mit Ankergang und Wiener Schlag auf 2 Tonfedern. Pendel mit Holzpendelstange und polierter Messinglinse. 3 Gewichte zum Antrieb der Funktionen. Verglastes Holzgehäuse mit aufgesetzten, geschnitzten Holzappliken. Typisch für die späteren Biedermeier-Regulatoren: der relativ grobe Bronzeguß der Zifferblattlunette.
Privatbesitz ▷

335 Präzisions-Wandregulator, um 1900, signiert *Strasser & Rohde Glashütte i/Sachsen* (Firma des 1853 geborenen Ludwig Strasser, Hersteller von Präzisionsuhren für Observatorien). Achttage-Messingwerk mit Graham-Anker, Gewichtsantrieb und temperaturkompensiertem Sekundenpendel. Das Pendel mit Nickelstahlstange, Kompensationsteil und Reguliermutter mit Feineinstellung. Gewichtsaufzug über Stundenzeiger-Welle. Versilbertes Regulatorzifferblatt mit Minuten aus der Mitte und Hilfszifferblättern für Stunden und Sekunden; gebläute Stahlzeiger. Rechteckiges Holzgehäuse mit verglaster Türe und seitlichen Elektrokontakten. Es handelt sich um eine als „Mutteruhr“ verwendete mechanische Uhr, die durch elektrische Impulse eine Anzahl dezentraler Uhren steuerte.
Privatbesitz

336 Präzisions-Wandregulator, Deutschland, signiert *Clemens Riefler München No. 385, 1914.* Temperaturkompensiertes Sekundenpendel, mit Invar-Stab (Stahlnickellegierung mit 36% Nickel mit sehr geringem Ausdehnungskoeffizienten). Regulatorzifferblatt mit Minuten aus der Mitte und Hilfszifferblättern für Sekunden und 0–23 Stunden. Rechteckiges, verglastes Holzgehäuse, gebeizt und poliert.
Privatbesitz

Französischer Sprachraum

337/339 **Wanduhr,** Frankreich, um 1650, signiert auf der Platine *Louis Soret Paris.* Feuervergoldetes Spindelwerk mit Federantrieb. Versilberter Zifferning mit römischen Zahlen und graviertem Zeiger. Diese Uhr hat eine gewisse Verwandtschaft mit den frühen deutschen Telleruhren.
Musée P. Dupuy, Toulouse

338/39 Die Rückseite von Abb. 337, einmal mit geöffnetem, einmal mit geschlossenem Staubdeckel, der kunstvolle Gravuren aufweist.

◁ **340 Carteluhr,** Frankreich, um 1740, Louis XV-Stil, *anonymer Meister.* Achttage-Messingwerk mit ½-Stundenschlag auf Glocke und Federantrieb für Geh- und Schlagwerk. Feuervergoldetes Bronzegehäuse in asymmetrischer Form, bekrönt von musizierendem Paar. Weißes Emailzifferblatt mit ausgeschnittenen Zeigern. Höhe 101 cm
Museum für Kunsthandwerk, Dresden

341 Carteluhr, Frankreich, um 1765/70, Louis XV-Stil, signiert *Jacob à Paris.* Feuervergoldetes Bronzegehäuse mit Blüten und Rankenwerk. Weißes Emailzifferblatt mit römischen Zahlen für die Stunden und arabischen für die Minuten. Fein ausgeschnittene Messingzeiger.
Privatbesitz

◁ **342 Carteluhr,** Frankreich, 1745, Louis XV-Stil, signiert *Julien Le Roy de la Société des Arts* (1686 bis 1759). Federgetriebenes Achttage-Messingwerk, Pendel mit Fadenaufhängung und Regulierung von vorne. Feuervergoldete Caffieri-Bronze. Im Gegensatz zu anderen Uhrentypen wird die Qualität einer französischen Carteluhr wesentlich von der Qualität der Bronze mitbestimmt.
Rijksmuseum, Amsterdam

343 Carteluhr, Frankreich, Mitte 18. Jh., Louis XV-Stil, signiert *Chevalier aux Thuilleries.* Asymmetrische Goldbronze mit Ranken und Blütendekor. Weißes Emailzifferblatt mit gebläuten Stahlzeigern. Achttage-Messingwerk mit Federantrieb für Geh- und Schlagwerk auf Glocke.
Ruef, München

344 Carteluhr, Frankreich, um 1760, Louis XV-Stil, signiert *Pelletier à Paris.* Achttage-Messingwerk mit Viertelstunden-Rufschlag und Wecker auf Glokke. Die Kombination von Wecker und Rufschlag ist bei französischen Carteluhren nur sehr selten anzutreffen. Meist hingen diese Uhren mit Rufschlag in Schlafgemächern. Höhe 50 cm
Galerie Caroll, München

346 Carteluhr, Frankreich, um 1755, Louis XV-Stil, signiert *Jean Baptiste Baillon à Paris* (1727 bis 1772). Achttage-Messingwerk mit Federantrieb, ½-Stundenschlagwerk auf Glocke. Das Goldbronzegehäuse von hoher künstlerischer Qualität signiert *St. Germain* (von ihm signierte Werke sind selten), mit Vögeln, Blumen- und Blätterwerk und Rocaillen. Als Bekrönung Diana mit Jagdhund. Weißes Emailzifferblatt mit fein ausgeschnittenen und vergoldeten Messingzeigern. Höhe 95 cm
Galerie Koller, Zürich

347 Carteluhr, Frankreich, Mitte 18. Jh., Louis XV-Stil, das Zifferblatt signiert *Braillard à Versailles.* Relativ kleines, mit Blumengirlanden und Rocaillen verziertes Goldbronzegehäuse in feiner Verarbeitung. Höhe 60 cm
Fischer-Böhler, München ▷

◁ **345 Pendule auf Wandkonsole,** Frankreich, um 1760, Louis XV-Stil, signiert *Dauthiau à Paris* (1730 bis 1809). Gehäuse und Konsole aus feuervergoldeter Bronze.
Galerie Koller, Zürich

◁ **348** **Carteluhr,** Frankreich, um 1770, Louis XVI-Stil, signiert *Causard H(orlo)g(e)r du Roy Suiv(an)t la Cour.* Achttage-Messingwerk mit Spindelgang, Pendel und Federantrieb für Geh- und Schlagwerk (mit Schloßscheibe). Goldbronzegehäuse in typischer, häufig anzutreffender Form für die Louis XVI-Periode mit Blumen und Blattgirlanden. 65 × 30 cm
Württembergisches Landesmuseum, Stuttgart

349 **Carteluhr,** Frankreich, um 1765, signiert *Charles Le Roy à Paris* (1709–1771). Achttage-Messingwerk mit Federantrieb für Geh- und Schlagwerk. Goldbronzegehäuse im frühen Louis XVI-Stil. Weißes Emailzifferblatt mit ungewöhnlicher Anordnung der Aufzugsvierkante. Höhe 68 cm
Auktionshaus Neumeister KG, München

350 Kleine Louis XV-**Carteluhr**, Frankreich, um 1750, signiert auf Zifferblatt und Werksplatine *J(ean) B(aptis)te Dutertre à Paris.* Feuervergoldete Bronze, wohl von St. Germain, mit Blumen- und Blattdekor. Messingwerk mit $^{1}/_{2}$-Stundenschlag auf Glocke, Federantrieb für Gehwerk und Schloßscheiben-Schlagwerk. Ungewöhnliche Hemmungskonstruktion mit beweglichen Ankerpaletten (ähnlich dem sog. Béthune-Echappement). Weißes Emailzifferblatt mit blauen Zahlen und vergoldeten Messingzeigern in Fleur-de-Lys-Form. Höhe 48 cm
Privatbesitz ▷

DUTERTRE
APARIS

◁ **351 Carteluhr,** Frankreich, um 1775, Louis XVI-Stil, signiert *Gide à Paris.* Gehäuse feuervergoldete Bronze, Achttagewerk mit $^1/_2$-Stundenschlag auf Glocke. Weißes Emailzifferblatt mit römischen Zahlen für die Stunden und arabischen für die Minuten. Ausgeschnittene, gravierte und vergoldete Messingzeiger. Höhe 78 cm
Ruef, München

352 Carteluhr, Frankreich, um 1765, signiert *Roquelon à Paris.* Feine Louis XVI-Goldbronze in symmetrischer Gestaltung. Höhe 68 cm
Auktionshaus Neumeister KG, München

353 Carteluhr, Frankreich, um 1775/80, signiert *Etienne Le Noir à Paris.* Louis XVI-Goldbronzegehäuse, Achttage-Messingwerk mit Pendel und Federantrieb für Geh- und ½-Stundenschlagwerk. Gangregulierung über Fadenaufhängung des Pendels. Durchmesser ca. 22 cm
Galerie Caroll, München

354 Oeil de Boeuf, Frankreich, Anf. 19. Jh., *anonymer Meister.* Achttagewerk mit Brocot-Hemmung und Pendel, Federantrieb und ½-Stundenschlagwerk. Gehäuse im 2. Louis XVI-Stil. Messing versilbert. Durchmesser 40 cm
Privatbesitz

355 Oeil de Boeuf, Frankreich, um 1815, signiert *Dantine Rue du Mt. Blanc No. 25 à Paris* (1812). Vergoldetes Bronzegehäuse im Empire-Stil. Messingwerk mit ½-Stundenschlag auf Glocke. Höhe 38 cm
Galerie Koller, Zürich

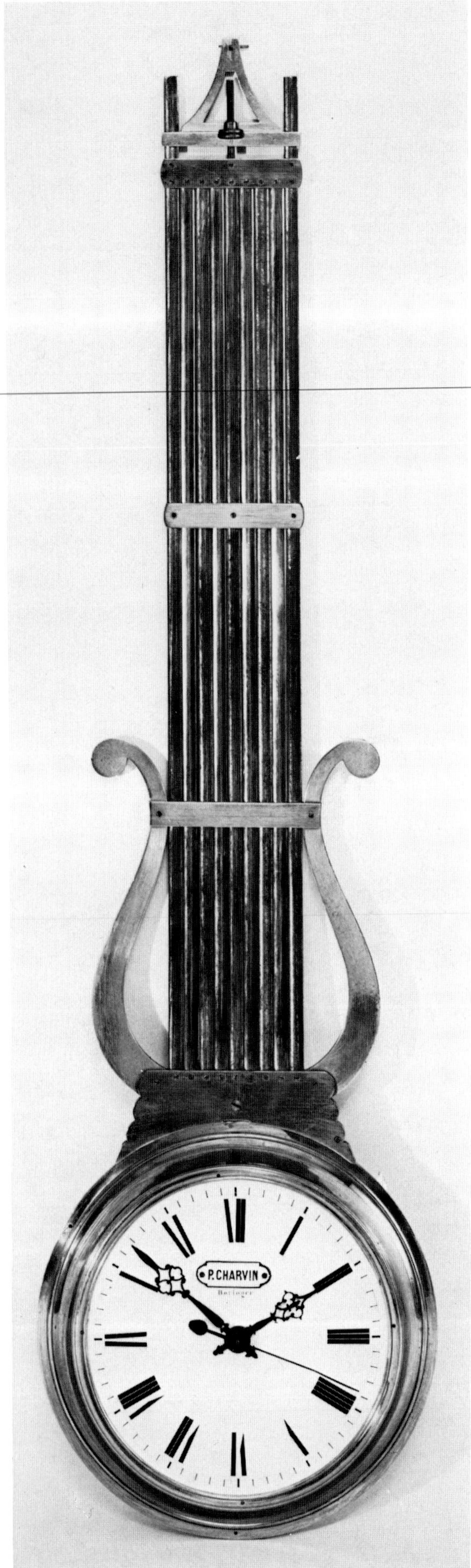

◁ **356 Freischwinger,** Frankreich, 1840/50, signiert auf dem Zifferblatt *P. Charvin Horloger.* Achttage-Messingwerk mit Federantrieb und Zentralsekunde. Zwei weiße Emailzifferblätter mit römischen Zahlen und gebläuten Stahlzeigern. Die Uhr ist als Rostpendel ausgebildet und schwingt mit der Frequenz 1/sek. Das Uhrgehäuse ist aus poliertem Messing gefertigt. Höhe 125 cm
Galerie Koller, Zürich

357 Carteluhr, Frankreich, Anfang 19. Jh., *anonymer Meister.* Teilweise vergoldetes Bronzegehäuse im 2. Louis XVI-Stil.
Privatbesitz

358 Oeil de Boeuf, Frankreich, um 1840, signiert auf dem Uhrwerk *Etablissement Barbot de Paris 1295.* Achttagewerk mit Ankergang, kurzem Hinterpendel und Halbstundenschlag auf Tonfeder. Nußholzfurniertes achtkantiges Gehäuse mit floralen Intarsien. ∅ 45 cm
Meister Uhren, Zürich

357 △ 358 ▽

359 Oeil de Boeuf, Frankreich, Anfang 19. Jh., signiert auf dem Zifferblatt *Le Roy à Paris.* Mit Blumenmotiven bunt bemaltes Eisenblechgehäuse in achteckiger Form. ∅ 35 cm
Galerie Koller, Zürich

360 Comtoiser Wanduhr, Frankreich, um 1720, *anonymer Meister.* Eisenwerk mit Spindelgang, Gewichtsantrieb und Pendel; Schlag auf Glocke. Rechteckiges Eisengehäuse mit Zinnziffernring und Messingzeiger.
Privatsammlung ▷

361 Laternenuhr, Frankreich, Mitte 18. Jh., signiert *J(aqu)es Dar(r)as Paris* (Meister 1740). Messingwerk mit Spindelgang, kurzem Hinterpendel und Wecker auf Glocke. Gewichtsantrieb für Geh- und Weckerwerk. Messinggehäuse mit durchbrochenem, graviertem Fries. Einzeigriges Zifferblatt mit graviertem Zentrum und Ziffernring mit römischen Zahlen.
Musée des Beaux-Arts, Lille ▷

375 Pendule, Belgien, letztes Viertel 18. Jh., Louis XV-Stil, Meister *Sarton, Lüttich.* Vernis-Martin-Gehäuse mit Blumenbemalung aus französischer Produktion. Vgl. Abb. 374.
Privatbesitz ▷

374 Pendule, Belgien, letztes Viertel 18. Jh., Louis XV-Stil, signiert *(Hubert) Sarton Hgr. de Son Altesse à Liège.* Das Vernis-Martin-Gehäuse und die Bronzen stammen aus französischer Produktion. Das Uhrwerk stammt von dem großen Lütticher Uhrmacher Sarton, der insbesondere auf dem Gebiet der „technischen" Uhren Hervorragendes geleistet hat.
Musée Curtius, Lüttich

379 Boulle-Pendule mit Konsole, Frankreich, um 1760, Louis XV-Stil, signiert *Delisle Paris.* Achttage-Messingplatinenwerk mit Federantrieb und Pendel. Contre-Boulle-Gehäuse mit farbigen Schildpatteinlagen. Feuervergoldetes Bronzezifferblatt mit Emailkartuschen und römischen Zahlen für die Stunden. Höhe 87 cm
Fischer-Böhler, München ▷

376 Neuenburger Pendule, Schweiz, Mitte 18. Jh., Louis XVI-Stil, auf der Zifferblattrückseite bezeichnet *Borel au Locle.* Messingwerk mit Federantrieb für Gehwerk und Viertelstundenschlagwerk auf 2 Glocken. Bemaltes Holzgehäuse mit getriebenen Messingbeschlägen. Weißes Emailzifferblatt mit ausgeschnittenen und vergoldeten Messingzeigern. Die Neuenburger Pendulenwerke sind für ihre hohe Verarbeitungsqualität bekannt.
Musée International d'Horlogerie, La Chaux-de-Fonds

377 Pendule mit Sockel, Schweiz, um 1775, wohl Neuenburg, *anonymer Meister.* Achttagewerk mit Federantrieb für Geh- und Schlagwerk. Gehäuse ähnlich, jedoch nicht ganz so fein verarbeitet wie Abb. 376. Höhe 80 cm
Auktionshaus Neumeister KG, München

378 Neuenburger Pendule, Schweiz, um 1770, *anonymer Meister.* Achttage-Messingwerk mit Viertelschlag auf 2 Glocken und Repetition auf Anfrage. Feuervergoldete Bronzen und getriebene Beschläge verzieren das grün gefaßte Gehäuse und den Sockel. Die weiß emaillierten Zifferblätter der guten Schweizer Pendulen zeichnen sich durch Feinheit und Eleganz aus. Höhe 76 cm
Auktionshaus Neumeister KG, München

380 Pendule, Schweiz, um 1750, Louis XIV-Stil, signiert *Les Frères Gévril à La Chaux-de-Fonds. No. 122.* Messingwerk mit Viertelstundenschlag und Wecker auf Glocke. Messingzifferblatt mit mattiertem Zentrum und versilbertem Ziffernring.
Musée International d'Horlogerie, La Chaux-de-Fonds

381 Stockuhr auf Konsole, Schweiz, um 1760, signiert *Terrot et Thuillier A Genève.* Federgetriebenes Messing-Platinenwerk mit Spindelgang, Viertelstundenrufschlag und Wecker auf Glocke. Verglastes Obstholzgehäuse. *Kästner, München*

382 Stockuhr, Schweiz, 1844, Gehäuse bezeichnet *D. Jacot, ébéniste à La Chaux-de-Fonds.* Gehäuse mit Schildpatt überzogen und mit sparsamen Bronzen dekoriert. Weißes Emailzifferblatt mit sehr fein ausgeschnittenen gravierten und vergoldeten Zeigern. Messingwerk mit Spindelgang und Pendel.
Musée International d'Horlogerie, La Chaux-de-Fonds.

384 Neuenburger Pendule, Schweiz, um 1750, Louis XIV-Stil, Meister *Josué Robert* (1691–1771, berühmter Schweizer Uhrmacher). Messingwerk mit Spindelgang und Pendel. Federantrieb für Gehwerk. Viertelstunden-Rufschlag auf 2 Glocken mit einem Hammer. Ebonisiertes Holzgehäuse mit ausgesägte und gravierten Messingmonturen. Zinnziffernring mit römischen Zahlen und Stahlzeigern.
Musée International d'Horlogerie, La Chaux-de-Fonds.

380 △ 381 ▽

382 △ 383 ▽

◁ **383 Stockuhr mit Automat,** Schweiz, um 1780, signiert *Pierre Jaquet-Droz, La Chaux-de-Fonds* (1720–1790). Spielwerk mit 8 Stücken, von 8 Flöten gespielt. Gehäuse mit rotem Schildpatt überzogen und mit Goldbronzeappliken und -leisten eingefaßt. Weißes Emailzifferblatt mit blauen römischen Zahlen für die Stunden und kunstvoll ausgeschnittenen und vergoldeten Zeigern.
Musée International d'Horlogerie, La Chaux-de-Fonds

386 Pendule, Neuenburg (Schweiz), um 1800, Louis XVI-Stil, *anonymer Meister*. Ebonisiert, Messingwerk mit ¾-Stundenschlag auf 2 Glocken. Bombiertes, weißes Emailzifferblatt mit vertikal stehenden römischen Zahlen für die Stunden und Datumsangabe. Höhe 112 cm
Galerie Koller, Zürich ▷

385 Pendule mit Sockel, Schweiz, um 1770, signiert *Jacob Du Commun La Chaux-de-Fonds*. Bunt bemaltes Holzgehäuse mit Blumenmotiven, teilweise blattvergoldet. Weißes Emailzifferblatt mit 3 Aufzugslöchern für das Uhrwerk mit Viertelschlag. Höhe 64 cm
Auktionshaus Neumeister KG, München

◁ **387 Pendule,** Bern (Schweiz), um 1730, Louis XIV-Stil, Meister *Gottlieb Wepf.* Messingwerk mit Spindelgang und Pendel, Stunden und Viertelstundenschlag auf Glocke. Ebonisiertes Holzgehäuse und Sockel mit Bronzemonturen. Typisch für die Berner Pendulen sind die halbrunden Messingeinfassungen der Kanten. Höhe 97 cm
Sammlung Kellenberger, Winterthur

388 Carteluhr, Neuenburg (Schweiz), Ende 18. Jh., *anonymer Meister.* Achttage-Messingwerk mit Federantrieb für Gehwerk und $^1/_2$-Stundenschlag auf Glocke. Gehäuse mit rotem Horn bezogen. Feuervergoldete Directoire-Bronzeornamente. Bombiertes Emailzifferblatt mit fein ausgeschnittenen Zeigern. Höhe 82 cm
Galerie Koller, Zürich

399 Gewichtsuhr, Italien, Mitte 18. Jh., *anonymer Meister.* Eisenwerk mit Messingrädern und Spindelgang mit kurzem Hinterpendel. Viertelstundenschlag auf 2 Glocken. Gravierte Messingfront mit römischen Zahlen von I bis VI. Höhe 53 cm
Galerie Koller, Zürich ▷

England

◁ **400 Laternenuhr,** England, um 1630–35, signiert *William Selwood at y^e Mermaid in Lothbury* (CC 1633–52). Gewichtsgetriebenes Werk mit Spindelgang, Radunrast, Stundenschlag und Wecker auf Glocke. Diese frühen Laternenuhren haben immer Schloßscheiben-Schlagwerk und sind häufig mit Wecker ausgerüstet, der meist hinten oder seitlich montiert ist. Wichtiges Indiz für Laternenuhren vor 1650 ist auch der nach rechts schlagende Hammer und der getrennte Antrieb von Geh- und Schlagwerk durch 2 Gewichte (mit kleineren Gegengewichten).
Ehemals Eden-Collection

401 Laternenuhr, England, um 1650, *anonymer Meister.* Gewichtsgetriebenes Messingwerk mit Spindelgang und Stundenschlag sowie Wecker auf Glocke. Zifferblatt mit schlankem, versilbertem Zifferring, römischen Zahlen und graviertem Zentrum mit Tulpenmotiven und Weckerscheibe. Geschlossenes Messinggehäuse mit gedrehten Eckpfeilern.
Auktionshaus Rasmussen, Kopenhagen

◁ **402 Laternenuhr,** England, Mitte 17. Jh., signiert *Thomas Knifton at y^e Cross Keyes in Lothbury* (CC 1640–62) mit Radunrast und Gewichtsantrieb. Knifton gehört zu den bedeutenden Herstellern auf dem Gebiet der frühen englischen Laternenuhren. Die florale Gravur des Zifferblatt-Zentrums ist ebenso ein Gestaltungsmerkmal der englischen Laternenuhr, wie die Form der aus Messing ausgesägten Fronton- und Seitenstücke, die keine sichere Zeitbestimmung zuläßt.
Science Museum, London

403 Laternenuhr, England, Mitte 17. Jh., signiert auf dem Fronton *Robert Robinson Londini* (CC 1652–56) und *D.B.W.* (wohl Besitzer-Initialen). Werk mit Gewichtsantrieb, Stundenschlag und Wecker auf Glocke, Spindelgang und Radunrast. Messingfront mit schlankem, aufgesetzten Messingziffernring und graviertem Zentrum.
Privatbesitz

404 Laternenuhr, England, um 1675, signiert *Joseph Knibb Londini* (1650–1711). Werk mit Gewichtsantrieb, Spindelgang und Wecker auf Glocke. Eine ähnliche Laternenuhr von Knibb ist in eine frühe Hood-Clock der gleichen Periode eingebaut.
Meyrick Neilson of Tetbury

405 Laternenuhr auf Konsole, England, um 1670, signiert auf der gravierten Messingfront *Ahasuerus Fromanteel Londini* (CC 1663–85). Werk mit Spindelgang, Vorderpendel und Gewichtsantrieb für Geh-Schlag- und Weckerwerk. Es ist anzunehmen, daß die Mehrzahl der Laternenuhren aus statischen Gründen auf einer Wandkonsole standen und deshalb der Familie der Stuhluhren zugeordnet werden könnten.
Victoria and Albert Museum, London

406 Laternenuhr, England, Ende 17. Jh., signiert *Edward Webb of Chewstoke Fecit 1688.* Gehwerk mit Spindelgang und Pendel; Schloßscheiben-Schlagwerk auf Glocke. Schlanker Ziffernring mit römischen Zahlen und fein graviertem Zentrum. Obgleich diese Uhr sich formal von früheren Modellen wenig unterscheidet, handelt es sich doch um ein relativ spätes einzeigriges Exemplar.
Science Museum, London

◁ **407 Laternenuhr,** England, Ende 17. Jh., *anonymer Meister,* möglicherweise Edward Webb, Chewstoke (vgl. Abb. 406), das Fronton bezeichnet: *T. W. 1688.* Messingwerk mit Spindelgang, Stundenschlag und Wecker auf Glocke. Gewichtsantrieb über Ketten.
Meyrick Neilson of Tetbury

408 Laternenuhr, England, Ende 17. Jh. (?) *anonymer Meister.* Später umgebaut auf Federwerk. Versilberter Ziffernring mit römischen Zahlen und Eisenzeigern. Höhe 32 cm
Privatbesitz

409 Laternenuhr, England, letztes Viertel 17. Jh., signiert *William Speakman in Hatton Garden London* (CC 1661–1717). Messingwerk mit gedrehten Eckpfeilern, Stundenschlag und Wecker auf Glocke. Bei diesem Typ der Laternenuhr (sog. „winged lantern clock") schwingt das Pendel zwischen den Werksplatinen und hat meist die Form eines Ankers. Die nach vorne offenen Messing-„Flügel", in denen das Pendel ausschwingt, sind selten original erhalten und wohl auch bei der abgebildeten Uhr später ergänzt. Höhe 39 cm
Galerie Koller, Zürich

410 Laternenuhr, England, um 1700, *anonymer Meister.* Werk mit Gewichtsantrieb über Endloskette, Ankergang mit Langpendel, Stundenschlag und Wecker auf Glocke. Höhe 30 cm
Privatbesitz

411 Laternenuhr. England, Anfang 18. Jh., signiert *Daniel Ray Sudbury*. Gewichtsgetriebenes Ankerwerk mit Langpendel und Stundenschlag auf Glocke. Höhe 38 cm
Peter Ineichen, Zürich

412 Laternenuhr, England, um 1680, signiert *Jeffry Baylie at y^e^ turn-Stile in Holburn fecit* (CC 1648). Einzeigrige klassische englische Laternenuhr mit gravierten Tulpenmotiven und Tudor-Rose im Zentrum, Fronton und Seitenaufsätze mit Blumen- und Delphinmotiv graviert und ausgesägt.
Guildhall, London ▷

◁ **413** **Wanduhr,** England, Anfang 18. Jh., signiert *Chr(istopher) Gould Londini fecit* (CC 1682–1718). Messingwerk mit Gewichtsantrieb für Geh- und Schlagwerk, Messingzifferblatt mit mattiertem Zentrum, aufgelegtem, versilbertem Ziffernring, ausgeschnittenen Stahlzeigern und Bronze-Eckappliken. Nußholz furniertes Gehäuse im Queen-Anne-Stil.
Meyrick Neilson of Tetbury

◁ **415 Act-of-Parliament-Clock,** England, um 1785, signiert *Gillett & Co Croydon.* Achttage-Messingwerk mit Ankergang, Langpendel und ½-Stundenschlag auf Glocke. Gewichtsantrieb. Schwarz gefaßter Eichenholzkasten mit weißem Zifferblatt, römischen Zahlen für die Stunden und arabischen für die Minuten. Höhe 143 cm
Privatbesitz

417 Act-of-Parliament-Clock, England, 1. Viertel 18. Jh., *anonymer Meister.* Uhren dieser Art werden wie oben bezeichnet, auch wenn sie früher als das eigentliche Gesetz entstanden sind, von dem sie ihren Namen beziehen. Diese Uhr wurde der Haberdasher's Company von ihrem Meister und Mitglied Sir Francis Forbes in den Jahren 1713/14 geschenkt.
Haberdasher's Hall, London ▷

418 Act-of-Parliament-Clock, England, Mitte 18. Jh., signiert auf dem Zifferblatt *Jason Cox Long Acre London* (1747–51). Achttage-Messingwerk in Plattenbauweise mit Ankergang, Gewichtsantrieb und Langpendel. Schwarz gefaßtes Holzgehäuse mit aufgemaltem Ziffernring, römischen Zahlen für die Stunden und arabischen für die Minuten.
Privatbesitz ▷

416 Act-of-Parliament-Clock, England, Ende 18. Jh., signiert *Tho(mas) Marshall Lincoln* (1791–95). Gewichtsgetriebenes Achttage-Messingwerk mit Ankergang und Langpendel. Gefaßtes Eichenholzgehäuse mit weißem Zifferblatt.
Privatbesitz ▷

◁ **414 Wanduhr (Hood-Clock),** England, Anfang 18. Jh., für den türkischen Markt gefertigt, signiert *Edward Stanton* (CC 1662–1707). Gewichtsgetriebenes Messingwerk mit Ankergang, Pendel und ½-Stundenschlag auf Glocke. Rot gefaßtes Holzgehäuse. Ziffernring versilbert, mit türkischen Zahlen und ausgeschnittenen, gebläuten Stahlzeigern. Höhe 40 cm
Privatbesitz

419 Wanduhr, England, Mitte 18. Jh., signiert auf dem Zifferblatt *Charles Dunlop* (1733–ca. 1750). Uhr auf langem Unterkasten, Werk mit Gewichtsantrieb, Grahamgang und Sekundenpendel mit Zentralsekunde. Bemaltes Zifferblatt mit Ziffernringen für Stunden, Minuten und Datum. Poliertes Holzgehäuse.
Privatbesitz

420 Wanduhr, England um 1830, signiert auf dem Zifferblatt *Parkinson & Frodsham Change Alley London* (1800–1850). Messing-Achttagewerk mit Federantrieb und Anker-Echappement. Versilbertes Messingzifferblatt mit römischen Zahlen für die Stunden und gebläuten Stahlzeigern. ∅ ca. 25 cm
Meyrick Neilson of Tetbury

421 Wanduhr, sog. Dial-Clock, England, um 1840, *anonymer Meister.* Messingwerk mit Federantrieb. Poliertes Mahagonigehäuse mit weiß gefaßtem Zifferblatt und Messinglunette. ∅ 30 cm
Privatbesitz

422 Wandregulator, England, um 1785, Meister *Benjamin Vulliamy, London* (1775–1820). Werk mit Harrisons Hemmung, Rostpendel und Gewichtsantrieb (Gewichtsgehänge mit Rollenlagern). Versilbertes Zifferblatt mit Minuten aus der Mitte, Hilfszifferblatt für die Sekunden und Stunden in der Zifferblattöffnung unten. Die Aussparung im Sekundenkreis gibt den Blick frei auf die Hemmung. Diese Uhr wurde von Vulliamy für das Privatobservatorium von König Georg III. in Kew hergestellt. Höhe 155 cm
Science Museum, London

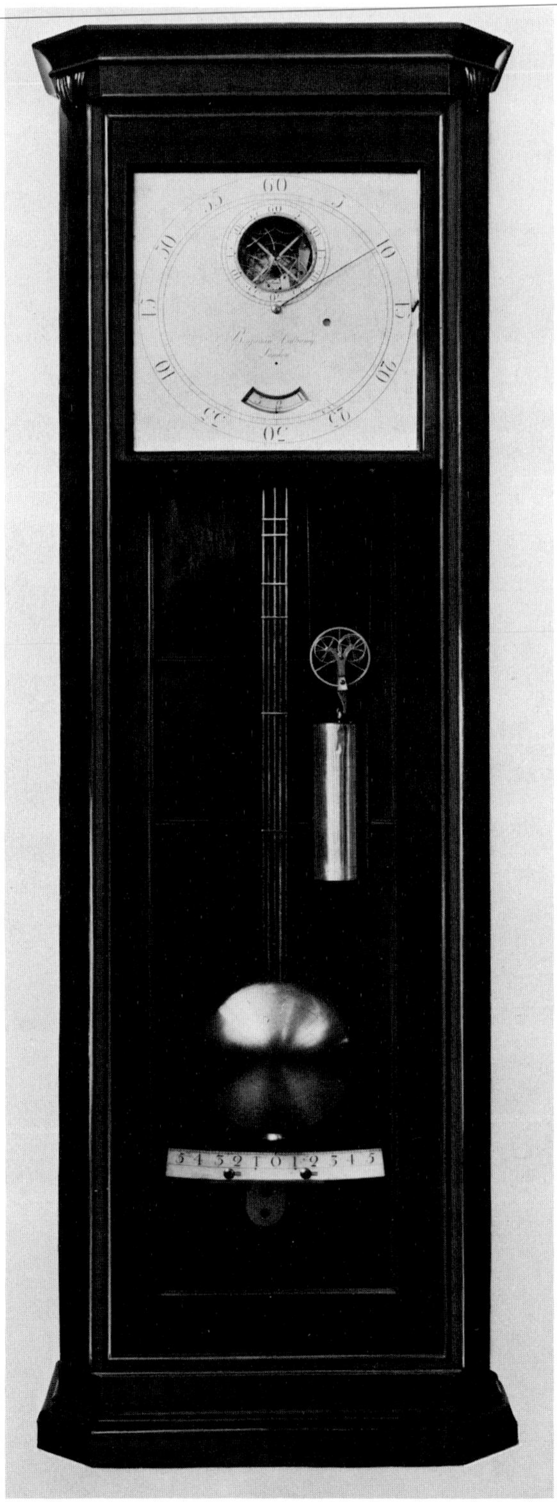

Niederlande

423/25 Stuhluhr, Niederlande, 1662, *anonymer Meister.* Einzeigriges, gewichtsgetriebenes Werk mit Spindelgang und Unrast. Bemaltes, geschlossenes Eisengehäuse. Der Holzstuhl ist eine spätere Ergänzung (ca. 60 Jahre jünger).
Dokumentation Dr. Sellink

424 Werksansicht von Abb. 423

425 Werksansicht mit Schloßscheibe von Abb. 423

426 Zaandam-Wanduhr, sog. Zaanse Klok, Niederlande, um 1715, signiert *Dirk van den Heer Assendelft.* Messingwerk mit Gewichtsantrieb für Geh-, Schlag- und Weckerwerk. Spindelgang mit Hinterpendel. Schloßscheibenschlagwerk auf 2 Glocken. Samtbezogenes Zifferblatt mit aufgesetztem Messingziffernring und Bronze-Cherubim-Eckappliken. Gehäuse Nußholz furniert. Messinggewichte in Birnenform (typisch für Zaanse-Uhren). *Privatbesitz*

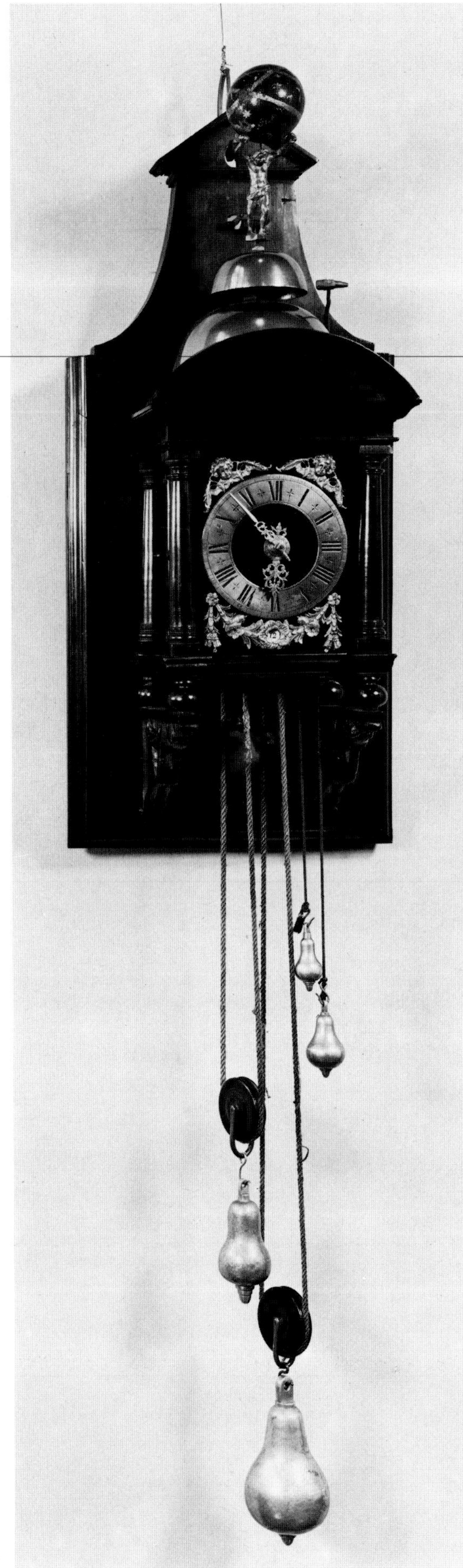

427/29 Zaandam-Wanduhr, Niederlande, Ende 17. Jh., signiert *Jan Kopies Westzanen. Rijksmuseum, Amsterdam*

428 Vorderansicht des Uhrwerks der Abb. 427

429 Seitenansicht des Uhrwerks der Abb. 427

430 Stuhluhr, Nördl. Niederlande, um 1715, *anonymer Meister.* Eigenwillig geformter gefaßter Holzstuhl mit Unterkasten, der das Langpendel beherbergt.
Privatbesitz (Dokumentation Dr. Sellink)

431 Seitliche Ansicht des Uhrwerks von Abb. 430. Gut sichtbar die für alle niederländischen Stuhluhren typischen gedrehten Messing-Eckpfeiler und der Wecker mit Spindelrad und Hammerwelle.

432 **Stuhluhr,** wahrscheinlich Nördl. Niederlande, frühes 18. Jh., *anonymer Meister.* Messingwerk mit Spindelgang und Pendel, Schlag und Wecker auf Glocke. Bemaltes Zifferblatt mit Messingzeigern für Stunden und Minuten.
Dokumentation Dr. Sellink

433 Werksansicht der Uhr von Abb. 432 mit horizontalem Spindelgang.

434 Stoelklok (Stuhluhr), Niederlande, Ende 18. Jh., signiert *C(arel) W(illem) Bakker A Goor 1781.* Werk mit Ankergang und ½-Stundenschlag und Wecker auf Glocke. Gewichtsantrieb über Messingketten. Bemaltes Metallzifferblatt mit Messingzeigern und durchbrochenem Bleiguß-Aufsatz. Bemalte, z. T. ausgesägte Eichenholzkonsole.
Dokumentation Dr. Sellink

435 Seitenansicht des Uhrwerks von Abb. 434 mit Blick auf die Werkspfeiler, die Hemmung mit Anker und Steigrad und die Antriebsräder für Geh- und Schlagwerk. Typisch für praktisch alle Stuhluhren: die Pendelaufhängung am Wandbrett.

436 Stoelklok (Stuhluhr), Niederlande, Ende 18. Jh., dem Meister *Richardus Rikkert* zugeschrieben. Diese Form der Stuhluhr wird im Sprachgebrauch auch als „Meerweibchenuhr" bezeichnet.
Dokumentation Dr. Sellink

437 Stuhluhr mit Meerweibchen, Friesland (nördl. Niederlande), um 1775, *anonymer Meister.* Gewichtsgetriebenes Messingwerk mit Spindelgang, Hinterpendel und ½-Stundenschlag und Wecker auf Glocke. Farbig bemaltes Zifferblatt mit Öffnungen für Datum und Mondphasen, von Zinngußappliken eingerahmt. Abgesehen von der Mondphasenindikation ist das die am meisten verbreitete und bekannte Form der niederländischen Stoelklok.
Sotheby, London

438 Stuhluhr, Friesland (nördl. Niederlande), um 1760, *anonymer Meister.* Werk mit Spindelgang, Schlag und Wecker auf Glocke. Angaben von Datum, Mondphasen und Gezeiten. Bemaltes Zifferblatt mit Bleigußornamenten. Gefaßter Holz-Stuhl mit ausgesägten und figürlich bemalten Seitenteilen. Höhe 72 cm
Dokumentation Stender St. Michielsgestel Holland

439/40 Stuhluhr (sog. Ruempol-Klok, Niederlande, um 1725, signiert *Goslink Ruempol* (1682 bis 1759). Messingwerk mit gedrehten Eckpfeilern, Spindelgang mit Hinterpendel, Schlag und Wecker auf Glocke. Ruempol-Uhren sind an der Giebelform des Stuhldaches leicht zu erkennen und erheblich seltener als spätere Stuhluhrformen. ▷
Municipal Museum, Zutphen

440 Werksansicht von Abb. 439. ▷▷

441 Wanduhr (sog. Amsterdammertje), Niederlande, um 1750, signiert *Jan Bek Amsterdam.* Messingwerk mit Ankergang und Langpendel, Schlagwerk auf 2 Glocken und Wecker. Graviertes Messingzifferblatt mit versilbertem Ziffernring, mattiertem Zentrum, den vier Jahrezeiten als Eckappliken und Mondphasen im Arcus. Im Zentrum Fenster für Tag und Datum.
Dokumentation Stender St. Michielsgestel, Holland

442 Wanduhr (Amsterdammertje), Niederlande, um 1740, *anonymer Meister.* Messingwerk mit Gewichtsantrieb, Ankergang und Schlagwerk auf 2 Glocken. Messingzifferblatt mit aufgelegtem Ziffernring, Datumsfenster und Weckerscheibe. Wie bei vielen niederländischen Uhren sind als Eckverzierungen die vier Jahreszeiten eingesetzt. Nußholzfurniertes Holzgehäuse in sparsamer, geradliniger Form.
Coll. Drs. H. M. Vehmeyer-Vught

443 Staartklok, Niederlande, Mitte 18. Jh., signiert *Gerrit Knip Amsterdam.* Gewichtsgetriebenes Messingwerk mit Ankergang, Langpendel und Schlagwerk auf 2 Glocken. Zifferblatt ähnlich wie bei Abb. 441, nur fehlt hier die Angabe des Wochentages. Die Amsterdammertjes können als Vorläufer der später in großen Stückzahlen hergestellten Staart-Kloks meist ländlicher Bauart angesehen werden.
Privatbesitz – Dokumentation Dr. Sellink

444 Staart-Klok, Friesland (nördl. Niederlande), um 1870, *anonymer Meister.* Messingwerk mit Gewichtsantrieb für Geh-, Schlag- und Weckerwerk. Ankergang mit Langpendel und Messingpendellinse. Farbig bemaltes Metallzifferblatt mit ausgeschnittenen Messingzeigern und Weckerscheibe. Gebeiztes Eichenholzgehäuse mit durchbrochener Bronzemontur vor dem ovalen Pendelsichtfenster.
Dokumentation Stender St. Michielsgestel, Holland

445 Staartklok, Friesland (nördl. Niederlande), um 1820, *anonymer Meister.* Werk mit Wecker und $^{1}/_{2}$-Stundenschlag auf Glocke. Gewichtsantrieb über Kette und Stern. Bemaltes Zifferblatt mit bildlicher Darstellung des „Urteil Salomons". Ulmenholzgehäuse in üblicher Bauart.
Dokumentation Stender St. Michielsgestel, Holland

446 Staartklok (sog. „Schippertje"), Friesland (nördl. Niederlande), Anfang 19. Jh., signiert *D. J. Tasma 1830 (Grouw).* Messingwerk mit Spindelgang und kurzem Hinterpendel, Schlag und Wekker auf Glocke. Metallzifferblatt und Fries polychrom bemalt. Eichenholzgehäuse.
Dokumentation Stender St. Michielsgestel, Holland

447 Staartklok, Friesland, um 1800, *anonymer Meister.* Der das Pendel verdeckende Gehäuse-Unterteil („Schwanz" = „staart") ist hier verkürzt. Im Arcus bewegt sich die mit Segelschiffen bemalte Scheibe mit dem Gang der Uhr. *Privatbesitz*

448 Bodenstanduhr, England, um 1660, Meister *Ahasuerus Fromanteel.* Messingwerk mit Gewichtsantrieb für Geh- und Schlagwerk, Spindelgang mit $^1/_2$-Sekundenpendel hinter der Platine schwingend. Schloßscheiben-Schlagwerk auf Glocke mit holländischem Hammertyp, der nur bei sehr frühen englischen Pendeluhren vorkommt. Gut zu sehen ist auf der Werksabbildung auch der Datumsring und die Befestigung der Zifferblattpfeiler an der vorderen Platine mittels Spannhebeln. Dieses Verfahren wurde bei frühen Uhren auch zur Befestigung der Platinen auf den Werkspfeilern verwendet (latched plates). Laburnumfurniertes Eichengehäuse in der typischen frühen Bauart: architektonischer Fries, sehr schlanker Kasten und Tür mit 3 Paneelen. Messingzifferblatt mit mattiertem Zentrum, aufgelegtem, versilbertem Ziffernring mit römischen Zahlen und schmalem Minutenring, Cherubim-Bronze-Eckappliken, Datumsfenster, gebläuten Eisenzeigern und verschlossenen Aufzugslöchern (bolt-and-shutter/Gangreserve). Ahasuerus Fromanteel: Lehre 1654, Mitglied d. Clockmakers Company 1663–85. Der erste Uhrmacher, der in England Pendeluhren herstellte (in Zusammenarbeit mit Chr. Huygens).
British Museum, London ▷

Bodenstanduhren

England	Bild Nr.	Seite
1. und 2. Generation, ca. 1660–1720	448–463	226
Periode George I. – III., frühe Präzisionswerke, ca. 1720–1775	464–473	234
Hausuhren, Regulatoren, Country Clocks, ca. 1775–1850	474–489	239

449 Werksansicht von Abb. 448.

450/451 Bodenstanduhr, England, um 1680, signiert auf dem Zifferblatt *Eduardus East Londini.* Achttage-Messingwerk mit Ankergang, Gewichtsantrieb für Gehwerk und Stundenschlagwerk, Sekundenpendel und Gangreserve (bolt-and-shutter maintaining power). Schlankes nußholzfurniertes Eichengehäuse mit gedrechselten Säulen und vergoldeten Bronze-Kapitellen. 11-Inch-Messingfront mit mattiertem Zentrum, aufgelegtem, versilbertem Ziffernring mit römischen Zahlen, Cherubim-Bronze-Eckappliken und gebläuten Stahlzeigern. Eduardus East: 1610–1693, einer der großen Meister der frühen englischen Uhrengeschichte.
Sotheby, London

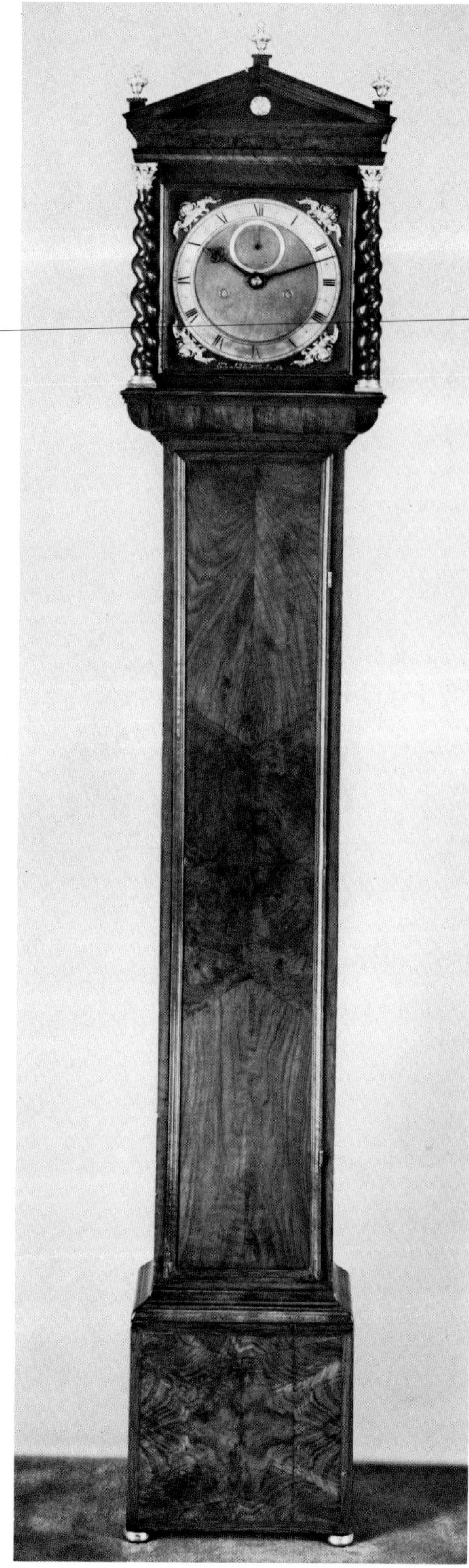

452 Bodenstanduhr, England, um 1690, signiert *John Ebsworth Londini fecit* (CC 1665–1703). Monatswerk mit Gewichtsantrieb für Geh- und Schlagwerk, außenliegender Schloßscheibe und Gangreserve beim Aufziehen. Ankergang mit Sekundenpendel. Das ebenholzfurnierte Gehäuse mit Giebelfries ist einer früheren Periode zuzuordnen als das Uhrwerk und stammt wahrscheinlich aus der Zeit um 1675/80.
Sotheby, London ▷

453 Bodenstanduhr, Oxford (England), um 1685, Meister *John Knibb* (1650–1722, jüngerer Bruder von Joseph-). Monatswerk mit Ankergang, Gewichtsantrieb und Schloßscheiben-Schlagwerk auf Glocke. Laburnum- und olivenholzfurniertes Eichengehäuse mit gedrechselten Säulen rechts und links vom Zifferblatt. Messingfront mit mattiertem Zentrum, Datumsfenster, Cherubimbronzen und silbernem, skelettiertem Ziffernring. (Zifferblatt: 10 × 10 inches)
Ehemals Wetherfield Collection ▷ ▷

454 Bodenstanduhr, England, um 1700, Meister *Jonathan Puller London* (1676–1706). Monatswerk mit Ankergang, Gewichtsantrieb für Gehwerk und Viertelstunden-Rechenschlagwerk (3 Gewichte). Viertel-Carillon auf 6 Glocken, Datum, Reglage von vorne und Schlagwerksabstellung. Sekundenpendel mit Messinglinse. Nußholz-Marketeriegehäuse mit eingelegten Blumen-, Blatt- und Vogelmotiven. Messingzifferblatt mit mattiertem Zentrum, versilbertem Ziffernring.
The Worshipful Company of Haberdashers, London

455 Bodenstanduhr, England, um 1685, signiert *Robert Seignior London* (Clockmakers Company 1667–85). Monatswerk mit Gewichtsantrieb für Geh- und Schlagwerk und 1¼-Sekundenpendel mit Sichtfenster im Fuß des Gehäuses. Gangreserve und Verschlußmechanismus ausgebaut. Olivenholzfurniertes Gehäuse mit gedrechselten Säulen und Einlegearbeiten auf Tür und Fuß. Messingzifferblatt mit mattiertem Zentrum, Datumsfenster, Hilszifferblatt mit 1¼-Sekundeneinteilung.
Bemerkung: Uhren mit 1¼-Sekundenpendel sind selten anzutreffen.
Sotheby, London

456 Bodenstanduhr, England, um 1675, Meister *Edward East, London* (1610–1693). Achttagewerk mit Ankergang, Gewichtsantrieb für Geh- und Schloßscheiben-Schlagwerk, Gangreserve und Stundenschlag auf Glocke. Nußholzfurniertes Gehäuse mit Einlegearbeiten in Tür und Fuß, Vögel und Blumen darstellend. Messingzifferblatt floral graviert, mit mattiertem Zentrum, versilbertem Ziffernring und gebläuten Stahlzeigern.
Guild Hall, London

457 Bodenstanduhr, England, um 1700, Meister *John Ashbrooke, London* (1686–ca. 1710). Messingwerk mit Ankergang, Gewichtsantrieb für Geh- und Schlagwerk, Datum und Sekundenpendel. Reich intarsiertes nußholzfurniertes Gehäuse mit Blumen-Marketerie. Messingzifferblatt mit versilbertem Ziffernring, Bronzeappliken und ausgesägten Stahlzeigern. Höhe ca. 212 cm
The Metropolitan Museum of Art, New York ▷

458 Bodenstanduhr, England, um 1695, signiert auf dem Zifferblatt *Edw(ard) Burgis Londini fecit.* Achttagewerk mit Ankergang, Gewichtsantrieb für Gehwerk und Stundenschlagwerk (auf Glocke), innenliegender Schloßscheibe, Sekundenpendel und Datum. Nußholzfurniertes Marketeriegehäuse mit eingelegten Blumen- und Vogelmotiven.
Bemerkung: Diese Uhr ist gehäusemäßig typisch für die William-and-Mary-Periode: streng abgegrenzte Paneele mit „birds-and-flowers"-Einlegearbeit auf dunklem Grund bestimmen das Bild. Höhe 208 cm, Zifferblatt 25,4 cm ▷▷
Sotheby, London

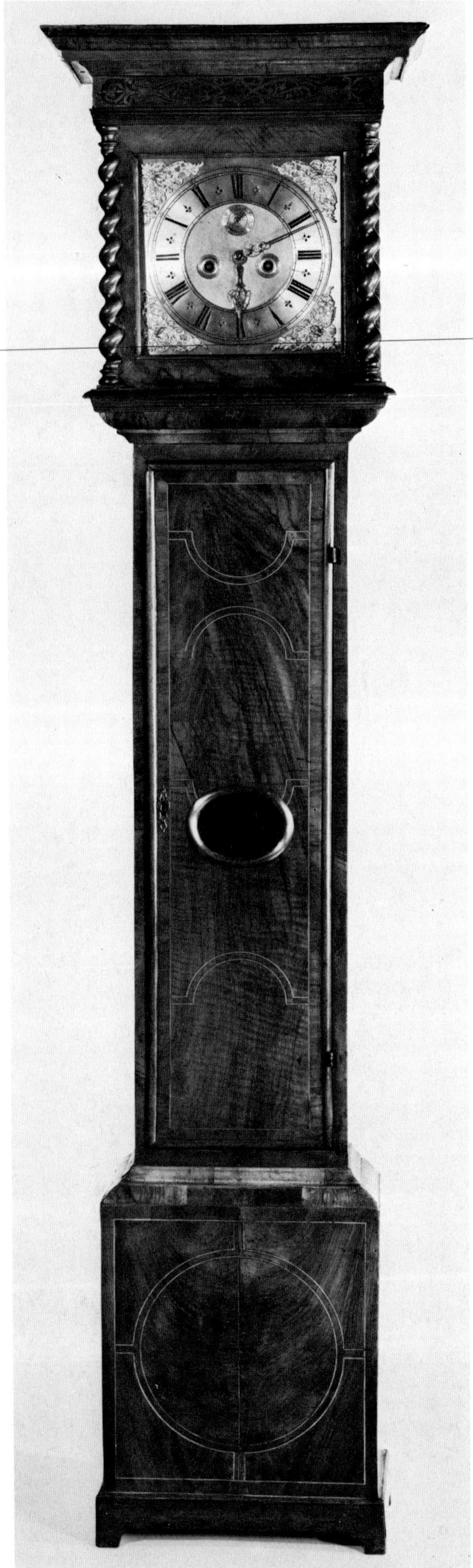

459 Bodenstanduhr, England, um 1700, signiert *W. M. Prevost Newcastle.* Achttagewerk mit Ankergang und Stundenschlag auf Glocke, Gewichtsantrieb und Sekundenpendel. Das nußholzfurnierte Gehäuse ist 213 cm hoch.
Sotheby, London

460 Bodenstanduhr, England, um 1700, signiert *Daniel Quare London.* Messing-Monatswerk mit Ankergang, Gewichtsantrieb für Geh- und Schlagwerk, Viertelschlag auf 2 Glocken und Sekundenpendel. Nußholzfurniertes Eichengehäuse im Queen-Anne-Stil. Vergoldete Messingfront mit Bronze-Eckappliken, mattiertem Zentrum, versilbertem Ziffernring, römischen Zahlen und gebläuten Stahlzeigern. Hilfszifferblatt für die Sekunden Höhe 232 cm
Daniel Quare, berühmter Erfinder und Uhrmacher, lebte in London von 1694 bis 1724.
Galerie Koller, Zürich

461 Bodenstanduhr, England, Anfang 18. Jh., signiert *Peter Garon London* (Lehre 1687, CC 1694 bis 1723). Messingwerk mit Monatsgang, Ankerhemmung, Gewichtsantrieb für Geh- und Schlagwerk, Datum und Sekundenpendel. Queen-Anne-Marketeriegehäuse, nußholzfurniert mit „seaweed"-Intarsien. Messingzifferblatt mit versilbertem Ziffernring, mattiertem Zentrum und Bronzeappliken. Gebläute, ausgeschnittene Stahlzeiger. Höhe 244 cm, Zifferblatt 30,5 + 30,5 cm
Sotheby, London

462 Bodenstanduhr, England, um 1710, signiert *Tho(mas) Tompion London.* Monatswerk mit Ankergang, Gewichtsantrieb für Geh- und Schlagwerk, Sekundenpendel und Datum. Befestigung der Platinen und des Zifferblattes mittels Spannhebeln (latched plates) statt Stiften. Das Uhrwerk hat Gangreserve und Verschluß der Aufzugslöcher. Das bedeutet, daß die Uhr beim Aufziehen durch die beim Öffnen der Aufzugslöcher eingegebene Kraftreserve während des Aufziehens voll weiterläuft. Elegantes, ebenholzfurniertes Gehäuse mit ausgesägtem Fries und glattem Säulenpaar mit vergoldeten Kapitellen und Gegenstücken. Das Messingzifferblatt mit mattiertem Zentrum, versilbertem Ziffernring und gebläuten Stahlzeigern. Höhe 210 cm
Sotheby, London ▷

463 Bodenstanduhr, England, um 1695/1700, signiert *Chr(istopher) Gould London* (1682–1718). Das Achttage-Ankerwerk mit Gewichtsantrieb für Geh-, Schlag- und Spielwerk und Sekundenpendel. Grande Sonnerie-Schlagwerk mit anschließender Auslösung eines 8-Glocken-Carillons. Ein für diese Zeit seltenes, mit japanischer Lackmalerei überzogenes Gehäuse im Queen-Anne-Stil. Höhe 239 cm
Sotheby, London ▷ ▷

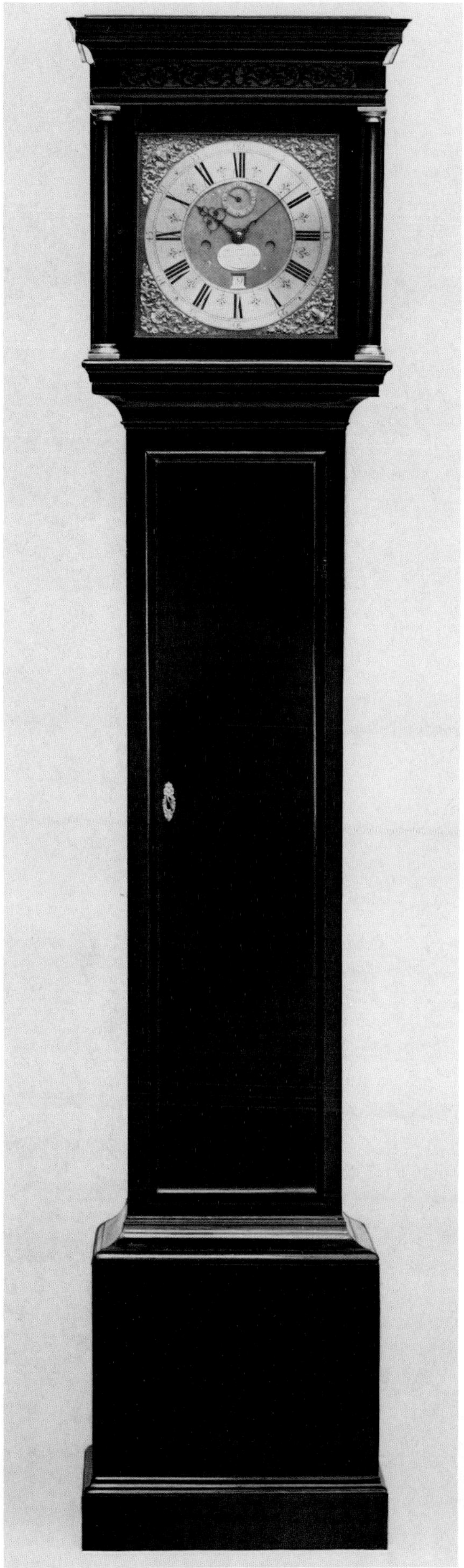

464 Regulator-Bodenstanduhr, England, um 1740, signiert *Geo. Graham, London.* Messingwerk mit Graham-Gang, Gewichtsantrieb, Sekundenpendel mit Quecksilberkompensation und 1 Monat Gangdauer. Zusätzlich zu Kraftreserve und Aufzugsverschluß besitzt die Uhr ein Äquationswerk zur Indikation von mittlerer- und Sonnenzeit. Mahagonigehäuse mit verglaster Tür. Messingzifferblatt mit Äquationszifferblatt mit Kalender, das sich im Arcus dreht. Zusätzlich dazu zeigt der vergoldete Minutenzeiger Sonnenzeit, während der gebläute Stahlzeiger die mittlere Zeit angibt. Das zweite Aufzugsloch dient zur Kalendereinstellung.
British Museum, London

465 Zifferblatt zu Abb. 464.

466 Bodenstanduhr, London, um 1725, signiert *Fromanteel & Clarke.* Messingwerk mit Ankergang, Gewichtsantrieb für Geh- und Schlagwerk und Wekker (auf Glocke), Sekundenpendel und Vollkalender mit Mondphasenindikation. Nußholzfurniertes Eichengehäuse mit bogenförmigem, fein ausgesägtem Fries. Messingzifferblatt mit Mondphasenbild im Arcus, mattiertem Zentrum, Bronze-Eckappliken mit Maske, versilbertem Ziffernring und Öffnungen für Datum und Wochentage. Ausgeschnittene, gebläute Stahlzeiger und Weckerscheibe. Bemerkung: Bei dieser Uhr wird der holländische Einfluß der Fromanteel-Familie insbesondere in der Kombination von Vollkalender mit bildlicher Darstellung der Wochentage und Weckerwerk deutlich.
Meyrick Neilson of Tetbury ▷

467 Bodenstanduhr, England, Mitte 18. Jh., signiert *John Brody London.* Achttagewerke mit Ankergang und Gewichtsantrieb für Geh- und Schlagwerk. Gehäuse mit rotem Japanlack überzogen und mit figürlichen Darstellungen und Landschaftsszenen bemalt. Messingzifferblatt mit Abstellhebel für das Schlagwerk im Arcus, mattiertem Zentrum mit Datumsfenster und Hilfszifferblatt für Sekunden. Versilberter Ziffernring und gebläute Stahlzeiger. Höhe 229 cm
Sotheby, London ▷▷

469 Großaufnahme des Zifferblattes von Abb. 470. Gute Ablesbarkeit und perfektes technisches Design kennzeichnen diese frühe Präzisionsuhr von John Arnold.

◁ **468 Regulator-Bodenstanduhr,** England, um 1730, Meister *George Graham, London.* Gehwerk mit Graham-Hemmung, Gewichtsantrieb und Kompensationsrostpendel (Sekundenpendel). Versilbertes, quadratisches Messingzifferblatt mit großem Minutenring, Minute aus der Mitte, Hilfszifferblatt für die Sekunden und Stundenscheibe, die durch eine Öffnung unterhalb der Zifferblattmitte abzulesen ist. Darunter Datumsfenster. Massives Eichengehäuse mit verglaster Haube.

Bemerkung: Diese Uhr gehört zur ersten Generation der „echten" Regulator-Bodenstanduhren, deren Geschichte bis ins 20. Jh. reicht.
Royal Scottish Museum, Edinburgh

◁ **470 Regulator-Bodenstanduhr,** England, um 1772, signiert *No. 1 John Arnold London.* Monatswerk in Messingbauweise mit Graham-Gang, Rubinpaletten, kompensiertem Pendel, Kraftreserve (bolt-and-shutter). Versilbertes Zifferblatt mit Minute aus der Mitte, Hilfsring für Sekunden und 24-Stunden-Scheibe mit Sichtöffnung, Mahagonigehäuse mit aufgesetzten, profilierten Leisten, an mehreren Stellen mit dem Stempel des Royal Observatory in Greenwich versehen. Höhe ca. 190 cm
Ehemals Iden-Collection

471 Bodenstanduhr, England, um 1760, Meister *William Dutton, London* (CC 1746–94). Achttagewerk mit Graham-Gang und Gewichtsantrieb für Geh- und Schlagwerk, Äquation und Vollkalender mit Mondphasen. Schlankes Londoner Mahagonigehäuse in typischer Form für *Mudge* und *Dutton.* Messingfront mit aufgelegten Bronzeappliken, weißem Emailzifferblatt für Stunden und mittlere Minuten, wobei der Sonnenanzeiger aus der Mitte die Sonnenminuten anzeigt. Im Arcus das Äquations- und Kalenderzifferblatt mit sich drehendem Mond in einer Öffnung darunter.
Bemerkung: Weiße Emailzifferblätter sind bei der Londoner Standuhr selten und meist nur bei Uhren feinster Qualität verwendet worden.
Fitzwilliam Museum, Cambridge ▷

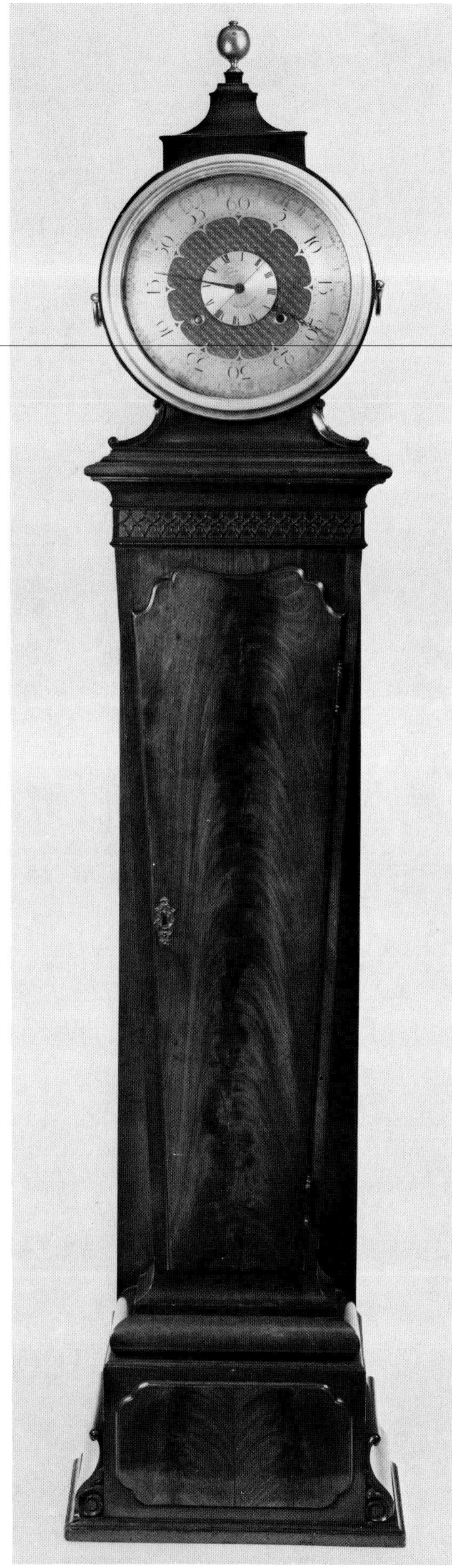

◁ **472 Bodenstanduhr,** England, um 1790, Meister *Eardley Norton, London* (1762–1794). Achttage-Messingwerk mit Gewichtsantrieb für Geh- und Schlagwerk, Sekundenpendel und Datum. Feines Gehäuse mit Flammenmahagoni furniert. Versilbertes Zifferblatt mit Hilfszifferblatt für die Sekunden, gebläute Stahlzeiger und Strike/Silent-Hebel im Arcus.
Bemerkung: Im Normalfall handelt es sich bei Standuhren dieser Gehäuseform um überdurchschnittliche Uhrwerksqualität und meist bestätigt sich dies durch die Signatur.
Meyrick Neilson of Tetbury

◁ **473 Jahres-Regulator,** England, letztes Viertel 18. Jh., signiert *(Joseph) Finney Liverpool* (1770 bis 1796). Äquationswerk mit Graham-Hemmung, 1 Jahr Gangdauer, Gewichtsantrieb und Sekundenpendel. Eigenwilliges Mahagonigehäuse in der Form einer sich nach unten verjüngenden Säule. Rundes Zifferblatt mit kleinem Stundenzifferblatt im Zentrum und Indikationen von Minuten, Sekunden, Monaten, Feiertagen und Äquation auf dem äußeren Ziffernring. Höhe 203 cm
Sotheby, London

474 Bodenstanduhr, England, um 1785, signiert *John Kay(e) Liverpool* (1773–1811). Achttagewerk mit Ankergang und Gewichtsantrieb für Geh- und Schlagwerk auf Glocke. Flammenmahagonigehäuse mit Viertelsäulen rechts und links der Tür. Messingzifferblatt mit graviertem Zentrum, Mondphasen im Arcus und Bronzeappliken. Höhe 230 cm
Ruef, München ▷

475 Bodenstanduhr, England, um 1770, signiert *(Alex(ande)r Ferguson Edin(bu)r(gh)* (1754–1772) auf dem 12-inch-Zifferblatt. Achttage-Ankerwerk mit Gewichtsantrieb für Geh-, Schlag- und Spielwerk, Sekundenpendel. Carillon mit 8 Glocken, vier Liedern und 14 Hämmern mit Liedwahlstellzeiger und Abstellhebel für Schlag- und Spielwerk im Arcus. Gehäuse mit pagodenförmigem Aufbau, flammenmahagonifurniert, Stil George III. Messingzifferblatt mit 3 Aufzugslöchern, Bronze-Eckappliken und ausgesägten, gebläuten Stahlzeigern. Höhe 246 cm
Sotheby, London ▷▷

476 Bodenstanduhr, England, um 1770, signiert auf dem Zifferblatt *Benjamin Dutton London.* Achttage-Messingwerk mit Ankergang und Stundenschlag auf Glocke. Messingzifferblatt mit versilbertem Ziffernring, Bronze-Eckappliken und Schlagwerksabstellung im Arcus. Mahagonifurniertes Gehäuse mit profilierten Säulenpaaren. Höhe 215 cm
Privatbesitz ▷▷▷

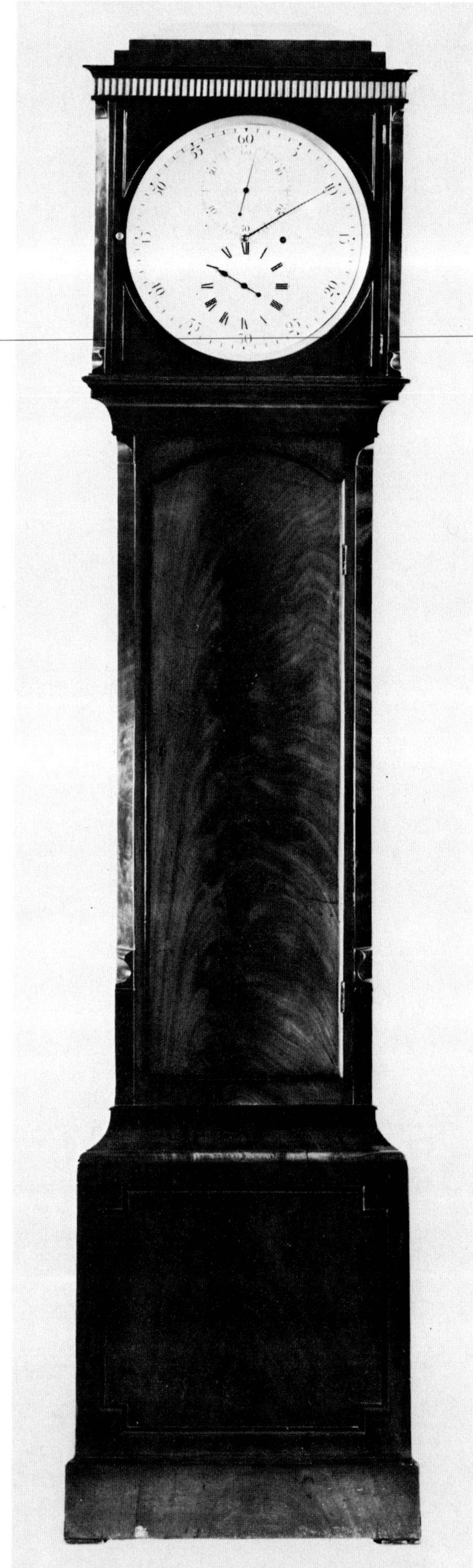

◁ **477 Regulator-Bodenstanduhr,** England, um 1820, signiert *M. Percival* & *Tho(ma)s James Woolwich (1817–24).* Gewichtsgetriebenes Achttage-Messingwerk mit Graham-Gang, Sekundenpendel, ½-Stundenschlag und Kraftreserve (beim Aufziehen). Versilbertes Messingzifferblatt mit römischen Zahlen für die Stunden und Hilfsringen für Datum und Sekunden. Gebläute Stahlzeiger. Poliertes mahagonifurniertes Gehäuse. Höhe 208 cm
Privatbesitz

◁ **478 Regulator-Bodenstanduhr,** England, 1835, Meister *John Moore* & *Sons, London.* Signatur auf dem Werk: *This Regulator made by John Moore & Sons, Clerkenwell, London, Feb. 1835, No. 9921.* Präzisionsmonatswerk mit massiven Messingplatinen, Graham-Hemmung mit Steinpaletten, Gewichtsantrieb und Sekundenpendel mit Stahlstange und Quecksilberkompensation. Gehäuse mahagonifurniert, der Fuß mit geschnitztem Halbrelief verziert. Höhe 206 cm
Sotheby, London

◁ **479 Regulator-Bodenstanduhr,** England, um 1820, *anonymer Meister.* Gewichtsgetriebenes Messingwerk mit Graham-Gang, Sekundenpendel und Kraftreserve. Flammenmahagonigehäuse in guter Proportionierung. Versilbertes Zifferblatt mit Minute aus der Mitte und Hilfsringen für Sekunden und Stunden. Feine, gebläute Stahlzeiger. Höhe ca. 210 cm
Privatbesitz

480 Regulator-Bodenstanduhr, England, um 1835, signiert auf dem Zifferblatt *R. Molyneux London.* Achttagewerk mit Gewichtsantrieb über Darm und Rolle, Sekundenpendel mit Quecksilberkompensation, Graham-Gang und Kraftreserve. Versilbertes Regulatorzifferblatt mit Minute aus der Mitte und 2 vertikal angeordneten Hilfszifferblättern für Sekunden und Stunden. Mahagonigehäuse mit verglaster Tür. Höhe ca. 200 cm
Privatbesitz ▷

481 Regulator-Bodenstanduhr, England, um 1830, signiert *J. Butler Lambeth Walk.* Achttagewerk mit Ankergang und Stundenschlag auf Glocke. Versilbertes Zifferblatt mit Hilfsringen für Sekunden und Datum. Geschlossenes Mahagonigehäuse.
Privatbesitz ▷▷

Hy. Appleton
London.

482 Regulator-Bodenstanduhr, England, um 1840, signiert *H(enr)y Appleton London.* Gewichtgetriebenes Präzisionswerk mit Graham-Hemmung, temperaturkompensiertem Quecksilberpendel mit Sekundenfrequenz. Regulator-Zifferblatt, Messing versilbert, mit Minute aus der Mitte, 2 Hilfszifferblätter für die direkt vom Steigrad angetriebenen Sekunden und 24 Stunden unterhalb der Mitte. Abb. 483 zeigt eine Nahaufnahme des Regulator-Zifferblattes, Abb. 484 das staubdicht verschlossene Werk, Abb. 485 das schwer, präzise und einfach gebaute Uhrwerk mit verschraubten Platinen.
Jale Collection of Historic Instruments, New Haven, USA

◁ **486 Bodenstanduhr,** England, um 1790, signiert *James Lomax, Blackburn.* Achttagewerk mit Gewichtsantrieb für Geh- und Schlagwerk, Sekundenpendel, Datum und Mondphasen. Mahagonifurniertes Gehäuse im typischen Stil der eleganten Provinzuhr. Ausgefallenes, ovales Metallzifferblatt, weiß gefaßt, mit Blumenornamenten bemalt. Im Arcus Mondbild, ausgesägte, gebläute Stahlzeiger.
Privatbesitz, Dokumentation Brian Loomes, Harrogate

487 Zifferblatt einer Country-Clock, Südwest-England, Anfang 19. Jh. Metall gefaßt mit schwarzen römischen Zahlen und ländlichen Szenen in polychromer Malerei. Hilfszifferblatt für Sekunden und Datumsfenster. Die Zeiger aus Messing ausgesägt und ziseliert.
Dokumentation Brian Loomes, Harrogate

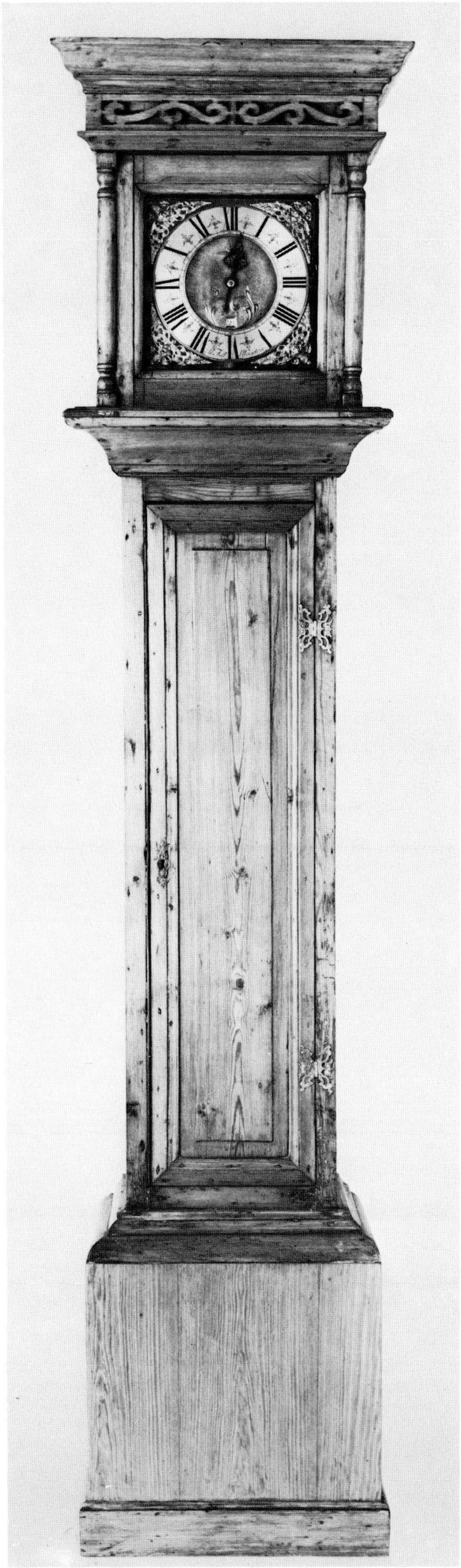

488 Provinzstanduhr, England, 2. Hälfte 18. Jh., signiert *Abraham Fell, Ullverstone.* 30-Stunden-Werk mit Gewichtsantrieb und Stundenschlag auf Glocke. Fichtenholzgehäuse im 2. Queen-Anne-Stil.
Strike One, London ▷

489 Bodenstanduhr, England, um 1880, signiert *Gaze Bros. London.* Messingwerk mit Graham-Gang, Gewichtsantrieb, Sekundenpendel mit Quecksilberkompensation, Steinpaletten und steingelagerten Steigradzapfen. Zusätzlich zu diesen, die Genauigkeit erhöhenden Elementen, hat das Werk eine Gangreserve. Gebeiztes Eichengehäuse im neogotischen Stil mit Einlegearbeiten im Kopfteil. Versilbertes Zifferblatt mit Minute aus der Mitte und Hilfszifferblättern für Stunden und Sekunden. Höhe 249 cm
Privatbesitz ▷ ▷

Niederlande

Englisch beeinflußte und Amsterdamer Standuhren, Ende 17. und 18. Jh.

	Bild Nr.	Seite
	490–501	246

490 Bodenstanduhr, Niederlande, um 1680, signiert *Joseph Norris Amsterdam.* Achttage-Messingwerk mit Ankergang, Pendel und Gewichtsantrieb für Geh- und Schlagwerk (auf 2 Glocken). Messingzifferblatt mit aufgelegtem Ziffernring und Datumsfenster. Nußholzfurniertes Gehäuse im „englischen Stil".
Dokumentation Stender St. Michielsgestel, Holland

491 Nahaufnahme Oberteil Abb. 492.

492 Bodenstanduhr, Niederlande, um 1690, signiert *Huygens Amsterdam,* Monatswerk mit Ankergang, Schlagwerk auf 2 Glocken und Gewichtsantrieb. Das Messingwerk ist nicht in Plattenbauweise, sondern in der Art der Stuhluhren mit gedrehten Pfeilern gebaut. Samtbezogene Metallfront mit aufgesetztem Ziffernring, Goldbronzeappliken, Mondphasenöffnung und Weckerscheibe. Fein ausgeschnittene Messingzeiger in der breiten, frühen Form. Nußholzgehäuse mit durchbrochen geschnitztem Fries und gedrechseltem Säulenpaar.
Dokumentation Dr. Sellink

◁ **493** **Bodenstanduhr,** Niederlande, um 1700, signiert *Jacob Hasius Amsterdam.* Achttage-Messingwerk mit Ankergang, Langpendel, Gewichtsantrieb und Schlagwerk auf Glocke. Nußholzfurniertes Marketeriegehäuse mit geschitztem Fries. Bei diesen Uhren wird die Verwandtschaft zur frühen Londoner Standuhr stark deutlich.
British Museum, London

◁ **494** **Bodenstanduhr,** Niederlande, um 1735, signiert *J. van Ceulen Le Jeune A La Haye.* Achttagewerk mit Ankergang, Langpendel und Gewichtsantrieb für Geh- und Schlagwerk. Zifferblatt mit Mondphasen im Arcus und Datumsfenster im Zentrum. Wurzelnußfurniertes Eichengehäuse in der Form der Amsterdamer Standuhr.
Gemeentemuseum Den Haag

495 Detailansicht eines Amsterdamer Standuhrenwerkes: Die Kraftübertragung, das Glockenpaar für den „Holländischen Schlag" und die Mondphasenscheibe mit Eingriff ▷

496 **Standuhr,** Niederlande, um 1740, signiert *Bernard Scalé Amsterdam.* Diese Uhr hat das für die Amsterdamer Standuhren typische Messingwerk mit Gewichtsantrieb, Ankergang und Langpendel, Schlag auf Glocke und ewigem Kalender und Jahreswerk mit Mondbild und -alter. Nußwurzelfurniertes Eichengehäuse mit den dazugehörigen blattvergoldeten, geschnitzten Holzfiguren: Atlas, die Weltkugel tragend, mit einem Paar trompetenblasender Engel.
Württembergisches Landesmuseum, Stuttgart ▷▷

◁ **497 Bodenstanduhr,** Niederlande (Amsterdam), um 1750, *anonymer Meister.* Diese Uhr hat zusätzlich zu den üblichen Indikationen eine mit dem Gang funktionierende Automatenszene: Segelschiffe, die sich im Rhythmus des Pendels bewegen.
Sotheby, London

◁ **498 Bodenstanduhr,** Niederlande, um 1755, signiert *A. en Th. Haakma Leeuwaarden.* Achttagewerk mit Ankergang, Schlag auf 2 Glocken und Vollkalender. Nußholzfurniertes Gehäuse mit ornamentalen Einlegearbeiten auf Tür und Fuß.
Dokumentation Stender St. Michielsgestel, Holland

◁ **499 Astronomische Bodenstanduhr,** Niederlande, um 1755, signiert *Jan van Meurs Amsterdam.* Achttage-Ankerwerk mit Gewichtsantrieb für Geh- und Schlagwerk auf 2 Glocken. Vollkalender mit zusätzlichen Indikationen im Arcus: Auf- und Untergangszeit von Sonne und Mond und Tierkreiszeichen. Wurzelnußfurniertes Eichengehäuse mit gebauchtem Unterteil auf Klauenfüßen. Sichtfenster für Pendel mit Goldbronzemontur eingefaßt.
Dokumentation Stender St. Michielsgestel, Holland

500 Bodenstanduhr, Niederlande, um 1775, signiert *Jan B. Vrijthoff Hage.* Achttage-Messingwerk mit Ankergang und Schlagwerk auf 2 Glokken. Glockenspielwerk mit 12 Melodien. Messingzifferblatt mit mattiertem Zentrum, versilbertem Ziffernring mit römischen Zahlen für die Stunden und ausgeschnittenen, gebläuten Stahlzeigern. Im Arcus Stellzeiger für Melodienwahl. Im Zentrum Öffnungen für Datum, Tag und Monat. Geschweiftes, nußholzfurniertes Gehäuse.
Dokumentation Dr. Sellink ▷

501 Bodenstanduhr, Niederlande, um 1790, signiert *Frans van Leewen Haarlem.* Achttagewerk mit Gewichtsantrieb, Ankergang und Langpendel. Spielwerk auf Glocken mit 6 Melodien. Mahagonifurniertes Gehäuse, vom Directoire-Stil beeinflußt.
Gemeentemuseum Den Haag ▷▷

502 Aachen-Lütticher Barock-Bodenstanduhr, 2. Viertel 18. Jh., signiert im Arcus *Emanuel Bach a Maastricht.* Eintage-Eisenwerk mit Ankergang, Gewichtsantrieb, Sekundenpendel und ½-Stundenschlag auf Glocke, Wecker mit Weckerscheibe. Massives Eichengehäuse im typischen Lütticher Barockstil beschnitzt. Gravierte Messingfront mit Zinnziffernring und -eckapplikationen. Ausgesägte und gravierte Eisenzeiger, Römische Zahlen für die Stunde und arabische Minuterie. 258 × 52 × 28 cm Man beachte: Selbst wertvoll gearbeitete, großbürgerliche Lütticher Bodenstanduhren sind häufig mit 30-Stunden-Werken ausgerüstet.
Privatbesitz ▷

503 Flämische Bodenstanduhr, Belgien, Mitte 18. Jh., signiert im Arcus *Michael le Jeune Anvers* (Antwerpen). Achttagewerk mit Ankergang, Pendel und Gewichtsantrieb, Datum und Schlagwerk auf Glocke. Beschnitztes Eichengehäuse auf vier Klauenfüßen mit den typischen abgeschrägten Vorderkanten. Gravierte Messingfront mit aufgelegtem Ziffernring und Eckapplikationen. Ausgesägte Eisenzeiger.
Museum Vleeshuis, Antwerpen ▷▷

504 Bodenstanduhr, Belgien, Mitte 18. Jh., Meister *Henri Rossius a Liège* (Lüttich). Achttagewerk mit Ankergang, Gewichtsantrieb und Pendel. Schlagwerk und Wecker auf Glocke, Datum mit Datumsfenster. Beschnitztes Eichengehäuse mit geschweiftem Fuß und Sichtfenster für die Pendellinse. Gravierte Messingfront mit aufgelegtem Zinnziffernring und 4 Eckappliken, die die Jahreszeiten darstellen.
Grand Séminaire de Liège (Lüttich) ▷

505 Bodenstanduhr, Belgien, 2. Viertel 18. Jh., signiert auf dem Ziffernring *Wittmote a Malines* (Mecheln). Eichengehäuse in der früheren, strengeren Form mit abgeschrägten Kanten. Achttagewerk mit Ankergang, Gewichtsantrieb und Sekundenpendel. Schlagwerk und Wecker auf Glocke, Datum mit Datumsfenster. Gravierte Messingfront mit aufgelegtem Ziffernring und Medaillon im Arcus, die Zeit darstellend, mit dem gravierten Satz: „La Mort ne se soucie pas du Temps".
Bibliothèque Universitaire, Louvain (Löwen) ▷▷

◁ **506** **Bodenstanduhr,** Belgien (Lüttich), Mitte 18. Jh., *anonymer Meister.* Achttage-Ankerwerk mit Gewichtsantrieb, Sekundenpendel, Datum und Mondphasen. Schlagwerk auf Glocke. Messingfront mit mattiertem, im unteren Teil graviertem Zentrum. Aufgelegter Zinnziffernring mit römischen Zahlen für die Stunden und arabischen für die Minuten. Im Arcus die Mondphasenindikation. Beschnitztes Eichengehäuse mit gebauchtem Fuß.
Musée de Liège (Lüttich)

◁ **507** **Bodenstanduhr,** Belgien (Lüttich), um 1750, signiert *Gilles de Beefs, Liège.* Achttagewerk mit Ankergang, Gewichtsantrieb für Geh- und Schlagwerk, Sekundenpendel und Datum. Abstellhebel für das Schlagwerk im Arcus. Beschnitztes, massives Eichenholzgehäuse im belgischen Louis XV-Stil mit durchbrochenem Fries und Blumenkartusche gearbeitet.
Musée de Liège (Lüttich)

◁ **508** **Bodenstanduhr,** Belgien (Lüttich), Mitte 18. Jh., signiert *G. Roume, Horloger de Son Altesse à Liège.* Achttagewerk mit Ankergang, Gewichtsantrieb und Schlagwerk auf Glocke, Sekundenpendel und Sekundenindikation. Beschnitztes Eichengehäuse im Stil „Cordonné Liègeois". Weißes Emailzifferblatt mit römischen Zahlen für die Stunden und feinen Messingzeigern.
Musée de Liège (Lüttich)

509 **Bodenstanduhr,** Belgien, 3. Drittel 18. Jh., signiert *Leonard Germain à Ste-Marguerite-lez-Liège.* Achttage-Ankerwerk mit Schlag auf Glocke. Gewichtsantrieb und Pendel. Gravierte Messingfront mit aufgelegtem Zinnziffernring und gegossenen, durchbrochenen Zinnappliken. Massives Eichengehäuse im Louis XVI-Stil.
Man beachte die saubere Linienführung des belgischen Louis XVI-Stils, der sehr sparsam mit Schnitzwerk umgeht.
Couvent du St.-Sépulcre, Liège (Lüttich) ▷

510 **Bodenstanduhr,** Belgien, um 1780, signiert *A. Cornille à Charleroy.* Achttage-Ankerwerk mit Gewichtsantrieb für Geh- und Schlagwerk und Pendel. Beschnitztes und gefaßtes Gehäuse im belgischen Louis XVI-Stil auf Klauenfüßen. Messingzifferblatt mit Zinnziffernring.
Sammlung Carolus Kerk, Antwerpen ▷▷

Deutschland

◁ **511 Bodenstanduhr,** wohl westfälisch mit bergischem Einschlag, datiert und bezeichnet *KKB 1778.* Achttagewerk mit Gewichtsantrieb für Geh- und Schlagwerk, Ankerhemmung mit Langpendel. Beschnitztes, dreiteiliges Eichengehäuse. Messingzifferblatt mit aufgelegtem Zinnring und Eisenzeigern.
Nonhof, Münster

512 Bodenstanduhr, bergisch, um 1780, Meister *Johann Wilhelm Bick in Solingen.* Elegantes, nußholzfurniertes Eichengehäuse mit geschweiftem Fuß und feinen Intarsien. Werk mit Gewichtsantrieb für Geh- und Schlagwerk, Ankergang mit Langpendel, Zentralsekunde, Datum und Mondphasen. Weißes Porzellanzifferblatt mit römischen Zahlen für die Stunden und arabischen für die Minuten. Fein ausgeschnittene Messingzeiger.
Photodokumentation Abeler, Wuppertal ▷

513 Bodenstanduhr, bergisch, um 1780, Meister *Johann Gottfried Herder* (1737–1796). Dreiteiliges, nußholzfurniertes Gehäuse mit geschweiftem Fuß und feiner Intarsienarbeit. Typisch der sich nach oben hin verjüngende Uhrkasten. Achttagewerk mit Ankergang, Langpendel und Gewichtsantrieb für Geh- und Schlagwerk auf Glocke. Metallfront mit aufgesetztem Porzellanzifferblatt, Zinnguß-Eckappliken und durchbrochenen Messingzeigern.
Photodokumentation Abeler, Wuppertal ▷▷

514 Bodenstanduhr, bergisch, um 1780, *anonymer Meister.* Achttage-Eisenwerk mit Gewichtsantrieb für Geh- und Schlagwerk auf Glocke. Weißes Fayencezifferblatt mit durchbrochenen Messingzeigern. Dreiteiliges, beschnitztes Obstholzgehäuse mit geschweiftem Sockel.
Photodokumentation Abeler, Wuppertal ▷▷▷

◁ **515 Bodenstanduhr,** bergisch, um 1800, signiert *Friedrich Wilhelm Heydorn, Lennep.* Obstholzgehäuse.
Photodokumentation Abeler, Wuppertal

◁ **516 Bodenstanduhr,** bergisch, Anfang 19. Jh., signiert *Johannes Eberhat Stöckr Hückswage* (1752 bis 1815). Achttagewerk mit Ankergang und Schlag auf Glocke. Metallfront mit aufgesetztem Porzellanzifferblatt, Bronze-Eckappliken und durchbrochenen Messingzeigern. Beschnitztes Obstholzgehäuse mit Blumenstrauß und Vögeln als Bekrönung.
Photodokumentation Abeler, Wuppertal

518 Bodenstanduhr bergisch, vollendet 1909 von *August Kortenhaus* (1869–1949). Der Bau der Uhr war von *Wilhelm Kortenhaus* (1774–1856) begonnen worden. Diese Uhr hat einen Viertelstundenschlag auf Glocke, zeigt das Datum aus der Mitte und Mondphasen im Arcus.
Photodokumentation Abeler, Wuppertal ▷

519 Bodenstanduhr, bergisch, datiert 1973, Meister *Johann Wilh. Schmitz, Burscheid.* Beschnitztes, dreiteiliges Obstholzgehäuse in schlanker Bauweise. Weißes Fayencezifferblatt mit fein ausgeschnittenen Stahlzeigern.
Photodokumentation Abeler, Wuppertal ▷▷

520 Bodenstanduhr, bergisch, Ende 18. Jh., signiert *Lange Elberfeld* (1748–1802). Fein intarsiertes Obstholzgehäuse mit geschweiftem Sockel.
Photodokumentation Abeler, Wuppertal ▷▷▷

517 Rückansicht des Uhrwerks der Standuhr Abb. 516. Eisenwerk in Plattenbauweise mit Rechenschlagwerk auf Glockenpaar. Kadraktur hinter der Rückplatine. ▽

1793

521 Bodenstanduhr, bergisch, um 1800, *anonymer Meister.* Achttage-Ankerwerk mit Gewichtsantrieb für Geh- und Schlagwerk. Metallfront mit aufgesetztem weißen Porzellanzifferblatt, vertikal stehenden römischen Zahlen für die Stunden und ausgeschnittenen Eisenzeigern. Im Arcus ausgesägte Metallfigur, die mit der Pendelbewegung hin- und herbewegt wird.
Photodokumentation Abeler, Wuppertal ▷

522 Bodenstanduhr, bergisch, um 1815. Intarsiertes, dreiteiliges Obstholzgehäuse mit beschnitztem Uhrkopf. Diese Standuhrenform ist typisch für das beginnende 19. Jh.
Photodokumentation Abeler, Wuppertal ▷ ▷

523 Zwei bergische Bodenstanduhren. Links von *Diedrich Wilhelm Färber, Neukirchen,* um 1840; rechts von *Joh. Wilhelm Eck jun. A Sohlingen,* um 1808. Die von Eck junior signierte Uhr hat zusätzlich Datumsindikation und zeigt neben guter Gehäuseproportion hohe Verarbeitungsqualität auch im Detail.
Photodokumentation Abeler, Wuppertal ▷

524 Bodenstanduhr, süddeutsch, um 1700, *anonymer Meister.* Werk mit Ankergang, Gewichtsantrieb, Pendel und Schlagwerk auf Glocke. Gehäuse nußholzfurniert mit Einlegearbeiten. Dominierend die vier Paar gedrechselten Säulen, die der Uhr eine eigenwillige Komponente geben. Vergoldete, gravierte Front mit aufgesetztem Ziffernring und ausgesägten Eisenzeigern. Repräsentatives Exemplar der frühen süddeutschen Bodenstanduhr. 224 × 45 × 33 cm
Auktionshaus Neumeister KG, München ▷

525 Bodenstanduhr, Süddeutschland, um 1700, Meister *Matthias Ernst, Ulm* (1663–1714). Eisenwerk mit Ankergang, Gewichtsantrieb und Pendel, Stundenschlag auf Glocke. Holzgehäuse im Stil der „Ulmer Renaissance“, nußholzfurniert, mit geschnitztem Fries und gedrechselten Säulen rechts und links vom Zifferblatt. Feuervergoldetes, graviertes Kupferzifferblatt mit aufgelegtem Silberzifferring und Messingzeigern.
Privatbesitz ▷▷

526 Bodenstanduhr, Süddeutschland, Anfang 18. Jh., *anonymer Meister.* Eintagewerk mit Ankergang, Gewichtsantrieb und Pendel. Stundenschlag auf Glocke, nußholzfurniertes, fein eingelegtes Holzgehäuse in rechteckiger Bauart, typisch für die süddeutsche Bodenstanduhr aus der Zeit um 1700. Gravierte, vergoldete Messingfront mit aufgelegtem, versilbertem Ziffernring, römischen Zahlen für die Stunden und arabischer Minuterie. Ausgesägte und gravierte Eisenzeiger. Höhe 220 cm
Ruef, München ▷

527 Bodenstanduhr, Deutschland, 1754/55, Meister *J. P. Fischer, Clöthen* (Uhrwerk) und *J. H. B. Sang, Braunschweig* (Gehäuse). Achttage-Ankerwerk mit Gewichtsantrieb, Sekundenpendel, Stundenschlag auf Glocke mit Repetition und Spielwerk. Gehäuse mit geschnittenem Spiegelglas verkleidet, das von hinten meist vergoldet, z. T. versilbert, ornamentale und figürliche Darstellungen zeigt. Vergoldete Messingfront mit mattiertem Zentrum, aufgesetzten Goldbronze-Eckappliken, versilbertem Ziffernring mit römischen Zahlen, kleinem Hilfszifferblatt für die Sekunden und Stellzeiger zum Abstellen der Repetition und des Spielwerks. Im Arcus die Mondphasen, im Zentrum Datumsfenster und fein ausgesägte Stahlzeiger. Höhe 320 cm
Württembergisches Landesmuseum, Stuttgart ▷ ▷

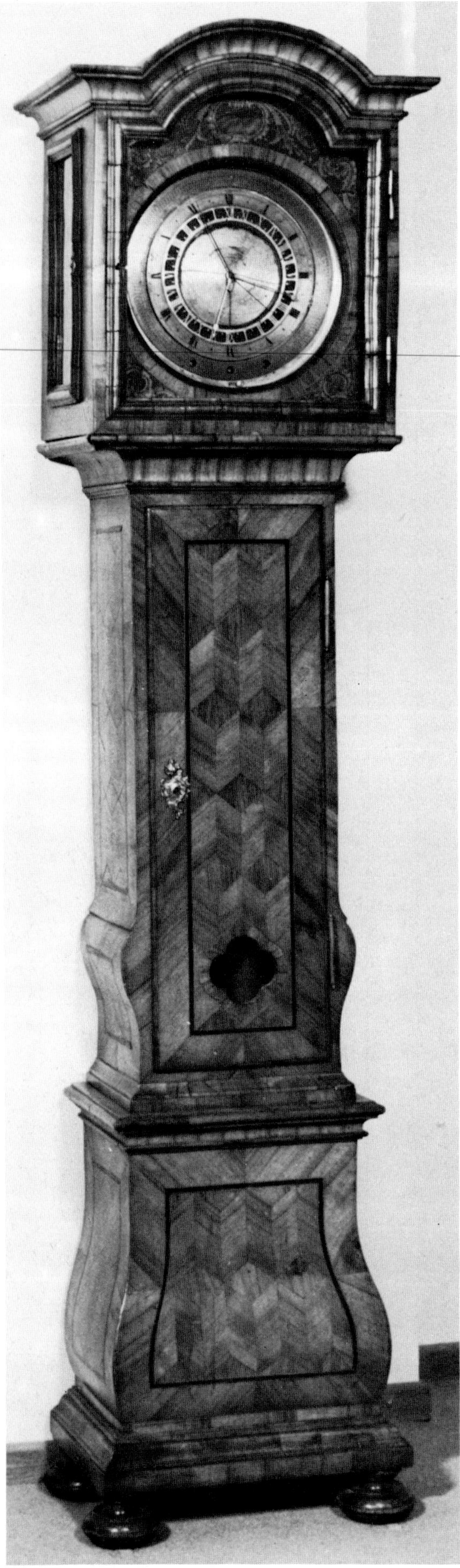
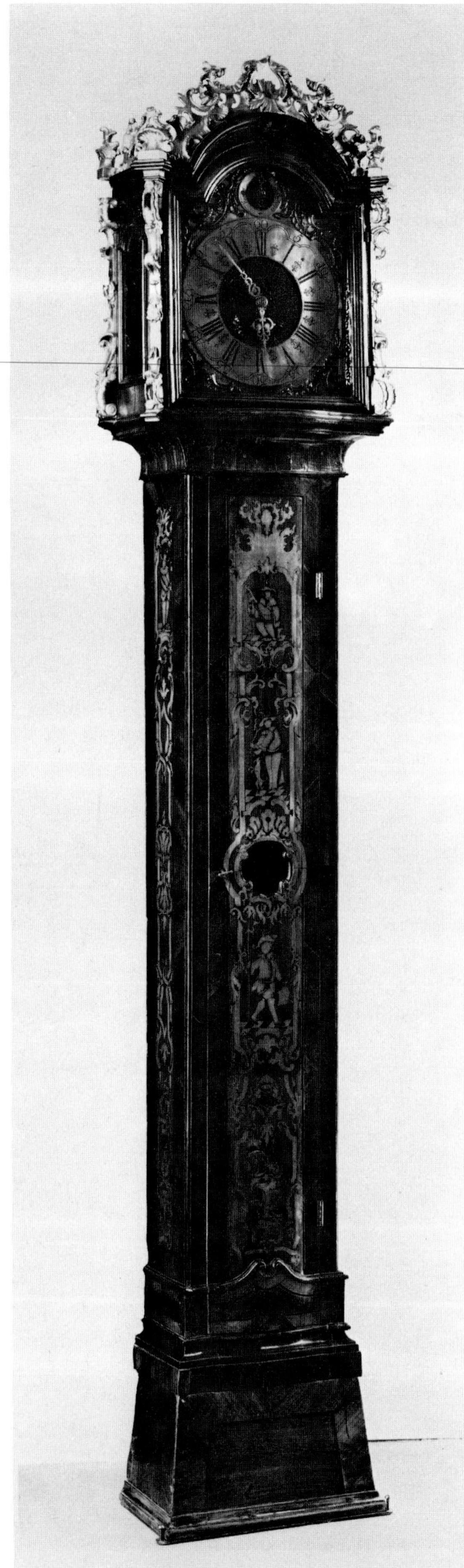

◁ **528 Bodenstanduhr,** Süddeutschland, um 1765, Meister *Gutwein, Würzburg,* Monatswerk mit Ankergang, Gewichtsantrieb und Pendel. Parkettiertes Nußholzgehäuse mit gebauchtem Fuß und Ausbuchtungen in Höhe der Pendellinse. Zifferblatt mit skelettiertem 24-Stunden-Ziffernring innen und 12-Stunden-Ziffernring außen und astronomischen Indikationen. Höhe 185 cm
Mainfränkisches Museum, Würzburg

◁ **529 Bodenstanduhr,** Süddeutschland, um 1740, *anonymer Meister.* Werk mit Ankergang, Gewichtsantrieb, Pendel und Schlagwerk auf Glocke. Gehäuse nußholzfurniert mit Marquetterie-Einlegearbeiten und geschnitztem Rokokofries. Messingfront mit aufgelegtem Zinnziffernring und ausgesägten Messingzeigern. Im Arcus Abstellhebel für das Schlagwerk. Sockel später.
Ruef, München

◁ **530 Bodenstanduhr,** Süddeutschland, um 1730, Meister *Antoni Doser Ellwangen,* Eintage-Eisenwerk mit Ankergang, Gewichtsantrieb, Datum, Schlagwerk (Stunden) und Wecker auf Glocke, sowie Repetition auf Anfrage. Eichengehäuse im Rokoko-Stil mit geschnitzten Rocailleverzierungen am oberen und unteren Uhrkasten. Graviertes Messingzifferblatt mit aufgesetztem Zinnziffernring, römischen Zahlen für die Stunden und arabischen für die Minuten. Im Zentrum Weckerscheibe, ausgeschnittene Zeiger. 234 × 50 × 22 cm
Württembergisches Landesmuseum, Stuttgart

531/532 Uhrwerk einer Barock-Standuhr, signiert auf der hinteren Platine *Georg Wolfgang Beimel Grosuhrmacher Amberg 1732.* Gehwerk mit Ankergang, Gewichtsantrieb und Pendel; Stunden- und Viertelstundenschlag auf Glocken, Repetition auf Anfrage. Große Schloßscheibe mit Radspeichen in Form eines fünfteiligen Akanthusblattes reich graviert gearbeitet.
Nach jedem Viertelschlag wird die vergangene Stunde wiederholt (Grande Sonnerie). Dies wird durch eine Teilung in 12mal 4 Einschnitte auf der Schloßscheibe erreicht, die die Auslösestifte für den Stundenschlag trägt und über Innenverzahnung angetrieben wird. Das Zifferblatt ist in graviertem, feuervergoldetem Kupfer mit aufgelegtem, versilbertem Ziffernring gearbeitet. Im mattierten Zentrum das Datumsfenster und die gravierte, versilberte Weckerscheibe. Indikation von Wochentag mit Tagesregenten und Monaten mit Tierkreiszeichen unterhalb des Abstellhebels für Repetierschlag und Viertelstundenschlag im Arcus. 33 × 24 × 19 cm
Sammlung Kellenberger, Winterthur

533/534 Bodenstanduhr, Süddeutschland (Eichstätt), 1775, signiert *Georgius Ignatius Wisnpaindter fecit* Eustadii (A(nn)o 1775. Werk mit Ankergang, Gewichtsantrieb und Pendel mit großer polierter Messingpendellinse. Fein graviertes Zifferblatt mit Stundenindikation im Stundenfenster und Hilfszifferblättern für Sekunden im Arcus und Minuten/Viertelstunden im Zifferblattzentrum. Stark gebauchtes und mit Rocaillen verziertes Obstholzgehäuse mit großer Sichtöffnung für die Pendellinse. Höhe 195 cm
Ruef, München

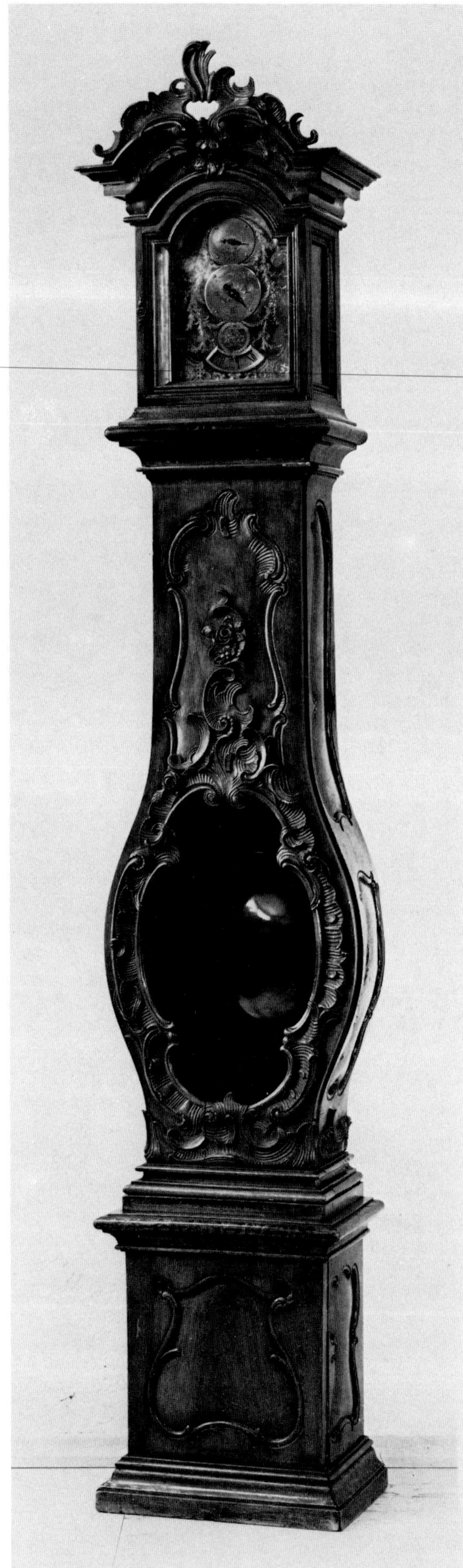

536 Bodenstanduhr, Deutschland, 2. Drittel 18. Jh., *anonymer Meister.* Achttagewerk mit Ankergang und Langpendel, Viertelstundenschlag und Datum. Geschweiftes, nußholzfurniertes Gehäuse mit Rocaillenabschluß.
Wuppertaler Uhrenmuseum ▷

537 Bodenstanduhr, Süddeutschland, 3. Viertel 18. Jh., *anonymer Meister.* Achttagewerk mit Ankergang, Gewichtsantrieb, Sekundenpendel und Viertelschlag auf Glocken. Nußholzfurniertes Gehäuse mit Intarsienstreifen. Messingfront mit aufgelegten Goldbronze-Eckappliken und versilbertem Ziffernring, römischen Zahlen für die Stunden und arabischer Minuterie. Mattiertes Zentrum mit Hilfszifferblatt für die Sekunden und fein ausgesägten Zeigern in gebläutem Stahl. Im Arcus Abstellhebel für das Schlagwerk. 223 × 55 × 28 cm
Ruef, München ▷ ▷

◁ **535 Bodenstanduhr,** Sachsen, um 1750. Geschweiftes Gehäuse mit Riopalisander und Zwetschgenholz furniert. Feuervergoldete Rokoko-Bronzemonturen. Höhe 255 cm.
Museum für Kunsthandwerk, Dresden

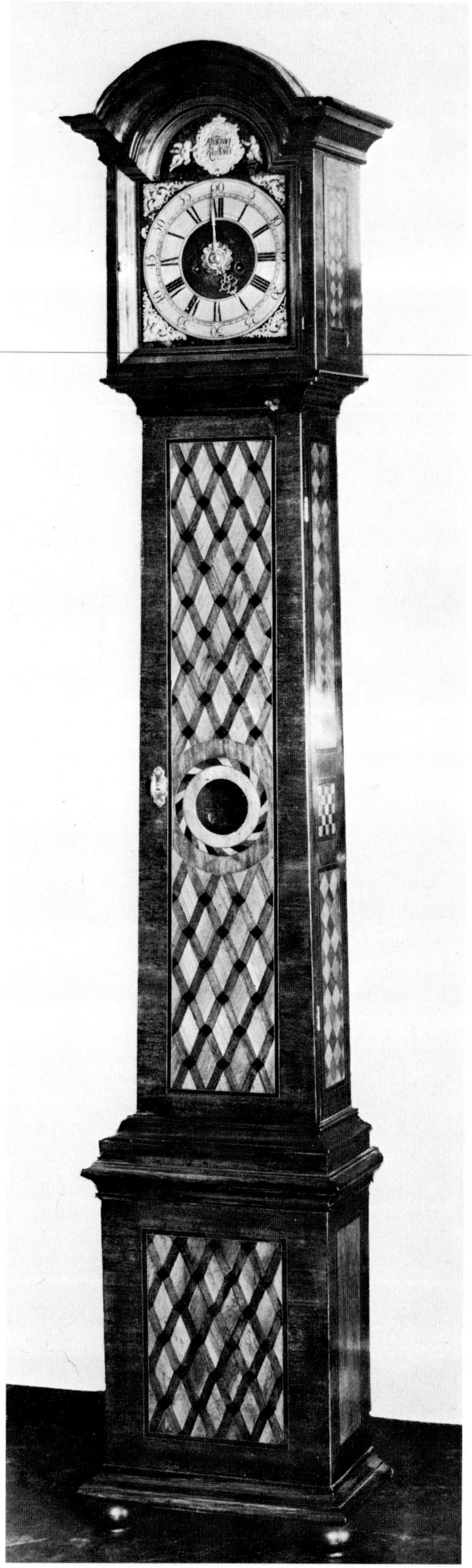

◁ **538 Bodenstanduhr mit Musikspielwerk,** Deutschland, um 1770, *anonymer Meister.* Achttage-Gehwerk mit Gewichtsantrieb und Langpendel. Intarsiertes Gehäuse aux Chinois, *David Roentgen* zugeschrieben.
Museum für Kunsthandwerk, Dresden

539 Bodenstanduhr, Süddeutschland, um 1780, *anonymer Meister.* Eintagewerk mit Ankergang, Gewichtsantrieb, Pendel, Stundenschlag und Wekker auf Glocke. Nußholzfurniertes Gehäuse mit Würfeleinlegearbeiten, typisch für den süddeutschen Louis XVI-Stil in schlanker, rechteckiger Form. Getriebene, vergoldete Front mit aufgesetztem Ziffernring, römischen Zahlen und ausgeschnittenen Stahlzeigern. Höhe 240 cm
Löwe, München

◁ **540 Bodenstanduhr,** niederrheinisch, um 1780, Meister *Kintzing Neuwied* (1746–1816). Achttagewerk mit Ankergang, Gewichtsantrieb, Pendel, Schlagwerk und Wecker auf Glocke. Gehäuse im Louis XVI-Stil, nußbaumfurniert und mit Rauten- und Schachbrettmuster-Marketerie verarbeitet, mit sich nach oben verjüngendem Schaft. Zifferblatt mit versilbertem Ziffernring, römischen Zahlen für die Stunden und arabischer Minuterie. Goldbronze-Eckappliken, im Zentrum Weckerscheibe und Aufzugsöffnungen. Höhe 247 cm
Auktionshaus Neumeister KG, München

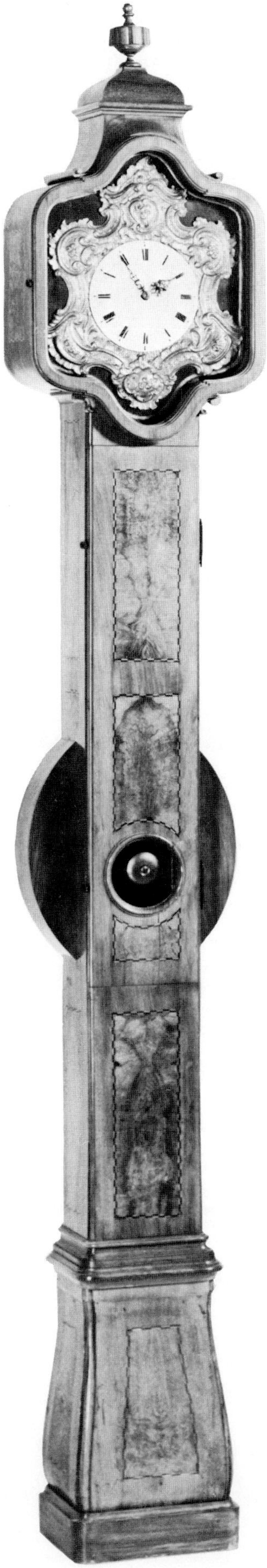

541 Bodenstanduhr, Süddeutschland, um 1750, *anonymer Meister.* Schmales Nußbaumgehäuse, furniert und poliert mit Einlegearbeit. Seitliche Backen für das schwingende lange Pendel. Getriebenes vergoldetes Schild mit Emailzifferblatt. Messingwerk mit Viertel- und Stundenschlag. Der einzige Hammer schlägt auf der ersten Tonfeder die Viertel und nach seitlicher Verschiebung auf der zweiten Tonfeder die Stunden, Schnurzug.
Historische Uhrensammlung, Furtwangen ▷

542 Bodenstanduhr, Süddeutschland, um 1780, bezeichnet *I. D. Kuhn, Karlsruhe.* Achttagewerk mit Gewichtsantrieb, Ankergang und Langpendel. Schlankes nußbaumfurniertes Weichholzgehäuse, bekrönt durch Louis XVI-Vase. Weißes Emailzifferblatt mit römischen Zahlen für die Stunden und durchbrochenen, vergoldeten Messingzeigern.
Historische Uhrensammlung, Furtwangen ▷ ▷

◁ **543 Bodenstanduhr,** Deutschland, Anfang 19. Jh., Meister *Roentgen* & *Kinzing à Neuwied*. Werk mit Amanthemmung (erfunden 1745). Der große Zeiger läuft in vier Stunden einmal um, wobei sich die im Zeigerfenster befindliche Zeigerspitze so verschiebt, daß sie nach 4 Stunden jeweils auf einen anderen Teilkreis weist. Bei 12 Uhr springt sie zurück auf den unteren Kreisbogen. Das kleine Zifferblatt zeigt die Sekunden. Der äußere Skalenring zeigt die Minuten in arabischen Zahlen, die Stunden werden mit römischen Zahlen angegeben. Höhe 183 cm
Württembergisches Landesmuseum, Stuttgart

◁ **544 Bodenstanduhr,** wohl norddeutsch, um 1810, *anonymer Meister*. Interessantes Achttagewerk mit Ankergang, Gewichtsantrieb über 2 Trommeln, $^{4}/_{4}$-Schlag auf 2 Glocken und Sekundenpendel. Das Schlagwerksgewicht treibt somit auch den Viertelschlag an. Säulenförmiges Gehäuse, Eschewurzelholz auf Weichholz furniert, mit ebonisiertem Obstholz abgesetzt. Weißes Emailzifferblatt mit schwarzen römischen Zahlen für die Stunden und ausgesägten Messingzeigern. 219 × 38 × 28 cm
Privatbesitz

545 Bodenstanduhr mit Äquation, Süddeutschland (Echterdingen), 1784, Meister *Ph. Matth. Hahn* (1739–1790). Messingwerk mit Ankergang, Gewichtsantrieb und kardanisch aufgehängtem Sekundenpendel. Schloßscheibenschlagwerk mit eigenem Spindelgang schlägt die Viertel und die Stunden über die Schloßscheibe. Datum und Mondalter werden durch das Schlagwerk angetrieben. Mahagonifarbenes Nußholzgehäuse. 220 × 45,4 × 32,5 cm
Württembergisches Landesmuseum, Stuttgart ▷

547 Dielenuhr-Regulator, Süddeutschland (Furtwangen), um 1860, Meister *Lorenz Bob*. Nußbaumstockmaserholzfurniert und poliert. Biedermeierstil. Großes Emailzifferblatt mit exzentrischer Sekunde, Gangdauer 1 Jahr. Massives Messingwerk mit 8 Steinen.
Historische Uhrensammlung, Furtwangen ▷▷

546 Bodenstanduhr, Süddeutschland (Furtwangen), um 1860, signiert *Lorenz Bob*. Nußbaummaserholzfurniert und poliert. Biedermeierstil. Emailzifferblatt, exzentrische Sekunde. Massives Messingwerk.
Historische Uhrensammlung, Furtwangen ▷▷▷

548/549 Bodenstanduhr mit Musikspielwerk, Süddeutschland, um 1875, Meister *Karl Blessing, Unterkirnach* (Uhrwerk), und *F. X. Scherzinger, Furtwangen* (Gehäuse). Gehwerk mit Holzplatinen und Messingrädern, Gewichtsantrieb und Stundenschlag auf Glocke, eingebaut in Musikspielwerk mit bestifteter Holzwalze, die sich nach jedem gespielten Stück automatisch verschiebt. Gehäuse mit floralen und ornamentalen Motiven bemalt. Zifferblatt in weißem Email mit schwarzen römischen Zahlen für die Stunden und arabischen für die Minuten auf polychrom bemaltem Fond.
Historische Uhrensammlung, Furtwangen

549 Musikspielwerk zu Abb. 548.
Werkhöhe 58 cm

550 Bodenstanduhr, Österreich (Steiermark), um 1740, Meister *Martin Weinhart, Graz* (1698–1779). Gewichtsgetriebenes Messingwerk mit Ankergang und 1 Monat Gangdauer. Nußholzfurniertes Gehäuse mit Einlegearbeiten, Messingfront mit aufgelegtem Zinnziffernring und getriebenem Zentrum.
Landesmuseum Johanneum, Graz ▷

551 Bodenstanduhr, Oberösterreich, um 1730, *anonymer Meister.* Achttage-Eisenwerk mit Messingrädern, Ankergang und Pendel. Gewichtsantrieb für Geh- und Wiener Vierviertelschlagwerk auf 2 Glocken durch 3 Bleigewichte. Gehäuse als Eckkasten mit vielerlei Hölzern und Zinn eingelegt. Graviertes und vergoldetes Messingzifferblatt mit versilbertem Ziffernring und vergoldeten Bronzeappliken. Hilfsring für Sekunden. Ausgeschnittene Stahlzeiger. Höhe 260 cm
Landesmuseum Johanneum, Graz ▷ ▷

Teilansicht der Bodenstanduhr von Stephan Fuchs.

◁ **552 Bodenstanduhr,** Österreich (Wien), um 1750, Meister *Franz Forster* (Hofuhrmacher). Gehwerk mit Ankergang, Sekundenpendel, Gewichtsantrieb und 1 Monat Gangdauer. Indikationen von Tag, Datum und Mondphasen. Nußholzfurniertes Gehäuse mit Einlegearbeiten (Marketerie). Graviertes Messingzifferblatt mit aufgelegtem, versilbertem Ziffernring, Bronze-Eckappliken und Mondphasen im Arcus. Fein ausgesägte Eisenzeiger. Bei dieser Uhr macht sich in der Gehäusegestaltung der englische Einfluß bemerkbar.
Sakristei des Stephans-Domes in Wien

◁ **553 Bodenstanduhr,** Österreich, letztes Viertel 18. Jh., Meister *Stephan Fuchs.* Werk mit Ankergang, Sekundenpendel, Gewichtsantrieb und Rufschlag sowie Wecker auf Glocke. Graviertes, vergoldetes Messingblatt mit aufgelegtem, versilbertem Ziffernring. Mondphase im Arcus, Datum aus der Mitte. Intarsiertes Nußholzgehäuse, gekrönt von blattvergoldetem Reichsadler.
Österreichisches Museum für angewandte Kunst, Wien, Geymüller Schlössel, Sammlung Dr. Sobek

554 Bodenstanduhr, Österreich (Wien), letztes Viertel 18. Jh., *anonymer Meister.* Gehwerk mit Gewichtsantrieb, Sekundenpendel und Zentralsekunde. Nach oben hin leicht konisch verlaufendes Obstholzgehäuse mit horizontalem Abschluß, der eine Büste trägt.
Österreichisches Museum für angewandte Kunst, Wien, Geymüller Schlössel, Sammlung Dr. Sobek ▷

555 Bodenstanduhr (Regulator), Österreich (Wien), um 1800, Meister *Anton Brändl* (1788 bis 1818). Monatswerk mit Vollkalender, Sekundenpendel, Gewichtsantrieb und Viertelstunden-Schlagwerk mit Repetition auf Glocke. Gehäuse in Säulenform in poliertem Acajou gearbeitet. Weißes Emailzifferblatt mit schwarzen römischen Zahlen für die Stunden und Hilfszifferblättern für Sekunden, Wochentage und Monate. Indikation des Datums im oberen Halbkreis durch Zeiger aus der Mitte. Alle Zeiger elegant in gebläutem Stahl gearbeitet.
Anton Brändl gehört zu den bedeutenden Uhrmachermeistern der Wiener Schule und hat sich insbesondere durch den Bau von feinsten Regulatoren hervorgetan.
Österreichisches Museum für angewandte Kunst, Wien, Geymüller Schlössel, Sammlung Dr. Sobek ▷▷

◁ **556/557 Regulator-Bodenstanduhr,** Österreich, um 1818, signiert auf dem Zifferblatt *L. Binder in Wien.* Dreimonatswerk mit Gewichtsantrieb, Kompensationspendel mit Temperaturzeiger (nach Ellicott) und seitlichem Gewichtsablauf. Gehäuse nußholzfurniert, verglast und mit Goldbronzeappliken verziert. Weißes Emailzifferblatt mit römischen Zahlen für die Stunden und Indikationen von Stunden, Minuten, Sekunden, Äquation (mittlere und Sonnenzeit-Minuten), Sonnenauf- und untergang, Tag- und Nachtlänge, Monat mit zugehörigen Tierkreiszeichen, Wochentage und Mondphasen (mit Mondkugel). Das rechte Hilfszifferblatt zeigt die Weltzeit für einige große Städte. Höhe 175 cm
Österreichisches Museum für angewandte Kunst, Wien, Geymüller Schlössel, Sammlung Dr. Sobek

558 Regulator-Bodenstanduhr, Österreich, um 1810, Meister *Johann Köstler, Steinamanger.* Messingwerk mit Gewichtsantrieb, Sekundenpendel, Datum und Zentralsekunde. Nußholzgehäuse in der typischen Form des Wiener Biedermeier-Regulators, mit hellen Einlegestreifen und Bronzeappliken am Oberteil. Verglaste Vordertür. Zifferblatt mit Hilfszifferblättern für Datum und Stunden. Minuten und Sekunden aus der Mitte.
Österreichisches Museum für angewandte Kunst, Wien, Geymüller Schlössel, Sammlung Dr. Sobek

▷

559 Regulator-Bodenstanduhr, Österreich (Wien), um 1810, *anonymer Meister.* Gewichtsgetriebenes Präzisionswerk mit Sekundenpendel und Holzpendelstange. Regulatorzifferblatt mit Minute aus der Mitte, zwei Zonenzeiten, Sekunden und Kalender. Verglastes Mahagonigehäuse in der Form der Wiener Laterndluhren.
Österreichisches Museum für angewandte Kunst, Wien, Geymüller Schlössel, Sammlung Dr. Sobek

▷▷

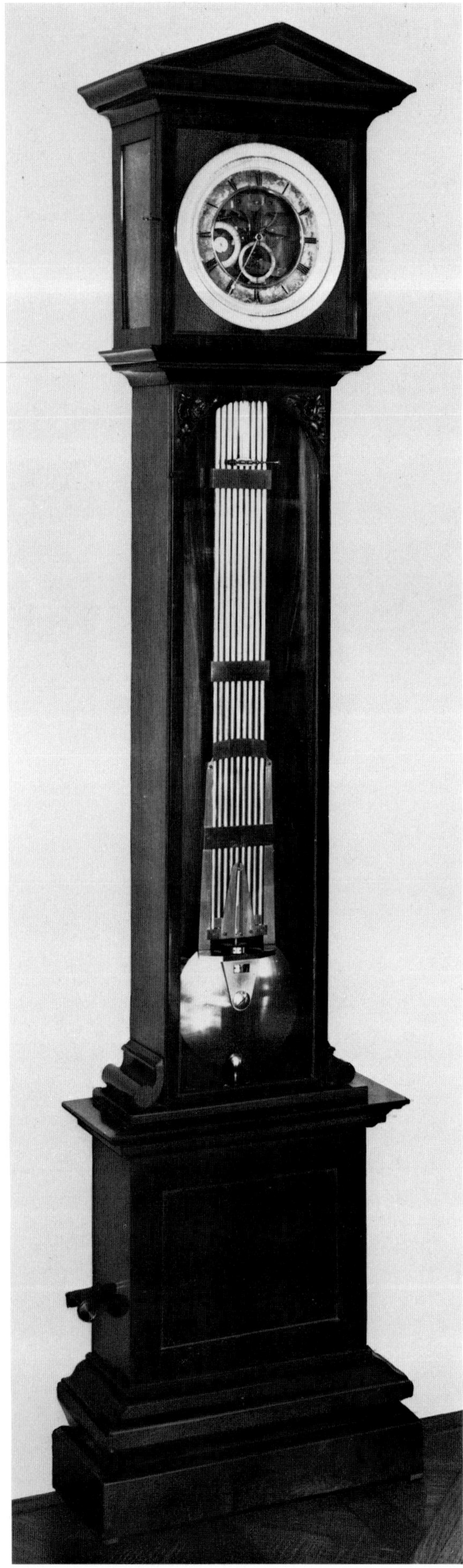

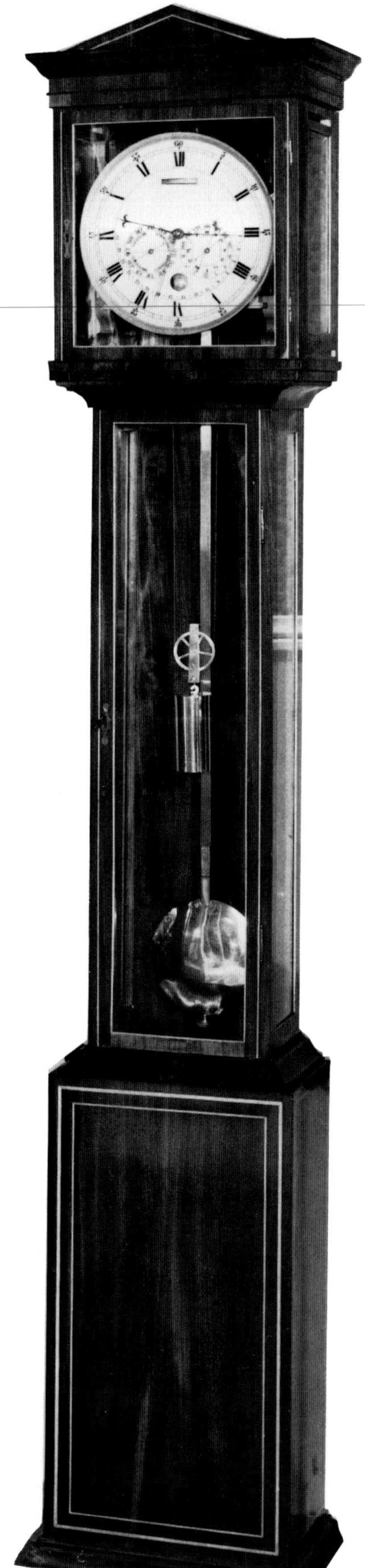

◁ **560 Regulator-Bodenstanduhr,** Österreich (Wien), um 1810, *anonymer Meister.* Messingwerk mit Gewichtsantrieb, Kompensationsrostpendel und nur einem Rad (dem Hemmrad). Ebenholzgehäuse z. T. verglast mit Einlegestreifen. Zifferblattzentrum gibt Einblick auf das Gehwerk frei. Versilberter Messingziffernring mit schwarzen römischen Zahlen. Vergoldete, guillochierte Bronzelunette. Uhren mit einem Rad gehören zu den Raritäten, die die Uhrmacherkunst hervorgebracht hat.
Österreichisches Museum für angewandte Kunst, Wien, Geymüller Schlössel, Sammlung Dr. Sobek

◁ **561 Regulator-Bodenstanduhr,** Österreich (Wien), um 1815. Messingwerk mit Gewichtsantrieb und temperaturkompensiertem Sekundenpendel. Verglastes Mahagonigehäuse. Weißer Emailziffernring mit arabischen Zahlen und durchbrochenen Messingzeigern.
Österreichisches Museum für angewandte Kunst, Wien, Geymüller Schlössel, Sammlung Dr. Sobek

◁ **562 Regulator-Bodenstanduhr,** Österreich (Wien), um 1810, Meister *Matthias (Mathäus) Ratzenhofer* (1799–1839). Verglastes Messing-Monatswerk mit Gewichtsantrieb und Sekundenpendel mit polierter Messinglinse. Repetition auf Anfrage (Stunden und Viertelstunden). Verglastes Acajougehäuse mit hellen Intarsienstreifen. Hilfszifferblätter für Tag, Datum, ewigen Kalender, Mondphasen und die Tierkreiszeichen. Ein springender und ein normal umlaufender Minutenzeiger.
Österreichisches Museum für angewandte Kunst, Wien, Geymüller Schlössel, Sammlung Dr. Sobek

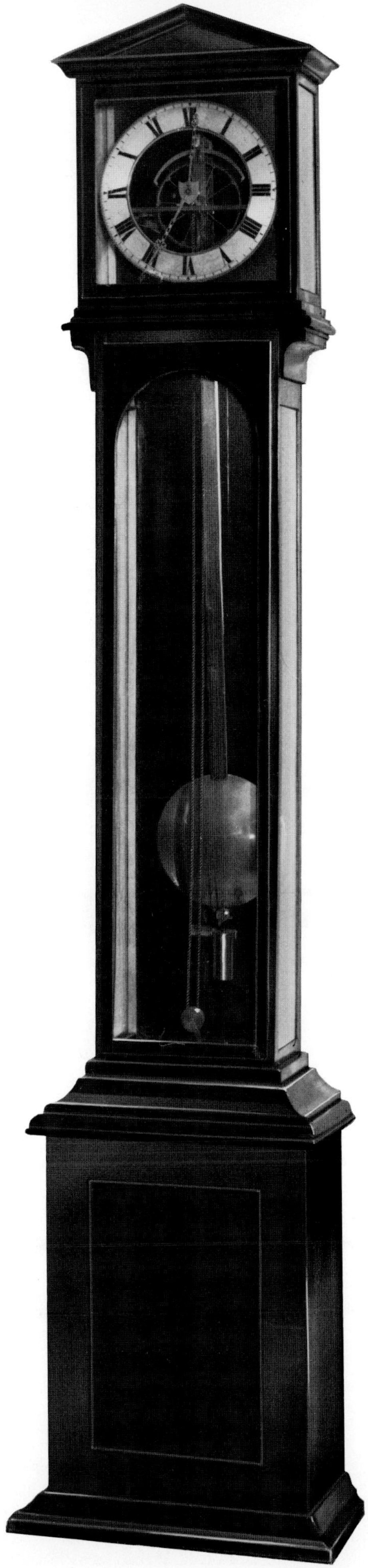

563 Regulator-Bodenstanduhr, Österreich (Wien), um 1810, *anonymer Meister.* Werk mit nur einem Rad (Hemmrad), Gewichtsantrieb und Pendel mit Stahlpendelstange. Verglastes ebonisiertes Holzgehäuse mit hellen Ahornintarsienstreifen. Versilberter Ziffernring mit römischen Zahlen. Das Zifferblattzentrum ist ausgespart und gibt den Blick auf das Werk mit dem großen Hemmrad frei. Vergoldete, ziselierte und ausgesägte Zeiger zeigen die Minuten und Stunden.
Österreichisches Museum für angewandte Kunst, Wien, Geymüller Schlössel, Sammlung Dr. Sobek ▷

564 Regulator-Bodenstanduhr, Österreich, um 1820, Meister *Franz Foggenberger* (1811–1836). Messing-Jahreswerk mit Gewichtsantrieb, Sekundenpendel (Scheinkompensationspendel) und Zentralsekunde. Verglastes Nußholzgehäuse. Weißes Emailzifferblatt mit guillochierter Bronzelunette, römischen Zahlen für die Stunden und gebläuten Breguet-Stahlzeigern.
Österreichisches Museum für angewandte Kunst, Wien, Geymüller Schlössel, Sammlung Dr. Sobek ▷ ▷

◁ **565 Freischwinger,** Österreich, um 1790, Meister *Paul Hartmann Wien* (1763–1803). Monatswerk mit Federantrieb und Sekunde aus der Mitte. Die ganze Uhr schwingt als „Pendellinse" eines temperaturkompensierten Sekunden-(Rost-)Pendels mit Sekundenfrequenz. Eigenwilliges Gehäuse mit Bronzeappliken auf Klauenfüßen. Weißer Emailziffernring mit schwarzen arabischen Zahlen und gebläuten Stahlzeigern.
Österreichisches Museum für angewandte Kunst, Wien, Geymüller Schlössel, Sammlung Dr. Sobek

◁ **566 Regulator-Bodenstanduhr,** Österreich, um 1840, signiert *(Ignaz) Marenzeller in Wien.* Präzisionswerk mit Gewichtsantrieb und Quecksilber-Kompensationspendel. Verglastes Holzgehäuse mit reliefiertem Fries. Versilbertes Zifferblatt mit Minute aus der Mitte, Hilfszifferblätter für Sekunden (oben) und Stunden von 0–23 (unten).
Österreichisches Museum für angewandte Kunst, Wien, Geymüller Schlössel, Sammlung Dr. Sobek

standuhr „aus einem Guß" schon weit fortgeschrit-
ten. Das Uhrwerk befindet sich im oberen Teil, der noch an eine Pendule erinnert, der untere Teil des Kastens verbirgt Pendelstange und Gewicht ▷▷

◁ **569/570 Bodenstanduhr,** Frankreich, um 1745/49, von Meister *Jean Charost, Paris* (Meister 1737). Das Gehäuse ist *Jean Pierre Latz* (gest. 1754) zugeschrieben. Werk mit Gewichtsantrieb für die Zeitindikationen und Äquation, Federantrieb für alle übrigen Indikationen und Schlagwerke, Ankerhemmung mit Sekundenpendel, Viertelschlag auf 3 Glocken und folgenden Indikationen: Stunden, Minuten, Sekunden, Äquation, geschlagene Stunden, Wochentage, Datum im Monat, Jahresstellung im Schaltzyklus, Mondalter mit Mondbild, Sonne im Tierkreis, Sonnenauf- und -untergangszeit getrennt (Stunden und Minuten). Das J. P. Latz zugeschriebene Gehäuse aus intarsiertem Königsholz mit Goldbronzeappliken gefertigt. Zifferblatt aus vergoldeter Bronze mit silbernen Ziffernringen und Skalen, gebläuten Stahlzeigern mit Ausnahme des Sonnenzeigers. Höhe 226 cm
Württembergisches Landesmuseum, Stuttgart
Bemerkung: Außergewöhnlich prunkvolle Uhr mit großer Komplikation

571 Pendule, Frankreich, um 1740, Uhrwerk von *Etienne Lenoir, Paris.* Pilasterförmiger Sockel, Eiche; Marketerie in Boulle-Technik, feuervergoldete ziselierte Beschläge. 260 × 65 × 40 cm
Museum für Kunsthandwerk, Dresden ▷

572 Bodenstanduhr, Frankreich, um 1755, Meister *Henry Voisin, Paris* (geb. 1733, Meister 1755), das Gehäuse signiert *B(althazar) Lieutaud, Paris* (Meister 1749). Achttagewerk mit Grahamgang, Gewichtsantrieb und Sekundenpendel. Marketeriegehäuse im Stil Louis XV mit feuervergoldeten Bronzen ganz eingefaßt. Kreisförmiges, versilbertes Zifferblatt mit ausgesägten, vergoldeten Messingzeigern und Zentralsekunde in gebläutem Stahl. Höhe 241 cm
Sotheby, London ▷▷

◁ **573 Standuhr mit Spielwerk,** Frankreich, Mitte 18. Jh., signiert *Joannes Biestaa a Paris.*
Potsdam-Sanssouci; Neues Palais

◁ **574 Bodenstanduhr,** Frankreich, um 1740, signiert auf dem Zifferblatt *Le Roy Hger du Roi à Paris* (wohl Julien Le Roy 1686–1759). Gehwerk mit Sekundenpendel und Zentralsekunde. Treize-Pièces-Zifferblatt mit römischen Zahlen für die Stunden und arabischer Minuterie. Marketerie-Gehäuse im Stil Louis XV mit Goldbronzeappliken.
Auktionshaus Rasmussen, Kopenhagen

575 Bodenstanduhr, Frankreich, um 1760, signiert *J(ean)-A(ntoine) Lépine* (1720–1814, Uhrmacher von Louis XV, Louis XVI und Napoleon). Werk mit Gewichtsantrieb, Pendel und Schlag auf Glocke. Ankerhemmung. Gehäuse im Stil Louis XV, furniert mit intarsiertem Königsholz und mit Bronzeappliken besetzt. Weißes Emailzifferblatt mit römischen Zahlen für die Stunden und arabischer Minuterie.
Musée Curtius, Liège (Lüttich) ▷

576 Bodenstanduhr, Frankreich, Mitte 18. Jh., Uhrwerk von *Stollenwerck, Paris.* Eiche, Marketerie in Boulle-Technik, feuervergoldete, ziselierte Beschläge. Höhe 260 cm
Museum für Kunsthandwerk, Dresden ▷ ▷

577 Bodenstanduhr (Regulator), Frankreich, um 790, signiert *Thiout l'Aine Reparé Par Janvier* auf dem Zifferblatt und *Thiout l'Ainé a Paris* auf der Platine. Monatswerk mit Messingplatinen, Antrieb durch 2 Messinggewichte, Viertelschlag auf Glokken, Graham-Gang mit Temperaturkompensationsrostpendel und Messeraufhängung (selbstt. Niveauregulierung). Das Zifferblatt mit mattiertem Zentrum und Indikationen von Stunden, Minuten, Sekunden, Tag in der Woche/Monat, Mondalter/-phasen, Jahr und Schaltjahr (Handbetrieb). Königsholzfurniertes Gehäuse mit kartuschenförmigem Kopf, Goldbronzeappliken, verglaster Tür und Einfassung durch Bronzeleisten. Höhe 231 cm
Sotheby, London ▷ ▷ ▷

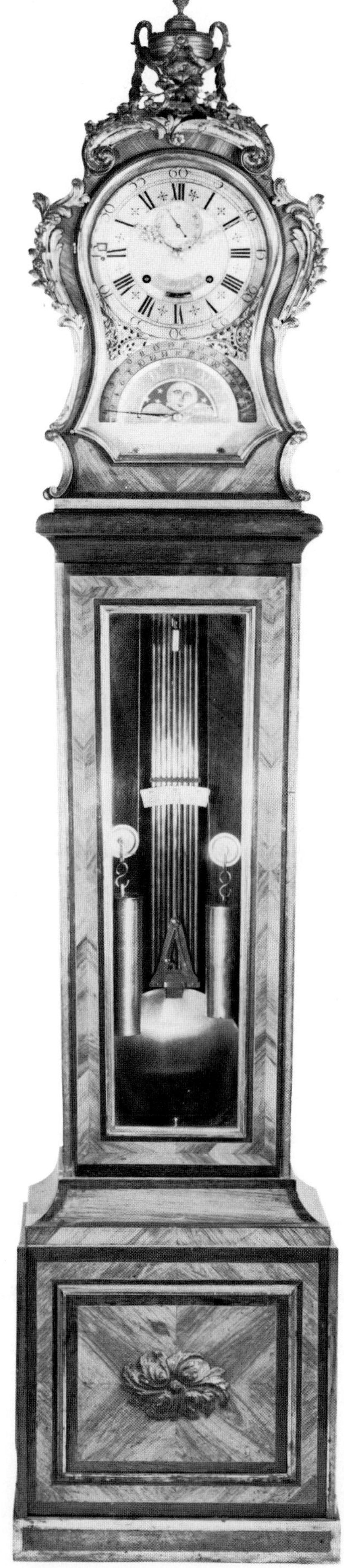

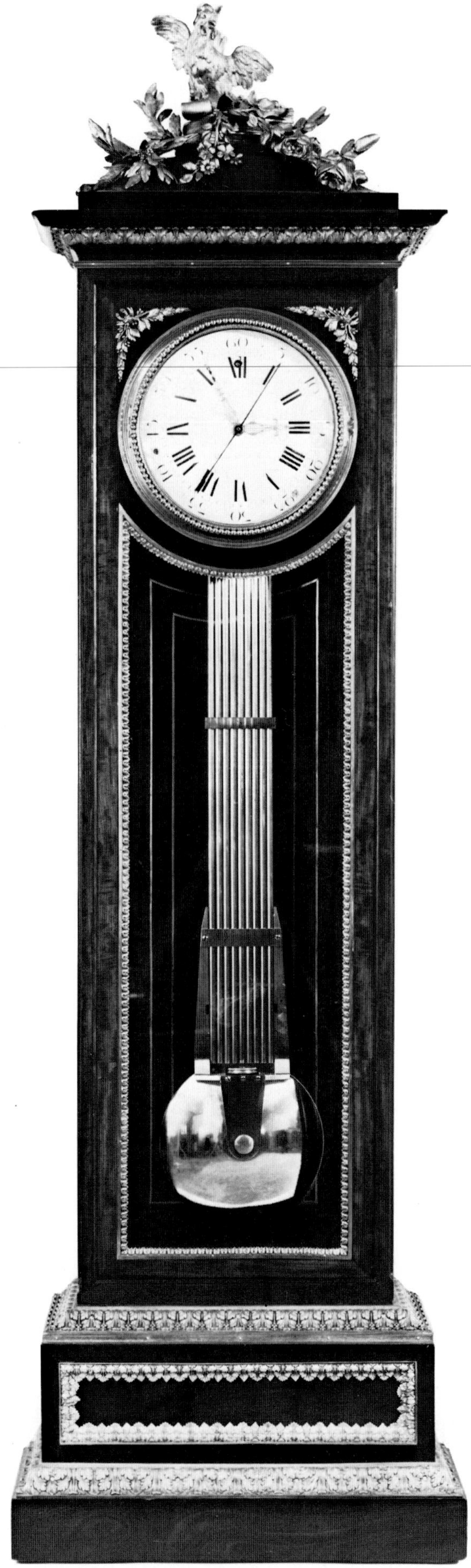

◁ **578 Bodenstanduhr (Regulator),** Paris, um 1780, signiert *Ferdinand Berthoud* (1727–1807). Regulatorwerk mit Gewichtsantrieb und temperaturkompensiertem Sekundenpendel. Das von *B. Lieutaud* (1772–1807) gefertigte Gehäuse im Stile Louis XVI mit feuervergoldeten Bronzeleisten und -appliken dekoriert. Weißes Emailzifferblatt mit Zentralsekunde. Barometer in ovaler Form im oberen Teil der verglasten Tür.
Wallace-Collection, London
Bemerkung: Beispiel einer Prunkuhr im Louis-XVI-Stil, wo die Gehäusegestaltung im Widerspruch zur technisch-rationalen Funktion des Präzisionsuhrwerkes steht.

◁ **579 Bodenstanduhr (Regulator),** Frankreich, um 1780, signiert *Robin Hger Du Roi*, Gehäuse signiert *E. Levasseur*. Robert Robin (1742–1799) wurde 1786 zum Uhrmacher Marie Antoinettes bestellt. Messingwerk mit Stiftanker-Hemmung und unten liegendem Steigrad. Rostpendel mit Temperaturkompensation. Verglaster Mahagonikasten mit Messingfilets eingelegt und feuervergoldeten Bronzezierleisten versehen. Höhe 231 cm
Sotheby, London

580/581 Bodenstanduhr (Regulator), Frankreich, um 1800, *signiert Lépine/Dubuisson* (1771–1820, Zifferblatt-Emailleur in Paris), *Jean-Antoine Lépine* (1720–1814). Werk mit Bimetall-Kompensationspendel und Temperaturzeiger, Gewichtsantrieb und Indikation von Stunden, Minuten, Zentralsekunde, Tag und Monat. Verglastes Mahagonigehäuse im Empire-Stil. 208 × 53 × 30,5 cm
Schloß Wilhelmshöhe, Kassel ▷

582 Bodenstanduhr (Regulator), Frankreich, um 1790, signiert *Robert Robin* (1767–1804). Messingwerk mit Gewichtsantrieb und temperaturkompensiertem Rostpendel. Weißes Emailzifferblatt mit römischen Zahlen für die Stunden und arabischer Minuterie. Sekundenpendel mit Zentralsekunde. Elegantes Mahagonigehäuse im Empire-Stil, vorne verglast.
Musée Paul Dupuy, Toulouse ▷▷▷

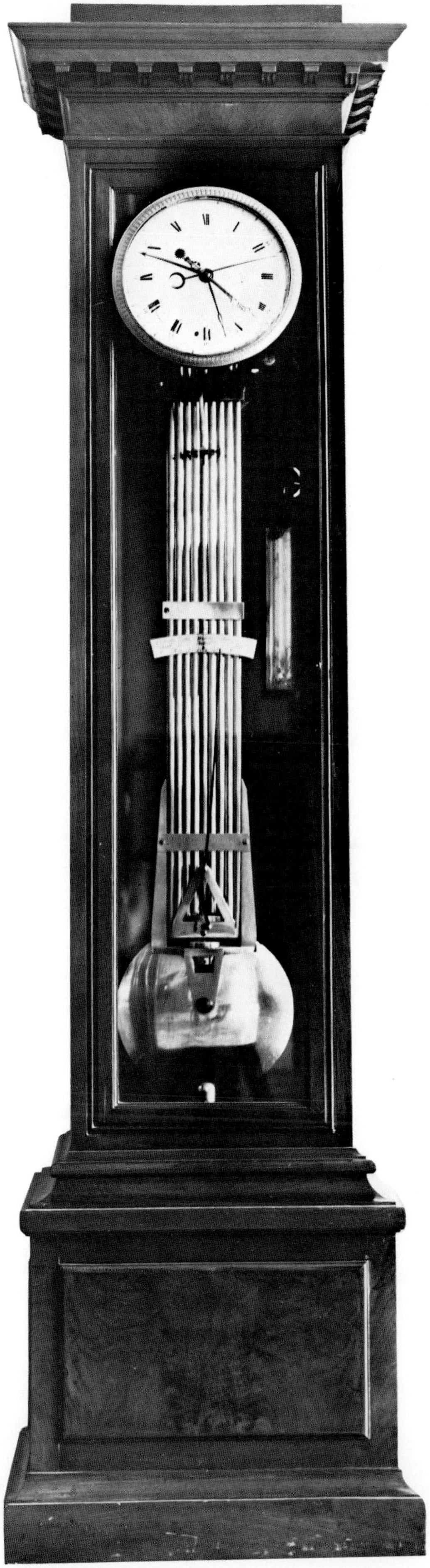

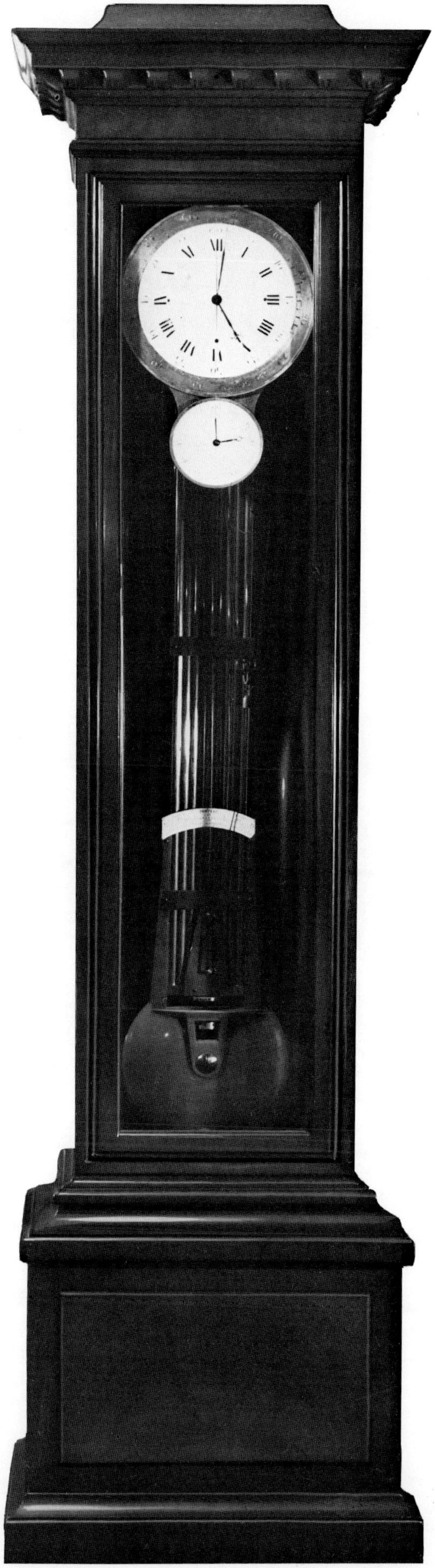

583 Bodenstanduhr (Regulator), Frankreich, um 1800. Messingwerk mit Gewichtsantrieb und Sekundenpendel, Viertelschlag auf zwei Glocken. Zentrales Emailzifferblatt für Stunden, Minuten und (Zentral-)Sekunden, Hilfszifferblätter mit Indikationen von Monat, Tierkreiszeichen, Datum, Tag in der Woche, Schaltjahre, Sonnenauf- und -untergangsstunden, Mondalter und -phasen. Verglaster Mahagonikasten in rechteckiger Form. Höhe 225 cm
Musée National de Château de Fontainebleau

584 Regulator von *Antide Janvier,* 1812. Gewichtsgetriebenes Messingwerk mit Schlagwerk auf Anfrage und Kompensationspendel mit Temperaturzeiger. Weißes Emailzifferblatt für Stunden, Minuten und Zentralsekunde. Hilfszifferblatt unten für Vollkalender. Verglastes Acajougehäuse im Empire-Stil. Höhe 200 cm
Privatbesitz

585 Regulator, Paris, 1825, signiert *Breguet et Fils No. 3671* (3. Serie). 21-Tage-Uhr mit 2 Werken und 2 Pendeln, beide mit Stiftengang, Steinpaletten und durch ein gemeinsames Gewicht angetrieben, das zwischen den getrennt aufzuziehenden Trommeln hängt.
Das linke Zifferblatt zeigt auf 2 Hilfszifferblättern Minuten und Sekunden getrennt, die Stunden in der Zifferblattöffnung darüber. Das rechte Zifferblatt zeigt Stunden, Minuten und Äquationszeiger aus der Mitte mit Sekundenzifferblatt darunter und Datumsfenster, wobei die Sekunde gegen den Uhrzeigersinn läuft. Die zwei identisch aus Zink und Stahl gearbeiteten Kompensationspendel schwingen gegenläufig. Die Uhr ist mittels Holzkohle beheizbar, um ein zu starkes Absinken der Temperatur zu verhindern. Höhe 200 cm
Buckingham-Palace, London
Veröffentlicht mit der großzügigen Genehmigung Ihrer Majestät der Königin von England ▷

586 Bodenstanduhr (Regulator), Paris, um 1780, signiert *Regulateur A. Janvier à Paris* (1751–1835). Messingwerk mit Gewichtsantrieb und 2 Pendeln. Verglastes Gehäuse im Louis XVI-Stil. Zifferblatt mit Hilfszifferblättern für Stunden, Minuten und Sekunden. Gebläute Stahlzeiger.
Musée Paul Dupuy, Toulouse ▷▷

587 Bodenstanduhr (Regulator), Frankreich, um 1800, signiert auf dem Zifferblattzentrum *Jacques François Sagé, Horloger Mécanicien* Präzisionsuhrwerk mit temperaturkompensiertem Bimetallrostpendel und Temperaturzeiger mit Skala und Gewichtsantrieb. Zifferblatt mit mattiertem Zentrum, versilbertem Ziffernring mit römischen Zahlen und Zentralsekunde. Verglastes Mahagonigehäuse im Empire-Stil. Höhe 205 cm
Privatbesitz ▷▷▷

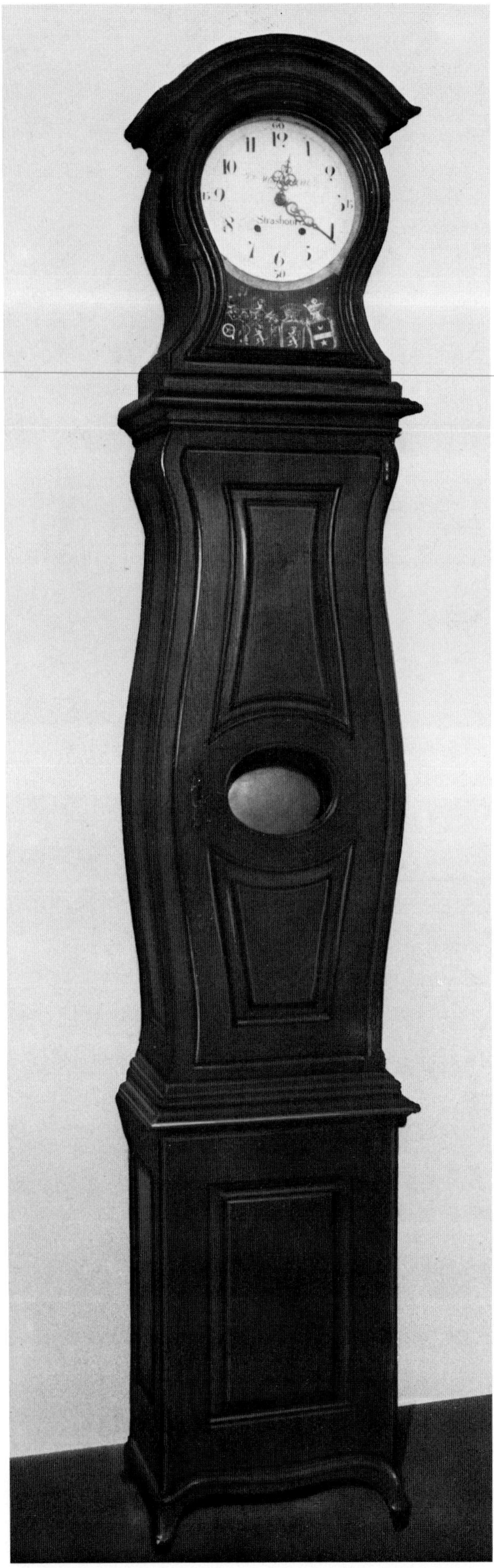

◁ **598 Bodenstanduhr,** Dänemark, Ende 18. Jh., signiert *I. Johansen, Casmusdam.* Achttageankerwerk mit Gewichtsantrieb für Geh- und Schlagwerk, Sekundenpendel. Gehäuse ganz im Stil der englischen „Country-clock" gearbeitet. Messingfront mit vergoldeten Eckappliken, graviertem Zentrum, Zinnziffernring und ausgesägten Stahlzeigern. Höhe 227 cm
Dansk Folkmuseum, Kopenhagen

◁ **599 Bodenstanduhr,** Dänemark, letztes Viertel 18. Jh., signiert *Matz Wied, Satrup.* Achttagewerk mit Ankergang und Gewichtsantrieb für Geh- und Schlagwerk (auf Glocke). Gefaßtes Holzgehäuse mit gebauchtem Fuß. Messingfront mit graviertem Zentrum, Ziffernring mit römischen Zahlen für die Stunden, Bleiappliken und ausgesägten Stahlzeigern. Im Arcus Signaturschild.
Dansk Folkmuseum, Kopenhagen

◁ **600 Bodenstanduhr,** Finnland, um 1874, Meister *I. Lehtisalo, Ylistaro.* Werk mit Graham-Hemmung, springender Sekunde, Sekundenpendel und Antrieb durch 3 Messinggewichte. Dunkelbraun gefaßtes Gehäuse mit verglaster Vordertüre. Zifferblatt mit Hilfszifferblättern für Tag, Datum, Monat und Mondphasen. Fein ausgesägte Stahlzeiger. Höhe 197 cm
Nationalmuseum Helsinki

601 Bodenstanduhr, Finnland, Ende 18. Jh. Achttagewerk mit Gewichtsantrieb, Pendel und Schlag auf Glocke. Beschnitztes Weichholzgehäuse in der Form einer Finnin, teilweise gefaßt. Zifferblatt mit arabischen Zahlen und ausgesägten Stahlzeigern.
Nationalmuseum, Helsinki ▷

602 Bodenstanduhr, Schweden, um 1770, Meister *Kristian Knoop à Stockholm,* ebenso signiert auf dem Zifferblatt. Achttagewerk mit Ankergang, Gewichtsantrieb, Pendel und Schlagwerk auf Glocke. Polychrom gefaßtes, geschweiftes Gehäuse, mit Schnitzwerk und Landschaftsszenen dekoriert.
Nordiska Museet, Stockholm ▷ ▷

◁ **603 Bodenstanduhr,** Schweden, um 1770, Meister *Peter Hellgvist à Stockholm,* ebenso signiert auf dem Zifferblatt. Achttagewerk mit Ankergang, Gewichtsantrieb und Schlagwerk auf Glocke. Pendel mit sichtbarer Messingpendellinse. Polychrom gefaßtes Gehäuse mit fein gemalten Landschaften. Zifferblatt mit römischen Zahlen für die Stunden und arabischer Minuterie. Ausgesägte Messingzeiger.
Nordiska Museet, Stockholm

◁ **604 Bodenstanduhr,** Schweden, um 1780, Meister *Grintz Stockholm,* ebenso signiert auf dem Zifferblatt. Achttagewerk mit Ankergang, Gewichtsantrieb, Pendel und Schlagwerk auf Glocke. Polychrom gefaßtes und mit ländlichen Szenen bemaltes Gehäuse, das sich nach oben hin verjüngt. Zifferblatt mit Indikation von Stunden, Minuten und Datum. Ausgesägte Zeiger.
Stockholms Auktionsverk
Bemerkung: Diese Gehäuseform ist typisch für die nordische Standuhr der 2. Hälfte des 18. Jh., insbesondere sind die Gehäuse meist gefaßt. Polierte Naturhölzer kommen relativ selten vor.

Museumsverzeichnis

Belgien

Folkloremuseum
Markt
8000 Brügge

Musées Royaux d'Art et d'Histoire
Koninklijke Musea voor Kunst en Geschiedenis
10 Parc du Cinquantenaire
1000 Brüssel

Stedelijk Museum
Hôtel de Ville
Grote Markt 1
3290 Diest

Musée Communal,
ancien Couvent des Frères Mineurs
rue Vankeerberghen
5200 Huy

Musée de la vie Wallone
Cours des Mineurs
4000 Lüttich

Musée Archéologique
Rue du Pont
5000 Namur

Dänemark

Købstadmuseet
„Den gamle By"
Vesterbrogade
8000 Århus

Det Danske
Kunstindustriemuseum
Bredgade 68
1220 Kopenhagen

Nationalmuseet
Frederiksholms Kanal 12
1220 Kopenhagen

Rosenborg Slot
De Danske Kongers Kronoliske Samling pa Rosenborg
Øster Voldgade 4a
1220 Kopenhagen

Bundesrepublik Deutschland

Maximilian Museum
Philippine-Welser-Str. 24
8900 Augsburg

Historisches Museum
Domplatz 7
8600 Bamberg

Herzog Anton Ulrich-Museum
Museumstr. 1
3300 Braunschweig

Städtisches Museum
Steintorwall 14
3300 Braunschweig

Focke-Museum
Landesmuseum für Kunst und Kulturgeschichte
Schwachhauser Heerstr. 240
2800 Bremen

Historisches Museum
Saalgasse 19
6000 Frankfurt am Main

Museum für Kunsthandwerk
Schaumainkai 15
6000 Frankfurt am Main

Historische Uhrensammlung Furtwangen
(mit Hellmut Kienzle Sammlung)
Gerwigstr. 11
7743 Furtwangen

Werdenfelser Museum
Rathausplatz 13
8100 Garmisch-Partenkirchen

Museum für Kunst und Gewerbe
Steintorplatz
2000 Hamburg 1

Historisches Museum am Hohen Ufer
Pferdestr. 6
3000 Hannover

Heimatmuseum
Große Weilstraße 4
4320 Hattingen

Staatliche Kunstsammlungen
Schloß Wilhelmshöhe
3500 Kassel

Kunstgewerbemuseum der Stadt Köln
Overstolzenhaus
Rheingasse 8–12
5000 Köln

Rosgarten Museum
Rosgartenstr. 3–5
7750 Konstanz

St.-Annen-Museum
2400 Lübeck

Bayerisches Nationalmuseum
Prinzregentenstr. 3
8000 München

Deutsches Museum
Isarinsel
8000 München

Schatzkammer der Residenz
Max-Joseph-Platz 1
8000 München

Germanisches Nationalmuseum
Kornmarkt 1
8500 Nürnberg

Gewerbemuseum der
Landesgewerbeanstalt Bayern
Gewerbemuseumsplatz 2
8500 Nürnberg

Schmuckmuseum im Reuchlinhaus
Jahnstr. 24
7530 Pforzheim

Schleswig-Holsteinisches Landesmuseum
Schloß Gottorp
2380 Schleswig

Städtisches Heimatmuseum
Kronenstr. 16
7220 Schwenningen (Neckar)

Württembergisches Landesmuseum
Altes Schloß
Schillerplatz 6
7000 Stuttgart

Mainfränkisches Museum
Festung Marienberg
8700 Würzburg

Wuppertaler Uhrenmuseum
Sammlung Abeler
Poststr. 11
5600 Wuppertal-Elberfeld

Deutsche Demokratische Republik

Kleines Uhrenmuseum
Am Marktplatz
7400 Altenburg (Thüringen)

Staatliche Kunstsammlungen
Grünes Gewölbe
Albertinum
8010 Dresden

Staatliche Kunstsammlungen
Historisches Museum
(Mathematisch-Physikalischer Salon)
Zwinger
8010 Dresden

Museen der Stadt Gotha
Schloßmuseum
Schloß Friedenstein
5800 Gotha

Frankreich

Musée Boucher de Perthes
rue du Beffroi
80100 Abeville

Musée Calvet
65 rue Joseph-Vernet
84000 Avignon

Musée des Beaux-Arts
place de la Révolution
25000 Besançon

Musée Condé
Château de Chantilly
60500 Chantilly

Musée National du Palais de Compiègne
Palais de Compiègne
60200 Compiègne

Musée des Beaux-Arts
Palais des États de Bourgogne
21000 Dijon

Musée de Douai
4 rue des Chartreuses
59500 Douai

Musée National du Château de Fontainebleau
77300 Fontainebleau

Musée des Beaux-Arts
pl. de la République
59000 Lille

Musée des Beaux-Arts
Palais St. Pierre
20 pl. des Terreaux
69001 Lyon

Musée Grobet-Labadie
140 bld. Longchamp
13000 Marseille

Musée du Vieux-Logis
59 av. St. Barhélémy
06100 Nizza

Conservatoire des Arts et Métiers
292 rue St. Martin
75003 Paris

Musée des Arts Décoratifs
Palais du Louvre, Pavillon de Marsan
rue de Rivoli
75001 Paris

Musée Carnavalet
23 rue de Sevigné
75003 Paris

Musée de l'Histoire de France
Archives Nationales
60 rue des Francs-Bourgeois
75003 Paris

Musée National du Louvre
Palais du Louvre
pl. du Carrousel
75001 Paris

Musée Nissim de Camondo
63 rue de Monceau
75008 Paris

Musee du Petit Palais
7 av. Alexandre III
75008 Paris

Observatoire de Paris
61 av. de l'Observatoire
75014 Paris

Musée Chintreuil
Hôtel de Ville
01190 Pont-de-Vaux (Ain)

Musée de Beaux-Arts
20 Quai Emile Zola
35000 Rennes

Musée Départemental des Antiquités de la Seine-Maritime
198 rue Beauvoisine
76000 Rouen

Musée Le Secq des Tournelles (Uhrenschlüssel)
2 rue Jacques-Villon
76000 Rouen

Musée d'Art et d'Histoire
4 pl. de la Légion d'Honneur
93200 St. Denis

Musée des Arts Décoratifs
Château de Rohan
2 pl. de Château
67000 Strasbourg

Musée de l'Oeuvre Notre-Dame
3 pl. du Château
67000 Strasbourg

Musée Paul Dupuy
13 rue de la Pleau
31000 Toulouse

Musée National du Château de Versailles et des Trianons
Palais de Versailles
78000 Versailles

Musée d'Archéologie et des Beaux-Arts
pl. Miremont
38200 Vienne

Israel

L. A. Mayer Memorial
Institute for Islamic Art
2 Palmach St.
92542 Jerusalem

Italien

Museo d'Arte Industriale e Galleria „Davia-Bargellini"
Via Maggiore 44
40100 Bologna

Museo di Storia della Scienza
Piazza dei Guidici 1
50100 Florenz

Museo Nazionale Delle Scienza e Della Tecnica „Leonardo da Vinci"
Via S. Vittorio 21
20100 Mailand

Museo Poldi Pezzoli
Via Manzoni 12
20100 Mailand

Kanada

Glenbow Foundation Collection
11th Av. S. W. 3
902 Calgary (Alberta)

Niederlande

Rijkmuseum
Stadthouderskade 42
1000 Amsterdam

Haags Gemeentemuseum
Stadhouderslaan 41
2000 Den Haag

Zeemuseum Miramar
Vledderweg 25
Frederiksoord Gem. Vledder

Fries Museum
Turfmarkt 24
9000 Leeuwarden

Rijksmuseum voor de Geschiedenis der Natuurwetenschappen
Steenstraat 1A
2400 Leiden

Nederlands Goud-, Zilver- en Klokkenmuseum
Lange Nieuwstraat 38
2500 Utrecht

Norwegen

Kunstindustrimuseet i Oslo
St. Olavsgate 1
Oslo

Österreich

Landesmuseum Johanneum
Neutorgasse 45
8010 Graz

Tiroler Landesmuseum Ferdinandeum
Museumsstr. 15
6020 Innsbruck

Oberösterreichisches Landesmuseum
Linzer Schloßmuseum
Tummelplatz 10
4020 Linz

Salzburger Museum
Carolino Augusteum
Museumsplatz 1
5010 Salzburg

Geymüller Schlössel
Sammlung Dr. Sobeck
Pötzleinsdorferstr. 102
1180 Wien

Kunsthistorisches Museum
Burgring 5
1010 Wien

Uhrenmuseum der Stadt Wien
Schulhof 2
1010 Wien I

Polen

Muzeum Historyczne Miasta Warszawy
Rynek Starego Miasta 28
Warschau

Muzeum Historii Polskiego Ruchu Rewolucyjnego
pl. Dzierzynskiego 1
Warschau

Muzeum Narodowe
al. Jerozolimskie 3
Warschau

Rußland

Staatliche Eremitage
Dworzowaja Nabereshnaja 34/36
Leningrad

Staatliches Historisches Museum
Gossudarstvennyj Istoritscheskij Musej
Krasnaja Pl. 1/2
Moskau

Spanien

Museo del Palacio Real
Plaza de Oriente
Madrid

Vich (Barcelona)
Museo Arqueológico Artistico Episcopal

Schweden

Röhsska-Konstslöjdtmuseet
Vasagatan 37–39
41114 Göteborg

Västergötlands Museum
Stadsträdgarden
53200 Skara

Nationalmuseet
St. Blasieholmshamnen 16
10324 Stockholm

Nordiska Museet
Djurgardsvägen 14
11521 Stockholm

Upplandsmuseet
St. Erikstorg 10
75220 Uppsala

Schweiz

Historisches Museum von Uri
Gotthardstraße
6460 Altdorf/UR

Historisches Museum Kirschgarten
Elisabethenstr. 27
4000 Basel/BS

Bernisches Historisches Museum
Helvetiaplatz 5
3000 Bern/BE

Musée International d'Horlogerie
38–40 Rue du Progrès
2300 La Chaux-de-Fonds/NE

Musée jurassien
Grand' rue
2800 Delémont/BE

Kunstmuseum des Kantons Thurgau
Sonnenberg
8500 Frauenfeld/TG

Musée de l'Ecole d'Horlogerie
1200 Genf/GE

Musée d'Art et d'Histoire
2 rue Charles Galland
1200 Genf/GE

Musée d'Histoire et Musée d'Horlogerie
Chateau des Monts
2400 Le Locle/NE

Musée d'Art et d'Histoire
Quai Léopold-Robert
2400 Neuchâtel/NE

Uhrensammlung Kellenberger
Rathaus
Marktgasse 20
8400 Winterthur/ZH

Museum der Zeitmessung Beyer
Bahnhofstr. 31
8000 Zürich/ZÜ

Schweizerisches Landesmuseum
Museumstr. 2
8000 Zürich/ZÜ

Tschechoslowakei

Mestska Muzeum (Städtisches Museum)
nam 4. Aprila 1
Bratislava

Narodni Technicke Muzeum (Technisches Nationalmuseum)
Kostelni
Prag

Umleckoprunyslove Muzeum (Kunstgewerbemuseum)
Ul. 17 Listopadu 2
Prag

Türkei

Tokapi Saray Müzesi
Sultanahmed
Istanbul

Ungarn

Magyar Nemzeti Galeria
(Ungarische Nationalgalerie)
Kossuth Lajos ter 12 V.T.
Budapest

Magyar Nemzeti Muzeum/Törteneti
(Ungarisches Nationalmuseum)
Muzeum körut 14–16
Budapest

United Kingdom

Abroath Art Gallery
Hill Terrace
Abroath (Angus)

Curtis Museum
High Street
Alton (Hampshire) GU 34 1 BA

Buckinghamshire County Museum
Church Street
Aylesbury (Buckinghamshire)

The Willis Museum and Art Gallery
New Street
Basingstoke (Hampshire) RG 21 1 DP

Victoria Art Gallery
Bridge Street
Bath (Somerset)

Ulster Museum
Stransmillis Road BT9 5AB
Belfast (Northern Ireland)

Williamson Art Gallery and Museum
Slatey Road
Birkenhead (Cheshire)

Birmingham City Museum and Art Gallery
Newhall Street
Birmingham (Warwickshire)

Blair Castle
Blair Atholl near Pitlochry/Perthshire

Bolling Hall Museum
Bolling Hall Road
Bradford (Yorkshire)

Blaise Castle House Folk Museum
Henbury
Bristol (Somerset)

Gershom-Parkington Memorial
Collection of Clocks and Watches
8 Angel Corner
Bury St. Edmunds (Suffolk)

Fitzwilliam Museum
Trumpington Street
Cambridge

City Museum and Art Gallery
Tullie House
Castle Street
Carlisle (Cumberland)

Chelmsford and Essex Museum
Oaklands Park
Chelmsford (Essex)

Art Gallery and Museum
Clarence Street
Cheltenham (Gloucestershire)

Herbert Art Gallery and Museum
Jordan Well
Coventry (Warwickshire)

Royal Scottish Museum
Chambers Street
Edinburgh EH1 1JF

Gloucester City Museum
Brunswick Road
Gloucester

City Museum and Art Gallery
Broad Street
Hereford

Hertford Museum
18 Bull Plain
Hertford

Ipswich Museum and Art Galleries
High Street
Ipswich (Suffolk)

Abbey House Museum
Kirkstall
Leeds (Yorkshire)

Leicester Museum
The New Walk
Leicester

Usher Art Gallery
Lindum Road
Lincoln (Lincolnshire)

Liverpool City Museum
William Brown St.
Liverpool (Lancashire)

British Museum
Great Russel Street
London W.C. 1

Clockmakers Company Museum
(Guildhall)
Basinghall Street
London E C2 P2EJ

London Museum
Kensington Palace
The Broad Walk
Kensington Gardens
London W 8

National Army Museum
Royal Hospital Road
London SW3 4DA

Science Museum
Exhibition Rd.
S. Kensington
London SW7 2DD

National Maritime Museum
Romney Road (Greenwich)
London SE10 9NF

Wallace Collection
Hertford House
Manchester Square
London W1M 6BN

Victoria and Albert Museum
South Kensington
London SW7 2RL

Laing Art Gallery and Museum
Higham Pl.
Newcastle upon Tyne (Northumberland)

Central Museum and Art Gallery
Guildhall Road
Northampton

Castle Museum
Norwich (Norfolk)

Museum of the History of Science
Broad Street
Oxford (Oxon)

The Lady Lever Art Gallery
Port Sunlight (Cheshire)

Harris Museum and Art Gallery
Market Square
Preston (Lancashire)

Salisbury and South Wiltshire Museum
42 St. Anne Street
Salisbury (Wilts)

City Museum
Hatfield Road
St. Albans (Hertfordshire)

County Museum and Art Gallery
River Street
Truro (Cornwall)

Waddesdon Manor
Waddesdon (Buckinghamshire)

Municipal Museum and Art Gallery
Bold Street
Warrington (Lancashire)

Castle Museum
Tower Street
York (Yorkshire)

USA

Museum of Fine Arts
465 Huntington Ave.
T.WA 2-1428
02100 Boston

American Clock and Watch Museum
100 Maple St.
061010 Bristol

Adler Planetarium and Astronomical Museum
900E Wabash and Bond Dr.
60605 Chicago

Hagans Clock Manor Museum
80200 Denver/Colorado

Kresge Art Center of Michigan State University
48824 East Lansing MI

Yale University/Art Gallery
York St. 180–182
06511 New Haven

Metropolitan Museum
Fifth Ave. at 82nd Street
10028 New York

New York University
The James Arthur Collection
1 Washington Square
10012 New York

Museum of Art
Carnegie Institute
4400 Forbes Ave.
15200 Pittsburgh

California Academy of Science, Museum
Dr. William Barcley Stevens Collection
Golden Gate Park
94100 San Francisco/Kalifornien

Illinois State Museum
Hunter Collection
Spring & Edwards Streets
62706 Springfield (Illinois)

Old Sturbridge Village
Clock-Museum
01566 Sturbridge

Smithsonian Institute
1000 Jefferson Dr. S.W.
20560 Washington

Bibliographie

Die Bibliographie beschränkt sich auf die Literatur über Großuhren. Bewußt ausgelassen wurden alle Titel, die Sonnenuhren, Taschenuhren, Reiseuhren, Marinechronometer, Musikautomaten und Kirchturmuhren zum Thema haben.

ABELER, JÜRGEN – *Alt-Bergische Uhren,* Wuppertal 1968
–, *Das Wuppertaler Uhrenmuseum.* Berlin/New York 1971
–, *5000 Jahre Zeitmessung* (Wuppertaler Uhrenmuseum) Wuppertal 1968
–, *Ullstein Uhrenbuch, Eine Kulturgeschichte der Zeitmessung,* Berlin/Frankfurt/Wien 1975
–, PAUL – Dissertation: *Die Arbeitsmarktverhältnisse der Schwarzwälder Uhrenindustrie in der Nachkriegszeit,* Münster 1925

ALLEXANDRE, R. P. DOM JACQUES. *Traité Générale des Horloges.* Paris 1734 (dt.: *Ausführliche Abhandlung von den Uhren überhaupt,* Lemgo 1738)

ANDERSEN, D. Y., *Bornholmere og andre gamle ure.* Kopenhagen 1953

ANDRADE, J. *Horlogerie et chronométrie,* Paris 1924
–, *Le Mouvement,* Paris 1911

ANONYMOUS. *L'art de l'horlogerie enseigné en Trente Leçons par un Ancien Elève de Breguet.* Paris 1827–35
–, [TAVAN]. *Description des Echappements les plus usités en horlogerie.* Genf 1831

BABEL, A., *Histoire corporative de l'horlogerie,* Genf 1916;
–, *La fabrique genèvoise.* Neuchâtel 1938

BACHELIN, A., *L'horlogerie neuchâteloise,* Neuchâtel 1888

BAILEY, CHRIS H., *Two Hundred Years of American Clocks and Watches,* New York 1974

BAILLIE, G. H., *Books on Horology. Book Collectors' Quarterly,* London 1932
–, *Catalogue of the Library of The Clockmakers' Company in the Guildhall, London,* London 1931
–, *Catalogue of the Museum of the Clockmakers' Company in the Guildhall, London,* London 1949
–, *Watchmakers and Clockmakers of the World,* London 1947
–, *Clocks and Watches: An Historical Bibliography London 1951*

BALET, LEO. *Führer durch die Uhrensammlung des Kgl. Württembergischen Landesgewerbemuseums,* Stuttgart 1913

BALLWEG, MANFRED. *Bruckmann's Uhrenlexikon,* München 1975

BALVAY, L. C., *Evolution de l'horlogerie.* Paris 1968

BARFUSS, FRIEDRICH WILHELM *Geschichte der Uhrmacherkunst,* Weimar 1856

BARNEY, *Horological Exhibition* (Ausstellungskatalog), Philadelphia 1968

BASSERMANN-JORDAN, ERNST VON *Die Geschichte der Räderuhr unter besonderer Berücksichtigung der Uhren des Bayerischen Nationalmuseums.* Frankfurt/M. 1905
–, UHREN. *Bibliothek für Kunst- und Antiquitäten-Sammler,* Berlin 1914, Neuausgabe 1961
–, *Alte Uhren und ihre Meister,* Leipzig 1926
–, *Katalog einer Uhrensammlung aus süddeutschem Privatbesitz, vorwiegend Taschenuhren und Halsuhren des XVI. bis XIX. Jahrhunderts.* Auktion Galerie Hugo Helbing, München 1917
–, *Katalog einer Sammlung von Goldemail-Uhren, vorwiegend des XVIII. Jahrhunderts. Aus Berliner Privatbesitz.* Auktion Galerie Helbing, München 1912
–, *Die Geschichte der Uhrmacherei in München.* In: Kultur des Handwerks, 8. Heft, Juli 1927

BASTIAN, L. *L'horloger,* Paris 1956

BATTISON, EDWIN A., KANE, PATRICIA E. *The American Clock 1725–1865,* Greenwich 1973

BECKETT-DENISON, EDM. LORD GRIMTHORPE. *A Rudimentary Treatise on Clock and Watchmaking,* London 1850–68
–, *A Rudimentary Treatise on Clocks and Watches and Bells,* London 1903

BEDINI, SILVIO A. *Johann Philipp Treffler.* In: Bulletin of the National Ass. of Watch and Clock Collectors. 1956–1957
–, *The Role of Automata in the History of Technology.* In: Technology and Culture, Band 5, Nr. 1, Detroit/Michigan 1964
–, *Galileo Galilei and Time Measurement,* Florenz 1963
–, *Agent for the Archduke, another chapter in the Story of Joh. Phillip Treffler,* Florenz 1961
–, *Johann Philipp Treffler, Clockmaker of Augsburg,* Washington 1957
–, *The Borghesi astronomical clock,* Washington 1964

BEESON, C.F.C., *Clockmaking in Oxfordshire,* London 1962

BEILLARD, ALFRED, *Recherches sur l'Horlogerie . . .* Paris 1895

BELL, A. E., *Christiaan Huygens and the Development of Science in the Seventeenth Century,* London 1947

BELLCHAMBERS, J. K., *Devonshire Clockmakers,* Torquay 1962
–, *Somerset Clockmakers,* London 1969

BENSON, JAMES W., *Time & Timetellers,* London 1875

BERING-LIISBERG H.C., *Urmagere og Ure i Danmark,* Kopenhagen 1908

BERNER, G. A., *Illustriertes Fachlexikon der Uhrmacherei.* La Chaux-de-Fonds 1965

BERNER, PAUL, *Historique du Réglage de Précision,* Bienne 1910
–, *Cours d'horlogerie,* La Chaux-de-Fonds 1922
–, *Notes pratiques sur les engrenages d'horlogerie et pendulerie,* Genf 1918

BERRYEN, A.-M., DRESSE DE LEBIOLES, L., *La mesure du temps à travers les âges aux Musées voyaux d'art et d'histoire,* Brüssel 1961

BERTELE, H. v., *Präzisions-Zeitmessung in der Vor-Huygesschen Periode.* In: Blätter für Technikgeschichte, 16. Heft, Wien 1954
–, *Zur Geschichte der Äquationsuhren-Entwicklung.* In: Blätter für Technikgeschichte, 19. Heft, Wien 1957
–, u. E. NEUMANN, *Der kaiserliche Kammeruhrmacher Christoph Margraf und die Erfindung der Kugellaufuhr.* In: Jahrbuch der Kunsthistorischen Sammlungen in Wien, Wien 1963
–, und E. NEUMANN, Wien, *„Die Kaisermonument-Uhr"*, Luzern 1966

BERTHOUD, FERDINAND, *L'art de conduire et de régler les Pendules et les Montres,* Paris 1759–1841
–, *Histoire de la mesure du temps par les horloges,* Paris 1802

BESSEL, M., *Bemerkungen und Untersuchungen über Pendeluhren,* Altona 1843

BION, NICOLAS, *Traité de la construction et des principaux usages des Instruments,* Paris 1716; engl. Ausgabe: *The Construction and principal Uses of Instruments,* London 1723

BIRD, ANTHONY, *English House Clocks, 1600–1850,* Newton Abbot 1973

BOBINGER, MAXIMILIAN, *Kunstuhrmacher in Alt-Augsburg,* Augsburg 1969

BOCK, D. H., *Die Uhr, Grundlagen und Technik der Zeitmessung,* Leipzig 1908

BOLLEN, TON, *Comtoiseklokken,* Bussum 1974

BOLTON, L., *Time Measurement,* London 1924

BONELLI, MARIA LUISA, *Di un orologio di Gio. Philipp Treffler di Augusta,* In: Physis, II., 19

BONELLI-RHIGHINI, MARIA LUISA. *Il Museo di Storia della Scienza a Firenze,* Mailand 1968

BOOTH, MARY, *New Clock & Watchmakers Manual,* New York 1919

BREGUET, C., *A. L. Breguet, 1747–1823.* Breguet Horloger, Paris 1961, (Firmenschrift)

BREGUET ET FILS, *Horlogerie pour l'Usage Civil,* Paris 1823
Le Centenaire de A. L. Breguet, Sondernummer des Journal Suisse de l'Horlogerie, Neuchâtel 1923
Breguet, Ausstellungskatalog Galliéra, Paris 1923
Breguet, Ausstellungskatalog, Musée International d'Horlogerie, La-Chaux-de-Fonds

BRITTEN, FREDERICK JAMES, *Old Clocks and Watches and Their Makers,* London 1971 (Repr.)
–, *The Watch and Clockmakers' Handbook, Dictionary and Guide,* London/New York 1886
–, *Old English Clocks.* The Wetherfield Collection, London 1907

BRITTEN, F. W., *Horological Hints and Helps,* London 1943

BROWN, ISAAK, *Die neuen und neuesten Erfindungen und Verbesserungen in der Uhrmacherkunst,* Leipzig 1854
–, Uhrmacherkunst, Quedlinburg 1831

BROWN, H. MILES, *Cornish Clocks and Clockmakers,* Newton Abbot 1970

BRUTON, ERIC, *Antique Clocks and Clock Collecting,* London 1974
–, *Dictionary of Clocks and Watches,* London 1962
–, *The Longcase Clock.* New York 1968
–, *Clocks and watches 1400–1900,* Feltham 1968

BUCKLEY, FRANCIS, *George Graham,* Uppermill, 1929; *John Ellicott,* Uppermill 1930; *Daniel Quare,* Uppermill 1930; *The Tompion-Banger problem, in: The Practical Watch and Clockmaker,* April 1933

BÜHLER, HENRI, *Horlogerie: Le Pays de Neuchâtel,* Neuchâtel 1948

CAPRIGLIA, GUISEPPE DE, *Misura del Tempo, cioè Trattato d'Horologi da Ruota di tre Ordini, da Campanile, da Camera e da Petto,* Padua 1665

CARLE, DONALD DE, *Practical clock repairing,* London 1952
–, *Watchmakers' and clockmakers' encyclopaedic dictionary,* London 1950
–, *British Time,* London 1947
–, *Clocks and their value,* London 1971

CARLISLE, LILLIAN B., *Vermont Clock & Watchmakers, Silversmiths and Jewelers.* Vermont 1970

CESCINSKY, HERBERT, *The Old English Master Clockmakers and Their Clocks 1670–1820,* New York 1938.
–, und WEBSTER, MALCOM, *English Domestic Clocks,* London 1913

CHAMBERLAIN, PAUL M., *It's about Time,* New York 1941

CHAPUIS, A., *A travers les collections d'horlogerie,* Neuchâtel 1942
–, *Abraham-Louis Breguet pendant la Révolution,* Neuchâtel 1953
–, *De horologiis in arte,* Lausanne 1954
–, *Le grand Frédéric et ses horlogers,* Lausanne 1938
–, *Histoire de la pendulerie neuchâteloise,* Paris 1917

–, *L'horlogerie: une tradition helvétique,* Neuchâtel 1948
–, *L'horlogerie au Val-de-Travers,* Fleurier 1937
–, *Horlogerie et diplomatie,* Paris 1949
–, *Industries,* Neuchâtel 1948
–, *Urbain Jürgensen et ses continuateurs,* Neuchâtel 1925
–, *Les Maillardet,* Neuchâtel 1917
–, *La montre „chinoise",* Neuchâtel 1919
–, *Pendules neuchâteloises,* Neuchâtel 1931

–, ROBERT-CHARRUE, F., *Grands artisans de la chronométrie,* Neuchâtel 1958

CHASE, ADA R., *„Two Eighteenth-Century Clockmakers", Reuben Ingraham, Edward Spalding.* Antiques, 38 (September 1940),
–, and BULKELEY, HOUGHTON, *„Thomas Harland's Clock Whose Case?",* Antiques, 87

CHENAKAL, VALENTIN L., *Watchmakers and Clockmakers in Russia 1400 to 1850,* London 1972

CIPOLLA, C. M., *Clocks and culture 1300–1700,* London 1967

CLATERBOS VAN WEIJDOM, F. H., *Wiener Uhrmacher,* 1973

CLUTTON, C. UND DANIELS, G., *Clocks and Watches;* The coll. of the Worshipful Comp. of Clockmakers London, London 1975
Commission de la Société établie à Genève pour l'avancement des Arts, *Description des Echappements les plus utilisés en horlogerie,* Genf/Paris 1831

CONSERVATOIRE NATIONAL DES ARTS ET METIERS, *Catalogue du Musée Horlogerie,* Paris 1949
–, *Chefs d'Oeuvre de l'Horlogerie,* Paris 1949

COOLE, P. G. und NEUMANN, ERWIN, *The Orpheus Clocks,* London 1972

COWAN, HARRISON G., *Time and its Measurement,* Cleveland 1956

CUMHAILL, P. W., *Investing in Clocks and Watches,* New York 1967

CUMMING, ALEXANDER, *The Elements of Clock and Watchwork adapted to Practice,* London 1766

CUNYNGHAME, SIR HENRY HARDING. *Time and Clocks; a Description of Ancient and Modern Methods of Measuring Time, ,London 1906*

DANIELS, G., *The Art of Breguet,* London 1975

DARNALL, J. V., *Restoration of Wooden Movements & Cases,* Tampa 1967

DAWSON, P. G., *The Design of English Domestic Clocks 1660–1700* (Antiquarian Horological Society) London 1956

DEFOSSEZ, LEO, *Les Savants du 17 ème Siècle et la Mesure du Temps,* Lausanne 1946

–, *Theorie général de l'horlogerie,* La-Chaux-de Fonds 1952

DENT, E. J., *On the Construction and Management of Chronometers, Clocks and Watches,* London 1844

DERHAM, WILLIAM, *The Artificial Clockmaker,* London 1696

DEVAUX, L., *L'art de l'horlogerie moderne,* Paris 1949

DEVELLE, E., *Les horlogers blésois au 16e et au 17e siècle,* Blois 1913

DIETZSCHOLD, C., *Die Turmuhr mit Einschluß der sog. Kunstuhren,* Weimar 1894
–, *Verzahnungen,* Bautzen 1895
–, *Die Hemmungen der Uhren, ihre Entwicklung, Konstruktion, Reparatur und Behandlung vor der Reglage,* Krems a. d. Donau 1905
–, *Getriebelehre,* Krems a. d. Donau 1905
–, *Sechzehn Bildnisse hervorragender Uhrmacher nebst deren Lebensbeschreibungen,* Krems a. d. Donau 1908
–, *Der Cornelius Nepos der Uhrmacher – 32 Bildnisse und 33 Lebensbeschreibungen hervorragender Uhrmacher und Gelehrter, die auf die Uhrmacherei richtunggebend gewirkt haben,* Krems a. d. Donau 1910
–, *Die Räderuhr,* Bautzen 1915
–, & ZARBL, *Vorlagen für das Uhrmachergewerbe,* Wien/Leipzig 1919

DITISHEIM, P., *Classification des échappements,* Paris 1889–1902
–, BERNER, G.-A., *Les horloges de précision,* Neuchâtel 1917

DOM, PIERRE, *Traité d'horlogiographie,* Paris 1957

DREPPARD, CARL WILLIAM, *American Clocks and Clockmakers,* Boston 1958

DROST WILLIAM E., *Clocks and Watches of New Jersey,* Elizabeth, New Jersey 1966

DUBOIS, PIERRE, *Histoire de l'Horlogerie depuis son origine jusqu'à nos jours* Paris 1849
–, *Collection Archéologique du Prince Soltykoff,* Paris 1858

DWORETSKY & DICKSTEIN, *Horology Americana,* New York 1972

ECKHARDT, GEORGE H., *Pennsylvania Clocks and Clockmakers,* New York 1955
–, *United States Clock and Watch Patents 1790–1890; The Record of a Century of American Horology and Enterprise,* New York 1960

EDEY, W., *French Clocks,* New York 1967

EDWARDS, J., *The Complete Checklist of American Clock & Watchmakers 1640–1950,* 1976

EDWARDES, ERNEST L., *The Grandfather Clock,* Altrincham 1952
–, *Weight-Driven Chamber Clocks of the Middle Ages and Renaissance,* Altrincham 1965

ENGELMANN, MAX, *Beitrag zur Geschichte der Automaten.* In: Geschichtsblätter für Technik, Industrie und Gewerbe, Bd. 4, Jahrgang 1917
–, *Dresden in der Geschichte der Uhrmacherei,* Dresden 1924
–, *Zeitmessung und Uhren im Spiegel der Geschichte,* Halle/Saale 1925
–, *Führer durch den Mathematisch-Physikalischen Salon in Dresden*
–, *Leben und Wirken des Württembergischen Pfarrers Philipp Mattäus Hahn,* Berlin 1923

FENNELL, G., *A list of Irish watch and Pierre Jaquet-Droz et son temps.* La-Chaux-de-Fonds 1971

FENNELL, G., *A list of Irish watch and clockmakers,* Dublin 1963

FERGUSON, JAMES, *Select Mechanical Exercises,* London 1773
–, *Lectures,* Edinburgh 1806

FERRET, E., *Les Breguet,* Paris o. J.

FETIL, P., *L'art de la mesure du temps . . .* Paris 1803

FINK, A., *Die Uhren Herzog Augusts d. J.,* Braunschweig 1953

FLEET, SIMON, *Clocks,* London 1961

FRANKLIN, ALFRED, *La Vie Privée d'Autrefois: La Mesure du Temps,* Paris 1888

FRAUBERGER, HEINRICH, *N. R. Fraenkel's Uhrensammlung,* Düsseldorf 1913

G. FRISCHHOLZ, *Das Sammeln von alten Uhren,* Deutscher Uhrmacher-Kalender, 1937/1938

FRIED, H. B., *Bench Practices for Watch and Clock Makers,* New York 1974

GALLET, J., *Illustrated catalogue,* New York 1886

GAZELEY, W. J., *Watch and Clock Making and Repairing,* London 1953
–, *Clock and Watch Escapements,* London 1956

GELIS, EDOUARD, *L'Horlogerie ancienne, Histoire, Décor et Technique,* Paris 1949

GELCIK, EUGENE, *Atlas zur Geschichte der Uhrmacherkunst,* Weimar 1887
–, *Geschichte der Uhrmacherkunst von den ältesten Zeiten bis auf unsere Tage,* Weimar 1887
–, *Die Uhrmacherkunst und die Behandlung der Präzisionsuhren,* Wien 1892

GEORGI, E., *Handbuch der Uhrmacherkunst,* Altona 1867

GIBBS, JAMES W., *"Early Delaware Clockmakers",* NAWCC 1967
–, *The Dueber-Hampden-Story,* NAWCC 1954

GIBERTINI, D., *Liste des horlogers genèrois du CVI au milieu XIXe,* Genf 1964

–, *La réparation des pendules,* Neuchâtel 1936

GIEBEL, K., A. HELWIG, *Die Feinstellung der Uhren,* Berlin 1952

GLASGOW, DAVID, *Watch and Clockmaking,* London 1885

GORDON, G. F. C., *Clockmaking Past and Present,* London 1925

GREEN, F. H., *Old English Clocks,* London 1931

GRAFFIGNY, H. DE, *Les merveilles de l'horlogerie,* Paris 1888

GRANIER, J., *La mesure du temps,* Paris 1948
–, *Les regulateurs,* Paris 1939

GROS, CHARLES, *Echappements d'Horloges et de Montres,* Paris 1913

GROSSMANN, JULES und GROSSMANN, H., *Horlogerie théorique – Cours de Mécanique appliquée a la Chronométrie,* Bern 1908

GROSSMANN, MORITZ, *Der freie Ankergang für Uhren,* Glashütte 1866
–, *Abhandlung über die Konstruktion einer einfachen, aber mechanisch vollkommenen Uhr,* Glashütte 1880
–, *Das Regulieren der Uhren,* Glashütte 1880

GÜMBEL, A., *Aktenstücke zur Geschichte der mittelfränkischen Uhrmacherkunst,* Halle a. d. Saale 1928

GUILLAUME, C.-E., *La compensation des horloges et des montres,* Neuchâtel 1923

GUITTON, R., *Quand sonne l'heure,* Paris 1958

GUYE, SAMUEL u. MICHEL, HENRI, Uhren und Meßinstrumente des 15. bis *19. Jahrhunderts,* Zürich 1971

HAGANS, O. R. *Horological Collection, Clock Manor Museum,* Denver 1964

HAAGER & MILLER, *Suffolk Clocks & Clockmakers,* Ramsgate 1974

HANA, W. F. I., *Friese Klokken,* Bussum 1964
–, *Klokken,* Bussum 1973
–, *Middeneuropese Klokken,* Bussum 1972
–, *Klokkenkijkboek,* Bussum 1971

HARCOURT-SMITH, SIMON, *Catalogue of various Clocks, Watches, etc., in the Museum,* Peking 1933

HASLUCK, PAUL N., *The Clock Jobbers Handybook,* London 1948

HASWELL, J. ERIC, *Horlogy: The Science of Time Measurement and the Construction of Clocks, Watches and Chronometers,* London 1928

HATTON, THOMAS, *An Introduction to the Mechanical Part of Clock and Watchwork,* London 1773

HAVARD, HENRI, *L'Horlogerie, Paris* 1892

HAYDEN, ARTHUR, *Chats on Old Clocks,* London 1920

HEATON, E., *Thomas Tompion, Sa vie et son œuvre,* La Chaux-de-Fonds 1955

HERING, DANIEL WEBSTER, *The Lure of the Clock: The James Arthur Collection of Clocks and Watches at New York University,* New York 1932

HERNANDEZ PERERA, J., *La pintura española y al reloj,* Madrid 1958

HERRERO GARCIA, M., *El reloj en la vida española,* Madrid 1955

HIGGINBOTHAM, *Precision Time Measures,* Chicago 1953

HILL, NOEL, R., *Early British Clocks,* London 1948

HIMMELEIN, VOLKER, *Uhren des 16. u. 17. Jh. im Württembergischen Landesmuseum Stuttgart,* Stuttgart 1973
–, LEOPOLD, J. H., *Prunkuhren des 16. Jh. (Sammlung Fremersdorf),* Stuttgart 1974

HOLTZ, FREDERICK, and RIDGELEY, FRANCES, *Clocks from the Hunter Collection,* Springfield, I11. 1957

HOLZHEY, G., *Flötenuhren aus dem Schwarzwald,* Stuttgart 1972

HOOPES, PENROSE R., *Connecticut Clockmakers of the 18th Century,* Hartford, Conn., 1930
–, *"Some Minor Connecticut Clockmakers."* in Antiques No. 27, 1935

HOWSE, D. and HUTCHINSON, B., *Clocks and Watches of Captain James Cook 1769–1969,* London 1971

HÜSELER, KONRAD, *Katalog der Uhrensammlung Dr. Anton Feill,* Hamburg 1929

HUGUENIN, CH., GUYE S. u. GAUCHAT, M., *Les échappements,* Le Locle 1968

HUYGENS, CHRISTIAAN, *Opera varia,* Leiden 1724

ILLBERT COLLECTION, *Katalog von Christie's,* London 1958

JAGGER, CEDRIC, *Paul Philip Barraud. A Study of His Life and Successors in the Family Business, 1750–1929,* London 1968
–, Orologi, Navarra 1973

JAMES, ARTHUR E., *Chester County Clocks and their Makers,* West Chester, U.S.A., 1947

JAMES, EMILE, *Les Sonneries de Montres, Pendules et Horloges,* Bienne 1927
–, *Théorie et pratique de l'horlogerie . . .,* Genf 1906
–, *Traité des sonneries,* Genf 1899
–, Deutsch von M. Loeske, *Die Lehre von den Schlagwerken,* Bautzen 1903

JANVIER, ANTIDE, *Des révolutions des corps célestes par le mécanisme des rouages,* Paris 1812
–, *Essai sur les horloges publiques pour les communes de la campagne,* Paris 1811
–, *Manuel chronométrique, ou précis de ce qui concerne le temps, . . .,* Paris 1821
–, *Recueil de machines composées et exécutées par A'J'.,* Paris 1828
–, *Nouveau manuel complet de l'horloger,* Paris 1837
–, *Etrennes chronométriques, le Temps, ses Divisions, leurs Usages,* Paris 1810

JAQUET, EUGÈNE, *Horlogers genèvois du 17e siècle,* Genf 1938
–, *Fachkunde für Uhrmacher,* Bienne 1950
–, *Le Musée d'horlogerie de Genève,* Genf 1952
–, GIBERTINI, D., *La réparation des pendules.* Neuchâtel 1936

JENDRITZKI, H., *Der moderne Uhrmacher,* Lausanne 1952

JOHNSON, C., *Les horloges et les montres,* Paris 1965

JOY, E. T., *The Country Life Book of Clocks,* London 1967

JÜRGENSEN, URBAN, *Principes généraux de l'exacte Mesure du Temps,* Kopenhagen 1805
–, *Mémoires sur l'Horlogerie exacte,* Paris 1832

JÜTTEMANN, HERBERT, *Die Schwarzwalduhr,* Braunschweig 1972

JUNQUERA, P., *Relojería palatina Antología de la colección real española,* Madrid 1956

KAFTAN, RUDOLF, *Illustrierter Führer durch das Uhren Museum der Stadt Wien,* Wien 1929

KELLENBERGER, K., *Zur Geschichte und Technik der Räderuhren,* Winterthur 1972

KENDAL, JAMES, FRANCES, *A History of Watches and other Timekeepers,* London 1892

KIENZLE, HELLMUT, *Uhrenmuseum,* Katalog, Schwenningen o. J.

KINDLER, P. FINTAN, *Die Uhren – Ein Abriß der Geschichte der Zeitmessung,* Leipzig 1904

KISTNER, ADOLF, *Historische Uhrensammlung Furtwangen* Furtwangen 1925
–, *Die Schwarzwälder Uhr,* Karlsruhe 1927

KRESÁNKOVA, LUJZA, *Katalog des Stadtmuseums* (Uhrensammlung), *Bratislava;* Bratislava CSSR 1974

KURZ, P., *200 Jahre Schwenninger Uhren 1765–1965,* Schwenningen 1965

LAVEST, R., *Grundlegende Kenntnisse der Uhrmacherei,* Biel/Bern 1950

LEE, R. A., *The first twelve years of the English Pendulum Clock or the Fromanteel Family and their Contemporaries 1658–1670,* London o. J.
–, *The Knibb family Clockmakers,* Byfleet 1964

LEHOTZKY, L., *„Uhrenkunde mit Fachzeichnen",* Wien 1949

LEITER, A., HELFRICH-DÖRNER, A., *Die Uhr – Zeitmesser und Schmuck in fünf Jahrhunderten.* Katalog, Kornwestheim 1967

LE LIONNAIS, F., *Le Temps,* Paris 1959

LEOPOLD, J., *The Almanus Manuscript,* London 1971
–, *Die große astronomische Tischuhr des Johann Reinhold,* Luzern 1974

LE PAUTE, JEAN ANDRÉ, *Traité d'Horlogerie,* Paris 1755

LEUTMANNS, JOHANN GEORG, *Vollständige Nachricht von den Uhren,* Halle 1717–21

LLOYD, H. ALAN, *The English Domestic Clock,* London 1938
–, *Old Clocks,* London 1951
–, *Chats on old Clocks,* London 1951
–, *Some Outstanding Clocks, (1250–1950),* London 1958
–, *Gothic clocks,* London 1962
–, *Collector's Dictionary of Clocks,* London 1964
–, *„Clocks",* London 1964

LOESKE, L., *Praktisches Hilfsbuch für Uhrmacher,* Berlin/Leipzig 1910

LOESKE, M., *Die gesamte Literatur über Uhrmacherei und Zeitmeßkunde,* Bautzen 1897

LOOMES, BRIAN, *Yorkshire Clockmakers,* Clapham 1972
–, *The White Dial Clock,* Newton Abbot 1974
–, *Country Clocks,* Newton Abbot 1976

LÜBKE, ANTON, *Die Uhr,* Düsseldorf 1958

LÜHNING, ARNOLD, *Gemessene Zeit;* Uhren in der Kulturgeschichte Schleswig-Holsteins, Katalog, Schleswig 1975

LUNARDI, HEINRICH, *Alte Wiener Uhren und ihr Museum,* Wien 1973
–, *Zur Katalogisierung von Uhren* in: Schriften der Freunde alter Uhren, IX, Ulm 1969/70

LUNDWALL, *Stjarnssunde Uren,* Stockholm 1949

MAITZNER, FRANCIS und MOREAU, JEAN, *La Comtoise, La Morbier, La Morez, Histoire et Technique,* Vittel 1976

MARFELS, C., *Von den Zeitmessern des Altertums bis zur modernen Präzisionsuhr.* Neckargemünd 1925
–, *Die Marfels'sche Uhrensammlung . . .* Frankfurt 1888

MARMOTTEAU, P., *Abraham-Louis Breguet,* Paris 1923

MARTENS, J. H., *Uhrmacherkunst,* Leipzig 1858

MASON, BERNARD, *Colchester Clockmakers,* London 1969

MATTHEY, J. P., *Le Pendulier Neuchâtelois, Lausanne 1971*

MAURICE, K., *Die französische Pendule des 18. Jahrhunderts,* Berlin 1967
–, *Von Uhren und Automaten. Das Messen der Zeit,* München 1968
–, *Die deutsche Räderuhr,* München 1976

MAUST, DON., *Early American Clocks,* Uniontown, Pennsylvania 1971

MAZE-SENCIER, A., *Le livre des collectionneurs,* Paris 1885

MESNAGE, PIERRE, *Collection d'Horlogerie – Musée de Besançon,* Besançon 1955

MIGEON, GASTON, *Collection of Paul Garnier au Musée du Louvre,* Paris 1917

MILHAM, WILLIS I., *Time and Timekeepers,* New York 1923

MODY, N. H. N., *A Collection of Japanese Clocks,* London 1932

MONREAL Y TEJADA, L., *Relojes antiguos, Coleccion F. Perez de Olaguer-Feliu,* Barcelona 1955

MONTANES FONTENLA, L., *Capitulo de la relojeria en España,* Madrid 1954

MOORE, HANNAH, *The Old Clock Book,* New York 1911

MORPURGO, ENRICO, *Dizionario degli Orologiai Italiani,* Rom 1950
–, *Gli orologi,* Mailand 1966
–, *L'origine dell' orologio tascabile,* Rom 1954
–, *Orologi preziosi dal 16 al 19 secolo,* Mailand 1964
–, *L'orologio da petto prima del Henlein,* In: La Clessidra, No 8, 1952
–, *Nederlandse Klokken- en Horlogemakers von af 1300,* Amsterdam 1970
–, *L'orologio e il pendolo,* Rom 1957

MÜHE, RICHARD, *Uhren und Zeitmessung. Die Geschichte der Zeitmessung. Die Entwicklung der Schwarzwälder Uhr.* Katalog der Historischen Uhrensammlung Furtwangen, Furtwangen 1972
–, *Führer durch die historische Uhrensammlung Furtwangen.* Schriften der Freunde alter Uhren Heft VII. Furtwangen/Ulm 1968

Musée Internationale d'Horlogerie (Katalog), La Chaux-de-Fonds 1974

MUSSEY & CANEDY, *Terry Clock Chronology,* Bristol 1948

NAMUR, *La Mesure du Temps,* Katalog, Namur 1962

NEEDHAM, JOSEPH, LING, WANG PRICE, DEREK, *Heavenly Clockwork,* Cambridge USA 1960

NELTHROPP, H. L., *A catalogue chronologically arranged of the Coll. of Clocks, watches . . .,* London 1895

NEMRAVA, S. Z., *The Morbier 1680–1900,* Portland, Oregon 1975

NEUMANN, E., *Die Kaisermonument-Uhr,* Luzern 1965
–, *Der königliche Uhrmacher Moritz Behaim und seine Tischuhr von 1559,* Luzern 1967

NICHOLS, ANDREW, *Clocks in Colour,* Pool, Dorset 1975

NUTTING, WALLACE, *The Clock Book,* Framingham 1924
–, *Furniture Treasury,* Framingham 1933

VAN OIRSCHOT/STENDER, *Klokken en Pendules.* Antiek kopen. Helmond, Niederlande 1969

OTTEMA, NANNE, *Geschiedenis van de Uurwerkmakerskunst in Friesland,* Assen 1948

OVERTON, G. L., *Clocks and Watches,* London 1922

PALMER, BROOKS, *The Book of American Clocks,* New York 1950
–, *Romance of Time,* New York 1954
–, *A Treasury of American Clocks,* New York 1967

PANICALI, ROBERTO, *Zifferblätter der französischen Revolution,* Lausanne 1972

PEATE, IORWERTH C., *Clock and Watch Makers in Wales,* Cardiff 1960

PERREGAUX, CHARLES and PERROT, F. LOUIS, *Les Jaquet-Droz & Leschot,* Neuchâtel 1916

PERRON, *Histoire de l'Horlogerie en Franche-Comté,* Besançon 1860

PHOLIEN, F., *L'Horlogerie et ses artistes au pays de Liège,* Lüttich 1933

PIPPA, LUIGI, *Masterpieces of Watchmaking,* Lausanne/Mailand 1966
–, *Orologi nel tempo, da una raccolta,* Mailand 1966

PLANCHON, M., *L'Horloge, son Histoire rétrospective . . .,* Paris 1898
–, *L'Evolution du mécanisme de l'horlogerie,* Bourges 1918
–, *La Pendule de Paris,* Paris 1921

POPPE, J. H. M, *Ausführliche Geschichte der theoretisch-praktischen Uhrmacherkunst,* Leipzig 1801

PORTAL, CAMILLE u. GRAFFIGNY, HENRI DE, *Les Merveilles de l'horlogerie,* Paris 1888

Precision Timekeeping: Collected essays, AHS, London 1965

PRICE, DEREK, J. DE SOLLA: *Clockwork before the Clock.* In: Horological Journal, October 1955
–, *Automata in History.* In: Technology and Culture, Bd. 5, No. I, Detroit/Michigan 1964

RAWLINGS, DR. A. L., *The Science of Clocks and Watches,* New York 1948

REES, ABRAHAM, *The Cyclopaedia; or Universal Dictionary of Arts, Sciences and Literature* (1819), Reprint Newton Abbot 1971

REID, THOMAS, *A Treatise on Clock and Watch Making,* Edinburgh 1826

REVERCHON, L., *Petite histoire de l'horlogerie,* Besançon 1924

RIEFLER, S., *Präzisions-Pendeluhren und Zeitdienstanlagen für Sternwarten,* München 1907

RIVARD, F. D., *La Gnomique ou l'art de faire des cadrans,* Paris 1762

ROBERT, H., *L'art de connaître les pendules et les montres,* Paris 18849

ROBERTS, KENNETH D., *Eli Terry and the Connecticut Shelf Clock,* Connecticut 1973

ROBERTSON, J. DRUMMOND, *The Evolution of Clockwork,* London 1931

ROBERTSON, W. B. and WALKER, F., *The Royal Clocks in Windsor Castle, etc.,* London 1904

ROBINSON, T. R., *Modern clocks their repair and maintenance,* London 1955

ROSENFELD, B., *Katalog der Uhrensammlung,* München 1910

ROSS, M. C., *The collection of Marjorie Merriweather Post,* Oklahoma 1965

ROTT, H., *Die Planeten-Prunkuhr des Philipp Imser.* In: Ruperto-Carola, Heidelberg 1956

ROUX, A., *Notes sur l'horlogerie à Montbéliard au 18ᵉ siècle,* Montbéliard 1904

ROYER-COLLARD, F. B., *Skeleton Clocks,* London 1969

RUB, G., CHAPUIS, A., *L'horlogerie au* Val-de-Travers, Fleurier 1937

RUD-ALBRECHT, *Die Räder-Uhr,* Rothenburg o. d. T. 1906

RUEFFERT, *Katechismus der Uhrmacherkunst,* Leipzig 1901

SALOMONS, D. L., *Breguet,* London 1921

SARASIN, ERNST, *Uhren Sammlung,* Auktions-Katalog, Luzern 1948

SAUNIER, C., *Die Geschichte der Zeitmesskunst . . .,* Bautzen 1903
–, *Guide-manuel de l'horloger traitant des notions de calcul et de dessin . . .,* Paris 1873
–, *Lehrbuch der Uhrmacherei in Theorie und Praxis,* Glashütte 1878
–, *Recueil des procédés pratiques usités en horlogerie . . .,* Paris 1874
–, *Traité d'horlogerie moderne théorique et pratique,* Paris 1887
–, *Traité des échappements et des engrenages,* Paris 1855

SCHERER, J. OTTO, *„Antike Pendulen",* Bern 1957

SCHINDLER, GEORG, *Uhren,* München 1975

SCHENK, ADOLF, *Die Uhrmacher von Winterthur und ihre Werke,* Winterthur 1959

SCHMIDT, C. H., *Die englischen Pendeluhren . . .,* Weimar 1856

SCHMIDT, FRIEDRICH AUGUST, *Beitrag zur Zeitmesskunst,* Leipzig 1797

SCHREIBER, E., *Vollständiges Handbuch der Uhrmacherkunst,* Weimar 1865

SCHULTE, *Lexikon der Uhrmacherkunst,* Bautzen 1902

SELLINK, Dr. J. L., *Dutch Antique Domestic Clocks, ca. 1670–1870 and some related examples,* Leiden 1973

SERVIERE, N. GROLLIER DE, *Recueil des Ouvrages curieux,* Lyon 1719–33

SIDENBLADH, ELIS, *Urmakare i Sverige under aldre Tider,* Stockholm 1947

SIMONI, ANTONIO, *Orologi italiani dal '500 all' '800,* Mailand 1965
–, *Nuova luce sull' orologeria medioevale,* Mailand 1966
–, *Orlogi notturni veramente eccezionali,* Mailand 1967

SMITH, ALAN, *Clocks and Watches,* London 1975

SMITH, ERIC P., *Repairing Antique Clocks,* Newton Abott, 1973
–, *Reparieren alter Uhren,* dt. Übersetzung, München 1976

SMITH, JOHN, *Horological Dialogues,* London 1675
–, *Horological Disquisitions concerning the Nature of Time,* London 1694

SMITH, JOHN, *Old Scottish Clockmakers,* Edinburgh 1921

SPECKHART, G., Sammlung Marfels, Berlin 1913

SPIERDIJK, C., *Klokken en Klokkenmakers,* Amsterdam 1962

SPITZER, S. *La Collection. Antiquité, Moyen Age, Renaissance.* Bd. 5. Horloges et Montres, Paris 1892

STRENG, F., *Augsburger Meister der Schmiedgasse um 1600.* In: Blätter des Bayerischen Vereins für Familienkunde, 26. Jg. Nr. I, 1963

SUSSEX, DUKE OF, *Auktionskatalog Christie's,* London 1843

SYMONDS, R. W., *Masterpieces of English Furniture and Clocks,* London 1940
–, *A Book of English Clocks,* London 1951
–, *Thomas Tompion. His Life and Work,* London 1951

TALLQUIST, Hj. *Urens och Urteknikens Historia,* Stockholm 1939

TARDY, *Bibliographie générale de la mesure du temps,* Paris 1947
–, *Origine de la mesure du temps,* Paris 1962
–, *La pendule française, des origines à nos jours.* 3 Bände, Paris 1950–1967
–, *Portraits d'horlogers célèbres,* Paris 1935
–, *Dictionnaire des Horlogers Français,* Paris 1972

TEKELI, SEVIM, *The Clocks in Ottoman Empire* in the 16th century, Ankara 1966

TERRY, H., *American Clockmaking, its Early History and Present Extent,* Waterbury 1870

THIOUT, ANTOINE, *Traité de l'Horlogerie mécanique et pratique,* Paris 1741

THOMSON, ADAM, *Time and Timekeepers,* London 1842

THOMSON, R., *Antique American Clocks and Watches.* Princeton 1968

THURY, M., *Notice historique sur l'horlogerie suisse.* Neuchâtel 1878

TYLER, E. J., *European clocks,* London 1968
–, *Clocks and Watches,* New York 1974

ULLYETT, KENNETH, *In Quest of Clocks,* London 1950
–, *British Clocks and Clockmakers,* London 1947

USHER, JAMES WARD, *An Art Collector's Treasures,* London 1916

VIAL, EUGÈNE u. COTE, CLAUDIUS, *Les Horlogers Lyonnais de 1550 à 1650,* Lyon 1927

VIGNIAUX, P., *Horlogerie pratique, à L'Usage des Apprentis et des Amateurs,* Toulouse 1788

VITOUX, P., *Horlogerie,* Paris 1962

VOLLGRAFF, DR. J. A., *Christiaan Huygens, L'Horloge à Pendule de 1656 à 1666,* Den Haag 1932

WARD, F. A. B., Science Museum, Katalog, London 1966

WAY, RY u. GREEN, NOEL, *Time and it's reckoning,* New York 1940

WENHAM, EDWARD, *Old Clocks for Modern Use,* London 1951

WETHERFIELD, D.A.F., *The Wetherfield Collection of 222 Clocks,* London 1928

WIEDEMANN & HAUSER, *Über die Uhren im Bereich der Islamischen Kultur,* Halle 1918

WILLARD, JOHN WARE, *A History of Simon Willard, Inventor and Clockmaker,* Boston 1911
–, *Simon Willard and his Clocks,* New York 1968

WILLSBERGER, JOHANN, *Zauberhafte Gehäuse der Zeit,* Düsseldorf 1974

WINS, ALPHONSE, *L'Horloge à travers les âges,* Mons 1924

WÜHR, H., *Alte Uhren,* Darmstadt 1955

YAMAGUCHI, R., *The clocks of Japan,* Tokyo 1950

ZAVELSKI, F., *Comment on mesure le temps,* Moskau 1959

ZEEMAN, J., *Twee eeuwen Uurwerken 1657–1857,* Utrecht 1968
–, *Zaanse en Friese Klokken – de nederlandse stoelklok,* Assen 1969

ZERELLA E YCOAGA, DON MANUEL DE, *Tratado general y matematico de reloxeria,* Madrid 1789

ZINNER, E., *Aus der Frühzeit der Räderuhr.* In: Deutsches Museum, Abhandlungen und Berichte, 22. Jg., Heft 3, 1954, München 1956

Register

Kursive Ziffern beziehen sich auf die Nummern der Abbildungen